U0934366

刘心武文粹

心里难过

刘心武——著

译林出版社

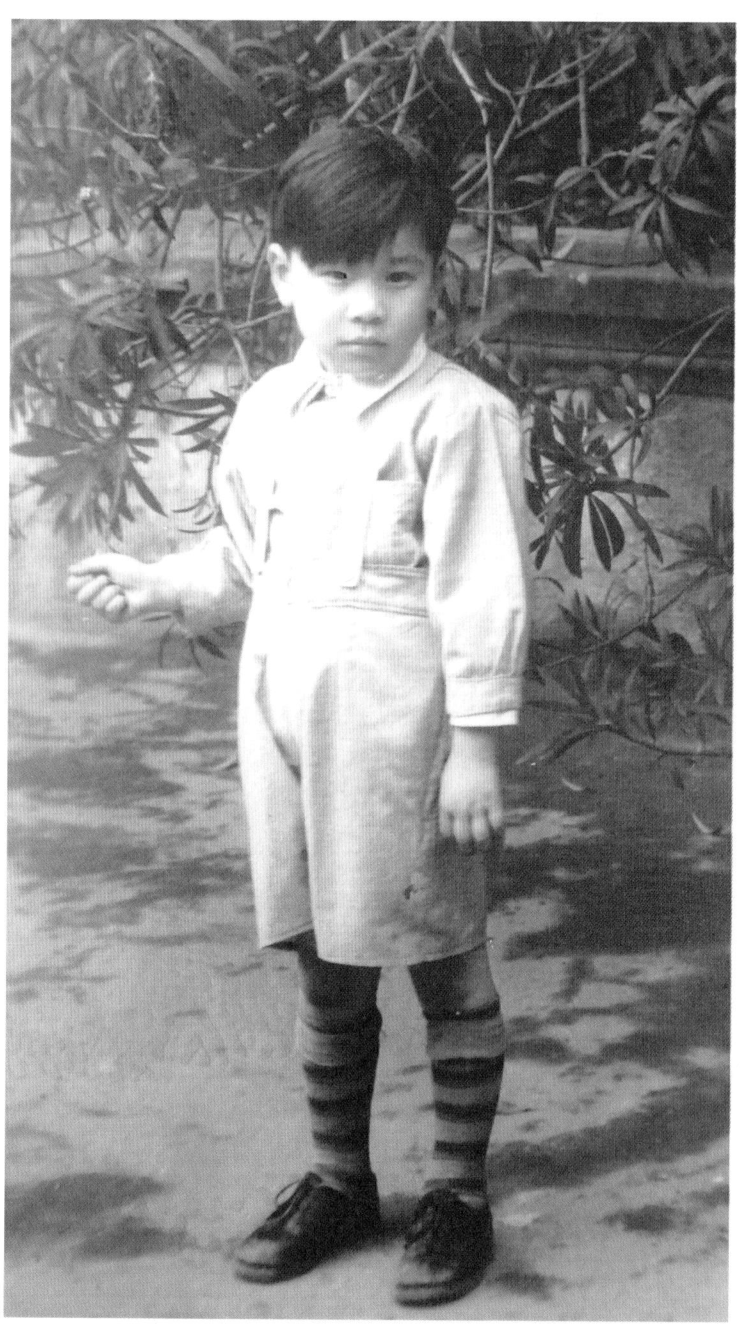

1946年四岁的刘心武

灵魂深处（综合材料）

总 序

这套26卷的《刘心武文粹》，是应凤凰壹力文化发展有限公司之邀，从我历年来的作品中精选出来的。之前我虽然出版过《文集》《文存》，但这套《文粹》却并不是简单地从那两套书里截取出来的，当中收入了《文集》《文存》都来不及收入的最新作品，比如2015年1月才发表的短篇小说《土茉莉》。

《文粹》收入了我八部长篇小说中的七部。因为《飘窗》和《无尽的长廊》两部篇幅相对比较短，因此合并为一卷。其中有我的“三楼系列”即《钟鼓楼》《四牌楼》《栖凤楼》，我自己最满意的是《四牌楼》。《刘心武续〈红楼梦〉》这部特别的长篇小说，我把它放在关于《红楼梦》研究各卷的最后。我将历年来的中篇小说和短篇小说各选为四卷，再加上一卷儿童文学小说和两卷小小说，这十七卷小说展现出我“小说树”上的累累硕果。我的小说创作基本上还是写实主义的，但在上世纪八十年代，改革开放，国门大开，原来不熟悉、不知道、没见识过的外国文学理论和作品蜂拥而入，现代主义、后现代主义引起文学创作的借鉴、变革之风，举凡荒诞、魔幻、变形、拼贴、意识流、时空交错、文本颠覆甚至文字游戏都成为一时之胜，我作为文学编辑，对种种文学实验都抱包容的态度，自己也尝试吸收一些现代主义、后现代主义的手法，写些实验性的作品，像小长篇《无尽的长廊》，中篇《戳破》，短篇《贼》《吉日》《袜子上的鲜花》《水锚》《最后金蛇》等，就是这种情势的产物，至于意识流、时空交错等手法，也常见于我那一时期的小说创作中，但总体而言，写实主义，始终还是我最钟情，写起来也最顺手的。短篇小说里，《班主任》固然敝帚自珍，自己最满意的，还是《我爱每一片绿叶》《白牙》等；中篇小说里，《如意》《立体交叉桥》《木变石戒指》《小墩子》《尘与汗》《站冰》等是比较耐读的吧。我的中篇小说里有“北海三部曲”《九龙壁》《五龙亭》《仙人承露盘》，是探索性心理的，其中《仙人承露盘》探索了女同心理；另外有“红楼三钗”系列《秦可卿之死》《贾元春之死》《妙玉之死》。短篇小说里则有“我与明星”系列《歌星和我》《画星和我》《笑星和我》《影星和我》，这展示出我在题材上的多方面尝试。但我写得最多的还是普通人的生活，特别是底层市民、农民工的生存境况和他们的内心世界，长篇小说里不消说了，像中篇小说《泼妇鸡丁》，短篇小说《护城河边的灰姑娘》，还有小小说中大量的篇什，都是如此。我希望《文粹》中从自己"小说树"上摘取的果实排列起来，能够形成一幅当代的"清明上河图"。

我的写作是"种四棵树"。除了"小说树"，还有"散文随笔树""《红楼梦》研究树"和"建筑评论树"。《文粹》的第 17 卷至 21 卷是"《红楼梦》研究树"的成果。虽然这些文章此前都出过书，但是这次在收进《文粹》时又经过一番修订，吸收了若干善意批评者的合理意见，尽量使自己的立论更加严谨。第 22 卷《从〈金瓶梅〉说开去》是新编的，其中收入了我研究《金瓶梅》的若干成果，可供参考。这也是我的一本文史类随笔。第 23 卷收入我两部自己珍爱的散文作品《献给命运的紫罗兰》《私人照相簿》。第 24 卷《命中相遇》收入的散文，记录的是我生命中难以忘怀的岁月、事件和人物。第 25 卷《心里难过》则收入的是与自己生命成长相关的散文，其作为卷名的一篇曾经人录为配乐朗诵放到网上，广为流传，也获得不少点赞，我也很高兴自己的文字不仅能以纸制品流传，也能数码化后云存在，从而拥有更多的受众。

第 26 卷则把我此前由中国建筑工业出版社出版的《我眼中的建筑与环境》，以及由中国建材工业出版社出版的《材质之美》合并在一起，还搜集了那以后散发的建筑评论。我的建筑评论从建筑美学、城市规划、对具体建筑的评论……一直延伸到建筑材料、施工，以至家居装修装饰等领域，展示出我“建筑评论树”上果实满枝，蔚成大观。

购买这套《文粹》的人士，不仅可以阅读到我“四棵树”上的文字，还可以看到我历年来的画作，以水彩画为主，也有别的品种。春风催花，夏阳暖果，不以秋叶飘落为悲，不以冬雪压枝为苦，在生命四季的轮回中，我感觉自己创造的风帆还在鼓胀，《文粹》只是总结而非终结，祝福自己在命运之河中继续航行，感谢所有善待我的人士！

2015 年 4 月 23 日　温榆斋

目录 CONTENTS

第一辑　心里难过

目录

目录 CONTENTS

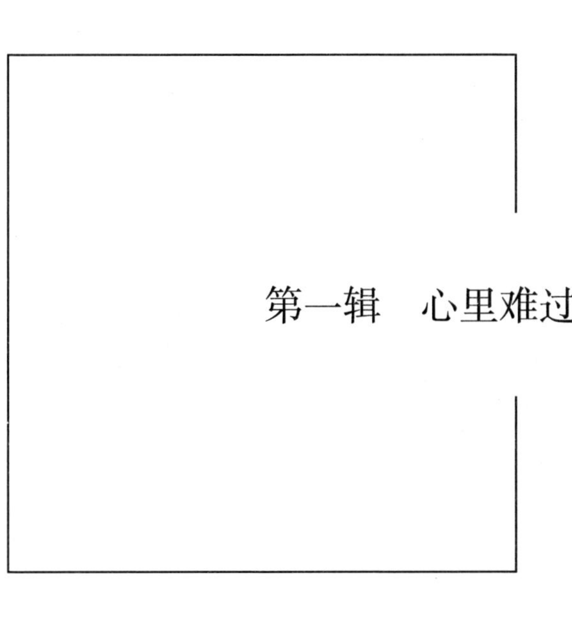

第一辑　心里难过

心里难过

深夜里电话铃响。是朋友的电话。他说：“忍不住要给你打个电话。我忽然心里难过。非常非常难过。就是这样，没别的。”说完他挂断了电话。我从困倦中清醒过来。忽然非常感动。我也曾有这样的情况。静夜里，忽然有一种异样的情绪涌上心头，那情绪确可称之为“难过”。

并非因为有什么亲友故去。

也不是自己遭到什么特别的不幸。

恰恰相反：也许刚好经历过一两桩好事快事。

却会无端地心里难过。

不是愤世嫉俗。不是愧悔羞赧。不是耿耿于怀。不是悲悲戚戚。是一种平静的难过，但那难过深入骨髓。静静地意识到，自己的生命实体是独一无二的。不但不可能为最亲近最善意的他人所彻底了解，就是自己，又何尝真能把握那最隐秘的底蕴与玄机？

并且冷冷地意识到，自己对他人无论如何努力地去认知，到底也还是只近乎一个白痴。对由无数个他人组合而成的群体呢？简直不敢深想。

归纳、抽象、联想、推测，勉可应付白日的认知。但在静寂清凄的夜间，会忽然感到深深的落寞。于是心里难过。也曾想推醒妻，告诉她：“我心里忽然难过。”也曾想打一个电话给朋友，只是告诉他一声，如此如此。但终于都没有那样做，只是自己徒然地咀嚼那份与痛苦并不同味的难过。

朋友却给我打来了电话。

我自信全然没有误解。

并不需要絮絮的倾诉。简短的宣布，也许便能缓解心里的那份难过。或许并不是为了缓解，倒是为了使之更加神圣，更加甜蜜，也更加崇高。

在这个毋庸讳言正在走向莫测的人生前景中，人们来得及惊奇来得及困惑来得及恼怒来得及愤慨来得及焦虑来得及痛苦或者来得及欢呼来得及沉着来得及欣悦来得及狂喜来得及满足来得及麻木，却很可能来不及在清夜里扪心沉思，来不及平平静静、冷冷寂寂地忽然感到难过。

白日里，人们杂处时，调侃和幽默是生活的润滑剂。

静夜里，独自面对心灵，自嘲和自慰是魂魄的清洗液。

但是在白日那最热闹的场景里，会忽然感到刺心的孤独。

同样，在黑夜那最安适的时刻里，会忽然有一种浸入肺腑的难过。

会忽然感觉到，世界很大，却又太小；社会太复杂，却又极粗陋；生活本艰辛，何以又荒诞？人生特漫长，这日子怎的又短促？

会忽然意识到，白日里孜孜以求的，在那堂皇的面纱后面，其实只是一张鬼脸；所得的其实恰可称之为失；许多的笑纹其实是钓饵，大量的话语是杂草。

明明是那样的，却弄成不是那样了。无能为力。

刚理出个头绪，却忽然又乱成一团乱麻。无可奈何。

忘记了应当记住的，却记住了可以忘记的。

拒绝了本应接受的，却接受了本应拒绝的。

不可能改进。不必改进。没有人要你改进。即使不是人人，也总有许许多多的人如此这般一天天地过下去。

心里难过。

但，年年难过年年过。日子是没有感情的，它不接受感情，当然也就不为感情所动。需要感情的是人。人的情感首先应当赋予自己。唯有自身的情感丰富厚实了，方可分享与他人。

常在白日里开怀大笑吗？

那种无端的大笑。

偶在静夜里心里难过吗？

那种无端的难过。

或者有一点儿“端”，但那大笑或难过的程度，都忽然达于那“端”外。

是一种活法。

把快乐渡给别人，算一种洒脱。

把难过宣示别人，则近乎冒险。

快乐可以共享。

难过怎能同当？

但有时候就忍不住，想跟最亲近的人说一声：我心里头忽然难过，非常难过。在那个时候，人生的滋味最浓酽。也许进入悟境，那难过便是一道门槛吧！

1993.1.15. 深夜

我是个最平常不过的人

我 1942 年 6 月 4 日出生于四川省成都市。母亲生我前，已有三子一女，最小的女儿已经八岁。当时家庭生活困窘，母亲不想再添累赘，便遍求偏方，想在孕中把我打掉，但那些偏方统统不灵，最后还是只好把我生了下来。

当时正处于抗日战争最艰苦的阶段。父亲出于爱国热情,给我取名“心武”。“心”是排行，“武”是要以武力驱逐日寇的意思。

后来母亲一度带我回到老家安岳县。我的祖籍是安岳县龙台场高石梯，那是一个极其偏僻的村落。我始终没有回到过那个村落，尽管后来我不止一次回过安岳县城，并且有一次还回到过龙台场。老家安岳县永远能在我心中唤起种难以言喻的亲切感，我记得它的一家理发馆中，有着一面用四排二十四把蒲扇连缀而成的大扇子，用滑轮和绳索构成一种机关，理发师傅给顾客理发时，可以用脚踩得它上下扇风。也许如今它早已被电风扇取代了吧，但故乡的那种特殊情调，既已储留心中，却是任何新奇的东西都不能淡化的。

再后来我家定居重庆。我们住在南岸，隔江与重庆城区相望。推开我家房舍的窗户，长江永无止息地流淌着，对岸是密密麻麻的“吊脚楼”，纤夫那悲壮的号子声一起一落地飘来，缝缀着大补丁的灰帆时隐时现地浮过……晴天很少，雾气常来，到了晚上，对岸的万家灯火仿佛无数只一眨一眨的眼睛，使我感到无比神秘。

我便在那雾蒙蒙的山城度过了我耽于幻想的童年。

1950 年，我父亲被调往北京工作，我们全家随往。从此，我便一直生活在北京。

刚到北京，我是一个顽固的“小川佬”。因为错过了新学期的开始，住家附近只有一所私立小学愿意接收我当插班生。我插进去以后有很长一段时间坚持说四川话，其实我心里早就会说北京话了，可就是不好意思开口，弄得老师皱眉、同学取笑。我记得有一天同班一位同学不知为什么事同老师顶了嘴，那老师气恼之下，便把他从我们三年级教室拖拽到了二年级教室，当场宣布了他的降级。这件事给了我一个强刺激。我在生活经历中第一次体验到了对不公正的事情的义愤。我忍不住对同座的同学说：“干吗？！”这大概是我第一次在公共场所说北京话。

那所私立学校从校长到教师概由一个家庭的成员充任，整个学校的气氛令人难以忍受。不等国家对它实行接收、改造，我的父母就让我转到了另一所公立学校。在那里我戴上了红领巾。我是一个平庸的学生，最令我难忘的业绩，是有一回学校举行讲故事比赛，我竟被推选为班上的参赛者之一。经过反复预习和试讲，我终于在众目睽睽下登上了赛台，但我刚站定便失去了原有的灵感与勇气，结结巴巴地支撑到故事的结尾，在同班同学责备的目光和啧议中走下了赛台。从那回起我就明白，在人生的途程中，我要想取得成功就必须付出比别人更多的代价，因为我太笨。

有一天下午，午睡后跑去上学，发现旁边的座位是空的，一直空到下午放学时。后来老师告诉大家，我的同座中午跑到城外窑坑游泳，淹死了。老师严肃地发表着由此派生出的训诫，我一句也没有听进去。我只想着那同学上午还活现于我眼前的声容笑貌。头天下午上课时，我还用指甲在他那黝黑的胳膊上划出过白道。可是他竟从此消失了。这是我头一回生动而具体地体验到死亡的含义。

后来我上了中学。我直到初中三年级才懂得用功。到了高中，我的成绩更好一些。可是我取得好成绩是不容易的。刚上高一，物理老师第一次提问我，我就答错了，而且错得很蠢，我把每1米等于3市尺记成每1米等于3.3市尺。物理老师自然给我记了一个2分。后来我比学习其他功课更加卖力地学习物理，但物理老师对我的印象很坏，他教了那么多年，连1米等于几市尺都记不清的学生似乎只碰上过我这么一个，这很伤他的自尊心。他再没有提问过我，但渐渐地他惊讶起来，因为再后来我每次的测验、期考都得的是 5 分。期末考试采用的是从苏联学来的抽签式面试。我抽到的题签是一道最难的力学题，又要讲出道理又要计算准确，我战战兢兢然而仔仔细细地完成了全部要求。物理老师瞪圆了眼睛望着我，他似乎是很不情愿地给我记下了一个 5 分。但最后的学期总评，他还是只给了我一个 4 分。这件事使我进一步认识到我并非聪慧之辈，我会在最简单的问题上失足，而为了挽回损失我往往要付出最大程度的努力。

当然，另一方面我又充满了幻想。我觉得从打破世界举重纪录到成为北京人民艺术剧院的著名导演，从成为一名考古学家到发明出一种新型的建筑材料，在我来说都无妨一试。生活似乎为我提供了无限丰富的可能性。

但是高中毕业以后出现了我以前未曾料到的局面。在高考中我遇到了挫折。不是没有考取，而是考上了一所排列在所有招生院校最末一名的北京师范专科学校。

一位高中同学，原来是近于崇拜我的，不仅是因为我学习成绩比他好，更因为他知道我常在《北京晚报》上登出文章，并且高考期间广播电台所播出的一出儿童快板剧，便是由我改编的；可我竟同他一样只考取了北京师专，在到师专报到时我们遇上了，他毫不掩饰、淋漓尽致地当众倾泻了他对我的鄙夷——这个强刺激使我对人生有了更立体的看法。

可是我自己并不认为我一定得上北京大学。我从上师专起开始离开家独立生活。我渐渐觉得去当一个普通的中学教师也不错。我以优异的学习成绩毕业于北京师专，被分配到北京第十三中学教语文。我走上工作岗位以后，自然更明显地暴露出了我的种种缺点和弱点，但有一个优点似乎是谁都承认的——我安心教学工作，备课认真，讲授生动，学生们的反应总是不错。

我上学比同代人早，所以从师专毕业时我才十九岁。我一到北京十三中就教初二的语文课，只比我的学生大四岁。现在他们当然都早已走向生活，有的现在还能遇上，他们对我执弟子礼，使我很尴尬——因为我们实际上是同一代人。

从 1961 年夏天参加工作到 1966 年夏天“文化大革命”爆发，正是我从十九岁到二十四岁的青春岁月。我是一个默默无闻的、缺乏社会生活经验的、性格偏于内向的中学教师，但我觉得自己生活得问心无愧，而且精神上很充实。我读了不少书——不仅是文学书籍，也有不少哲学、历史、自然科学方面的书籍。我熟悉了不少人——不仅是学校的干部、教师和所教的学生，更吸引我的往往是学校扫地的工友和冬天来烧锅炉的临时工，以及那些处于北京社会生活最底层的学生家长——建筑工人、三轮车夫、电车售票员、小饭馆炸油饼的炊事员、处于并不重要的路口的交通民警……乃至于以捡废纸、看守自行车为生的老头老太太。我从他们当中发现了许多令我惊愕的世态人心，更发现了强烈而持久的美。

那一阶段我的生活天地很小。学校就是那么大，平日能够延伸出去的生活领域也就是北京北城钟鼓楼、什刹海一带。中学教师几乎没有出差的机会，参加一次到天津兄弟学校的取经活动，对我来说便是生活当中的一桩大事。但就在那几年里，我成了一个地地道道的北京人，我的普通话说得别人绝听不出四川口音，还能以极够味的北京土腔同学校里的工友对话。例如天气闷热时，便会说："这天哪，盖了盖儿啦！老爷子烟高粱秆儿啊，邪乎！"语言还在其次，我觉得自己已能体会到"老北京"的种种特殊心境，我没有忘记祖籍安岳那些赭色的丘陵，没有忘记成都武侯祠的柏林，没有忘记嘉陵江畔的帆影，但我认为自己已经成了一个北京人——直到今天我写小说，从构思到落笔都使用北京话便是明证。1966年夏天"文化大革命"的暴风雨袭来时，我在政治上还完全处于懵懂状态。解放后在此之前的历次政治活动，我因为年龄小都没赶上过。1957年"反右"时我刚上高中，只知道校长和几位主任以及十多位教师都被划成"右派"了，后来陆续不见踪影，但那时教师搞运动单在一间不让学生进去的大屋子里挂大字报、开批判会，所以我和同学们照样悠游嬉戏，并不知道在那间大屋里出现了一些什么场面。我上师专时党内有过一次"反右倾"，但我连团员都不是，自然未受触及。参加工作以后，我才加入了共青团，但1964年以后搞"四清"运动，学校里虽然也抽了一些人去参加，我却一直留在教学岗位上教我的课。

"文化大革命"确实是以"迅雷不及掩耳"的气势一下子君临了我们那所小小的学校。我不可能是"革命造反派"，因为尽管我比那些"造反"的高中三年级“小将”大不了几岁，但已属天然应受冲击的教师群中的一员。我也不可能一开始就成为冲击对象，因为无论当“走资派”，还是当“反动权威”，我都不够资格。我确确实实给吓坏了——因为几天之内，“造反”的“小将”就在校园里打死了好几个人，有他们认为“该死”的“臭流氓”，也有从校外拉来打死的“反动资本家”，学校的党员干部和一些老教师在武斗中被极其粗暴地践踏了人格。在那样一种狂热和恐怖交织的气氛中，我内心里既充斥着对理论的崇拜又充斥着对实践的怀疑，我的灵魂被煎熬得好苦。

后来冲击波渐渐逼近了我。我在《北京晚报》上发表的一些“豆腐块”就刊登在邓拓的《燕山夜话》旁边。其中一篇文章认为京剧改革虽好但不宜取消小生等行当、水袖等技巧，再加上我在课堂上所讲的也被回忆出不少“放毒”的成分，于是乎出现了揭发我“反动言行”的长篇大字报。后来有一天，“群众专政小组”便在校门内贴出了大幅告示，当天下午两点半于操场召开批斗我的全校大会，主要的罪名是“猖狂反对京剧革命”和恶毒攻击江青。

那天中午我照常到食堂吃了饭。胃口不大好,但也还吃得下去。回到宿舍，我躺在一把旧躺椅上，自己也感到吃惊——我何以这样镇静？我没有萌生自杀这类念头，只祈求挨斗时他们不至于把我打死或致残——所谓“群专小组”当时完全干得出这种事。后来我听见有人敲门，便本能地跳起来打开了门——门外是我教过的一个学生。

这件事至今回忆起来还令我战栗。那敲开我门的学生是一个曾使我倾注过大量同情的弱者。他的父亲运动一开始便被本单位“遣返回乡”，并且据说一抵达乡里就被打死了。他的母亲和我一样也是中学教师，因为丈夫的问题处境维艰。他本人则被同学们视为“狗崽子”，不仅无资格参加“造反”，有时还要受到诟骂。我曾在他母亲情绪最低落时，壮着胆子去他家看望过他母亲和他们三个兄弟，在“红五类”同学辱骂他时，给予过劝阻。但我万没想到那天中午是他来敲开了我的门，并且他脸上呈现出一种明白无误的恶意的好奇感，他那表情就像用文字书写出来一样，令我终生难忘——“啊，今天下午要斗你了，你中午待在这儿干吗呢？我可得喽戏喽戏（北京话“看看热闹”的意思）……”是我理解错了吗？不，原来他后面还有几个具有同样好奇心的“红五类”；他看来不像是被逼迫着来打头阵的，因为他的表情松弛而生动——我一开门他便望着我得意地假装咳嗽。

我使劲撞上门，倒在躺椅上。我遍体清凉。我这才懂得世上有超越我个人悲剧的更大更深的悲剧——心灵沉沦的悲剧。

后来那次批斗我的会戏剧性地延期了——仅仅是因为"中央首长"发表了一个什么新的重要讲话,必须倾校而出去游行欢庆。而学校偏又进驻了新的"工宣队"，据说"工宣队"的区指挥部看了"群专组"上报的关于我的材料，认为我的"罪行"还不到"全校揪斗"的程度，我便被从轻发落——派到农村劳动去了。

后来我也算太太平平地经历完了整个"文化大革命"。就我个人而言，没有什么值得夸耀的，也没有多少值得特别惭愧的。我实在只是个最平常不过的人，所有的不过是些最平常不过的经历。

1996 年

祖父、父亲和我
——挣不脱的生命链环

曾在四川成都出版的《晚霞》杂志（省委老干部局主办）上看到萧萸老人写的《难忘的记忆》一文。此文回忆到1927年大革命失败后，一些共产党人和国民党里的反蒋反汪人士，以及一些观点与他们相合的其他政治团体的人士，还有无党派人士，从武汉、四川流亡到上海，寻求一个落脚点。他们在上海遇到了辛亥革命的老前辈刘云门先生（又名刘正雅，笔名镏鱼山）。刘先生是四川安岳人（杂志上误为广安），清末最后一科举人，留学日本时进过两所大学，在东京参加孙中山的同盟会。大革命时期到广州，在中山大学任教授，与共产党人毕磊等组织"社会科学研究会"，任干事，北伐时以军医身份随军突进至武汉。在汪精卫宣布"分共"后逃至上海，著114句36韵长诗《哀江南》，痛诉"四一二"后的愤懑与悲怀。不仅抨击了蒋、汪，也对政治诡变中的各种屠夫、孱头、肖小，以及"卖人肉包子"的告密叛徒等鬼蜮进行了淋漓尽致的讥讽批判。气势磅礴，正义凛然，艺术上也相当成功。曾用"唯物社"名义自印散发，后又有"神州国光社"的印本面世。他在上海利用自己在国民革命中的威望，找到招商局督办赵铁桥（亦是老同盟会成员），于是赵把招商公学交给他，由他出任校长，以专门收容各路因不与蒋、汪合流而衣食无着的知识界人士。萧萸老当时二十来岁，也被庇护于此。1929年萧萸等自发组织了一个共产党招商公学支部，刘云门以党外人士身份参加支部活动。1930年赵铁桥被刺身亡，南京派来的新督办下令关闭招商公学。1932年，上海"一・二八"事变爆发，日寇轰炸上海，刘云门牺牲于日寇炮火中，他的书稿《人类命运论》，同日亦与被炸的商务印书馆一起焚于敌焰。

萧乾老文章中写到的刘云门，便是我的祖父。

我在祖父罹难十年后方出生。虽然我父亲经常给我们子女讲述祖父的事迹，例如20世纪二十年代祖父在北京时就专门收留四川来的各路暂时落魄或需隐蔽一时的豪杰，朱德在离国赴德前就住在我祖父家中，并且为了避人耳目，还干脆让朱德住进我父亲的卧室，等等。但我们都不大在意，尤其是我，祖父我见都没见过，他的荣辱功过，跟我有多大的关系呢？

后来我们子女更得知，祖父在世时，对父亲并不怎么满意，他们父子之间，有着许多心灵上的隔阂与感情上的冲突。父亲对祖父，是又爱又怨，又尊又怪的。

回想我的少年时代，和父亲很有几次非常严重的冲突，我毫不留情地说了毫无根据的故意惹他伤心败他声誉的话，气得他浑身发抖，竟一反常态地挥手打起我来。结果我拼力反抗，他的手竟被震麻弄痛。这几次冲突都被母亲细致地记入她的日记，和那些年月她的家庭油盐柴米账记在一起。

如今我的父母也都故去了。我只是在年过半百之后，才在比如说一个阴雨绵绵的傍晚，一个万籁俱静的清夜，忽然痛心疾首，忆及我竟那样毫无妥协余地地伤害过父亲，并把伤痕一直延伸到母亲的心上。

我不知道父亲对我发怒时究竟是怎么想的，他在暴怒时一定视我为“弑父弑君”的大逆不道之徒。其实，仔细想来，我并不是真要妨碍他的继续存在，我只不过是想换一种跟他有区别的活法罢了。

当我翻看着母亲那已成为遗物的日记时，我才发现，其实这世上为我付出感情最多而且最浓又最持久以至能坚持到生命最后一刻的，是我的父亲和母亲。那不止是亲子之爱，也不仅有“不成钢”之恨，还有许许多多超过语言文字表达限度的复杂因素。那真是说不清道不明的。

如今我憬悟，这是没有办法，而且用不着想办法，不该去想办法的事——我的身上，流着父亲传给我的血，当然，那也是我祖父通过他再传给我的。

我是祖父刘云门、父亲刘天演的一个天然遗传物。

和许多中国人一样，我经历了许多次有时是很激烈的代间冲突。因为政治，因为经济，因为道德观，因为兴趣爱好分流，因为认识分歧，因为感情波动，因为性格的变异，因为无端的烦躁，因为单向或双向的误解，以及什么也不因为……有时是被时代、社会的大潮流所推动，有时迫于具体处境，有时完全是主动出击，有时似乎非常清醒，有时实在是浑浑噩噩，有时始于理性而终于非理性……代间的冲突酿成了一出出悲喜正闹的活剧。

我不是宗教徒。绝大多数中国人都和我一样，没有宗教信仰。我们不觉得有一个至高无上的上帝在我们的肉体和灵魂之上，而我们都面对着他，因此要对他负责。西方基督教文化的浸润，使大多数西方人觉得在人与人之上有一个上帝，因此在上帝面前人人平等，代间的差异冲突和个体生命与上帝的差异和冲突相比，因有质的不同，所以简直微不足道。人与人的关系是面对上帝的平行线。我们中国人，尤其汉族人，其绝大多数人，人与人之间是亲族的链环关系，一个人，只是这链中的一环。比如我，我没有上帝，我只能这样来确定我的位置：我是我祖父祖母的孙子、父母的儿子、妻子的丈夫、儿子的父亲，以及谁谁谁的朋友、谁谁谁的对头、谁谁谁的邻居，等等。我需对以上种种人际关系负责。现在我非常理解孔夫子提出的“仁”，这个字拆开了就是“二人”。是的，儒家学说的精髓就是让我们时刻意识到，我们没有单独的个人价值，我们个人的价值是建筑在起码两个人以上的关系上的。而在我们所置身的人际链环中，最重要的是：我们是谁的后代？我们是否令他们满意？

我不知道祖父如果看得到今日的我，他会有何观感。父亲没有等到我大踏步走入文坛，就过世了，他其实并不一定希望我成为一个作家。想起来常常发愣，为什么父子间的冲突，即使在最亲和的家庭中，也往往不能避免？

《红楼梦》里写到的贾政和贾宝玉的冲突，常被论家定性为封建与反封建的冲突。这诚然是一种很有道理的辨析，但其实贾宝玉何尝有“弑父弑君”之想？他自己又何尝有明确的“反封建”理性？近年已有论家著文，说贾宝玉是个浪漫诗人，他要生活在诗境里，所以不断和现实发生矛盾。他的与蒋玉菡交厚，与金钏儿调情，都并非是针对君、父的，他那“下流痴病”纵使发展到极端，也不至于去参加农民起义军，掀翻王朝和贵族府第。他的“不肖”，在偶然事态的引发下，使得贾政恨不能把他“一发勒死了，以绝将来之患”。但事过境迁，虽然父子间的心灵取向仍然不同乃至愈加分歧，贾政也并不坚持“必欲除之而后快”，第三十三回写了“不肖种种大承笞挞”，到第七十八回，却又有“老学士闲征姽婳词”：贾政要宝玉写一首诗歌颂抵御“流寇”的林四娘，宝玉不但遵从，还积极到主动写出“长篇一首”的地步，而贾政此时对宝玉的看法，已修正为：“虽不读书，竟颇能解此，细评起来，也还不算十分玷污了祖宗。”作为人际链环中直接相衔的两环，他们不管如何冲突，到头来，也还是“一荣俱荣，一损俱损”。按曹雪芹原来的构思，贾家遭劫，那贾政和贾宝玉是一起被“链拿”的，在那时，他们父子难道会互相“幸灾乐祸”吗？没有宗教，我们只能格外重视亲情。儒家学说有时被尊为“儒教”，但那其实不是宗教，因为那教义里没有上帝。孔夫子是“圣人”，不是神。“打倒孔老二”曾给予“五四”时的新青年们以革新乃至革命的激情，但中华古老的“族链”还是把中国人组织在了人际链环中。“单个的人”，还是难以存在，无论在哪样的阵营中。20世纪七十年代的“批孔”是为了“批林”，都说“文革”是造神，其实它的效应仍是圣人崇拜。20世纪八十年代就有“单个的人”在中国出现吗？我们看不清楚，20世纪九十年代呢？我们看到了许多脱离链环的无序现象，同时感受到一种普遍存在的“清理修复链条”的社会性呼吁。其实西方的基督教文化也是排斥混乱无序的，任何一种社会都不允许一盘散沙的状况长期存在，乃至短期的存在也不允许。无论哪儿的人类都需要良性共处的“游戏规则”，我不是根据理性而是凭着直觉，宣布中国人的社会到头来还是要用“理顺链环”来达到民族亲和，而第一步，可能就是祖、父、子三代间在冲突后的和解与妥协。

忽然想到王朔，不少人说他是“痞子作家”，没正形儿，把一切化为笑谈，可是他也写了《我是你爸爸》。这篇小说里有一种宿命的忧伤，我读的时候常常想到其作品以外。对于我们中国人来说，谁是我爸爸，谁是我儿子、孙子，或反过来，我是谁爸爸，我是谁的儿孙，实在是太重要了！以王朔为主策划出的电视连续剧，里面充满对上一代、老规矩的揶揄，有时甚至达到刻薄的程度。可它那主题歌，却又高唱“人字的结构，就是相互支撑”。这是典型的中国传统意识，只有汉字里的“人”才能引发这样的联想。我想这也未必是电视剧合作者们的“狡猾策略”，很可能恰是他们心灵深处无可逃逸的文化基因使然。又忽然想到电视剧《北京人在纽约》，这是一部讲许多中国人败兴的戏。有人就问：纽约既然是那么可怕的一个“战场”，那为什么还有那么多去了那儿的人在“坚持战斗”？可见他们到头来还是舍不得什么。那究竟是什么？他们坚持战斗就能如数得到么？那些企图挣脱中国链环的中国人，他们到头来还是脱不掉，或他们自以为脱掉了，却并不能成为西式“平行线”，或终于成为“平行线”了，却又并不那么舒服。这种中西文化冲突往往构成个别人乃至一定群体的大悲剧。这类悲剧的底蕴恐怕是一个永远的谜。我没有猜谜的能力，但我却无端地由此想到那牵着我们中国一代代祖、父、孙的神秘之链。这不是一个什么爱国不爱国的问题，这里面有一种超出政治、经济和一般意义上的道德、伦理范畴的无形力量。

我读了萧乾老人忆念我祖父的文章，竟浮想联翩。我心中充满一种莫可名状的大悲悯，为祖父、为父亲，并且为我自己。五十岁前，我也曾充满“审父”的激情，我珍惜那份情怀，我并不是要为此忏悔。我现在面对着我的儿子，我努力去做他的朋友，但我经常不能容忍他的忤逆，我和他有过多次相当惊心动魄的冲突。我认为我对他的训斥乃至于暴怒大体上都是对我，并且对他有益。我并不期待他年过半百时对我悲悯。但我铭心刻骨地意识到，正如我与祖父、父亲是紧紧相衔的链环一样，儿子也是和我紧紧相衔的一个链环。这链环应当延续下去，链中一环——这是我们中国人无可回避也毋庸逃遁的命运。

炸出一个我

商务印书馆的《东方》杂志复刊，易名《今日东方》，向我约稿。在《今日东方》第二期上，有《旷世大劫难——商务印书馆被毁记》，不读此文则已，读了此文，我思绪万千，竟一夜不能入睡。这段史实大家都是知道的：1932 年 1 月 28 日晚十一时许，日本陆战队突然进犯上海闸北，我十九路军奋起抵抗，是为著名的“一·二八”事变；日本轰炸机于次日凌晨从停泊在黄浦江的航空母舰上起飞，先到闸北地区盘旋示威，到天亮后，约十时许，竟特意选中了商务印书馆和附近的医院投弹，商务印书馆被六颗炸弹击中，引发大火，卷起的纸灰飞达数十里以外，所有库存图书和待印书稿全部在劫火中焚毁；而附近的医院，亦被炸成一片废墟，所有未及躲避的病人和医护人员都被杀害。把炸弹有意投向中国最大的文化机构，并投向两国交兵中最应得到战火豁免的医疗机构，日本军国主义那反文明反人类的法西斯气焰，其穷凶极恶真达到了史无前例的程度，至今思之，还令人不禁眦裂发竖！

这段史实，于我个人而言，不仅是难以忘怀的国恨，而且也是刻骨铭心的家仇。

我的祖父刘云门（又名刘正雅，笔名镏鱼山），就在那一天里，被日机炸死在医院里。他是因中风而住院的，身体已基本上瘫痪，不可能在日机肆虐的一刹那设法躲避。轰炸过后，只有我姑妈在上海，她急忙赶赴医院，只见一片冒着余火浓烟的废墟，蒸腾出枯焦炽热的气浪，她和若干也是寻访亲人的男女哭喊着去那废墟中翻查，希望能找到亲人的尸体；也不时有寻访者忽然发出凄厉的号哭声——那是终于翻出了尚可辨认的亲人遗骸；但我姑妈直翻检到双手冒血，硬是没能找到祖父的遗体；后来有轰炸时侥幸从医院里逃出的人士来扶持劝慰我姑妈和另一些痛不欲生的难属，他们证实，直到飞机的声音在头顶喧嚣时，他们还以为无论如何总不至于向医院投弹，虽然也进行了一些疏散，但进度缓慢，后来突然有炸弹投向医院，他们因为恰好不在楼体内，故而能够逃逸，据他们证实，凡在楼里的，没有生还的可能，有的病房被炸弹正面击中，人体和家具成为齑粉，加以大火燃烧，使寻找遗骸成为不可能之事……姑妈听了，当场晕死在劝慰者怀里。

祖父大约出生在1885年，他在清朝最后一次科举考试里得中最后一届举人。那一次中举的举人可以有两种选择，一是等候分派一个官职，一是公费留洋，祖父选择了第二种，他到日本留学，据说曾进过早稻田大学，又进过东京帝大，最后确定的专业是医疗，这也是那个时代许许多多中国知识分子的选择——以为可以通过这样的方式，改变自己民族“东亚病夫”的面貌。在日本时祖父与廖仲恺、何香凝过从颇密，也见过孙中山，加入了同盟会，思想趋向激进。回国后，祖父先在家乡（四川安岳县）开辟新学，自任体育教师，编制新式体操，还自写歌词自谱曲调，带领学生们边唱新歌边做新操，一时轰动乡里。后来祖父到北京任京官，是在蒙藏院任佥事（清末是否有这个官职，我生也晚，不甚清楚，但共和后他仍在蒙藏院，职务为佥事，则应无误）。在清末，他曾与汪精卫、黄复生等合谋在银锭桥预置炸弹，刺杀摄政王，事败后汪被捕，还曾有“引颈成一快，不负少年头”的豪语传世。那次谋刺，祖父以在鼓楼前大街开设的“真光照相馆”为掩护，事泄后汪、黄都没有说出他来，清廷也未侦查出他，他以后对此事也就讳莫如深，但某些最亲近的朋友，如李贞白、孙炳文等是知道的。共和后，孙中山在南方并不能充分施展抱负，而假意拥护共和的袁世凯越来越明显地暴露出其称帝的野心，祖父心情非常苦闷，曾多次作诗抒发其郁闷的情思，我在他遗留的极少墨迹中看到几首，其中一首是：

大江东下国中分，
北南悲歌南尚文；
金粉六朝余艳氛，

貂冠一代慕浮云。
未经爨釜鱼游底，
不待烧兵鹊散群；
占有吴山人立马，
男儿若个愿从军。

可见他很害怕南方一些共和派成为“貂冠一代”，沉溺于“六朝金粉”，表示如果有人能领导北伐，他愿投军从战。后来袁世凯称帝失败，但北方更呈军阀割据的混乱局面，1924 年，孙中山在广州正式发动国民革命，祖父立即奔赴广州，投身其中。他先在广州中山大学任教授，和共产党员毕磊过从甚密；后来北伐军挺进，他以军医身份一直在战地医院忘我救治伤员，一直跟随大部队打到武汉。没想到 1927 年发生了国民党以“清党”名义杀害共产党员的事变，祖父的挚友孙炳文和年轻的友人毕磊等都遇害，这使祖父陷入了更大的苦闷，他作成长诗《哀江南》，倾泻出一腔悲愤。1928 年他来到上海，当年同盟会老战友赵铁桥在上海有个比较显赫的职务，赵支持他成立了“上海公学”，收容了不少在国共分裂后处境险恶的共产党员和国民党左派，大都是些二三十岁的年轻人。进入三十年代，祖父埋头整理自己历年来的著作，从一份他遗留下来的墨迹中，开列着他整理好的著作书目：

鱼山丛书种类目　鱼山刘正雅　著　译

文学部　附政治经济

《孔子墨子的国学新知验今录》一部共四卷（白话稿已失）

《大道循环说》一卷（文言）

《礼乐论》一卷（文言）

《鬼神论》一卷（白话）

《人类生活论》一部二卷（白话）

《中华现代经济的农忙》一卷（白话）

《鱼山杂著》一卷（诗文集）

理学部

《宇宙大观》一部共三卷（文言）

《物理新编》一部（白话）

《化学新编》一部（白话）

医学部

《汉医汇究》一部共六卷（文言）

工学部

《分析化学》一部共二卷（文言·译）

《植物分析化学》一部共一卷（文言·译）

《制药化学》一部共一卷（文言·译）

《工业药品制造法》一部共一卷（文言·译）

《新药编》一部共一卷（文言·译）

这些译著，他在1931年都交给了商务印书馆，受到欢迎。商务印书馆拟首先出版《人类生活论》，这也是祖父自己最看重的一部著作，集中体现了他那来自个人生命体验和经历民族忧患后的深刻思索。本来，这些著作，会以《人类生活论》打头，在1932年陆续由商务印书馆印行的。相信这些著作一旦面世，起码会有一部分能在中国的文化思想史或出版史上留下痕迹。而且，由于“上海公学”的支持者赵铁桥遭到暗杀，不得不解散，祖父自己又中风偏瘫，经济上亦陷于了困境，也等待着商务印书馆出书获得生活与治疗的费用。万没想到，祖父在病榻上所等待到的不是散发着油墨香味的个人专著样书，而是日寇轰炸机掷下的炸弹！

祖父所住的医院被炸成了废墟，日寇消灭了他的肉体；更令我们后人思之愤然怆然的是，他的全部投往商务印书馆而尚未及印制的译著原稿，也在日寇弹火下化为了灰烬！

祖父及其著作被日寇毁灭时，父亲是海关的一个职员。他和我姑妈等的悲愤之情久久不能平静。在嗣后的岁月里，他们都义无反顾地置身在抗日的潮流里。1934年，母亲生下姐姐刘心莲后，因为在姐姐之前已有了三个男孩，无论从数量还是品种上,父母都觉得可以不必再生孩子了。而1937年全面抗战后,父亲供职地重庆经常有日机去轰炸,为安全计,父亲自己留在重庆,让母亲带着孩子们先是躲避到成都郊区,后又进一步躲避到了老家安岳。这期间父亲当然也时来探望母亲和孩子。那时候避孕的办法不多,1941年年末,母亲感觉到自己又怀孕了,父亲知道后,坚决要她设法打掉。那时父母都是近四十岁的人了,最小的孩子(女儿)也已经快八岁,又正当困难时期,经济拮据,精神焦虑,不想再要多余的孩子是完全可以理解的。母亲为打掉肚子里的孩子,遍寻偏方,积极服用,但不知怎么搞的,总是服了那打胎药后,没多久便会感觉到仿佛有一双小手在抓挠她的肠胃,只有尽情呕出方能松快。急切中她甚至设想过从桌柜上跳下的恶性堕胎法。后来她感觉实在无法摆脱一个新生命的诞生了,便转而经常抚摩着隆起的肚皮,产生出了一种异常珍爱的情感。她把决意生下孩子的想法告诉了父亲,据说父亲正是在日本飞机的噪音中也表了态:"他们炸出了一个来!一个抗日的小战士!"就这样,我于1942年6月4日凌晨,诞生在成都育婴堂街,接生的是我的舅母。父亲在我出生后,为我取名心武,"心"是排行,"武"是表示要以武力抗击日寇的侵略。

从小时候能懂事起,父亲就经常给我讲祖父的事。他希望我们孩子里能有人当医生,因为祖父首先是一个医生,而且一度是革命军的军医;其次就是鼓励我们有所著述,能出版个人专著。就我个人而言,我虽然没能成为一个医生,却毕竟成了一个作家,到1999年为止,若把每一种版本的个人专著加以统计,在海内外已达九十种,另外还有1993年出版的《刘心武文集》八卷。

已经有国内若干著名的出版社出版过我的著作,但商务印书馆跟我约稿,还是第一次,虽然这只是《今日东方》杂志里的一篇文章,但对我个人而言,它的意义很不一般。这证明有些生命的链环是炸不断的,而一个民族的精神传承,更不是把老一辈的著作化为纸灰,就可以截斩的。

国家实行改革开放后,我在1981年、1997年两次应邀访问了日本。当我踏上日本的地面时,心情可能比一般访问者复杂得多。我的祖父,以及他那一辈的许多人,曾把日本作为一个理想的地方,以为可以从那里获得到使自己民族富强的能力;据父亲回忆,从日本归国后的祖父曾常在家里穿日本和服;但是后来日本却一步紧逼一步地欺负中国，直至在1932年的“一·二八”事变里，掷下炸弹炸死了我祖父和他全部未及刊印的译著，使他未能在中国的那个发展阶段留下他本来可能产生出甚至是重大影响的思想文化痕迹。而我这个生命，也正是在日本飞机不断轰炸重庆和成都的噪音和火光里诞生的——如父亲所说，是炸出来的——可是我却也终于踏上了日本土地，进行所谓的文学访问；更令人难以解释清楚的是，我自1977年登上文坛后，虽说若干作品被译成了英、法、德、意、俄、瑞典等文字，但相比而言，却以日本的译本最多。

在日本，我的心灵在有一点上尤为敏感，那就是我可能比一般人更难容忍军国主义，哪怕只是一点点那样的“气味”，无论是试图为曾经存在过的军国主义巧为辩护，还是企图为现在复活的军国主义声张助威，都会激起我满腔的义愤。我也读过三岛由纪夫的《金阁寺》，那个文本或许确实与军国主义没什么直接联系，但我不能冷静地“就事论事”，去欣赏那“美丽的文本”，因为我不能不想起他是一个狂热的军国主义分子，这又不能不令我忆念起我那肉体与著述在同一天被日本军国主义炸成齑粉的祖父……当我在东京，有人远远指给我靖国神社时，我不仅咬牙切齿，而且恶心欲呕。但是两次访问日本，又使我接触到了很多和我一样痛恨日本军国主义的日本文化人，还有从东京到广岛到北海道札幌的普通日本市民和农民，我曾同他们讲到“一·二八”事变，讲到我祖父和他那些著述的湮灭，讲到我这生命与名字的来历，我从听者眼睛里闪动的、湿润的光影里，获得的不仅是抚慰，更是一种坚定的誓言：不能让那已经发生过的罪恶重演！

1999年11月8日绿叶居

父亲脊背上的痱子

我五岁时，本已同父母分床而睡，可是那时我不仅已能做梦，而且还常做噩梦。梦的内容，往往醒时还记得，所以惊醒以后，便跳下床，光脚跑到父母的床上，硬挤在他们身边一起睡。开头几次，被我搅醒的父母不仅像赶小猫似的发出呵斥我的声响,父亲还叹着气把我抱回到我那张小床上。后来屡屡如此，父母实在疲乏得连呵斥的力气也没有了，便只好在半醒状态下很不高兴地翻个身，把我容纳下来。而我，虽挤到了父母的床上，却依然心中充满恐怖。于是我便常常把我的身子，尤其是我的小脸，紧贴到父亲的脊背上，在终于获得一种扎实的安全感以后，我才能昏沉入睡。

我做的是些什么样的噩梦？现在仍残留在我记忆里，大体是被“拍花子”拐走的一些场景。那时，母亲和来我家借东西兼拉家常的邻家妇人，她们所摆谈的内容，绝大部分对我来说毫无意义，也不可能留下什么印象。但是她们所讲到的“拍花子”拐小孩的种种传闻，却总是仿佛忽然令我的耳朵打开了接收的闸门——尽管我本来可能是在玩胶泥，并在倾听院子里几只大鹅的叫声——她们讲到，“拍花子”会在像我这样的小孩不听大人的话，偷跑到院子外面去看热闹时，忽然走到小孩身边，用巴掌一拍小孩脑袋，小孩就什么都听不见看不见了。单只能听见“拍花子”说:“走，走，跟我走啊跟我走……”也单只能看见“拍花子”身后的窄窄的一条路，于是便傻呆呆地跟着那“拍花子”的走了。当然就再看不到爸爸妈妈，再回不到家了……这些话语嵌进我的小脑袋瓜，使我害怕得要命。特别是，每当这时我往妈妈她们那边一望，便会发现妈妈她们也正在望我。妈妈的眼光倒没什么，可那女邻居的一双眼睛，却让我觉得仿佛她已经看见“拍花子”在拍我了。我就往往歪嘴哭起来,用泥手抹眼泪,便急得妈妈赶快抓我的手……

我在关于“拍花子”拍我的种种梦境——一个比一个更离奇恐怖——中惊醒后，直奔父母那里，并习惯性地将脸和身子紧贴父亲的脊背，蜷成一团，很快使父亲的脊背上，捂出一大片痱子，并无望消失。开始，父亲只是在起床后烦躁地伸手去挠痒，但挠不到，于是便用“老头乐”使劲地抓挠。但那时父亲不过四十来岁，还不老，更不以此为乐，他当然很快就发现了那片痱子的来源。不过，在我的记忆里，父亲并没有因此而愤怒，更没有打我。只记得他对我有一个颇为滑稽的表情，说:“嘿嘿嘿，原来是你兴的怪！”母亲对此好像也并不怎么在意，记得还一边往爸爸脊背上扑痱子粉，一边忍俊不禁地说:“你看你看，他这么个细娃儿,就发起梦铳来啦！”“发梦铳”就是因做梦而呈现古怪的表现，但母亲似乎从未问过我，究竟都做过些什么梦。

弗洛伊德，当然很了不起，但他那关于儿子多有“恋母情结”和“弑父情结”的潜意识等论述，于我的个人经验，实在是对不上号。尤其是对父亲的感情记忆，最深刻的，是我在极端恐怖时，得到了他脊背的庇护，且给他长期造成了一片难息的痱子,他又并未因此给我以责罚。我感激还来不及,怎会生“弑父”之心？父亲的脊背，并不怎样宽阔雄厚，我现在回忆起来，也并无更丰富的联想，比如后来他又如何以“无形的脊背”，给我以呵护和力量等等。而且，情形还恰恰相反，他年过半百之后，对我的亲子之情虽依旧，对我的学业、前程、着落等大事，竟懒得过问，甚至撒手不管。记得我上中学以后，班主任来找家长，他招呼一下，便自己看报，母亲跟班主任谈完后跟他说，老师要走了，他便站起来点头送客。这时老师话语中提及了我们学校的名字，他竟脱口而出地说:“怎么，心武是在二十一中上学么？”我上到高中，换了学校，他还是闹不清，递给他成绩单，他草草拿眼一浏，好坏都不感兴趣。据说我大哥小的时候，常因成绩不佳，被他打屁股，打得很认真。母亲后来对我说，父亲是因为管孩子“管伤了”（腻烦了），所以到我这老五，便听之由之，全权交由母亲来管教。1960 年，父亲由贸易部调到一所部队院校任教，他和母亲去了张家口。当时哥哥都在外地，姐姐已出嫁，我还在上学，父亲却把北京的宿舍全部交出，让我去住校，不给我留房——那时贸易部是完全可以给家属留房的，另外同时调去的就给家里人留了房。但父亲觉得我应该过住校的生活，并完全独立，那时，我还未满十八周岁。

父亲在七十三岁那年过世（母亲则是在八十四岁那年），他那曾被我捂出痱子的脊背，自然连同他身体的其他部分一样，都化作了骨灰。父亲不是名人，一生不曾真正发达过，他的坎坷比起很多知识分子的遭遇来，也远不足以令人长太息，他的同辈友人，几乎也都谢世，现在能忆念的，也就是我们四个子女（大哥先他而逝）。而我对他的忆念，竟越来越集中在他那脊背因我而炸出的一片痱子上。在人类漫漫的历史中，在无数轰轰烈烈、惊心动魄的世事中，这对我父亲脊背上那片赤红鼓凸的痱子的忆念，是否极卑微、极琐屑，而且过分地私密了？

不，我不这样看。在这静静的秋夜里，我回忆起父亲脊背上的那片痱子，我想到了一个伟大的话题，这个话题常常被我们所忽略，那就是父爱。我们对母爱倾泻的话语实在太多太多，甚至于把话说绝："世上只有妈妈好！"其实，仅有妈妈的爱，人子的心性是绝不能健全的。世界、人类，一定要同时存在着与母爱同样的浓酽的父爱，我指的是那种最本原的父爱，还暂不论及养和教，不论及熏陶和人格影响。

所谓"阴盛阳衰"，是时下人们对我们中国体育竞赛状况常有的叹息，其实，就母爱和父爱的外化状况、揄扬程度、研究探讨，特别是内在的自觉性和力度上，我们似乎也是"阴盛阳衰"。中国男人要提升阳刚度，浓酽其父爱，也应是必修课之一！

我自己现在已年过半百，比背上捂出一片痱子的父亲那时，还老许多。我的儿子，也已经很大，扪心自问，我对儿子，是有那最本原的父爱的。我常常意识到，不管怎么说，他和我，有一种永远无法摆脱的、宿命的链环关系——他是我一粒精子同他母亲一粒卵子的共同作品。他的基因里，有我的遗传，我不能不给予他一种特别的感情，并企盼这种感情能够穿越我们生命，穿越世事，并穿越我们的代间冲突（那是一定会有的），而熔铸于使整个人类得以延续下去的因果之中。

直到这个静静的秋夜，我还没有把父亲脊背上的痱子，讲给儿子听，不讲了，既然写下了这篇文章。儿子现在不读我的文章，虽然他以我写文章而谋生暗暗自豪。儿子说过，不着急，我的书就在书架上，总有那么一天，他会坐下来，专门读我的书，我希望他会在这本书里发现这篇文章。那时，也许他已经有自己的儿子或女儿了，他心里会涌出一股柔情，想到：你看，父亲从爷爷那里得到过，我从父亲那里得到过，我还要给予我的孩子，那是很朴素很本原的东西，一种天然的情感磁场，而这连环般的连续“磁化”，也便永恒。

能够善良

父亲去世二十年了。记得 1955 年，报上公布了“关于胡风反革命集团的材料”，后来还印成了小册子，编者按语里说，像胡风那样的反革命分子的所作所为，“成千上万的善良人是不知道的”；父亲在饭桌上跟母亲说，他看完那些从胡风等人的私人信件中摘出的段落与句子编就的材料，确实不懂，自己算是一个“善良人”吧。1958 年,《文艺报》搞了“再批判”，把丁玲、王实味、艾青、萧军等人 20 世纪四十年代发表的文章登出“示众”，并再加严厉批判。编者按说，这些“奇就奇在以革命者的姿态写反革命的文章”，可以使“鼻子塞了的开通起来,天真烂漫、世事不知的青年人或老年人迅速知道了许多世事”；也是在家中饭桌上，父亲叹息说，怎么竟看不出丁玲写的是反革命文章，自己到头来还是“天真烂漫”的“善良人”啊！ 1966 年 6 月 4 日，《人民日报》发表社论《撕掉资产阶级“自由、平等、博爱”的遮羞布》，里头说，“打红旗的敌人比打白旗的敌人更危险”，忘记了这一点，“那就是马大哈，那就是糊涂人”；父亲很惶恐，承认自己是“糊涂人”。都到 1966 年年底了，我跟他说，刘少奇肯定要打倒了，他却说，毛主席接见红卫兵，刘少奇不也在天安门上吗？他就那么一直“善良”、“天真烂漫”、“糊涂”到底。

在父亲所经历的一波更比一波汹涌诡谲的政治运动中，“善良人”不是一个好称谓，充其量，是可以教育、改造的中间派的意思吧。到“文革”如火如荼开展起来以后，“善良人”、“糊涂人”等的存在空间也被取缔了，主流话语中也不再有争取“善良人”的字句了,原来在“革命者”扩大化地打击“反革命”时,尚可充当缓冲剂的父亲那样的“成千上万的善良人”,也基本上都沦为了“牛鬼蛇神”。

在以阶级斗争为纲的大时代里，父亲是个失败者。但父亲给我留下了一份遗产，就是即使认同了必要的斗争，心头也总舍弃不了一份善良。个人能够坚守善良，社会能够容纳善良，社会发展的进程中，也许便会少些悲剧吧。

1998 年 9 月 7 日

免费午餐

“世上没有免费的午餐”，这是流传到我们这边的一句西谚。如今在外企当白领的,往往中午会有似乎免费的盒饭,其实那份开支,是打在了雇佣成本里的,道是免费实不然。午餐无免费，晚餐亦然。总之，这句话道出了一个冷森森的商品社会的“游戏规则”。这句话实在是“一句顶一万句”，因为诸如“买一送一”、“跳楼价、吐血价大甩卖”、“先入住后付款”、“两年后退回全部货款”、“开业让利大酬宾”、“大派送”、“只收成本费，邮购从速，以免向隅”等等，等等，透过那动人的字面与魅惑的行为模式，其内在的实质，都是并无“免费午餐”可言——即使那种广告方式与促销手段尚属正当的商业竞争。

不过，在人际交往中，有时却也真会被邀进免费的饭局。父亲在世时，曾向我讲述过他年轻时所获得过的一次免费午餐。那是20世纪二十年代初，父亲才十七八岁，因为祖父远行，而后祖母对他极为吝啬，所以他离开了家庭，一个人在社会上闯荡。那时他的维生手段之一，是代人投考名牌大学，他也实在是有应考的才能与气数，竟每回都能高中。但是他从那些私雇他冒考的少爷手里，每回也得不到几个钱，用不上多久便又一筹莫展。父亲本人何尝不想进入名牌大学，但纵使他让自己考取了头一名，也没钱缴纳学费。就算学校爱才如渴，准许他减免学费，他也无法应付食宿等方面的开支，而勤工俭学，路子也不是那么好找；唯一的办法，便是设法贷到一笔款，毕业后尽早归还。谁能贷给他款呢？想来想去，有这种实力并可能情愿的，应在祖父所交往的伯叔辈中。父亲在那一年的夏天为自己去应考，以优异成绩被协和医学院放榜录取，这令他万分兴奋，当一名救死扶伤的医生既是祖父对他的期望也是他自己的夙愿，于是筹措入学读书的费用便成了当务之急。他经过一番盘算，决定向一位祖父的老友求助，该人当时在社会上已享有很大的名气，经济状况极佳，并且从小看着他长大。

父亲找到了那位名人。是住在一所很堂皇的四合院里。该人见了父亲，不待父亲发话，便感慨万端地说，我祖父这人性格真够特别，竟可抛下家小一个人远走高飞！又说我后祖母实在不像话，祖父寄回的钱居然一个子儿也不给我父亲，书香门第的后裔沦落成了流浪青年！父亲听了非常感动，原来这位伯伯很了解情况，并关爱着自己，于是便倾诉起自己的具体窘境和祈盼来；名人没听完便有电话打来，一连接听打出了几个电话后，名人便蔼然可亲地对父亲说，中午有个饭局，无妨一同去，席间可以继续聊。

父亲跟着那位名人，乘坐当时仍颇时髦的弹簧马车到了前门外的“撷英番菜馆”，这是当时显贵名流们才有财力与雅兴去消费的一家最著名的西餐馆。

很多年以后，父亲仍能描述出那一顿午餐的种种情景，从餐馆的外观到内部，从厅堂到餐桌以及闪闪发光的杯盘刀叉，从与宴男女的衣着到各个人的做派，从头道汤到色拉、主菜到最后的甜点……祖父在北京时不曾带父亲吃过这么高档的西餐，想到这一点父亲便更加感激那位伯伯的厚待。而这一切都还并不是主要的，更令父亲念念不忘的，是那天在席间出现的，几乎都是后来进入历史的人物，有的是社会活动家，有的是艺术家，有的是学者、教授。刚进入餐厅时父亲惶恐不安，非常自卑。但那位名人牵着他的手引他入席，并向大家介绍说他是祖父的公子，显然祖父在这些人心目中也是有相当分量的，父亲发现席间的名流们对他都很友善，于是也就慢慢放松下来……

那是父亲青年时代所享用到的一次高档、丰美、雅致的免费午餐，令我听来也不禁神往。父亲没有详细地向我讲述这顿免费午餐的结局，但有一点那是交代得很清楚的：他没能从那位名流伯伯那里得到另外的帮助。

我问父亲：“您饭都吃了，为什么不能要求他借给您钱呢？”

父亲说：“他们一直聊得很欢，我简直没有办法插进话去。”我再问：“吃完饭，您可以单独向他提呀！”

父亲说：“饭局一散，我发现他们都忙极了，各人都有自己的下一站……

我实际上也没有办法找到一个单独的机会……人们都纷纷礼貌地，甚至可以说是带有爱怜之情地跟我握手告别……”

我还问：“那么，您可以再到他家里找他呀！”

父亲说：“也曾有过那样的念头，不过，没有去……”

我说：“是因为觉得，他太虚伪了吧？”

父亲正色道：“不！怎么能怪人家虚伪呢？那顿午餐，人家让我一起去，是出于真心真意的！”

我说：“可是，他到头来没有借您钱呀！”

父亲说：“这就是我讲这件事给你听，要你悟出来的：别人不该你不欠你！在你一生中，你应该尽量去帮助别人，可是却一定不要有依赖别人的想法！别人可能会向你提供一顿免费午餐，但你自己一生的餐饭事业，还是需要你自己去挣出来！”

我正琢磨这话，父亲又说：“其实，后来我成家立业以后，也曾无意中这样对待过别人……我可以请他一餐饭，听他诉苦，给他些安慰，可是，要我付出相当的代价帮助他，往往还是下不了决心……也许，除了是你那时不帮他他马上就活不下去，人与人之间，还是这样为好——可以给一顿免费午餐，却还是希望每个人自己想办法，去安身立命！”

父亲作古快二十年了。我的年龄已超过父亲讲述那次午餐时的年龄。我的人生途程中，已积累了不少“免费午餐”的经验。有时是别人邀赐我，确实并无直接的功利动机，不是为了约稿、题词什么的，真的只是为了聚聚。但席间往往会有我原来并不认识的，并且以后也不会联络的人，我悟出，这种“免费午餐”的意义，在令邀请者快意，这种人生际会不可全拒，亦不可全应。在这种场合，我常常深刻地意识到，“我”是一个独特的生命，将就他人实在是桩辛苦的事。有时却又是我邀人赴餐馆或在家中留饭，这里说的我为别人提供的“免费午餐”，当然排除了至爱亲朋间的来往，而专指半生不熟的或求上门来的生人，我会在招待他们的一餐中，获得某种心理的满足，而正如我父亲所总结的，我往往并不能更多地帮助他们。在这种场合里，我常常又铭心刻骨地意识到，“我”、“你”、“他”到头来都是社会性动物，每一个人要真正解决他所面临的生存问题，除了他自己的努力，真正靠得牢把得稳的，还不是个别他人的帮助，而是一个好的社会机制，一些好的（尤其是把公平原则放在第一位的）“游戏规则”，一套好的社会保障体系，一种好的道德文化氛围，等等。

商业上的“免费午餐”式促销手段，或许有一时的轰动效应，却到头来不如“一分钱一分货”的以质取胜的老实态度，更能扎扎实实地获取“阳光下的利润”。人际间的和谐，一对一地进行具体帮助，“陌路相逢，肥马轻裘敝之而无憾”，固然是美德，我父母，我与我爱人，也不都仅是给人一次“免费午餐”，也都曾有过以不小份额的钱财助人的作为，但到头来是不可能一对一地赞助所有遇到的人的，我想绝大多数人亦然。因此，我们大家共同努力，比如说把个人根据税则向组织社会生活的政府按时按数纳税，看得比一对一地赞助救援更加重要，并把监督政府廉洁地将税款用于建立健全社会性保障、救助机制，看得比个人捐善款留芳名更重要，那么，我们自己，他人，乃至整个民族，是不是便能生存得更合理、更惬意呢？

1997 年 6 月 8 日绿叶居

远去了，母亲放飞的手

一

在内心的感情上，我曾同母亲有过短暂，然而尖锐的冲突。

那是一直深埋在我心底的，单方面的痛怨。母亲在世时，我从未向她吐露过。直到写这篇文章前，我也未曾向其他最亲近的人诉说过。

二

1988 年仲春，我曾应邀赴港，参加《大公报》创办五十周年的报庆活动。其间，我去拜访了香港一位著名的命相家。我们是作为文友而交往的。他不但喜爱文学，而且也出版过文学论著。当然他的本职是算命、看风水。据说海内外若干政界、商界名流都找他看过相。他也给普通人看相，但要提前很久预约。我另一年过港去找他，他就正在接待一对普通的夫妇，他们是来给两岁的孩子看相，而他们的预约，却是在近三年前——母亲刚刚怀孕不久时，便来登记过的。1988 年那回，我们见面时，他不仅给我算了后半生的总走势，还给我列出了流年命势，近五年内还精确到月。至少到目前为止，他的预言，竟都一一应验。这且不去说它。最让我听后心旌摇曳的，是他郑重地说："你这一生中，往往连你自己都意识不到，你是笼罩在母亲的强烈而又无形的影响之中；相对而言，你父亲对你却没多么大的影响。"他这是在挪用弗洛伊德那"俄狄浦修斯情结"（所谓"恋母弑父情结"）吗？这位命相家朋友，他的命学资源，是中西合璧的，单告诉你，他说得最流利的语言，除了粤语，便是法语，其次是英语，书房里堆满了哲学书，包括外文的，你就可知他并非一般的“江湖术士”者流，因此他对我说这话，显然也并不是简单地套用弗洛伊德学说，他确是一语中的，我的心在颤抖中大声地应和着：是的。也许我并不那么情愿，但每当我在生活的关口，要做出重要的抉择时，母亲的“磁场”，便强烈地作用于我，令我情不自禁地迈出步去。

三

我的童年和少年时代，一直生活在母亲身边。但也仅是“到此为止”。我读张洁在她母亲去世后，以全身心书写的那本《世界上最疼我的那个人去了》，产生出一种类似嫉妒与怅惘的心情。不管有多少艰难困苦，不管相互间爱极也能生怨，她们总算是相依为命，濡沫终老，一个去了，另一个在这人世上，用整整一厚本书，为她立下一座丰碑，去者地下有知，该是怎样地欣悦！

而我和母亲生活在一起时，因为还有父亲，有兄姊，他们都很疼爱我，所以，我在浑噩中，往往就并未特别注重享受母爱，“最疼我”的也许确是母亲，可是我却并无那一个“最”字横亘心中。

1942 年，抗日战争最艰苦的岁月，母亲在四川成都育婴堂街生下了我，当时父亲在重庆，因为日寇飞机经常轰炸重庆，所以母亲生下我不久，便依父亲来信所嘱，带着我兄姊们回到偏僻的老家——安岳县——去“逃难”，直到抗战胜利，父亲才把母亲和我们接回重庆生活。雾重庆在我童年的记忆里形成了一个模糊而浪漫的剪影。我童年和少年时代真切而深刻的记忆，是北京的生活，从 1950 年到 1959 年，我的八岁到十七岁。那时父亲在北京的一个国家机关工作，他去农村参加了一年土改，后来又常出差，再后来他不大出差，但除了星期天和节假日，他都是早出晚归，并且我的哥哥姐姐们或本来就已在外地，或也陆续地离家独立生活，家里，平时就我和母亲两人。

回忆那十年的生活，母亲在物质上和精神上对我的哺育，都是非同寻常的。

物质上，母亲自己极不重视穿着，对我亦然，反正有得穿，不至于太糟糕，冬天不至于冻着，也就行了；用的，如家具，跟邻居们比，实在是毋乃太粗陋；但在吃上，那可就非同小可了，母亲做得一手极地道的四川菜，且不说她能独自做出一桌宴席，令父亲的朋友们——都是些见过大世面、吃过高级宴席的人——交口称誉，就是她平日不停歇地轮番制作的四川腊肠、腊肉、卤肉、泡菜、水豆豉、赖汤圆、肉粽子、皮蛋、咸蛋、醪糟、肉松、白斩鸡、樟茶鸭、扣肉、米粉肉……“常备菜”，那色、香、味也是无可挑剔，绝对引人垂涎三尺的，而我在那十年里，天天所吃的，都是母亲制作的这类美味佳肴，母亲总是让我“嘿起吃”（四川话，意即放开胃吃个够），父亲单位远，中午不能回来吃，晚上也并不都回来吃，所以平时母亲简直就是为我一个人在厨房里外不惮烦地制作美味。有的了解我家这一情况的人，老早就对我发出过警告：“你将来离开了家，看你怎么吃得惯啊！”但我那时懵懵懂懂，并不曾去设想过“将来”。生活也许能就那么延续下去吧？“妈！我想吃豆瓣鱼！想喝腊肉豆瓣酸菜汤！”于是，我坐到晚餐桌前，便必然会有这两样“也不过是家常菜”的美味……那时我恍惚觉得这在我属于天经地义。附带说一句，与此相对应的，是母亲几乎不给我买糖果之类的零食，我自己要钱买零食，她也是很舍不得给的，偶尔看见我吃果丹皮、综果条、关东糖之类的零食，她虽不至于没收，却总是要数落我一顿。母亲坚信，一个人只要吃好三顿正经饭，便可健康长寿，并且那话里话外，似乎还传递着这样的信念：人只有吃“正经饭”才行得正，吃零嘴意味着道德开始滑落——当然很多年后，我才能将所意会到的，整理为这样的文句。

母亲在“饲养”我饭食上如此令邻居们吃惊，被几乎是一致地指认为对我“娇惯”和“溺爱”，但跟着还有更令邻居们吃惊的事。那时我们住在北京东城一条胡同的机关大院里，我家厨房里飘出的气味，以及母亲经常在厨房外晾晒自制腊肠，等等形迹，固然很容易引起人们注意，而各家的邮件，特别是所订的报刊，都需从传达室过，如果成为一个邮件大户，当然就更难逃脱人们的关注与议论，令邻居们大为惊讶的是，所订报刊最多的，是我家——如果那都是我父亲订的，当然也不稀奇，但我父亲其实只订了一份《人民日报》，其余的竟都是我订的，上小学和初中时，是《儿童时代》《少年文艺》《连环画报》《新少年报》《中学生》《知识就是力量》……上高中时，则是《文艺学习》《人民文学》《文艺报》《新观察》《译文》《大众电影》《戏剧报》……乃至于《收获》与《读书》。订那样多的报刊，是要花很大一笔钱的，就有邻居大妈不解地问我母亲："你怎么那么舍得给一个幺儿子花这么多钱啊！你看你，自己穿得这么破旧，家里连套沙发椅也不置！"母亲回答得很坦然："他喜欢啊！这个爱好，尽着他吧！"其实邻居们还只注意到了订阅报刊上的投资，他们哪里知道，母亲在供应我买课外读物上的投资，还有我上高中后，看电影和话剧上的投资，更是一个惊人的数字。从 1955 年到 1959 年，我大约没放过当时任何一部进口的译制片，还有在南池子中苏友协礼堂对外卖票放映的苏联原版片（像《雁南飞》《第四十一》就都是在那里看到的）。又由于我家离首都剧场不远，所以我那时几乎把北京人艺所演出的每一个剧目都看了。为什么我要把这方面的投资都算在母亲身上？因为我家的钱虽都来自父亲所挣的工资（他当时是行政十二级，工资额算高的），可是钱却都由母亲支配，父亲忙于他的工作，并且他有他的一个世界，他简直不怎么过问我的事。有一回我中学班主任来我家访问，他竟问人家我是在哪一所中学上学；母亲全权操办我的一切事宜，因此，如果母亲不在我的文艺爱好上，如同饭菜上那样"纵容"与"溺爱"我，我当年岂能汲取到那么多（当然也颇杂芜）的文化滋养呢？

就在母亲那样的养育下，我身体很快地达于早熟，并且我的心态也很快膨胀起来——我爱好文学，但我并不觉得自己只是个"文学青年"，只应尝试着给报刊的"新苗"一类栏目投习作，我便俨然以成年作者自居，煞有介事地胡乱给一些很高档的报刊寄起稿件来，不消说，理所当然地有了一大堆退稿，但竟终于在 1958 年，我十六岁，上高二时，在《读书》杂志上发表出了我的第一篇文章：《谈〈第四十一〉》。

在我来说，那当然是很重要的一桩事。在我母亲来说呢？"养兵千日，用兵一时"，难道她不欣喜若狂吗？

不。母亲或许也欢喜，但那欢喜的程度，似乎并没有超过看到我在学校里得到一个好分数一类的常事。

母亲1988年病逝于成都。她遗下一摞日记,1958年是单独的,厚厚的一本,几乎每天没有间断,里面充满许多我家的琐事细节,我找来找去,我的文章第一回印成铅字这桩在我来说是“天大的事”,她硬是只字未提。

我的母亲是个平凡之极的母亲,但她那平凡中又蕴含着许多耐人寻味之处。

她对我的那份爱,我在很久之后,都并不能真正悟透。

四

1959年,我在高考时失利,后来证实,那并非是我没有考好,而是另有缘故,那里面包括一个颇为复杂的故事,这里且不去说;我被北京师范专科学校所录取,勉勉强强地去报了到,我感到“不幸中的万幸”,是这所学校就在市内,因此我觉得还可以大体上保持和上高中差不多的生活方式——晚上回家吃饭和睡觉。固然学校是要求住校的,而且师范院校吃饭不要钱,但那时也有某些不那么特别要求进步,家庭也不那么困难的学生,几乎天天跑回家去,放弃学校的伙食,跟我一个班的一位同学就是如此。

我满以为,母亲会纵容我“依然故我”地那样生活。但是她却给我准备了铺盖卷和箱子,显示出她丝毫没有犹豫过,并且也不曾设想过我会要赖——她明白无误地要我去住校,告诉我到星期六再回家来。我服从了,心里却十分地别扭。

那时,经历过浮夸的“大跃进”,国家进入了“三年困难时期”,学校里的伙食可想而知,油水奇缺;母亲在家虽也渐渐“巧妇难为无米炊”,但父亲靠级别终究还有一些食油和黄豆之类的特殊供应,加以母亲常能“化腐朽为神奇”,比如说把北方人往往丢弃的鱼头、猪肠制作成意外可口的佐餐物品;所以星期日回到家里,那饭菜依然堪称美味佳肴,这样再回到学校食堂,便更感饥肠难畅。

母亲不仅把我“推”到了学校,而且,也不再为我负担那些报刊的订费,我只能充分地利用学校的阅览室和图书馆,那虽只是个专科学校,平心而论,一般的书藏量颇丰,因此也渐渐引得我入了迷,几个月后,我也就习惯乐于在图书馆里消磨，逢到周末，并不回家，星期日竟泡一天图书馆的情形，也出现了几次。

不过，母亲每月给我的零花钱，在同学中，跟他们家里所给的比，还是属于多的，因此那时我在同学中，显得颇为富有，有时就买些伊拉克蜜枣（那是那时市面上仅有的几种不定量供应的食品），请跟我相好的同学吃。

1960 年春天，有一个星期六我回到家中，一进门就发现情况异常，仿佛在准备搬家似的……果不其然，父亲奉命调到张家口一所军事院校去任教，母亲随他去，我呢？父亲和母亲都丝毫没有犹豫地认为，我应当留在北京，我当然也并不以为自己应当随他们而去，毕竟我已经是大学生了，问题在于：北京的这个家，具体地说，我们的这个宿舍，要不要给我留下？如果说几间屋都留下太多，那么，为什么不至少为我留一间？

那一年，父亲他们机关奉调去张家口的还有另外几位，其中有的，就仅是自己去，老伴并不跟去，北京的住房，当然也就保留，很多年后，还经历了“文革”的动乱，但到头来，人家北京有根，终究还是“叶落归根”了。那时，即使我母亲跟父亲去了张家口，跟组织上要求给我留一间房，是会被应允的，但父亲却把房全退了，母亲呢，思想感情和父亲完全一致，就是认为在这种情况下，我应当开始完全独立的生活。

在我家，在我的问题上，母亲是绝对的权威。倘若母亲提出应为我留房，父亲是不会反对的。母亲此举也令邻居们大惑不解。特别是，他们都目睹过母亲在饭食和订阅报刊上对我的惯纵，何以到了远比饭菜和报刊都更重要的房子问题上，她却忽然陷我于“无立锥之地”，这还算得上慈母吗？！

父母迁离北京、去往张家口那天，因为不是星期日，我都没去送行，老老实实地在教室里听课。到了那周的星期六下午，我忽然意识到，我在北京除了集体宿舍里的那张上铺铺位，再没有可以称为家的地方了！我爬上去，躺到那铺位上，呆呆地望着天花板上的一块污渍，没有流泪，却有一种透彻肺腑的痛苦，难以言说，也无人可诉。

那一天，我还没满十八岁。

五

我想一定会有人笑话我：十七八岁开始独立的人生，这有什么稀奇！在1949年以前的岁月里，有的人十五岁左右就参加革命了！而“文革”当中，多少青年人上山下乡，“老三届”里最小的一批（“老初一”），他们去插队或去兵团时顶多十六岁。是的，我也曾在心底里检讨过自己的娇懦与卑琐，所以一直不敢袒露那一阶段的心曲。但现在时过境迁，我已年过半百，自己对自己负全责的生活磨炼，也堪称教训与经验并丰，因之能以冷静地跳出自己，从旁来观察分析我从少年步入青年，那一人生阶段的心理成熟过程，现在更能从中悟出，父母，特别是母亲，对子女，特别是对我，在无形中所体现出的那一份宝贵的爱。

每一个人都会有自己独特的生命体验。但绝大多数人的生命历程又往往可以从大体上来归类。在1949年以前的年代里，很多青年人参加革命，或是因为家里穷得没饭吃，或者是家里小康或大富，自己却觉得窒闷，因而主动投入革命，离家奋飞。而“文革”中最大多数的知识青年，他们的离家上山下乡，是处于一种不管你积极还是消极还是混沌的状态，总之要随风而去的潮流之中。但是在相对来说是不仅小康而且亲情浓烈的家庭里，在相对来说属于和平时期的社会发展阶段，一般来说，父母就很容易因为娇惯与溺爱子女，而忽略了培养他们独立生活的能力，甚至于到了该将他们“放飞”的时候，还不能毅然地将他们撒出家去，让他们张开翅膀，开始相对独立的人生途程。20世纪八十年代以降，许许多多的小家庭都面临这样一个看似简单，实际却并不那么简单的问题，结果是出现了不少心性发育滞后的青少年，引发于社会，则呈现出越来越具负面影响的若干伦理问题、道德问题、社会生态平衡问题与民族素质衍化等一系列问题。正是在这样一种新的人文环境中，我才突然觉得，从这样一个新的角度，来加深对我母亲的某些方面的理解，不仅对我自己，对我的儿子，能有新的启迪，并且将其写出，也许对20世纪九十年代的母亲们，亦不无参考价值。

六

其实我也在不少文章中写到过母亲，只是没有像张洁那样，专门写成一本书。我回忆过母亲的慈蔼，她的宽于待人，她那让我回忆起来觉得简直是过了分的诚实，以及她因体胖行动起来总是那样的迟慢，还有她对《红楼梦》中人物与细节的如数家珍，她几十年如一日地坚持记日记，她曾在一次日记里用这样的句子结束了全家的颐和园之游："归来时，已万家灯火矣！"这在外人看来一定觉得极为平常的文句，在偷看它的我（那时十一岁）来说，却经历了一次情感与诗意的洗礼……

可是在我对母亲的回忆里，不可能有相依为命、携手人生的喟叹。不是因为家贫难养，不是因为我厌倦了父母的家要"冲破牢笼"（我的情绪恰恰相反），甚至也不是因为社会的大形势一定要我和父母"断脐"（固然那时阶级斗争的弦已越绷越紧，却并没有影响到我的起码是"适当地靠父母"，比如说在父母离京时为我谋得"留房"），而是因为父母一致地认为，特别是母亲的"义无反顾"，要我从十八岁后便扇动自己的翅膀，飞向社会，从此自己对自己负全责，从自己养活自己，到自己筑窝，自己去娶妻生子，去开创我的另一世界。

父母对我们每一个子女，都这样对待。我大哥 1949 年前就离家参加了解放军，二哥十六七岁便离家求学，学造纸，1950 年分配到延边一个屯子里的造纸厂当技术员，另一个哥哥大学毕业也到很远的地方工作，姐姐也是一样，总之，我们全都在二十岁前，便由父母坚决地放飞。在后来的岁月里，我们在假期，当然也都回到父母家看望他们，他们后来也曾到过我们各自的所在，我们的亲情，不因社会的动荡、世事的变迁而有丝毫的减退，父母对放飞后的我们，在遇到困难时，也总是不仅给予感情上的支撑，也给以物质上的支援，比如我 1971 年有了儿子后，父母虽已因军事学院的解散，被不恰当地安置到僻远的家乡居住，却不仅不要我从北京给他们寄钱，反而每月按时从那里往北京我这里寄十五块钱，以补助我们的生活，每张汇款单上都是母亲的笔迹，你能说她这都仅是为了“养孙子”，对我，却并没有浓酽的母爱吗？

可是父母，特别是母亲，在“子女大了各自飞”这一点上，坚定性是异常惊人的。

我的小哥哥，曾在南方一所农村中学任教，忽然一个电报打过来，说得了肺结核。当时父亲出差在外，一贯动作迟缓的母亲，却第二天便亲自坐火车去他那里，把他接回北京治疗，竭尽心力地让他康复；在那期间，哥哥的户口都已迁回了北京，病愈后，在北京找一份工作，留在家里并无多大困难，但母亲却像给小燕舐伤的母燕，一旦小燕伤好，仍是放飞没商量，绝不作将哥哥留在身边之想，哥哥后来也果然又回到了那所遥远，而且条件非常艰苦的农村中学。有邻居认为这不可思议。但母亲心安理得。

母亲可以离开子女，却不能离开父亲。除了抗日战争期间，因“逃难”，母亲一度与父亲分居，他们两人在漫长的生涯里，始终厮守不弃。1960 年，父亲调到张家口，那是“口外”，其艰苦可想而知，有人劝母亲，留在北京吧，政策未必不允，而且，过些年父亲也就该退休，正好可以退回北京家中，何况北京有我，师专毕业，分配都在北京，正好母子相依，岂不面面俱到？母亲却绝无一分钟的动摇。她一听到调令，便着手收拾家当。她随父亲到了塞外，在那里经历了“文革”的洗礼，其间该军校所有教员一律下放湖北干校，就有某些随军家属，提出自己有独立的户口，并非军校工作人员，要留下来安家，经动员无效，也只好安排，这样后来军校彻底“砸烂”时，一些教职工，反得以回到未下放的家属那里，生活条件较为改善，但我母亲照例绝不作此考虑，她又是连一分钟的迟疑也不曾有，坦然地随父亲上了“闷子车”，一路席地而坐，被运到了湖北干校……对于母亲来说，夫妇是不能自动分离的，无论遇到什么情况，也无论哪怕是短暂的分离可能带来某种将来的“好处”，她都绝不考虑，那真是无论花径锦路，还是刀山火海，只要一息尚存，她都要与父亲携手同行，在每个可能的日夜。这是封建的“嫁夫随夫”思想吗？这是“资产阶级的恋爱至上”吗？或许，这仿佛老燕，劳燕双飞，是一种优美的本能？

把母亲的绝不能与父亲分离，与她对成年子女的绝对放飞，相合来看，现在我意识到，这样的母亲，确实很不简单。或者，换个说法：这本是一种最普通的母亲，但，起码在我们现在置身其间的社会环境里，反倒不是那么普通了。

七

以我的“政治嗅觉”，直到1966年春天，我还是万没有料到会有一场疾风暴雨的“无产阶级文化大革命”迫在眉睫。我在北京一所中学任教，当时不到二十四岁，却已经有了近五年的教龄，教学于我颇有驾轻驭熟之感。中学是一个很小的天地，那时离政治旋涡中心很远，我除了教书，就是坐在学校宿舍里读书，写一点小文章投寄报纸副刊，挣一点小稿费，还有就是去北海、中山公园等处游逛。姚文元那篇批判《海瑞罢官》的文章，一发表于上海《文汇报》，我就在学校阅览室里读了，心中有一点诧异，却也仅只是“一点点”，其他老师似乎连阅读的兴趣也没有，谁也没想到那文章竟是把我们所有人卷进一场浩劫的发端；我投给《北京晚报》的小文章，有时就排印在副刊的“燕山夜话”旁边，但我既没有什么受宠若惊之感，更无不祥之兆，因此当几个月后暴怒的“红卫兵”质问我为什么与“燕山夜话”“一唱一和”时，我竟哑然失声……

就在那个春天，我棉被的被套糟朽不堪了，那是母亲将我放飞时，亲手给我缝制的被子，它在为我忠实地服务了几年后，终于到了必须更换的极限。于是我给在张家口的母亲，写信要一床被套。这于我来说是自然到极点的事：那时我虽然已经挣到每月五十四元的工资，又偶尔有个五块十块的稿费，一个人过，经济上一点不困难，我偶尔也给母亲寄上十块二十块的，表示孝心，我不是置不起一床新被套，但我不知道该到哪儿去买现成的被套，买白布来缝？那是我难以考虑的，这种事，当然是问母亲要。

母亲很快给我寄来了包裹，里面是一床她为我缝制的新被套，但同时我也就接到了母亲的信，她那信上有几句话令我觉得极为刺心：“……被套也还是问我要，好吧，这一回学雷锋，做好事，给你寄上一床……”

这就是我文章开头所说的，与母亲的一次内心里的感情冲突。睡在换上母亲所寄来的新被套里，我有一种悲凉感。母亲给儿子寄被套，怎么成了“学雷锋，做好事”，仿佛是“义务劳动”呢？！

当然，在那样的岁月里，这是很细微很卑琐的一件事情，何况很快就进入了“文革”时期，这对母亲的不悦，很快也就沉入心底，尘封起来了。

在“文革”过去以后，因为偶然的原因，母亲在关于那床被套的信中所说过的话，又曾浮到了记忆的上层。于是默默地分析：她那是因为受当时社会“语境”的熏陶而顺笔写出？是因为毕竟乃一平凡的老太婆，禁不住为一床被套“斤斤计较”？还是她对我，说到头来并没有最彻底的母爱？

也曾有几回，在母亲面前，话到嘴边，几乎就要问出来了，却终于又吞了进去。吞进去是对的。也曾设想，是母亲当年一时的幽默。母亲诚然是一个有幽默感的人，但她同时又是一个从不拿政治词语来幽默的人。

现在我才憬悟，母亲那是很认真很严肃的话，就是告诉我，既已将我放飞，像换被套这类的事，就应自己设法解决。在这种事情上，她与我已是“两家人”，当然她乐于帮助我，但那确实是“发扬雷锋精神”，她是在提醒我，“自己的事要尽量自己独立解决”。回想起来，自那以后，结婚以前，我确实再没向母亲伸过这类的手，我的床上用品，更换完全由我自己完成，买不到现成的，我便先买布，再送到街道缝纫社去合成。

母亲将我放飞以后，我离她那双给过我无数次爱抚的手，是越来越远了，但她所给予我的种种人生启示，竟然直到今天，仍然能从细小处，挖掘出珍贵的宝藏来……谁言寸草心，报得三春晖！

八

父亲于1978年突发脑溢血逝世。父亲逝世后，母亲在我们几个子女家轮流居住，她始终保持着一种独立的人格尊严，坚持用自己的钱，写自己的日记，并每日阅读大量的书报杂志，在与子孙辈交谈时，经常发表她那相当独到的见解，比如，她每回在电视新闻里看到当时的美国总统卡特，总要说：“这个焦眉愁眼的人啊！”她能欣赏比如说林斤澜那样的作家写的味道相当古怪的小说……她的行为也仍充满勃勃生气，比如收认街头纯朴的修鞋匠为自己的干儿子，等等。

母亲于1988年深秋，因身体极为不适，从二哥家进了医院，她坚持要自己下床坐到盆上便溺，在我们子女和她疼爱的孙辈都到医院看过她后，她在一天晚上毅然拔下护士给她扎上的抗衰竭点滴针，含笑追随父亲而去。她在子女成年后，毅然将他们放飞，而在她丧偶后，她所想到的，是绝不要成为子女们的累赘，在她即将进入必得子女们轮流接屎接尿照顾她病体的局面时，她采取了不发宣言的自我安乐死的方式，给自己无愧的一生，画上了一个清爽的句号。

九

静夜里，忆念母亲，无端地联想到两句唐诗："唯怜一灯影，万里眼中明。"那本是唐人钱起为日本僧人送行而写的，营造的，是一个法舟在海上越漂越远，那舟窗中的灯，却始终闪亮在诗人心中的意境。我却觉得这两句诗恰可挪来涵括对母亲的忆念。她遗留给我的明心之灯，不因我们分离的时日越来越长而暗淡熄灭，恰恰相反，在我生命的途程中，是闪亮得愈见灿烂，只是那明心之光润灵无声，在一派肃穆中伴我始终。

1994年12月20日绿叶居

神圣的沉静

小时住在重庆南岸狮子山，从那里可以到一座更高的真武山去游览。真武山上有段路非常险，靠里是陡峭的山岩，靠外是极深的悬崖。那天玩得很开心。返回时，我故意贴在悬崖边上走，还蹦蹦跳跳的，甚至以颠连步跃进。七岁的我还不懂生命的珍贵，那样做，有存心让母亲看见着急的动机。那悬崖下面的谷地，荒草里凸现着一块怪石，那石头自然生成盘蛇的状态，当中的一块耸起活像蛇颈和蛇头。传说结了婚的男女，从悬崖上往下掷石头，如果掷中了那条石蛇的身子，就能生个儿子。混混沌沌的我，自以为也懂得成年人的事情，听大人们有那样的议论，想起自己也同邻居女孩子玩过扮新郎新娘的游戏，竟然也拾起石块朝悬崖下奋力掷去，把握不好投掷的重心，身体的姿势从旁看去就更惊心动魄了。

还记得那天母亲的身影面容，她紧靠着路段里侧的峭壁，慢慢地走动。她一定后悔转到那段路以前没能牢牢牵着我的手，把我控制在她身边，她自己往前挪步，眼睛却一直盯在我身上。我顽皮地蹦跳投掷，不住地朝她嬉笑，呕她，气她，悬崖边缘就在我那活泼生命的几寸之外。事后，特别是长大成人后，回想起母亲在那段时刻的神态，非常惊异，因为按一般的心理逻辑与行为逻辑，母亲应该是惶急地朝我呼喊，甚至走过来把我拉到路段里侧，但她却是一派沉静，没有呼喊，更没有吼叫，也没有要迈步上前干预我的征兆，她就只是抿着嘴唇，沉静地望着我，跟我相对平行地朝前移动。

那段险路终于走完，转过一道弯，路两边都是长满芭茅草和灌木的崖壁了，母亲才过来拉住我的手，依然无言，我只是感受到她那肥厚的手掌满溢着凉湿的汗水。

直到中年，有一天不知怎么的提及这桩往事，我问母亲那天为什么竟那样的沉静。她才告诉我，第一层，那种情况下必须沉静，因为如果慌张地呼叫斥责，会让我紧张起来，搞不好就造成失足。第二层，她注意到我是明白脚边有悬崖面临危险的，是故意气她，尽管我不懂将生命悬于一线是多么荒唐，但那时的状态是有着一定的自我防险意识与能力的，一个生命一生会面临很多次危险，也往往会有故意临近危险也就是冒险行动，她那时觉得让我享受一下冒险的乐趣也未尝不可。我很惊讶，母亲那时能有第二层次的深刻想法。

母亲去世快二十年了，她遗留给我的精神遗产非常丰厚，每遇大险或大喜时的格外沉静，是其中最宝贵的一宗。我写第一个长篇小说《钟鼓楼》时，母亲就住在我那小小的书房里，我伏桌在稿纸上书写，母亲就在我背后，静静地倚在床上读别人的作品。有时我会转过身兴奋地告诉她，我写某一段时感觉良好，还会念给她听。她听了，竟不评论，没有鼓励的话，只是沉静地微笑。有时她还会把手头所读的一篇作品的某些内容讲一下，那作品是一位同行写的，我没时间读，也并不以为对我有什么参考价值，不怎么耐烦听母亲介绍，母亲自然是觉得写得挺好，但她也并不加些褒扬的话语，她就是沉静地给我客观讲述，毫不啰嗦，具有点穴的效应。后来《钟鼓楼》得了茅盾文学奖，那时母亲已到成都哥哥家住，我写信向他们报喜，母亲也很快单独给我回了信，但那信里竟然只字未提我获奖的事，没什么祝贺词，但语气沉静地嘱咐了我几件家务事，都是我在所谓事业有成而得意忘形时最容易忽略的。

2000年第三次去巴黎，又去卢浮宫看达·芬奇的《蒙娜丽莎》。在众多的观赏者中，我忽然产生了一个非常私密的感受，那就是蒙娜丽莎脸上的表情并不一定要概括为微笑，那其实是神圣的沉静，在具有张力与定力的静气里，默默承载人生的跌宕起伏、悲欢聚散、惊险惊喜。那时母亲已仙去十二年，我凝视着蒙娜丽莎，觉得母亲的面容叠印在上面，继续昭示着我：无论人生遭遇到什么，不管是预料之中还是情理之外，沉静永远是必备的心理宝藏。

美丽的藩篱

1954 年春天，我十二岁。有一天，学校停课，老师带领我们到珠市口大街南边参加义务劳动。那一片地方现在广为人知，就是中国美术馆所在。记得那一年还没有修建中国美术馆，只是拓宽马路，好把从朝阳门、东四到沙滩一直通往西四的道路疏贯。工人师傅们已经把那一片地方的房屋拆得差不多了，参加义务劳动的人们只需把一些未及清理的砖瓦碎木集中到指定的地方去。

到了工地，只见早已有很多大人在其中忙碌。那时我系着红领巾，在老师带领下干得满头大汗，一身是灰，却满心高兴，生怕落后。

且说我正忙着把一摞砖头抱到指定的集中点去，忽然看到了我的妈妈，吃了一惊。因为清晨妈妈给我热早点时，并没有说起来这地方参加义务劳动的事呀！但是我很快也就想明白，一定是我上学以后，街道上才通知居民们来义务劳动，好各方齐心协力，把那片拆迁地的清理工程抢完。妈妈年轻时当过小学教师，那时却成了家庭妇女，可是她热心街道工作。看得出来，在工地上，妈妈的角色就像我们的班主任老师一样，从工地指挥部那儿领到具体任务后，带领我们家所在的钱粮胡同海关宿舍的居民们，去往指定的区域清场。她细致分工、身先士卒，大家兴高采烈地干了起来。妈妈当时年过半百，相当胖，干起搬运杂物的粗活自然十分吃力，脸涨得通红，可是浑身溢出春风，仿佛是一种难得的享受。我家自 1950 年从重庆迁到北京以后，眼见着北京市政府疏浚什刹海、翻修下水道、增敷自来水设施、开辟一条又一条的公共汽电车线路……爸爸妈妈提起来总是赞不绝口，现在能亲自参加提高首都生活品质的工作，妈妈那种心甘情愿的劲头，自然体现在每一个动作里。

我望见了妈妈，而且，妈妈一定也望见了我，我除了没有大声地呼唤她，整个儿的表情身姿都在拼命地朝她显示：嘿！我在这儿啦！可是，令我非常失望，并且惊诧的是，妈妈眼光从我身上掠过时，却仿佛是看到一个她并不认识的孩子，倒也不是冷淡，她脸上分明有着微笑，然而那只是看到任何一个参加义务劳动的少先队员时都有的微笑，而不是我所期盼的那种看到她最心疼的幺娃儿的特殊笑容。我几次试图接近她，并且频频以夸张的肢体语言以期引起她的关注，然而她却依然不给我哪怕只是表情上的一个小小的特殊回报！惶急中，我一个趔趄跌倒在地，磕破了腿，我恨恨地望着那边的妈妈，心想难道你还不来管我吗？可是，她却直起腰来，耐心地跟一位去问她什么事的老大爷解释起来……班主任老师赶过来，扶起我，并且忙带我去找卫生站清洗伤口、涂红药水。

当时的我，怎么也弄不明白，妈妈为什么在义务劳动的工地上不格外地关照我。那天从学校回到家里，妈妈正在厨房里烧我最爱吃的豆瓣鲫鱼……晚饭前，她仔细查看了我腿上磕破的地方，说不要紧的，又嘱咐我先洗个脸再吃饭，晚上要洗个澡……晚上洗了澡，我忙着赶作业，也就没有问妈妈，为什么在那工地上，她对我视而不见。

这事我始终没有追问她，其实越到后来，越用不着问。这类的事后来经常出现，都很细小，形态不一，含蓄微妙，然而如雪花飘落积累，使我的认知越来越澄澈清明，那就是，妈妈一再地在我生命的活动空间中，设置出无形的藩篱，使我懂得，藩篱的一边，是我们温馨的家，在这个区域中，我尽可享用亲情，悠游自在，甚或无妨偶尔撒娇使性；而藩篱的另一边，是公众社会，以及他人所在，我要从小懂得，在公众社会中不可仗恃或依赖亲情温恤，并且他人一般来说不可能，也无义务给我以“幺娃儿”式的宠溺优待，我必得一天天地长大成人，应尽早习惯于在公众社会中奉献，学会与他人耐心磨合，艰辛劳作，独立生活！

当然，爸爸和妈妈是同样的态度，但他总是很忙，我十七岁离家独立生活以前，给我以深重影响的，是妈妈。她为我设置的藩篱，是无形而美丽的，这是她给予我的最重要的精神遗产。我的人生已过中途，回顾往事，我有过许多的错失，有时甚至是重大的失误，然而，托庇于妈妈给我的教养，我从来没有犯过公私不分，或人我不分的错误，并且，我总是能像她那样，把自家藩篱内的东西贡献给藩篱外的社会和他人时，只觉得欢愉，而视任何将藩篱外的公家或他人的东西据为己有为奇耻大辱。1988 年，电脑在中国还是相当珍奇的东西，一位大款朋友送了我一台电脑，以助我写作，我毫不犹豫地将那电脑给了当时我任职的单位。恰在那一年，妈妈不幸在成都仙逝，我在流泪祭奠妈妈时，心中告慰她说：您为我设置的人生藩篱，我要再传给您的孙子，那将是常青的藩篱！

归来时，已万家灯火矣

1950年，我们全家从重庆迁到北京。父母虽原籍都是四川，却从小随祖父在北京长大，北京于他们而言不啻第二故乡。在北京安顿下来以后，每逢星期天和节假日，父母总要带我们子女游览北京的名胜古迹。母亲是个爱记日记的人，平时那平淡的日子里，油盐酱醋茶的家常细事她都要记，何况游览归来后。有一次，全家游颐和园归来，母亲写了一篇很长的日记，姐姐偷看了母亲的日记本后，笑得合不拢嘴。她说，那篇日记的最后一句是："归来时，已万家灯火矣。"哥哥们听说，也都笑。我那时还小，不懂他们笑个什么；但从他们的神情可以看出，那倒不是恶意的嘲笑；母亲对他们的笑，也报之以笑，一家人很是快活。后来渐渐琢磨出来，姐姐和哥哥们是觉得母亲那文言白话夹杂的文体，在那样一个新时代开始以后，显得挺滑稽的；用今天的术语来说，就是"文本"和"语境"有些个"疏离"。

后来我大了些，也翻看过母亲的日记本。母亲实在是个无甚隐私的人，为了父亲，和我们子女的成长，她日复一日地操持家务，日记所载，便是那含辛茹苦而任劳任怨的流程。母亲日记的内容确实平淡无奇，但我喜欢那里面所充溢的生活情趣。比如，有一次母亲上街买菜，被扒手偷走了钱包，她记下这件事时，还画了一幅小画儿，画着她自己气恼的面容，又在她自己的像后，画了一个比例小归来时，已万家灯火矣许多的、逃跑的扒手的背影，非常生动，旁边还有文字说明："扒手可恨！给新社会丢脸！"她为自己的日记插图虽不是很多，一个月里也总有几回，记得有一幅荷花画得很好，是记录到北海公园赏荷的印象，那荷花上，还立着一只——我以为是蜻蜓——母亲告诉我应该叫作豆娘。

20世纪五十年代初期，父母对新社会赞不绝口。那时北京先是疏浚了什刹海等水域，后来又掏尽了几乎全城的阴沟，所以全家一起看了老舍的《龙须沟》以后，父母都赞生动真实，对舞台上的角色喊“万岁”，非常共鸣。后来我再大了些，懂得那一时期叫新民主主义社会。那时的国产影片，厂标是工农兵的雕像，随着一段悦耳的乐曲，微偏的雕像缓缓旋转为正面，叠印出制片厂名称；我现在仍能哼出那乐曲的旋律；后来那乐曲不仅从电影片头消失，几乎在任何时候、任何场合都再也听不到了；到了“文革”时期，上海首先揪出了作曲家贺绿汀，对他猛批时，点到了那首由他谱出，一度被使用到电影片头的乐曲，原来叫作“新民主主义进行曲”，而“新民主主义”，据说是刘少奇对之格外地衷情，有“巩固新民主主义”的提法，是他反对搞社会主义的一大罪状，此罪既定，贺绿汀为“新民主主义”谱“进行曲”，自然也就“罪该万死”。说实在的，解放初实行新民主主义的时间虽然短暂，但那时我已十多岁，所获得的感受里，却没什么阴影。那时国营经济蓬勃发展，但私营经济也很活跃，我记得父亲带我去先农坛参观过大规模的城乡物资交流会，各种商品琳琅满目；而我家附近的隆福寺庙会，更显示出多元的社会景观；当时的东安市场，更仿佛一座美不胜收的琳宫宝殿。还记得那时母亲常一边在厨房炒菜，一边赞叹物价稳定。也还记得在饭桌上，父母不经意的对话中，其实是在赞叹新社会的好处，比如取缔了妓院，禁绝了鸦片，消灭了土匪，振奋了民心，等等。所以在“文革”时，读到那些痛批刘少奇“巩固新民主主义”的想法是“狼子野心”时，心里只有诧异和恐惧，只好拼命地去跟那“继续革命”的极左理论认同。后来，从逻辑上确实也弄通了，革命就是要一波一波地迅疾推进，以致最后要实行“全面专政”。但“反右”、“大跃进”以后，我步入青年时期，却留下了害怕“片语致祸”和物资匮乏乃至饥饿的记忆阴影。

母亲直到“文革”前，一直坚持记日记。哥哥们和姐姐后来都离开了北京。我长大了，自己也记上了日记，因为懂得日记是私密的话语，自己的既然怕别人看，别人的当然也就不应该看，所以那以后再不曾翻看母亲的日记。直到母亲1988年仙逝后，她的几十本日记成了遗物，我才通读了一遍。我发现，她那日记，最生动活泼的部分，就是1950年到1956年那几本，插图最多的，也是那几本。而“归来时，已万家灯火矣”那一篇那一句，在我心中激出的涟漪，久久环荡。我体味着那文白夹杂的字句中，一个普通的中国人，对身逢太平盛世，安度平凡生活的诗意情怀。

我的父母，无论从家庭出身和本人成分上看，都属于大时代中典型的中间人物。他们对革命的认同，是因为他们看到了革命者所营造出的，一个好的生存空间。他们从不认为自己也该成为革命者。他们拥护革命者，接受革命者领导，愿意在革命政权下更放松地做一个好人。正因为他们这样给自己定位，所以，像父亲，他在上班时认真工作，可是下班后，保留着自己的个人爱好——逛旧书店和吃西餐；而母亲，在从事家务劳动和积极参加一些街道工作之余，也有自己的闲情逸致，比如反复阅读《红楼梦》和记日记，并写下“归来时，已万家灯火矣”那样的句子。

1957年以后的事态发展，从母亲的日记里，隐约可以看出，是很快地，要求所有的人，都成为地道的革命者，不再允许中间人物的存在。思想舆论要求一律，文体也要求一律。父亲在单位里出了事，当时我们子女并不清楚——他因为在帮助党整风的座谈会上，发了个什么言，后来被开会批判，但最终没划右派，档案里落下了“中右”的结论，这就在很多年里不同程度地影响到了我们这些子女的命运，这里且不多说——父亲在单位里的遭遇，他瞒着我们子女，却告诉了母亲，母亲去世后我通读她的日记，在1957年秋天的某一日，她写下了很含蓄的一句“天演说错了话”，天演是父亲的名字；在“说错了话”四个字下面，她画了圈，而且，“错”字和“话”字似乎描涂过好几遍，事过多年，从那笔触里，仍可看出那件事给予她心理上有过多么锐重的刺激。母亲日记中的情趣从那句话后竟消失殆尽，以后的日记中不再有“归来时，已万家灯火矣”那样的句子，越来越简约，成了干巴巴的备忘录，当然更没有什么插图了。到母亲晚年，赶上了改革开放的好日子，她恢复了日记，但年事已高，精力不逮，写得也都很简单，再没有像当年那种郊游回来，既有描写又有抒情的篇章了。

“归来时，已万家灯火矣”，这种情调，后来我懂得，要被划为“小资产阶级情调”。1956年以前，在文艺界，这种情调已然被指认为“不健康”;到后来，有“写中间人物是资产阶级主张”的大批判，小资产阶级也就跟资产阶级煮成了一锅了;到“文革”,那就只剩下一种据说是无产阶级专有的文体了,不依规范,“说错话”或“写错文”，甚至会引来杀身之祸。幸亏母亲不是搞文艺的，她的日记从未公开发表过。

母亲日记的情调，使我想到丰子恺的文和画。他们是同代人，也许，阶级成分和人生站位，也差不多，都属于所谓“小资产”吧。“文革”风暴一起，上海首批揪出的“牛鬼蛇神”里，就有丰子恺，这很使人惊讶，他那些“人散后，一钩新月天如水”、“满山红叶女郎樵”的作品，究竟碍了革命者、革命政权、革命路线什么事儿呢?

母亲在“文革”中，和父亲一起下“五七干校”，装载他们那些知识分子的火车，原来是运送牲口的闷子车，后来母亲回忆说，一千多公里的途程，没有座椅，大家坐在车厢底板上，这倒还能忍受，可是，车上没有厕所，而又经常很久都不停车，男女同在一个车厢，有的随往家属还是青春少女，那尴尬与狼狈的情景，真不便形容。在那样的生存状态下，丰子恺式的人生情趣，自然已被尽悉碾碎扫荡。

去“干校”，据说是要把所有的人，都改造成革命者。那时候民族的生存空间里，要么你是敌人，要么你就得是革命者。你如果想，我既不反革命，也不革命，行不行呢?或者，你觉得自己成不了革命者那么优秀的人，但革命者所革出的局面，如果好，你会拥护，然后在那个前提下，努力劳动，认真工作，然而也保留自己的一份个人生活，比如扶老携幼地郊游、赏花，甚至欣赏立在荷花上面的一只纤弱的豆娘……并在当天的日记最后，写下“归来时，已万家灯火矣”的句子，行不行呢?……当然不行。不仅不行，而且，恐怕敢这么想的人，那时候也越来越少。

现在的世道，已经有了很大变化。总的来说，变得比以前好了。但问题也不少，有的问题甚至相当触目惊心，尤其是权钱交易造成的腐败堕落，还有明显的社会不公。不少的仁人志士，都挺身而出，意欲从理论上、实践上，解决问题。这当然很好。但我希望，不管是哪一派别，最好都把矛头，直接指向那问题的主体，指向责任者；只要你那理论确实有益，尤其是付诸实践真有效果，一般的俗众自然会被吸引，成为你的拥护者。最好不要矛头并不真正对着那问题的主体，不对着那责任者，而先对着俗众，责备他们怎么不跟你的理论认同，没有积极参与你提倡的斗争，或怎么没成为你自己那样的仁人志士。不管是革命，还是改革，还是改良，乃至于改进，目的是要给一般民众带来良好的生存空间和公平的生存秩序，要达到目的，当然需要争取尽可能多的拥护，但却不必要求芸芸众生都一律成为革命者、改革者、改良派、改进派。容许社会上，有一个宽阔的中间地带，其间繁殖生息过着常态"小日子"的，普普通通的小人物，或叫作"中间人物"，有那样胸怀的大人物，我以为才是值得尊敬的大人物，倘若他还能进一步为众多的小人物营造出太平盛世，以公平的"游戏规则"组织好社会生活，那他就不仅值得尊敬，更应该倾心拥护了；倘若他的宗旨，只是着力于把亿万小人物都改造成跟他画等号的存在，遇到阻力，推行不顺，便大发雷霆，大施惩罚，那，大规模的社会悲剧，势必发生。这是我从母亲日记上一个抒情感叹的句子，所引发出的联想，最终所达到的憬悟。

1999 年 2 月 12 日绿叶居

隆福寺的回忆

解放初，我随父母从四川迁京，住在东四钱粮胡同三十五号，从我们那个院门朝西走几十米便是隆福寺的后门。我转入隆福寺街的隆福寺小学上学，每天要四次穿过整个隆福寺，因此，对隆福寺的印象，竟比当年学过的功课更深。

在明代刘侗、于奕正著的《帝京景物略》中，已有关于隆福寺的详细记载："大隆福寺，恭仁康定景皇帝立也。三世佛、三大士，处殿二层三层。左殿藏经，右殿转轮，中经毗卢殿，至第五层，乃大法堂。白石台栏，周围殿堂，上下阶陛，旋绕窗栊，践不藉地，曙不因天，盖取用南内翔凤等殿石栏干也。殿中藻井，制本西来，八部天龙，一华藏界具。景泰四年，寺成，皇帝择日临幸……"清代吴长元所辑的《宸垣识略》中进一步指实："大隆福寺在仁寿坊东四牌楼大市街之西，马市北，其街以寺得名。明景泰三年建，役夫万人，撤英宗南内木石助之。其白石台栏。乃南内翔凤等殿石阑干也。本朝雍正九年重修，每月之九、十两日，有庙市，百货骈阗，为诸市冠。所居皆喇嘛。有世宗御制碑……"

我少年时代每日四次所穿过的隆福寺，大体上还保持着原有的规模气派。

现在回忆起来，当时前面的山门尚存，只是门内左右的哼哈二将仅存台基，穿过山门，是一片显得过于空旷的敞地，有废殿的柱础可以辨认。那是由于一场大火，烧掉了钟鼓楼、塔院和韦陀殿所致。后来我曾去记问过老喇嘛，问他是不是"庚子之变"时被八国联军纵火所焚，他说那倒不是，倘若八国联军有意焚庙，那就不会仅仅焚掉一个相对来说并不那么要紧的韦陀殿了。火灾的缘由，是由于值勤喇嘛瞌睡中弄倒了油灯，扑救不及。庙中其余的殿堂建筑都尚完好，释迦牟尼佛殿高踞在三层汉白玉栏杆围成的高台上，当时人们都称它作

“栏杆殿”。再后面是三大士殿，里面同时供着观音、文殊和普贤三尊菩萨。再往后是毗卢殿，听说当时藏有一百零八部藏经，比当年雍和宫里藏的还多。毗卢殿后是金赐殿，里头供着铜铸的金刚护法佛。最后面是两层楼的后阁。我记得寺院东西两侧厢房大体上也还完整，当然，都很破旧了，并且被住户切割成几段，显得颇为凌乱。

当我上小学四年级的时候，隆福寺还定期举行庙会。没有庙会的时候，寺院的大门、后门也似乎永远敞开着，可以随时穿行，并且也有一些固定的或临时的摊位，卖各色的东西。当然，逢到庙会的时候，可就热闹非凡了，大殿两边、前后，一个摊子接着一个摊子，一个布蓬挨着一个布篷，当我穿过那庙会去上学时，真好比穿过一条麦芽糖铺成的甜路，所以常常迟到，被老师批评；当放学后我穿过那庙会回家时，则好比一只蝴蝶被放入了花丛，我哪里舍得马上回去？总要在庙里尽兴地游逛一阵，方才回家，自然又惹得母亲频频责备。唉，我小学时功课不好，多半是隆福寺使然吧？

但至今忆起当年的隆福寺，我却丝毫没有怨厌它的情感，相反地，我心中溢出的，只有欣喜与温馨！

在那庙会中钻来钻去，最吸引我的，首先是各色零食。在卖零食的小摊上，可以买到“半空”（籽粒不饱满的花生）、刨米花，还有用秫秸秆蘸出的糖稀，以及那大大小小的糖瓜儿……母亲给我的零钱，一大半都花在了买这些吃食上。庙会上自然更有卖面茶的摊子，有时就是一辆大车，轱辘上都钉着有如今五分硬币那么大的铜钉，钉帽闪闪发光，擦拭得异常洁净，车上竖立着一把似乎足有一米来高的紫红色的铜壶，脖颈细长，造型优美，摊主便用那铜壶给顾客沏出香喷喷的面茶；还有卖切糕的，也大都是挂着清真字样的干干净净的摊子；卖豆汁的记得最大的一家是搭了棚子卖，摊主据说是寺里的喇嘛，大伙都管他叫郄德拉，据说他的豆汁漂得净、发得好，所配卖的焦圈和芝麻酱烧饼也超过一般；自然还有卖豆腐脑的、灌肠的、褡裢火烧的……灌肠是请顾客用一种特制的铜质两股叉叉着吃，还有一种叫“三鲜肉火烧”的东西，跟褡裢火烧和春卷都有点像，但又别具风味……这些吃食对我那样一个小学生来说，是难得享受一次的，常常只好过其门而咽口涎，但至今闭眼一想，似乎还能听到那有韵味的吆喝声，嗅到那诱人的美味……

除了吃的，我最注意的是玩的。庙会中有各种有趣的土玩具，除了风筝、空竹、风车……这些大家都知道的以外，我还见到过成套的桦木碗，一个套一个；成套的泥人还带泥人模子；高粱秆架出的楼阁；蜡塑的鸭子和金鱼……另外，还有许多让人过眼瘾的玩意儿。用布幔子围起来的临时剧场，演小戏，变戏法，我是看不起的，就常常看拉洋片儿，还在要大刀卖药（据说假药居多）……看这些个玩意儿，只要不挨前站，像我这样的小学生，是足能“蹭”上一两场的；我也曾下决心把捏得出汗的零钱，交给一个穿大褂的瘦高个儿，他经营一个小小的“电影院”，那“电影院”大约一米半高、两米多长、一米来宽，是个用黑布围成的大匣子，然后在两边开了几个刚好能眼睛凑上去的圆孔，像我这样的观众交了钱以后，便获准坐到大匣子旁的长条凳上，将双眼凑拢圆孔，于是他便开始放映电影，虽然每场顶多一两分钟，可那真是电影，在大匣子深处的小小银幕上，真有黑白的影像在活动，现在推敲起来，他大约真有一架破旧的小放映机，并拥有一些不知从哪儿弄来的破旧的电影残片，我还记得我就从他那个“电影院”中看到过卓别林，还有蝴蝶，还有《火烧红莲寺》什么的。不知那瘦高个儿后来命运如何，他那些旧拷贝下落如何，倘若那些旧拷贝如今都归到了中国电影中心的资料馆，则真是万幸！

庙会中有些东西我是绝对不会买的，比如土制的绣花模子，各种假发，各种梳篦，连带各种小巧的梳妆台；还有猪胰子球、薄荷碱；各种估衣、旧货等等，但我偶尔也在一些这样的货摊前勾留，比如那卖梳篦的“金象张”，他是以金象为志的，摊位最高处真供着一尊金象，足有一尺来高，我就很爱驻足看他那金象；记得还有一个摊子是“金猴刘”，以金猴为志，那金猴也很好看，但他是卖什么东西的，我就想不起来了……

隆福寺中也留有我少年时代的怅惘。记得有一回我放学回家，在后门那里遇到了一个蹲在地上的人，他面前搁着个木箱，木箱两侧放着两溜皮球，那时候我是多么盼望能有一个圆滚滚的皮球哇！我听见他说：“快来呀快来呀，五百块一个球哇！”当时的五百块相当于今天的五分钱，那价钱自然非常便宜，我不由得过去，蹲在了他对面，书包拖到地上。我说：“我买一个。”他指指木箱里面说:“你随便抓阄儿吧！五百块抓一个阄儿，抓出的阄儿上头写着‘有’，球就归你！”我便给他五百块，抓出了一个阄儿，但那纸卷儿展开以后，上头空空的什么字也没有。我就说:“你这里头要都是空阄儿呢？”他便随手抓出几个阄儿来，一个一个打开给我看，五六个里头，除了一个空白，全写着“有”字。我便又给了他五百块，又抓了一次，结果又是空白的。我心里很难过。我攒了好几天，才攒了两千块（相当于今天两毛钱）。不过，当时那样的一个皮球，也总值两千五百块还多。我想了想，便又给了他五百块，这回我抓得很慢，我用手拨弄了半天那些挤在一起的纸阄儿，屏住气、闭住眼，才终于抓起了一个——结果竟又是空白的！我急了，眼泪涌到了眼眶里。我正生气，忽然过来一个比我还小点的男孩，也蹲到了他面前，他就轰他:“去去去——别瞎凑热闹！”那个小孩就嚷:“你以为我没钱吗？我给你就是！”说着给了他五百块，伸手便抓了一个阄儿，一展开，噫！竟赫然写着“有”字，那男人无可奈何，只好拿了一个皮球给他，那小男孩得意地拍着皮球走了。“怎么样，你再试一回吧！”我经不起诱惑，便掏出最后五百块，但我抓出的阄儿，却仍是空白……我气得浑身发抖，流着眼泪跑回了家中。

倘若从这桩事里，我只得到了一个“运气不好”的刺激，倒也罢了；大约一个来月以后，在东四牌楼一带（那时候十字路口的四大牌楼还没拆掉），我偶然看到那个男人牵着一个小男孩在街上走，那个小男孩，便是那个所谓“运气好”的得球者，我的心“咚”的一声，仿佛被重槌敲击了一下……我觉得，我天真无邪的少年时代，便在那一刹那结束了。

我初中上的是一个北新桥附近的中学，上学不再穿过隆福寺。但我高中考进了骑河楼的六十五中，于是又开始天天穿过隆福寺，度过我人生中最宝贵的一段岁月。

我记得，直到那时候——大约 1957 年，隆福寺里的原住持喇嘛仍住在寺里，似乎住在寺院的后阁中，他长得极胖，夏天常常光着身子在廊下乘凉，两个乳房就如同两座肉丘，全身是酱紫的肤色。他的脾气似乎极好，而且子女颇多，他也很爱他的那些子女，只是不记得他妻子是什么模样。

后来我知道，隆福寺在明朝是京城唯一的一所青衣僧（和尚）、黄衣僧（喇嘛）同驻的庙宇。清朝时才整个成了喇嘛庙。1937 年，军阀朱庆澜官场失意，下野后入了佛学会，从南洋华侨那里募到一笔款子，重新修整了隆福寺。解放后，隆福寺的殿堂似乎从未公开开放过，也不见喇嘛们行法事，但殿堂里的一切，在我上高中的时候，似乎还保存得相当完好。不记得具体是哪年了，反正是我还在上高中的时期，有一天一个同学带我去看了那几座平日总是紧闭大门的殿堂，那个同学如果不是喇嘛的儿子，便是同喇嘛有某种特殊的亲友关系，所以我才能有一个终生难得的参观机会。释迦牟尼三世佛大殿里，堆了好多纸匣子，似乎是些货箱——那时候庙会早已湮灭，隆福寺开始成为一个有大棚的正式商场——但帐幔、佛像、壁画、藻井等等都并未受到损害。印象中，那三尊佛像的造型极佳，我成人后去过不少名寺，如峨眉山的万年寺、庐山下的东林寺、杭州的灵隐寺、福州的涌泉寺、泉州的开元寺等等，除泉州开元寺的建筑别具一格、佛像庄严凝重，似不亚于隆福寺的这个殿堂外，其余的我觉得都远不如隆福寺的这个“栏杆殿”有震撼力。三大士殿当时似乎尚未成为临时货库，因此给我留下的印象更为完整。特别令我震惊的是穹窿上的藻井。释迦牟尼殿的藻井因为殿中光线过分幽暗，未能看清，三大士殿的藻井据说比起前者来还稍逊气派，但给我的直感，是实在太了不起了，我也不懂那藻井是怎么修造的，意义究竟如何，但实在是既有令人惊叹的华丽外观，又引人生出无限的遐思。后来我上大学的时候，看到一份资料，说是隆福寺殿堂中的藻井，属于明清建筑中最精美最巧妙的孤例，不仅雍和宫中所有殿堂的藻井不能相比，就是故宫中的三大殿以及养心殿的藻井，也只不过或比它大，或比它奢，但无论从文物价值或从工艺技巧上衡量，都逊它一筹。在毗卢殿里我见到了毗卢佛，佛身安置在一个莲花座上，那莲花座上的每一个莲花瓣上，又都刻着一尊小佛，据说是“万佛绕毗卢”的意思，毗卢是讲经说道的大佛，自然应有这样壮美的一个莲花座，金刚殿不知怎么没能进去，后阁因为一部分已成了宿舍，也没去看。现在想起来，我当年能看到那么多稀世文物，真可谓眼福不浅了。高中毕业以后，我家从钱粮胡同迁走了，我后来上专科学校和参加工作，都在远离隆福寺的地方，因此便同隆福寺疏远了。

隆福寺的庙会，最早同护国寺、卧佛寺（位于花市一带，现已不存）、白塔寺、土地庙（广安门内，西便门一带）轮流举行，隆福寺每月（阴历）逢一、二、九、十举行四次，是最大的庙会，护国寺逢七、八，白塔寺逢五、六举行，每月只有两次，卧佛寺逢三，土地庙逢四，每月只有一次。清人得硕亭在《草珠一串》（竹枝词）中描绘道：

东西两庙货真全，一日能消百万钱。
多少贵人闲至此，衣香犹带御炉烟。

说明这个平民性的庙会，也有阔人来逛。清人杨静亭在《都门杂咏》（也是竹枝词）中说：

东西两庙最繁华，不数琳琅翡翠家。
惟爱人工卖春色，生香不断四时花。

他们所说的“东西两庙”，东即隆福寺，西指护国寺。当年两寺庙会卖鲜花和卖绢花的都很多，到我逛庙会时，已经不太多了，我所见到的主要是一般的百货。

解放后，庙会逐渐解散。由于东单一带要进行新的建设，五十年代初便将所谓“东大地”的临时性商场迁到隆福寺中，盖起了木架的、洋铁皮顶的售货大棚，后来经过公私合营运动，市场进一步发展，售货棚又翻修成砖墙、瓦顶的正式商场，并且逐年扩大着面积。到了六十年代，即成了完全国营的东四人民市场，供应物品极其丰富，成交额自然是当年庙会不能望其项背的，并仍在迅猛发展着。不过，它似乎也失去了原有的浓丽色彩，失去了独特的个性，成为一个规格化、通用型的百货商场了。

近几年我成了一个所谓的专业作家，在深入生活的过程中我重访了隆福寺，也就是去了东四人民市场。我发现所有殿堂及其他能让人想起隆福寺那座寺庙的建筑已经荡然无存，甚至连一根汉白玉栏杆、一副窗棂也找不见了。我便问他们：“是什么时候拆光的？为什么要将它拆光？”

没有一个人能说清是什么时候拆光的，反正不是一下子拆光的。在“文化大革命”以前，已经开始革那些古老殿堂的命。先是将其中的“迷信物品”加以取缔，以充作名副其实的仓库。后来觉得那“仓库”笨重不便，于是拆掉了其中的一座，改建成“新型仓库”，再后来觉得那些“破庙”妨碍了商场进一步扩大营业面积，便进一步加以拆除，到“文化大革命”当中，一说在“军宣队”时期，一说在“深挖洞”时期，终于将残存的“四旧”一扫而空，但这个“破四旧”的过程，又始终并无正式的文字记载，反正当时觉得该拆，就那么拆了，你问哪年哪月哪日拆的，人们只是对你耸耸肩膀，“那也值当记个准确么？”

里头的泥塑佛像、壁画，不消说都毁掉了，藏经呢？铜佛呢？据说有的转移到了雍和宫，究竟转去了哪些东西？交出时、接收时是否履行了正式的手续？又是谁也说不清。汉白玉栏杆呢？据说兴许在地面下的人防工程里可以找到一部分，大柱子呢？众多的椽子呢、斗枋呢？殿里的供桌呢？大的材料可能是在改建售货厅时用上了，小一点的大概是在“深挖洞”时烧砖窑时当劈柴用了……那么，许许多多的琉璃瓦呢？屋脊上的螭头、翘檐上的仙人、坐兽呢？只知已烟消云散，而说不清撂到了何处……

呜呼，世界上最壮美的藻井，那连故宫三大殿、养心殿、雍和宫都远远不及的隆福寺藻井，那中国古代建筑史上最珍奇的孤例，我们是再也看不到了。

隆福寺，如今已经成了一个纯粹的书籍上的影子寺院。我还有幸见到过它，但我现在同大家一样，再无重访它的可能，我只有充满怅惘之情的回忆。

从报上看到一条新消息，东四人民市场将再一次进行改建，改建后的新商场将是一座现代化的大楼，并有达到国外先进水平的一流设施。比如说，里面将有漂亮而实用的自选售货大厅。我近几年去过东京，去过巴黎，去过法兰克福和科隆……我能想象出今后的隆福寺将出现一座什么样的建筑物，我的心情真是万分复杂。

此时同时，在北京地坛，人们正试图重现当年北京的庙会景象，从设茶座到卖小吃，从拉洋片儿到表演中幡；从展示风筝、空竹到销售大串糖葫芦……我去了，我看那里人们的心劲儿，真恨不能恢复整个隆福寺和护国寺似的，我更是百感交集。

当一种回忆变得沉重起来的时候，最好还是暂且打住。隆福寺是不可能失而复得了。我们今天的责任，是再不能让这些毁灭珍宝的事重演。

1985 年 9 月 12 日写于垂杨柳

楸树花

我不知道为什么现在北京很难见到楸树。这是一种容易栽培，而且可以笔直生长到二十米高，顶部形成一柄大绿伞的树木，无论作为庭院树还是行道树，它都非常适宜；我在北京老宅里，见到过用楸木雕刻的垂花门以及制作的太师椅，还听说这种木材特别耐湿，雨淋水泡都不会变形。但我对楸树形成特别深刻的印象，则是上小学时，有一回跟妈妈、姐姐走到隆福寺的一棵大楸树下，我抬头一望，高兴地叫了起来："哈！多大的牵牛花啊！"已经上中学的姐姐就抢着告诉我："不是牵牛花，是曼陀罗花！"妈妈笑了，蔼然地告诉我们："牵牛花和曼陀罗花都是草本植物，哪儿会开在这高大的乔木上。不错，这花看上去确实有点像它们，但你们仔细多端详一会儿吧，看清楚了吗？它张开的花顶像是两片对称的嘴唇，牵牛花却像浑圆的喇叭，而曼陀罗花则像个漏斗。这是楸树花。很好看，不是吗？"

隆福寺这个地名现在还在，而寺庙已荡然无存，那株大殿旁的楸树，也不知捐躯何处。我对那株楸树，特别是初夏它枝叶间簇簇淡红的双唇花，却永难忘怀。还有一个难忘的原因，是在那棵树下，我挨过打。

我上小学的时候，每天都要穿过隆福寺去上学。另外不少同学也如此。那时隆福寺的殿堂大都兼作库房，通道旁都设满摊档，是个每天都营业的百货市场。放学后，跟一群男生在寺里跑来跑去，看热闹，做游戏，是最开心的事。班上有个男生，脑壳较小，两只招风耳却很大，因为家里经济条件差，退学到寺里摆摊卖袜子。有一阵，我们还在上学的男生，由个头最大的"铁拳"领头，放学后总要到那袜子摊前骚扰一番。"铁拳"当然是个绰号。班上男生大都有绰号，并且公开喊来叫去。男生也偷偷给某些女生取绰号，只是不敢公开当面使用。大多数绰号并不怎么难听，我有时也就随着叫。但“铁拳”给那卖袜子的同龄人取的绰号发音是“比基多耳”，意思是比男人裤裆里的那东西多两只耳朵，他往往离袜子摊很远就开始怪叫，不少同学应和着，还非要人家答应他。我跟“铁拳”他们一起玩藏猫猫、拍洋画儿、弹玻璃球什么的，都挺自如，可是，到袜子摊起哄，就不大愿意，至于叫人家那样的绰号，心里就更梗着一道堤坝了。记得在那么一个夏天，“铁拳”发现了我坚决不跟着叫那绰号的行径，就逼到我跟前，非让我也那么呼叫。当时他怎么想的，我至今难以透解，但在我来说，却非常清楚自己为什么叫不出口。“铁拳”把我身子推到楸树粗大的树干上，揪住我的脖领，怒吼，逼我叫，我被迫仰头，恰好看见簇簇盛开的楸树花，妈妈的面容叠现在那些花朵上，我就气喘吁吁地告诉“铁拳”：“我妈妈不许我骂人。”他鄙夷地朝我咧嘴，骂着粗话，顺手用他那铁拳重重地击了我腮帮一下，我嘴里立刻有了咸味……

那回的事情是怎么收场的？记不清了。总之，我没有把“铁拳”打我的事告诉妈妈，也没告诉老师，而且，第二天“铁拳”也还照样叫着我玩，而我也就还跟他们一起藏猫猫。后来有一回班会上，老师说：“咱们班女生没有骂人说脏话的。男生么……”点出我的名来，表扬说：“他就从来不骂人不说脏话。”我后来基本上一直保持着这样一种语言习惯。现在我提及此点并不是想自我表扬，只是酽酽地追念起我那早已先后去世的父母，特别是跟我在一起生活得最久的妈妈，他们对子女的绝不能骂人说脏话的要求，是融合在无数类似指点楸树花那样的言传身教里的。我长大成人以后才懂得，我是获得了一种尊重每一个平凡生命的教养。

我的父母都是很平凡的知识分子，终其一生没有立下过值得社会忆念的功业。许多年过去，我鬓发已白，在一次展览会上，忽然有个人叫出我的名字，我望了他半天，才从他那对似乎永不会改形的招风耳上认出了他，他握住我的手以后，问出来的头一句话是：“伯母还康健吗？”我不及回答，他又说：“你早忘了吧？……我还记得，你说是你妈妈不许你骂人的……就在隆福寺的那棵大楸树底下……失学后我一直心窄……那回如果你也随他们叫了，也许今天你就见不着我了！”啊，他还忆念着我妈妈，其实他们并没谋过面啊！楸树花楸树花，我泪眼里全是你的光华！

2001 年

跟陌生人说话

父亲总是嘱咐子女们不要跟陌生人说话，尤其是在大街、火车等公共场所，这条嘱咐在他常常重复的诸如还有千万不要把头和手伸出车窗外面等训诫里，一直高居首位。母亲就像安徒生童话《老头子做事总是对的》里面的老太太，对父亲给予子女们的嘱咐总是随声附和。但是母亲在不要跟陌生人说话这一条上却并不能率先履行，而且，恰恰相反，她在某些公共场合，尤其是在火车上，最喜欢跟陌生人说话。

有回我和父母亲同乘火车回四川老家探亲，去的一路上，同一个卧铺间里的一位陌生妇女问了母亲一句什么，母亲就热情地答复起来，结果引出了更多的询问，她也就更热情地絮絮作答，父亲望望她，又望望我，表情很尴尬，没听多久就走到车厢衔接处抽烟去了。我听母亲把有几个子女都怎么个情况，包括我在什么学校上学什么的都说给人家听，急得直用脚尖轻轻踢母亲的鞋帮，母亲却浑然不觉，乐乐呵呵一路跟人家聊下去；她也回问那妇女，那妇女跟她一个脾性，也絮絮作答，两人说到共鸣处，你叹息我摇头，或我抿嘴笑你拍膝盖。探亲回来的路上也如是，母亲跟两个刚从医学院毕业分配到北京去的女青年言谈极欢，虽说医学院的毕业生品质可靠，你也犯不上连我们家窗外有几棵什么树也形容给人家听呀。

母亲的嘴不设防。后来我细想过，也许是，像我们这种家庭，上不去够天，下未堕进坑里，无饥寒之虞，亦无暴发之欲，母亲觉得自家无碍于人，而人亦不至于要特意碍我，所以心态十分松弛，总以善意揣测别人，对哪怕是旅途中的陌生人，也总报以一万分的善意。

有年冬天，我和母亲从北京坐火车往张家口。那时我已经工作，自己觉得成熟多了。坐的是硬座，座位没满，但车厢里充满人身上散发出的秽气。有两个年轻人坐到我们对面，脸相很凶，身上的棉衣破洞里露出些灰色的絮丝。母亲竟去跟对面的那个小伙子攀谈，问他手上的冻疮怎么也不想办法治治，又说每天该拿温水浸它半个钟头，然后上药。那小伙子冷冷地说："没钱买药。"还跟旁边的另一个小伙子对了对眼。我觉得不妙，忙用脚尖碰母亲的鞋帮。母亲却照例不理会我的提醒，而是从自己随身的提包里，摸出里面一盒如意膏，那盒子比火柴盒大，是三角形的，不过每个角都做成圆的，肉色，打开盖子，里面的药膏也是肉色的，发散出一股浓烈的中药气味。她就用手指剜出一些，给那小伙子放在座位当中那张小桌上的手，在有冻疮的地方抹那药膏。那小伙子先是要把手缩回去，但母亲的慈祥与固执，使他乖乖地承受了那药膏，一只手抹完了，又抹了另一只，另外那个青年后来也被母亲劝说得抹了药。母亲一边给他们抹药，一边絮絮地跟他们说话，大意是这如意膏如今药厂不再生产了，这是家里最后一盒了，这药不但能外敷，感冒了，实在找不到药吃，挑一点用开水冲了喝，也能顶事，又笑说自己实在是落后了，只认这样的老药，如今新药品种很多，更科学更可靠，可惜难得熟悉了……末了，她竟把那盒如意膏送给了对面的小伙子，嘱咐他要天天给冻疮抹，说是别小看了冻疮，不及时治好抓破感染了会得上大病症。她还想跟那两个小伙子聊些别的，那两人却不怎么领情，含混地道了谢，似乎是去上厕所，一去不返了。火车到了张家口站，下车时，站台上有些个骚动，只见警察押着几个抢劫犯往站外去。我眼尖，认出里面有原来坐在我们对面的那两个小伙子。又听有人议论说，他们这个团伙原是要在三号车厢动手，什么都计划好了的，不知为什么后来跑到七号车厢去了，结果败露被逮……我和母亲乘坐的恰是三号车厢。母亲问我那边乱哄哄怎么回事，我说咱们管不了那么多，我扶您慢慢出站吧，火车晚点一个钟头，父亲在外头一定等急了。母亲晚年，一度从二哥家到我家来住。她虽然体胖，却每天都能上下五层楼，到附近街上活动。她那跟陌生人说话的旧习不改。街角有个从工厂退休后摆摊修鞋的师傅，她也不修鞋，走去跟人家说话，那师傅就一定请她坐到小凳上聊，结果从那师傅摊上的一个古旧的顶针，俩人越聊越近；原来，那清末的大铜顶针是那师傅的姥姥传给他母亲的，而我姥姥恰也传给了我母亲一个类似的顶针；聊到最后的结果，是那丧母的师傅认了我母亲为干妈，而我母亲也就把他带到我家，俨然亲子相待，邻居们惊讶不止，我和爱人孩子开始也觉得母亲多事，但跟那位干老哥相处久了，体味到了一派人间淳朴的真情，也就都感谢母亲给我们的生活增添了丰盈的乐趣。母亲八十四岁谢世，算得高寿了。不仅是父亲,许多有社会经验的人谆谆告诫——不要跟陌生人说话，实在是不仅在理论上颠扑不破，因不慎与陌生人主动说了话或被陌生人引逗得有所交谈，从而引发出麻烦、纠缠、纠纷、骚扰乃至于悲剧、惨剧、闹剧、怪剧的实际例证，太多太多。但母亲八十四年的人生经历里，竟没有出现过一例因与陌生人说话而遭致的损失，这是上帝对她的厚爱，还是证明着即使是凶恶的陌生人，遭逢到我母亲那样的说话者，其人性中哪怕还有萤火般的善，也会被煽亮？

父母都去世多年了。母亲与陌生人说话的种种情景，时时浮现在心中，浸润出丝丝缕缕的温馨；但我在社会上为人处事，却仍恪守着父亲那不要跟陌生人说话的遗训，即使迫不得已与陌生人有所交谈，也一定尽量惜语如金，礼数必周而戒心必张。

前两天在地铁通道里，听到男女声二重唱的悠扬歌声，唱的是一首我青年时代最爱哼吟的《深深的海洋》：

深深的海洋，
你为何不平静？
不平静就像我爱人，
那一颗动摇的心……

歌声迅速在我心里结出一张蛛网，把我平时隐藏在心底的忧郁像小虫般捕粘在了上面，瑟瑟抖动。走近歌唱者，发现是一对中年盲人。那男士手里，捧着一只大搪瓷缸，不断有过路的人往里面投钱。我在离他们很近的地方站住，想等他们唱完最后一句再给他们投钱。他们唱完，我向前移了一步，这时那男士仿佛把我看得一清二楚，对我说：“先生，跟我们说句话吧。我们需要有人说话，比钱更需要啊！”那女士也应声说：“先生，随便跟我们说句什么吧！”

我举钱的手僵在那里再不能动。心里涌出层层温热的波浪，每个浪尖上仿佛都是母亲慈蔼的面容……母亲的血脉跳动在我喉咙里，我意识到，生命中一个超越功利防守的甜蜜瞬间已经来临……

2001 年

我的元记忆

人从什么时候有记忆？我个人的情况是，五岁以前，只有三幅画面的记忆。一幅，是在母亲的怀抱里，母亲在一条木船上，木船当然是在水上；“画”是从我的视角看出去的，母亲的乳房高大如丘，船帮和水都只是从“丘”的侧面显露出了一些而已。另一幅，则是一只带篷的小木船，篷下是我姐姐，她坐在篷下，朝我微笑；那篷很低矮，她头偏着，所偏向的那一边的胳臂，支撑在船板上。这前两幅画，很清晰，类似于欧洲文艺复兴初期的油画，色彩艳丽，造型准确。第三幅则很模糊，类似欧洲印象派绘画，由许多斑点构成，大体上是一座葡萄架，也不知道是哥哥还是姐姐，从高处往下面递一串葡萄，从我的视角看出，画面上最明亮而且比例加以放大的，是那串葡萄。后来我曾把这三幅存储在大脑沟回中的图画说给母亲听，母亲笑道：“那时候你才两岁，怎么记得住？那是抗日战争时期，我带着你们几个孩子逃难，因为日本飞机常去炸成都、重庆，躲防空洞很麻烦，所以你们父亲让我带你们回乡下……你记得的，该是我抱你坐在一条船上，哥哥姐姐他们又分坐两只小船，回乡路上的印象，还有回去后在咱们乡下院子里，葡萄架下的片断情形。”

五岁以后，我才逐渐有了较为连贯的记忆。有的人直到少年时期结束，还不大做梦，或者虽然睡时有梦，醒来后却了无印象。我很早就做梦，而且醒来后居然大都记得。从童年时期到少年时代，我在梦中多次重温上面说到的三幅画。每次都真实再现，不多添加什么，也绝不减少什么。我是直到四十来岁的时候才读到弗洛伊德那些著作的，我把自己的老梦新梦拿到他的释梦框架里去细琢磨，觉得也许我梦里出现记忆里的第一幅画，或许还勉强能用潜意识里有

“恋母情结”来圆通，但其他许多的梦境，都实在很难去跟“性压抑”挂钩。

我很小就喜欢胡涂乱抹。把梦见的画面移到纸上，是我少年时代常做的事情。上面所提及的三幅画，自然被我复制了很多次。那是我生命中的原始记忆，对他人没有什么意义，对我自己，则直到现在仍觉得非常珍贵，因为它们默默地证明着我是一个独特的生命。

大约从八九岁开始，到十一二岁那五六年里，我常常进入一个雷同的梦境，那情景是，在一个浩瀚的水域里，我自己，还有旁边数不清的生命，都是巴掌大的一种怪物。我曾把那梦里的自己和“别人”在纸上画出，梦的次数多了，醒来印象越来越清晰，画得也就越来越“像真的”。是什么模样呢？背壳有个纺锤般的中轴，两边对称地呈半月状，头上有两条触须，身侧有密密的像蜈蚣一样的脚肢。有时那梦再次来临，我会有一种莫名的欣快感，觉得从自己的视角望出去，身边，近处，远处，都是同类，大小有些差别，却没有特大和特小的，也都不算太活泼，却似乎都很惬意。可惜这样的梦境，到上中学以后，就渐渐隐退。但到上初三的时候，有一回去自然博物馆参观，在一个展览橱面前，我仿佛突遭雷击，惊呆了！我发现，那里面所陈列的古脊椎动物的化石，以及所附说明上的图形，竟完全与我梦中见到的“自己”和“别人”一模一样！古生物学把那种生命形态叫作三叶虫！

后来我查了有关资料，根据地质学所命名的地质年代，三叶虫这种节肢动物在寒武纪初期出现，晚寒武纪发展到高峰，那时地球水域里确实充满了三叶虫，现在已从化石中发现了一千五百属，一万种；寒武纪距离现在有多久了呢？大概是从五百七十万年以前开始，结束于四百四十万年以前！

这该如何解释？由于后来我生命发展过程里遭遇到了纷至沓来的现实问题，这个既私密又怪诞的疑问也就搁置一边，久未加以推敲。现在，我已年近花甲，且是赋闲状态，于是忽然拾起这个大问号，往深处探究了一番。

我知道，梦不能与记忆混为一谈。但梦里出现的东西无论如何古怪，总该是生命历程里遭际过的东西经过夸张、变形、扭曲、分解、重组、叠加的产物，古人论梦，有“南人不梦驼，北人不梦象”之说，我在连续梦见三叶虫以前，绝对没有看见过那样的化石或图画。我从小受的是无神论教育，不仅学校里这样教育我，我的父母也都是不信鬼神的，对我熏陶很深，因此用“前世来生”“轮回托胎”解释梦境，为我所不取。但我相信，生命的密码，是可以代代遗传的。最远古时代的那些如三叶虫般的生命，可能是人类得以进化而来的源头，三叶虫的脊柱里的神经，应该已经有了最原始的记忆功能，生物进化的漫长过程中，一些遗传密码被淘汰掉了，更多的能够往下传递的密码产生了，但恐怕是，有某些最早的密码，我把它称作元密码，会越过几百万年，遗传到如今的某些人的大脑神经沟回里，会在某种特定的情况下，比如睡眠时，被激活，而呈现为生命的元记忆。

到这个世纪初，生命科学的发展，已有了重大突破，对构成人类生命的所有遗传基因，即染色体，都已被科学家破译，并正在整理、排序。现在我们知道，人类的染色体数目，与蠕虫、果蝇等相比，并不是像原来所想象的那么差别甚远。人类为自己是地球生命中最高级的而自豪并没有错，但人类是否也该懂得自己在生命构成的基本元素——染色体——这方面与蠕虫、果蝇并没有绝对的不同，从而增加对宇宙自然的敬畏并心生谦卑？

我把童年时梦境里频频出现三叶虫，算作自己的元记忆，可能会惹得研究生命科学与心理学等方面的学者摇头，我祈盼他们摇头时不要再加嗤笑，我等待着他们给以科学解释。对于一般的读者，我则希望能够理解我所想表达的，其实并非是圆梦的自信，而是在一个静夜里，作为一个既有悠久物质承传更有丰富精神承传的普通生命，所体验到的一份生存的尊严与欣慰。

2001 年 3 月 6 日

子夜时分于北京温榆斋

童年：火的记忆

1949年时，我已七岁。我家住在重庆南岸狮子山附近，居所是海关的一幢宿舍楼。这所两层的小楼临坡而建，楼上楼下本有楼梯相通，因为分给了两家人住，把楼梯口封死了，我家住在上面，另一家住下面。我家的楼层地板与坡上的地面大体平齐，因此开了一个门，通向坡面，但门与坡面之间并不直通，也就是那小楼的后墙本来与山坡间有好几米的距离，墙体与山坡间构成一种深沟的形势，深沟底部有渠水流过，因此在我家那开于后墙的门和坡面之间，便设置了一座木桥。木桥所通的坡面，有小小的院落，并有两间简陋的茅屋，一间是烧饭的厨房，另一间是放马桶的厕所。小院一侧有篱笆和木门，我家的大门，便是那木门，家人与亲友进出，都通过那双开的木门，因之我家和楼下那家人，并没有任何共用的门道，也就几乎从不来往。

那幢小楼结构很简单，谈不上什么造型，就是长方形的模样。但我们的二层上面，有一个颇大的内嵌式阳台，那阳台对我们家来说，用处极大。那时我上面有三个哥哥、一个姐姐，还有一个从小跟我父母一起过，年龄跟我大哥差不多的小叔，是我祖父刘云门续娶妻子所生。一家人聚齐时，房子根本不够用，重庆夏天又特别热，兄弟们挤在一间屋里特别难受，因此，哥哥们，还有小叔，在炎夏时往往便到那阳台上铺凉席睡，我有时也硬往他们一处凑热闹，所以在我童年的记忆里，这阳台是个很重要的舞台。

伏在阳台的栏板上，可以非常清晰地望见长江与嘉陵江交汇在一起。山城重庆的剪影，一半为树丛遮蔽，豁显的那部分，从阳台上望去，大体上有如一个底边大于垂直边的直角三角形，或在晨雾中神秘地时隐时现，或在晴阳下如精勾细描的彩画，入夜则闪烁着万家灯火，雨中它会消失得无踪无影……几十年过去，从阳台望重庆市区的这些印象，仍鲜明地叠印于我的记忆之中。

1949 年入夏以后，重庆的国民党政权已然摇摇欲坠。达官贵人，能搞到飞机票的，全飞台湾去了。留下的防守部队，开小差的开小差，溃散的溃散。到接近秋天的时候，重庆实际上已处于半真空状态。解放军的到来，只是早晚的事罢了。那时社会秩序混乱，盗贼横行，怪事迭出。我家住在南岸，幸好家门口过往的烂兵游贼不多，得以保全。但母亲彼时的焦虑，使小小年纪的我，也感受到一种非同寻常的气氛。记得有一天有个人闯进了我家院门，黑袍黑帽，穿得像戏台上的人物一样，母亲站在我家的那座木桥上应付他，我缩身在母亲腰后，探头观望，他们一问一答之间，令我十分恐怖。那人自称道士，劝说我母亲把我交他带走，据说天下已然大乱，留下我对一家人十分不利，舍了我方可保全。母亲当然不听他的鬼话，最后总算把他打发走了。

1949 年 9 月 2 日，现在我从万年历上查出，是个星期四。那天只有母亲、我家的保姆彭娘和我三人在家。父亲每天都要乘“海关划子”（汽艇）渡江到城里上班，总要天黑净了才能回到家里。那时小叔已经搬出另住，大哥已在广州参加了解放军，二哥去乐山技专上学，小哥哥和姐姐则在城里巴蜀中学住校。大约是午后，吃完了饭，我一个人又跑到阳台上，搬把椅子，爬上去跪定，双臂则趴在阳台护栏上，像往常一样，眺望江水和江对面的山城。

江声浩荡，还有纤夫们悲怆的号子声。那是我童年时代耳边不绝如缕的生命交响，后来到了北京，忽然耳朵有种失重的感觉，夜里更觉得寂静得没有道理，心里空荡荡的。好久以后才懂得北京的安静方属正常，重庆那不间断的江流声反是一种特例。

不知在阳台上趴伏了几时，我发现江对岸密集的房子中，冒出了黑烟，烟柱越来越大，并且扩散开去，渐渐形成了一片乌云。再过一阵，则可以看见红色的火舌，似乎在贪婪地往上舔，舔什么呢？难道天上有蜜糖么？我觉得很有趣，便扭头朝屋里大喊：“妈！彭娘！火！火！”然而妈妈和彭娘那时不知在忙些什么，她们根本没理会。

我的视力非常好，至今仍能双眼都保持着1.5的水平。那时我竟能看清对岸露出来的一些房屋，乃至于房屋外的廊坝。那时山城下部布满了“吊脚屋”。歪歪斜斜的吊脚屋像一些滑稽人在你挤我我挤你。我记得，有的“吊脚屋”那插到江岸边的撑木非常长，有的“吊脚屋”的窗口里露出些赤膊的人影，有的从窗口伸出长长的晾衣竿，上面晾的破衣烂衫仿佛军舰上挂起的“万国旗”。

嵌在我记忆里很深的画面是，山城腰部的火舌连成了一片，不能说是红舌头，而是滚动的红龙了，火焰上的烟尘也仿佛打翻的墨汁瓶，在蓝天这块大纸上恣意地浸润开去。可是，虽然在对岸的我看得清清楚楚，是有大火在燃，然而，我分明地又看到，那底下的“吊脚屋”里的人，却全然不知，还在继续他们原有的活动，一个房子前面的小坝子上，有个人悠闲地躺在凉椅上，摇着把大蒲扇……

妈妈和彭娘终于在我的大喊声中来到了阳台，她们朝对岸一望，便知不妙，连说：“造孽啊，造孽！”然而，她们摇着头离开时，也还没有惊慌，因为重庆常有火灾，她们那时只不过以为又来了一场较大的火灾而已。

可是那天的大火越烧越邪。几个小时后，从我家阳台所能望见的那个直角三角形的半个山城，已然几乎全被火与烟所笼罩，可以清清楚楚地看到，上层燃烧的房屋如何带着火焰塌下来，使下层的房屋立刻也陷入火海。那个躺在凉椅上的人不知去向,那片坝子已堆满滚下的燃烧物。最惨的是沿江的“吊脚屋”，它们几乎在一瞬间便带着火苗跌入了江水中。有一些帆船大概是想靠岸救人，可是很快便有一艘、两艘被飞下的燃烧物引燃，于是其余的又赶紧驶离。江边出现了越来越多的蚂蚁一样的逃难人群，我看见当燃烧物飞滚溅落到江边甚至江水中时，一些“蚂蚁”只好拼命往江水里涌，最后一些人在江水里只露出了蚕种般的黑头发……后来听说，有些人不愿被烤死，终于被淹死，那真是不折不扣的水深火热！

一个七岁的儿童，亲眼看见了这惨绝人寰的景象，却并不能明白究竟是怎么一回事。现在的复述，使用了现在所掌握的文字和技术，努力想回复当时的印象与感受，可是，很难。只能向读者保证：确有这样的一些信息，储存在了记忆之中。

妈妈和彭娘是怎样惶急起来的，我不太清楚，总之，当我发现妈妈眼里有了泪水，并且一贯总是沉着的彭娘也手打战起来时，我才明白，对岸的大火不仅烧死了无数的“蚂蚁”，而且，也危及爸爸，还有小哥哥和姐姐的安全。我心里刚明白，便“哇”地大哭起来，这是一个七岁儿童唯一采取的摆脱危机感的办法。

那时家里没有电话，无从和爸爸他们联系，只好听天由命。当晚爸爸没有回家，哥哥姐姐也没消息。妈妈和彭娘彻夜未睡。对岸的大火在夜空中显得更加狰狞恐怖。火焰的热气顺风逼过来，火星也越江飘散，楼下的人家开始朝楼墙上泼水，以防万一。妈妈和彭娘心有余而力不足，望火觳觫。我哭累了，终于酣睡于妈妈怀抱中，她搂抱我良久才把我放到床上去。

第二天爸爸终于露了面，后来哥哥姐姐也回了家。那次山城的“九·二大火灾”使无数老百姓家破人亡，姐姐同班同学杨素珍的父母便惨死在火海之中。“九·二大火灾”究竟是一场由于普通人用火不慎（而当时的消防系统已然瘫痪），从而酿成的特大火灾，还是国民党政权的残余分子蓄意放火以制造恐慌，并以此来销毁可能落到解放军手里的物资？据说有人考证出来，是两种因素交织而造成的。

1949年10月1日，解放军还没开进山城，在北京，中华人民共和国已经宣布成立。我们一家人在那阳台上，围聚在一个电子管收音机边，听到了从北京传来的现场广播。朝江对岸望去，满目疮痍的山城，仍有一些地方在冒着劫后的余烟。

大概是在年底，解放军来到了山城，人们打腰鼓，扭秧歌，南岸的小学里，人们和解放军联欢，一边唱《团结就是力量》，一边旋转着舞动，唱到最后，圆环紧缩，意味着团结无间，并且在当中举起一个小孩，小孩则挥舞着一面小小的五星红旗，我便充当过那被高高举起的角色，那一刻真是无比高兴、无比自豪!

我爸爸刘天演本是旧重庆海关的总务主任，可是因为他在解放前夕，将重庆海关的全部财产妥善而完整地保存与维护了下来（“九·二大火灾”中也没有受损），以迎接解放军的到来。因此，解放后他不仅立即被吸收为重庆海关接收小组的成员，并且以思想进步、为人正派、业务娴熟为由，在北京成立中华人民共和国海关总署时，立刻被调任为新海关总署的统计处副处长。这样，在1950年春天，爸爸便带妈妈、小哥哥、姐姐和我，先乘轮船过三峡、夔门至武汉，再乘火车到达北京。从此我便在北京定居，一晃竟已有五十六个年头了。

小颗颗

1950年，我八岁，随父母从重庆乘轮船顺长江而下，过三峡，出夔门，开始了盆地外的人生跋涉。

父亲原是旧重庆海关的职员。新海关创建后，他被留用。留用不久，重庆海关撤销，父亲被北京的新海关总署调去任职，这就连带着使我们全家从此成了北京人。

父亲那时对新社会的新生活，特别是分配给他的新工作，充满了喜悦与热情。他要求全家跟他一起轻装进发，到北京开创一种崭新的家庭面貌。所以，由他做主，除了最必要的衣物，我们家几乎把所有原有的家当都抛在了重庆。我的玩具，当然更在弃置之列。不过临到上船以前，我固执地把一盒“小颗颗”抓到了手中，任凭父母劝说、兄姊讪笑，硬是不松手，当然，后来大人们也就随我去；因为严格地计算，那时我毕竟才七岁半。我所谓的“小颗颗”，是一种现在仍在生产的玩具，也就是插画积木，在扁盒子里，是一个有许多均等小格子的插盘，刚买来时，插盘里左边约三分之一的格子里，会满插着染成红蓝黄绿几种颜色的长方形小木柱；在附带的说明书上，有若干种样板图案，教给你如何挪动那些彩色小木柱，来变化出有意义的画面，如在海上行驶的巨轮，在天上飞翔的凤凰，等等；当然，你更可以发挥自己的想象力，也不必一定要用上所有的小木柱，来自由自在地插出种种你向往的事物。这种玩具现在当然无论从制作材料上和设计创意上都有了很大的改进，并且已属于比较落伍的品种了吧，但当时于我来说，摆弄它，那真是无可替代的极乐。

我把那玩具变着法儿插了个心满意足之后，便开始了我个人的一种独特的玩法：我把那些彩色的小木柱称作“小颗颗”，而且，在我眼里，它们一个个逐渐地都变成了有生命的东西。有时候，我就取出若干“小颗颗”，把它们放在盖好的盒盖上，把它们，不，是他们或她们，排列组合，挪来挪去，嘴里还念念有词，或想象着那是在举行一场婚礼，红的“小颗颗”扮新娘，蓝的“小颗颗”扮新郎，其他一些“小颗颗”则分别是父母带我参加过的婚礼上的，我所能理解的其他角色；又或者是想象出在幼稚园里，黄的“小颗颗”是阿姨，许多绿的“小颗颗”则是小朋友，有的乖，有的不乖，乖的得到很甜的糖吃，不乖的被一边罚站等等。亲爱的“小颗颗”们啊，我怎么舍得把他们抛下？即使那时我也很兴奋地闹着要快点去了不起的北京城。

在驶出重庆的轮船上，除了吃饭睡觉，我几乎总跟我的“小颗颗”形影不离。

由于“小颗颗”是我最钟爱的东西，所以按说玩了那么久，那么多的小木柱，总有一百来个吧，任是爱惜，也难免弄丢几个吧；我却始终一个也不缺少。记得在重庆家里常常是不慎将盒子打翻，“小颗颗”滚了一地，我便会极认真地将他们一一拣拾清点，有一回最后怎么也找不到失去的一颗，我竟急得哭了起来，但晚上我终于还是爬到棕绷子大床底下，找到了“她”（那是红色的一颗），我高兴得就仿佛肩膀后面长出了肉翅一般！

好像是在宜昌，船要停靠比较久的时间，父母便带我们上岸去玩。我竟还是固执地带着我的“小颗颗”随行。比我大八岁的姐姐讥笑我说：“哪个会偷你的‘小颗颗’啊！怕是送给别人，人家还懒得要呢！”我和姐姐之间再没别的兄姊，所以她算是最接近我的玩伴了，也只有她还有心嘲笑我，家里其他大人早就失却了议论我那“小颗颗”的兴致。

那天从宜昌城里玩完，到码头登船的时候，具体是为什么，我已经说不出来了，反正，轮船是改停在了江心，归船的旅客们，不是像下船那样，从跳板即可上船，而是要乘小木船，渡到那大轮船边上，再爬舷梯登船。

我们全家，和另一些旅客，同乘一只木船，往那大船而去。我清楚地记得，母亲牢牢地把我揽在怀中，她的体温，传递给我一种安全感。也许是船上人多，船舷压得低，江上的浪波，似乎随时要涌进船舱；我那时的身躯，应不及现在的一半大，因之我眼里的江景，便格外地雄奇。记得那已是黄昏时分，天色晦明，耸起的浪头，仿佛是露着牙的狗头，一浪接一浪，又似朝船里咬来，又似朝远处跑去；而更高的，简直是望不到顶的青黛真山，在那边承接着连绵不断的江浪，令我小小的心，充塞着神秘与惊恐……

就在那一天，那个傍晚，那条木船上，在母亲的怀抱里，我做了一件事：我取出了一粒绿色的“小颗颗”，将他抛到了江浪中……

那是真的，还不满八岁的我望着那抛出去的“小颗颗”，默默地在心里说：这就是我！我要看你，“小颗颗”，会怎么样……

怎么样了呢？记得，那“小颗颗”开头总在船边的一个浪峰上，显得很渺小，很害怕地，晃荡着……后来，他就被运到了另一个浪头上；再后来，他越过一个又一个浪头，离我远去；没多久，便不见踪影……

当时，我为什么要那样做？至今我仍不能完全地解释自己。

然而这个小小的举动，这江上的一幕，那瞬间的记忆，历经四十多年了，至今鲜活于我记忆的空间。

后来我才懂得，“小颗颗”是木质的，因此，他排开水的那份重量，大于他的自重，因此他不下沉，然而，那“小颗颗”，也便是我，能在江浪中壮游多久呢？世界是那么大，生活是那么复杂，前途是那么诡谲莫测，而他自身是那么渺小，那么脆弱，那么单纯，能适应么？能成熟起来么？能坚强起来么？……

“小颗颗”，绿色的“小颗颗”，他后来究竟哪儿去了？他会被一条鱼吞进肚子里，最后那鱼被人捕获，破肚开膛时，吓那家庭主妇一跳，或博餐馆厨师一笑么？他也许根本没有荡远，没过几时，便被抛到了岸边的沙滩泥涂里，夹杂在卵石中，烂掉……当然，他也有可能，顺江而下，历经曲折艰险而又威武雄壮的途程，最后竟终于跟随着那泱泱江浪，奔入浩瀚的海洋！……

当然，这都是我告别童年时代以后，在我生命历程的某个得以沉思默想，特别是从记忆深处拎出一些仍有营养的“草料”来反刍的间隙里，常有过的叩问与思绪。

是的，现在我坚信“小颗颗”没有被吞噬也没有委身泥沙，他应当仍在潮流中挣扎，既因渺小而不能不随潮飘荡，却也因他是有心灵的存在物而拼命地朝着自己寻求的方向涌进；随着时代的主潮而终于进入大海，于他来说并非是一种妄想，乃是一种值得赞许的既甜蜜也酸辛的努力……

到了北京以后，那盒只少了一粒的“小颗颗”的玩具，我还保存了很久。大约是在1960年，我父亲调往张家口解放军外语学院任教，父母把北京的家撤了，搬往那塞外古城，他们只给我准备了一只人造革包皮箱子，还有一个被褥卷，让我住进学校的集体宿舍，去独自生活。大概那时我才终于抛弃了我所保存的那些童年与少年时代的杂物，包括那盒“小颗颗”。

人在一生中，是必得一再地做减法的。整盒“小颗颗”的减去，实在也只是微不足道的一件事。我后来减掉过更多似乎是很有纪念意义的东西，都不足惜。

只是心灵深处的记忆不能减掉。永远记得那个傍晚，我把一粒“小颗颗”抛进浩荡江浪中的情景。我与那“小颗颗”，是一是二？

忆及此，我心中充溢着对命运的敬畏，也勃动着与命运抗争的激情。

1996年3月20日凌晨于绿叶居中

硬木棍

上小学的时候，有一回老师发了火，要打我和另一位男孩子的手心，但他忘了带戒尺，于是乎大喝一声：

“滚出去！自己找一根棍子来！”

我们就滚出教室去了，各自找棍子。

教室后面是一个废园，杂草之中有丛丛灌木。我认认真真地找棍子。最后认定了一丛灌木的一根枝条，那根枝条捋掉了叶子后光光的、圆圆的、直直的，符合“棍子”的定义。然而我怎么也撅不断它——它那饱含汁液的枝干和相当坚韧的外皮就是不肯完全断裂，我几乎使尽了全身力气，并且沁出了满额的汗珠，还蹭破了手上的肉皮，最后一个屁股墩跌下去，才总算让它断离。

我拿着那根枝条回到教室，发现老师正在打那位与我同罪的男孩，用的是一根很细很脆的树枝，随着击打连连断落，引得满室同学发出强忍不住的笑声。当那位同窗哭丧着脸走回座位时，我上前将自己找来的棍子递到老师手中，前排的几位女同学先忍不住“嗤”地笑出声来，结果迅疾地引出一个哄堂——因为大家都看出来，我为自己挨打找来了一根货真价实的硬木棍！

至今回想起来，我还为自己的这一行为感到莫名的惊诧——我为什么会那样呢？

倘是写小说，我往下写时或许会这样设计：老师接过那根硬木棍，望了望，忽然改主意，不打我了……然而那天存在过的事实是，老师毫不含糊地就用那根硬木棍抽打了我的手心，足足二十下，使我疼得钻心，并且手心肿起老高，很多天后才平复下去。

上中学的时候，有一天班主任老师严肃地说：“全班同学必须每四个人组成一个家庭学习小组，每天晚上集体复习功课，哪位同学家里有条件开展小组活动，请举手！”

我毫不犹豫地举起了手。因为我想我家有一张八仙桌，正好四个人围着复习功课。

老师派定了三位同学到我家。晚饭后，我把八仙桌拖到了屋子当中——它原是靠墙放的；并且准备好了四杯热茶。三位同学到了，他们的眼神也许有点异样，但当时我没注意到；我以为我们小组的活动开展得很好。

第二天他们也来了。正讨论数学习题，忽然一位男同学小声问我：“刚才那倒茶的，是你家保姆？”

“哪里！”我告诉他，“是我妈！”

我心里头有了点不愉快。我记得我当着他们的面叫过“妈”的。我妈妈当时穿得比较差，因为她每天要给爸爸和我做三顿饭，而我家是很注重吃的，她大量时间泡在厨房里，烟熏火燎的，所以没必要穿好看的新衣服，其实她是有那样一些衣服的，去亲友家作客时她才穿，我知道的。

复习完数学，一位女同学又小声问我：“你们家怎么连沙发都没有呢？”

是没有沙发。我也不知道爸爸妈妈为什么不买沙发。那是他们的事。

临到他们都走的时候，另一位男同学又小声问我：“你们家怎么不养点鱼呀什么的？”

这我就更答不上来了。

后来知道别的家庭学习小组都没能坚持搞下去，我们小组也就散了。班主任说话仍然那么严肃乃至于严厉，但对于这些小组解体他并没有追究。

我很少到同学家串门。过了挺长一段时间，我才去了那三位同学家。一位男同学家是个独门独院，他自己有独立的住房，在他家不仅可以开展小组活动，甚至可以把全班同学请去聚会。另一位男同学家光客厅就足有二十八平方米，并且有好大的一个“水族箱”（当时还不知道这种称呼，我叫成“大方玻璃鱼缸”），里面有百十条五颜六色、形态各异的热带鱼在欢快地遨游。那位女同学家有整整一圈皮沙发，坐在那些皮沙发上讨论功课是非常惬意的，聊闲天更是神仙般的感受。然而当班主任老师问“哪位同学家有条件开展小组活动”时，他们都懂得谦虚谨慎，只有我狂傲地举起了手来——仅仅因为我家小小的两间屋子里有一张陈旧的八仙桌。

中学最后一年的头一个学期，班主任老师说要召开一次家长会，发给每个同学一张通知单，我回到家就把那通知单交给了我妈妈。

那次家长会定在一个星期日召开。我妈妈去了。她很胖，走路移动步子很迟缓，可是她一步步地挪到学校去了。结果那一次家长会只到了两位家长。本来定在教室开，人太少，班主任老师便把两位家长请到他宿舍中去坐着聊。那位家长似乎并没聊出什么，主要是我妈妈聊。我妈妈说话很慢，同她走路一样地迟缓，然而她一句跟着一句地对班主任倾诉，倾诉我在家里闹脾气的种种情况。

回想起来，我在那一阶段，内心莫可名状的骚动确乎超出了同龄人，爸爸妈妈不理解我，连我自己也不能认知自己。我在学校里面，当着老师、同学，是安静的、温柔的、羞涩的、不引人注意的，然而在家里，我却会无端地烦躁、粗暴、哭闹，以至弄得邻居们也都怪讶我的表现，使爸爸妈妈除了承受我直接给予的刺激外，还要承受邻居们的鄙夷目光、窃窃私议乃至于当面讥评，所以妈妈主动积极地去赴家长会，并且不以到会人奇少而生遗憾，反以能同班主任老师尽兴倾诉而感荣幸，就一点也不奇怪了。我妈妈是一个天性良善、毫无城府的人，并且她一生中从未减退过对我的挚爱，我知道她向班主任老师倾诉一切绝无“告状”心理，她纯朴地认为班主任老师可以帮助我克服存在的问题。

谁想妈妈的这一行动给我带来了毁灭性的后果。班主任老师从此认定我是一个“两面派”。那位当时在场的家长回家后自然把听到的情况当作一桩新闻，学舌给了她的儿子，她那儿子即我的同窗自然很快又把我的笑话和丑态传达给了别的同学，这就不仅使我从此后脊梁添了遥戳的手指，并且使班上的团干部认定我绝无资格入团，其中情绪最激烈者甚至认为我“品质恶劣”。这就导致了我毕业时的操行评语十分不雅，并影响了我在高考中的命运。

现在回想起来，也实在没有什么好抱怨的。我那时在家中确实有过若干荒唐的表现，比如我非要把八仙桌四边蒙上布单，自己钻进去独坐，想象自己是在一个深邃的地洞中，可以派生许多的奇遇；爸爸妈妈觉得我幼稚不堪，让我出来，我不干，他们撤布单，我就跟他们吵闹，等等。当时的班主任和团干部们，不可能从生理、心理、性格、气质等角度出发，来理解我疏导我，他们一律归结为思想意识问题、道德品质问题，那是很自然的。

现在仍令我自己惊讶的，是我明明知道妈妈去开家长会可能会暴露出我的另一面目，我怎么会毫不犹豫地将家长会通知书交给了她？并且她去赴会时乃至赴会回来后，我为何一直麻木不仁？倘是编小说，我不会把那次家长会写成只有两位家长到会的——那会被认为“情节设计不合理”——然而事实就是那样的,可见当时并不存在着一种压力,使同学们觉得必须把通知书交给家长——我敢说一定有许多同学根本就没把通知书交给父母，而有不少家长，看到通知书也并不以为应当来开那次的家长会，因为离毕业还有差不多一年呢；总之我又成了一个大傻帽，就同那回找了一根硬木棍交给老师打自己手心一样，也跟那回只因为家里有一张八仙桌便举手让人家来我家搞小组活动一样。

这些往事，不知怎的在脑海中浮现了出来。

我感到害臊。但，无悔。

1990 年 12 月 6 日于北京安定门

瓜菜代・小球藻

1958年，我正上高中，夏收后集体到农村搞深翻。当时的“大跃进”，在农业生产上一是搞“合理密植”,一是深翻土地。“合理密植”我现在加了引号，当时是不能加引号的；实践上是互相攀比，越植越密，越密就越显示出“大跃进”的气魄。密植的田地里，也确会在小面积上出现较多的麦穗或谷穗，于是可以把那小面积的穗子过秤,甚至于只将一株穗粒最多最饱的麦子或稻子过秤，然后加以推算，也就是作乘法，比如，一株麦子穗重一两，则以最密集的算法，算出一亩地有多少株，如设定为十万株，则得出亩产万斤的结论，于是立即可以敲锣打鼓,欢呼“大跃进”的伟大胜利。后来有的地方“合理密植”成了“合理密放”，那产量就更厉害了，产几万斤的都有。据说伟大领袖那时对接踵而至的高产捷报喜极而忧——这样多的粮食，怎么消费得完呢？也曾有所怀疑，一亩地能长出这么多粮食吗？特地向一位科学家咨询,那科学家用推算法算出，一粒麦子或稻谷需要多少太阳能，而太阳能极其丰沛，以一亩地所能获取的太阳能总量，除以一粒粮食所需的能量，再折算成重量，来统计一亩地的产量，结论是完全可能亩产几万斤的。那时这种推算法折算法极其流行，影响上上下下几代的人。记得“文化大革命”里，郭沫若出版了他的新著《李白与杜甫》,他从杜甫有“恶竹应需斩万根”的诗句，依照一株竹占地若干，倒算出万竿竹是多少亩，那当然是个不小的数字，于是论证出杜甫是个仅竹园一项就所占甚多的大地主，这论证给了我很深的印象。又记得“文革”中有人领喊口号，喊的是“毛主席万岁”，因为其出身不好，于是遭到质问：“为什么不喊万万岁？为什么存心减少一万倍？”吓得被质问者当场大小便失禁；那质问者可与那位科学家更可与郭沫若媲美，深得推算法折算法之精髓。说完“合理密植”再说深翻土地，深翻也是互相攀比，越翻得深，“大跃进”的气势也就越旺。我们那次参加的深翻，以至于不是翻而是挖了，最后挖得能站进一个人不露头，挖好一条壕沟，再填上，就那么往远处挖，个个累得骨头散了架，但想到深挖后，再“合理密植”，那下一茬的粮食将起码亩产几万斤，真是兴奋莫名！兴奋了就要宣泄，宣泄的渠道非常畅通——那时村里搞“诗画满墙”，工余常开“赛诗会”，屋墙上的壁画也不断刷新，记得那时我们去的村里有一幅最大的壁画，上面还题着诗：

公社粮食堆成山，
直上云霄不见尖，
喜马拉雅仰头看，
直说哎呀脖子酸！

那画非常“超现实”，也很“波普”，如现在拿去参加“威尼斯双年展”，说不定能够夺冠。后来郭沫若、周扬合编《红旗歌谣》，我以为我看见的这首或类似的可以入选，但却遍翻全无，选入的全是让玉皇大帝吓得打哆嗦之类，仔细一想，拿还不足万米的喜马拉雅作比，太右倾保守了，落选是必然的，没遭批判已是万幸。

那一年我十六岁，正是如今所谓“花季·雨季”的旺期。那时候的事情记得最真，那时候唱过的歌也至今不忘，比如：

麦苗儿青来菜花儿黄，
毛主席来到咱农庄，
千家万户齐欢唱，
好似春雷响四方……

1995 年在威海，我曾把这歌哼唱给台湾作家陈映真听，他当时好激动，眼睛都潮湿了，连说："好……好……"他在蒋介石在世时，因在台湾和几位好友秘密学习毛主席著作，被捕入狱，关在绿岛，直到蒋经国当政，实行"解严"（解除"戒严"），开放"党禁"、"报禁"，才有了自由。听同一首歌，不同的人各有不同的感受。比如台湾有首《绿岛小夜曲》，我们海峡这边的人往往只当是首缠绵的情歌，唱时难得想到绿岛是蒋经国"解严"前专门囚禁"政治犯"的地方，而那"小夜曲"，其实是当年犯人在拐着弯儿地倾诉渴望自由的心声。

好，扯远了，再转入正题。密植、深翻等等"大跃进"的壮举，理应令我们和伟大领袖一起为这样的问题而夜不能寐——粮食多得吃不完，可怎么得了啊？可是，到1959年，粮食就紧张起来了。后来简直是大家都吃不饱了，连我们北京市民也浮肿起来。这是怎么回事儿啊？1961年，我到一所中学当老师，那学校有位教师，有个言论，是说"'大跃进'有得有失"，虽然他先把"得"说得满满的，可因为他毕竟又说"有失"，所以遭到了批判，这事对初入社会的我来说，很能引以为戒——无论什么时候什么场合，都莫去论"失"，尤其对总路线、"大跃进"、人民公社这"三面红旗"，要永远颂得亦即颂德。

可是，粮食不够吃，常常觉得饿得慌，这怎么解释？解释很圆满，是自然灾害造成的。有没有人祸呢？后来才知道，1959年，彭德怀在庐山，以及六十年代初刘少奇在"七千人大会"上，都曾提出"也有人祸"一类的看法，但是彭立刻遭到迎头痛击，刘没过几年也得到"现世报"，"人祸"说会遭致杀身之祸，万万将之抛到爪哇国去，这是我在那时获得的宝贵人生教益之一。

但不管怎么说，自然灾害所造成的肚皮常饿的问题总也得解决。于是，在那三年"困难时期"（即1959年至1961年）里，又出现了一个给我留下深刻印象的词语：瓜菜代。这个词语现在也许偶尔还在使用，但应归入贬义词了，那时候却是一个褒义词——因为粮食不够，又想让大家吃饱，那时候各单位食堂八仙过海，各显其能，想出了种种办法，其中最重要的一种便是瓜菜代，比如把白菜帮子剁碎跟玉米面揉在一起蒸窝头，或者用一些瓜和菜跟玉米面熬成糊糊，这样吃下去虽只是"水饱"，毕竟胃里舒畅多了；但瓜和菜不知怎么的——一定也是自然灾害作祟，竟也很难觅到，于是又发展到用野菜、嫩柳树叶、新杨花穗等与粮食混合制作的粥饭；吃着这样的一些富于创造性的杰作，当然绝不能有鄙夷之态，而要引以为自豪，也就是说，瓜菜代并不是权宜之计，恰说明“大跃进”等“三面红旗”大大激发了我们人民的聪明才智，而且也说明我们的饮食结构比资本主义国家那种胡吃海塞更先进、更优越。1962年以后，粮食以及副食供应开始有所好转，瓜菜代的提法才开始转义——有的教育系统的人士，把接收质量差的学生到自己所在管区、学校、班级，戏称为瓜菜代，但到“文化大革命”时，这种“歧视劳动人民子弟”的提法也就遭到了严厉批判。附带说一下，1990年以后，北京相继出现过“忆苦思甜大杂院”、“向阳屯”等饭馆，有些吃厌了生猛海鲜、燕窝鲍翅的主儿，专爱到这样的饭馆里吃些个窝窝头贴饼子烩野菜炸蚂蚱什么的，去去腻，减减肥，也算得瓜菜代吧，但那已经完全不是我所说的那个远去的词语——瓜菜代了，就好比我们现在挂在口头的“入世”（加入WTO）与儒家、佛家说的那个“入世”大相径庭一样，切莫混为一谈。

那时期还有一个词语令我终生难忘，就是小球藻。那时候粮食既然匮乏，鱼肉禽蛋也就更加稀罕，于是报刊上发出文章，说何必吃什么鱼肉禽蛋，鱼肉禽蛋不就是些蛋白质吗？蛋白质有什么稀奇？生产蛋白质何必那么费工费时地去养猪牛羊鸡鸭鱼，在水里养小球藻，繁殖极快，简单易行，而且取之不尽，用之不竭，中国人民不仅有志气，而且有智慧，从今以后再用不着跟在资本主义国家屁股后面爬行了，我们可以全民生产小球藻，小球藻的蛋白质含量几乎达到百分之一百，小球藻经过加工就是人造肉啊！先进的中国人民吃先进的人造肉，营养水平将大大超过英国佬美国佬！一时间，各系统、各单位，几乎都成立了生产小球藻的小组，很神秘，也很光荣，党支部有专人负责，还有某些党员和积极分子被给予了试尝的殊荣，他们个个尝完都赞不绝口，使一时未能尝到者极为羡慕，我那时便是羡慕者之一。1990年以后，有一次我拜访文学老前辈严文井，他回忆起，当时作家协会也生产小球藻，是在一些玻璃瓶里养的，他当时作为作家协会的领导人之一，也高度重视这件大事，并且头一回吃那人造肉时，也有一种自豪感。但我们又都记不得，什么时候，为个什么，小球藻的生产渐渐式微，乃至戛然而止，现在似乎也未复活——时下盛行“绿色食品”的潮流，小球藻毋乃“绿色食品”的先声？——那时候很多事物，除了我已举出的“合理密植”、深翻土地、诗画满墙、瓜菜代、小球藻什么的，还有以土高炉大炼钢铁、村村办大食堂、吃饭不要钱什么的，都是来时轰轰烈烈，去时静静悄悄——那原因当然不是失败，也不是“有失有得”，而是成绩大大的，收获多多的，永放光芒，光芒万丈；光芒移动，我们跟着移动就是，何必多问，更不要乱说乱道。关于小球藻，后来我才知道，就是不怎么流动的水域里所生长的蓝藻，确实很容易找到“种藻”，繁殖得也很迅速，对其进行化学分析，也确有蛋白质成分，但它在水域中的蔓延，会导致水中缺氧，从而使水里的鱼虾等动物窒息而死，并且它本身也不适宜人类大量、长期服用，不大可能加工为什么人造肉，还得去认认真真地养殖鸡鸭猪羊等等，才能吃到肉蛋等物。小球藻这个词语现在也许在植物学等专业领域里还活着吧，但我记忆中的那个词语“小球藻”，它只与远去的乌托邦勾连着，活像一具绿色的髑髅。

1999 年 11 月 18 日绿叶居

恐怖

我是不怕鬼的。我父母都是“五四”时期的大学生，相信唯物论，从小就告诉我世上没有鬼。上小学和上中学时，同学们很惊异于我的胆大；我对同学们说过：“其实我巴不得世界上真有鬼，因为你们怕鬼，所以鬼来了你们都躲，我不怕鬼，鬼来了我反而要迎上去，抓住他，我要把他牵到中国科学院去，结果我就成了世界上头一个发现鬼的人，能获得哥伦布一样的地位！”同学们自然大笑，但我确确实实是不怕鬼的，我从不因为鬼故事鬼电影鬼戏而生出恐怖感。

但我却有过一次绝大的恐怖。那是三十年前的事了，我是高中三年级的学生。盛夏，学校组织我们下乡劳动。我们班住在一个村，另外一个班住在五里外的一个村。一天下午，领队老师派我到另一班所住的那个村，找那个班的老师取一样东西，取的是什么东西，印象已经淡漠到难以勾稽的地步，总之，无非是一份文件或资料，可以装进衣袋里的。

从那个村子往回返的时候，我迷路了。京郊的景色，是很雷同的。有着深深车辙的大车道，稠密油绿的玉米地，秫秸编就的篱墙，青瓦顶上冒着炊烟的烟筒……我自信是走对了，却几次又绕回了原处。少年人是最不乐意问路的，再说渐渐地已是夕阳西下，村路上难得遇上什么人，只有鸟儿不时从头顶上飞过，去找它们的晚餐，蜻蜓在池塘上飞成一片，蛙声时断时续，不远不近的村子里飘来湿柴禾燃烧的气味。我固执地拿脚朝我认定的方向摸索而去。我想我总能找回去的。

天上有大片的紫云，所以天暗得比往日快。刮起了小风。村路边的玉米地叶片摩擦有声。不时传来几声乌鸦的怪叫。我微笑着。我想起了同学们挤睡在炕上时，小声窃笑着所讲的那些鬼故事，此时的情境，很像某些鬼故事里厉鬼即将出现的前奏。不过我知道我并无希望抓获一只活鬼，引送到科学院去，因而陡立奇功，被免除统考而直接保送进北京大学的……什么系呢？我提醒自己不要胡思乱想，毕竟我得在天黑前回到驻地，否则麻烦大了。

我又路过了一个小村子。村口站着个人。仔细看是个老人。再仔细看是个老大娘。我要不要过去向她问问路呢？可是再仔细一看我犹豫了。老大娘头上缠着块白布，而且耷拉下一截白布在肩头。我想她家肯定刚死了人，我离她有三十多米，她两只眼睛陷得很深，满脸的皱纹仿佛一张织得很精致的蛛网，我想当我观察她的时候，她一定也盯着我。我忽然不想向她问路了。因为我觉得她背后那株大椿树似曾相识，可以作为一个可靠的路标，导引我朝应去的方向走。我就转回身，继续走自己的路。

我觉得自己的脚步声有点古怪，声音与我的步调似乎不那么协调。我偶然地一扭头，才发现那老大娘在尾随着我，原来她的脚步声混合了我的脚步声。她离我大约有十多米。我觉得有点稀奇。她为什么跟在我后头？而且，她似乎是一双小脚，颤颤巍巍的，怎么移动得那么快？

当我扭回头的时候，我听见那老太婆似乎在朝我说："等等我，你等等我啊！"但又不能肯定。我不认识她，而且我在这地方是个生人，我不可能帮她什么忙，她也不可能帮我什么忙，所以我没理会，继续走自己的路。

可是，我听见我背后有奇特的脚步声，并伴随着越来越清晰——虽然极为嘶哑——的呼唤声："等一等，你等一等我哟……"这声音宛然是农村人送葬时的那种哭丧声。我并不害怕，但我厌恶。我扭头一看，因为我年轻，已大步把她甩在了五十米开外，但她却癫狂地倒换着锥子似的小脚，身子朝前伛偻着，在追赶我。

我下意识地离开玉米地间的土路，横斜着钻进了玉米地里。这时我已顾不得方向对不对了，我想我得摆脱开这个奇怪而可厌的老太婆。玉米已经长得比我头顶还高，我拨开那些划割皮肤的玉米叶，碰掉了一些已经完全成熟的老玉米，深入到了玉米田的中心，我想我总算摆脱开那老家伙的纠缠了，我立住脚喘气。开始，我听见自己的心跳声，然后是玉米叶在风中摩擦的声音，再后是远处公路上拖拉机开动的突突声……

然而，又出现了异常的声音。我扭过头去，于是我看见一双枯瘦而痉挛着的手，拨开着离我不远的玉米叶，从拨开而晃动的玉米叶间隙中，露出了老太婆那张痉挛着的脸，这时我看清了她的眼睛，她那双尽管是深陷的双眼，却饱蓄着热力，仿佛朝外飘着蓝绿的火苗，正盯准了我燃烧，同时，从她那一瘪一张的口洞中，发出了撕心裂肺的颤悠悠的呼唤："你等一等哟……你等一等哟……"

有生以来从未有过的大恐怖攫住了我，我不管不顾地朝前冲去，蹚坏了许多棵玉米，玉米叶也报复了我，在我脸上划出了许多的小口子……我冲出了青纱帐后，发现已是夜晚，半个月亮从大片浮动的紫云中冷冷地凝望着我，蛙声、虫声交织成一片，近处树影幢幢，远处山影巍巍，我忽然清楚了该往哪里走，我发现我们班的驻地其实就在前方灯光闪烁处。我拼力向驻地跑去，耳边风声飒飒，我似乎仍听见有游丝般的呻吟在追随我："等一等哟……你等等哟……"

我在村口扑进了领队老师怀中。他因为总不见我返回早已急得团团转，并打发两位男同学寻找我去了。我回到村里不久便成了同学们调侃的对象，我不是一贯号称不怕鬼吗？可这回我满脸的恐怖，像泼上的浓墨，久久都冲洗不掉。听了我的讲述，有的同学竟被传染，说是比以往听过的任何鬼故事都更可怕，何况这是真的，所以怕得要命，以后的接连几天，都有同学向老师报告，说是半夜里随着击打窗棂的风声，总仿佛有个嘶哑的嗓音在呼唤："等等我哟……等一等哟……"于是不得不紧紧地用被子包住头。

领队老师不得不针对这种情况，对我们再次进行唯物论、无神论的教育。我也一再向大家说："她不是鬼。她是人。可她真让我发怵。"老师对大家这样解释："可能是她家刚死了人，比方说，死了老伴，而她见了过路人，便产生出一种幻觉，以为她的老伴，当然是年轻时候的老伴，又来找她了，所以她就死命地追赶……这是一种心理现象，一种精神上的病态，不足为奇的。"

老师的解释，使我早在那少年时代，就总结出了一条人生经验：即便有鬼，也可以不怕；最恐怖的，倒是你明明是人，是一个活活泼泼的好人，而却有人指认你为鬼，并死追不舍。

1988 年 4 月 3 日

羞涩

上小学的时候，我曾登台表演过一次打腰鼓，当然不是单人节目，而是同一队同学集体表演。登台之前，辅导我们的老师一再地嘱咐说："要大胆地表演！不要害臊！"但当真的登上那似乎变得特别阔大、光照也灿烂得令人惊心的舞台，特别是一瞥之中发现台下的"多头怪物"模模糊糊、格外神秘时，我便不禁心动神摇地羞涩起来，我宁愿自己是在一间没有别人的屋子里摸着黑儿打我心爱的腰鼓……万没想到那天演出结束，不少老师和家长都夸赞我表演得最好，说我一派天籁，很乖，很帅。

到上中学的时候，我和另外两个同学排演了一出独幕短剧，我既当导演又兼演主角，演出前轮到我同那两位合作者说："要沉着、大胆！演戏就得厚脸皮！"结果一开演，同我有关键对手戏的那位老兄不知怎么的，让我觉得特别地放不开。那是一出讽刺喜剧，我拼命地夸大着特意设计出的木偶式动作，并期盼着他按我导演时的规定动作去表演，但他临场反更不能同我默契，显然他是在众目睽睽下羞涩起来……演出结束后，我意外地听到了对我演出的如下评论——那不是故意逗趣更绝非讥讽——演得最"入木三分"的，是害臊的那一位！

我后来没有成为一名演员，更没有成为一名导演，但我后来有幸接触到某些成熟的演员，及某几位蜚声中外的大导演。我没有同他们讨论过羞涩在艺术创作中的作用问题，但依我个人对他们的从旁观察和尽可能深入的理解，我隐约感到，倘若说大胆是杰出的艺术品的催化剂，那羞涩便可能是非凡的艺术品的心灵伴侣。

人在羞涩时总是美的。倘若能将羞涩蕴于内而不形于外，那便更美。羞涩是良知的产物，是一种自我控制，也是对外界事物的尊重。因此羞涩常能使人适可而止、恰到好处。作为一种润滑剂，羞涩能够使人与人之间的接触和交流不至于粗鄙、卑下、猥琐、丑陋，故而羞涩又是一种创造美的心理工具。

在我的艺术世界里，羞涩几乎无处不在。我羞涩地画水彩和油画，不仅是因为我没有受过扎实的基本功训练，也不仅是因为我害怕别人对我的画作鄙薄，而主要是因为我对以色彩、明暗、笔触、韵味去亲近世界充满了虔诚。对于我来说，那相当于宗教信徒走进教堂。我画出来的东西在家中也很少陈列，偶有亲友完全是出于鼓励与情谊问我要画，我迄今几乎一幅未予（自绘的贺年卡除外）。我羞涩地弹奏钢琴，那当然主要是因为我三十八岁以后才拥有了钢琴，才得以从最简单的练习曲弹起，自然可想而知是无望达到任何一种最低标准的水平的。但我之所以羞涩，比如说我独自一人（最多还可有妻子、儿子二人在室）弹奏《致爱丽丝》时，主要是因为我心中充弥着大敬畏、大喜悦——这也许竟与世上杰出的钢琴演奏家十分地接近——我的眼睛会湿润起来。我惭愧自己的低能，然而我珍视自己的领悟。

我羞涩地一个人独自欣赏从旧唱片翻制出的程砚秋京剧录音带，或羞涩地一个人独自欣赏从电视节目中录下的李世济演出的《锁麟囊》或赵荣琛演出的《荒山泪》，那并不是因为我怕真正懂得京剧的作家同行对我的半知半解撇嘴摇头，而是因为我对程派唱腔的那种茧中抽丝、幽谷泉咽的妙音有一种难与人言的灵魂悸动。或许只有一个人，在他面前我能稍敛羞涩地畅言梅程荀尚之类的话题，那便是我的哥哥刘心化。他在北大念书时曾有“北大梅兰芳”之称，多次登台献艺，一时名噪未名湖畔。他一直有邀我为他在《宇宙锋》装疯一折里配扮哑奴的动议，而我也确实羞涩地怦然心动过——我们两人曾多次详细品析过梅兰芳所饰赵艳蓉和张蝶芬所饰哑奴那严丝合缝的配合，我想梅兰芳是众所周知，而张蝶芬恐怕就罕为人道了，但哥哥和我偏能把张扮哑奴的一招一式细加褒贬……

写到这里我又不禁羞涩起来。然而这也确证着我心中的艺术世界是一个相当缤纷的空间。五十岁的时候，我还曾羞涩地聆听了台湾业已告别歌坛的“小虎队”演唱的一曲《再见》，那羞涩倒不是因为害怕有高雅之士对我齿冷：“你怎么有闲工夫听那种高中和大学低年级女生迷恋的玩意儿？”是的，我有闲工夫听，正如我有闲工夫羞涩地聆听勋伯格的交响乐或多明戈演唱的《尼伯龙根的指环》一样，在我的艺术世界里，“小虎队”使我同流逝的少年时代在一个白日梦里迎面相撞……

我更常常羞涩地面对着大自然。更具体地说，是常常羞涩地面对着大自然中最琐屑的细部。我几乎从未像某些人那样，站在高山之巅或大海近旁举臂傲啸，却多次独坐在小小的一个角落，面对着草丛中一株半球已然飘散、另半球依旧存留的蒲公英，或一株被夕阳镀上金边的兔尾草，默默地为自己竟然也是宇宙中的一个存在物而庆幸。我曾写过一篇题为《家门口的风景》的散文，描述我有一次从远处游览归来，突然发现其实家门口那小小的一片草地、寥寥的几株凡树，竟有着惊人的内在魅力。还曾写过一篇题为《生活赐予的白丁香》的散文，讲到有一次我发现一株丁香树不仅满树花盏，它的根竟从地皮中直接蹿出了一个花枝，并烂漫地开放着……这都说明我对自然的审美也是取着一种羞涩的、精微的、内向的、知足的态势。虽然不知道别人到底如何，但对于我，艺术与羞涩不仅同在，还大有相辅相成的那么一种微妙关系。

写作是我的本行，是本职而非业余爱好，也是我用诚实劳动换取社会酬劳以养活自己和家人的一种手段，因而既是一种艺术世界里的遨游，也是一种世俗的存在方式，所以我写作时反倒少了几分羞涩，这也许恰是我的写作尚未真正进入佳境的重要原因。不过，每当我铺开稿纸提笔为文时，即使爱妻宠儿，从我肩后哪怕只窥视一眼，我也是决计不能忍受的——这似乎又在证明着我写作时毕竟还是相当羞涩。我想，心灵中的大胆和羞涩相激相荡，正是我还能源源不断写出作品来的一个因素吧。

"鸡啄米"

妈妈把我写作叫作"鸡啄米"。

一

一次去西郊，看望宗璞大姐。闲谈中，她提及1981年夏天，我在兰州给她画像的事，说那张画儿她仍保留着。那是一幅方形的水彩画，画的是宗璞大姐在未名湖畔，背倚一株大树，借着朝霞和湖光，读一册厚书。她的女儿小玉说我画得挺像。儿童不会恭维，可见的确捕捉到了一点大姐的神韵。大姐因随之问我，从什么时候开始喜欢画水彩画的。

我便告诉大姐，大约是上初中一二年级的时候，当时才十二三岁（我五岁上小学，所以比一般初中一二年级的学生小），因为受到家里的熏陶，开始热爱文学艺术，除了如饥似渴地阅读能拿到手的文艺书籍外，我还常以两种游戏自娱，那头一种，便是自己"编辑"、"出版"文艺杂志。

记得"出版"的期数最多的，是用小三十二开白纸横向装订，除了里面的文字中附有钢笔画的插图外，封面上总画有一幅水彩画，那刊名便叫《斜坡》。

宗璞大姐听我这么一回忆，笑了，因问我："怎么给你的杂志取这么个怪名字呢？"

说真的，我也记不清究竟为什么要取这么个怪名字了。从宗璞大姐处回来不久，我应约给一家杂志写创作随感录，不禁袭用了二十多年前的这个刊名《斜坡》，并在其中写道：

斜坡，
上攀艰难，
下滑容易。

似乎很有点哲理性——但这其实是年过四十后的我才有的感慨，在那十二三岁的烂漫岁月，我是不可能有这类思维的。

仔细地回忆，那《斜坡》的第一期，封面上似乎画着一道开满鲜花的斜坡，上面站着一个梳辫子的小姑娘，怀中抱着一大束鲜花。也许，我当时是先图而后题，因为画一道斜坡，所以就将那“刊物”命名为《斜坡》了。嗯，想来就是那么回事儿。

听到我说这些事，有人也许认为我是个创作天才，但只要我把“底细”一露，便“真相大白”。

那《斜坡》杂志封面上的水彩画，全非创作，而是从杂志上登的图画、照片中模仿而来的。即如刚才所说的“创刊号”的封面画，记得便是照着当时的一本苏联儿童画报《木乐济尔卡》中的彩色插图，“依样画葫芦”搞出来的——唯一的“独创性”，不过是把那抱花小姑娘的头发从黄色变成黑色而已。

里面的“作品”呢？大体上是三类。一类是把我读过而喜欢的小诗、小文，照抄上去，当然，还署原作者的名字，但附上我为他们制作的拙劣的插图，这当然很有偷窃版权之嫌；另一类是我根据自己看过的电影，编写的类似“故事梗概”那一类文字，这回可署上自己的“笔名”了（记得用过的这类“笔名”有杨弟、赵壮汉、陆离、文质彬等等），好像“创刊号”上的那篇，便是苏联电影《雾海孤帆》的故事；第三类才是我自己独立写出的东西，幼稚不堪，敷衍成篇，以至今天我回忆时，头两类的“作品”尚可忆及一二，这一类的“作品”除了几个题目外，竟毫无印象可寻了。

这需说明的是：里面的字迹并不那么工整，而我的画技，也始终未达到入门的水平。总之，那些玩意儿实在近乎胡闹。

虽是胡闹，到二十四岁那年，遇上了大家都遇上过的赶紧烧“罪证”的劫难,《斜坡》之类自然便荡然无存了。

也没什么可惜的。现在想起来，只是一笑。

但我对文学艺术的痴迷症，却是从那时染上而至今未愈的。

二

谁一定要我走上文学创作之路么？换句话说，谁启发了我走上文学创作之路呢？

没有。

父亲常向我提起在我出生前十年便牺牲于“一·二八”事件日寇轰炸中的祖父。祖父是晚清举人,后官费留学日本,就读于早稻田大学,学的是“人类学”,回国后曾在北京任蒙藏院佥事。大革命时期南下参加革命，在广州中山大学做教授，后又随北伐军北上，光复武汉不久，经历了国民党发动的血腥“清党”，流亡到上海，著七言旧体长诗《哀江南》，抒发愤怒和哀痛。

父亲说那首长诗曾由“神州国光社”印过一千册，他能背诵出其中许多段落。

这样，祖父的形象在我心目中就相当高大，在我的意识之中，他首先是一位诗人。但父亲向我讲述祖父的事情却并无鼓励我当诗人之意，他不过是要我像祖父那样保持做人的正直与刚强。

父亲是中国古典文学和京剧艺术的爱好者。解放后，父亲一度很受重视，从重庆调到北京，在海关总署任职，工作很忙，但他枕下却也经常压得有一点临睡前调剂精神的线装书——版本都不怎么好，那自然是他不许我看的，但我却偷看过几部，如《石头记》《浮生六记》《绿野仙踪》等等。很长的时间里，我都以为父亲仅仅是个一般的欣赏者。“文化大革命”中，父亲在一所军事院校任教,被“造反派”彻底地抄了一次家,结果抄出了一册他珍藏在箱底的手稿，那是他二十出头时尝试创作的一部章回体小说，叫《铁兰花》，大约只写了十来回，便中缀了。这一文学尝试，他可从未对我们子女说过，就是母亲，见了大字报在公布一系列“罪证”时竟夹有一条“写作大毒草《铁兰花》”，也不禁愕然。可惜父亲偏在好日子复来时因患脑溢血而逝世了。有时我不禁想，设若父亲仍在世，当他知道我不仅违背了他的夙愿没有去学医当大夫，而且也没有再当教师和编辑，而是专门搞文学创作时，他该会怎么说呢？多半会笑着摇头，说“何必……”吧？那我就要“将”他一军：“您当年不也暗暗地做过文学梦吗？《铁兰花》不就是明证吗？”……

母亲和父亲一样，虽是文学艺术的爱好者，却也更希望我们子女去为祖国搞一点“实业”。只不过母亲比父亲宽厚随和一些罢了。

大哥解放战争中参加了人民解放军，后来在部队中攻汽车技术。二哥先学造纸，后来成为抗菌素工业研究所的工程师。姐姐学的是农业机械，当过拖拉机总体运用专业的研究生。他们都不负父母的厚望，从事“实业”，服务于祖国和人民。

唯有小哥哥和我，一个先在北大学习俄罗斯语言文学专业，后来这类专业人员过剩而改行教英语；一个走了一条教师——编辑——专业写作的道路，成了所谓“文人”。这实在是出乎父母所望。

然而，说到底，我的痴迷于文学艺术，又确确实实出于家庭的熏陶。

父亲书架和枕边乃至枕下的那些中国古典小说、笔记、野史……对我难道不是一种引诱吗？

母亲说起《红楼梦》，如数家珍，由我家桌上的一盘菜可以联想到“脂粉香娃割腥啖膻”，又可以随时回答我们诸如周瑞家的和秦显家的是什么关系之类的问题……对我难道不是一种渗透吗？

大哥在家信中不时夹带他的诗作；二哥在迷恋照相印相时将他的一副侧影与钢笔、白云之类放大叠印，戏题为“作家之梦”；小哥哥说话中不时使用脂砚斋评《石头记》的词句引人发噱，什么“实有其人，实有其事”，“草灰蛇线，伏延千里”；姐姐从东北农机学院回北京过暑假，居然整整几天靠在床上读大本的苏联翻译小说《大学生》《收获》《远离莫斯科的地方》……凡此种种，难道对我不也是一种启迪吗？

三

少年的心，天上的云。

中学阶段，我曾有过许多的梦想。并不是只想搞文学艺术，因为班上有一些同学体育上很行，有的在全国速滑比赛中夺到名次，有的学校准假到外地去参加举重比赛，引动得一大批同学，包括我这种那时其实是瘦弱多病的男生，都一度迷恋干体育事业。于是在我的床头，普希金和罗曼·罗兰的画像竟被挤到了一边，而陈镜开、黄强辉、赵庆奎这些当时的举重明星照片竟占据了中央位置……不过那也仅是一阵旋风，现在想起来，真忍俊不禁。

就是在文学艺术这个领域里，我首先选择的，也并不是文学。

上面讲过，我少年时代曾迷恋于两种游戏，一种游戏是“编辑出版”文艺杂志；另一种呢？便是“自编自导自演自观”戏剧。怎么个搞法？将我家的椅子，当作一个舞台，用一些铅丝、碎布、头巾，构成前幕、侧幕、天幕，然后或自己画，或从画报上剪，弄出一些房宇呀、树木呀之类的“影片”，还用手电筒“布光”，于是乎便可“开演”了。“演员”有时连纸人都不是，就用一些玩旧了不成套的积木片儿，依据我的想象，用手把它们挪来挪去，这个要把那个打死，于是嘴里一声“砰”，手指便扳倒一个，另一个则晃三晃——因为他后悔不迭，心中发虚，等等。那时已有十三四岁了，这样一个人玩，从旁看去，大约近乎疯癫，然而我就那样度过了许多课余时光。

再大一些，不这么玩了。不再是随父母兄妹去剧场观剧，而是自己一个人去了。那时我家离首都剧场不远，因此我几乎看过那一时期北京人民艺术剧院上演的每一个剧目，从最优秀的剧目到演过就算的剧目，我全看过，有的还不止看过一遍。比如，我记得那时我就至少看过五次《雷雨》，有一回大约是演繁漪的吕恩病了，结果原来演鲁妈的赵韫如改演繁漪，这样我就在很近的时间内既看了赵韫如演鲁妈又看了她演繁漪，印象之中，我以为她演繁漪更为出色，我不明白为什么导演却认为她在正常情况下只能演鲁妈。

在高三毕业前夕的新年晚会上，我导演并演出了一出小剧，好像是一出讽刺美国社会畸形现象的喜剧，剧本是从当时一本杂志上选的。一贯连起立回答老师问题也不免脸红的我，竟突然以喜剧角色面目出现在同学们面前，自然令他们大吃一惊。但也仅止是吃惊而已。剧终时，观众们只忙着嗑他们的瓜子，似乎没有几个鼓掌的。

可是我却狂妄得认为自己可以去当戏剧家了。

高三毕业后，我去中央戏剧学校一试。居然好意思报导演系。记得初试时我朗诵了鲁迅的《狂人日记》和郭沫若《女神》集中的一首短诗，我激动得要命，末了主考教师不得不首先对我说："你干吗那么使劲地嚷呢？"

但是初试的五百多名考生经过筛汰后，留下的三十来个可以复试的考生中，仍然有我。

我的小品考砸了。主考教师给我一盏马灯，让我设计一个小品。我一直生活在城市里，娇生惯养，我连马灯该怎么点燃都弄不清。我只好请求他们另给我出一个题目。结果心慌意乱中，我连那个本来与我生活相近的题目也没做好。如果不心慌意乱呢？我大概也做不好。我没有考取。很长的时间里，我都把这件事隐蔽起来，说实在的，我有一种羞耻感。

现在我已步入中午。失败过的事太多了。我终于懂得，在事业的道路上，失败不仅不是羞耻，而且恰恰值得珍视。

我一般不在文章中引用先哲的话，不为别的，只是因为我看时下许多文章中总爱引用若干先哲先贤的话，为避免文章写法与人雷同，我便尽可能一句也不引。但此时此刻我却不能不将曾在我灵魂中烙下很深印迹的这句罗曼·罗兰的话录在下面：

"累累的创伤便是生命给予我们的最好的东西，因为在每个创伤上面，都标志着前进的一步。"

四

我从初中三年级起便试着给报刊投寄稿件。

我已经记不清都投寄过些什么。总之，不是投给"中学生征文"或"幼苗"

一类的专栏，而是大摇大摆地作为成年人向报刊投寄“正式”的作品。

屡投屡退。

那时候，刘绍棠已经成为知名作家，王蒙的《组织部新来的年轻人》正引起强烈反响，我们的文坛上正孕育着、发生着许多惊心动魄的事，而我对这些事的了解却处于鸿蒙未开的混沌状态。唯一的一次接近成功的情况，是《少年文艺》杂志把我寄去的短篇小说《旗手》打了回来，但附有一封手写的编辑部信件，提了几条意见，让我修改。那个短篇大约是写一次少先队的中队活动，登香山“鬼见愁”，中队旗不慎掉到了悬崖边，于是两名护旗手一个表现出惊慌胆小，另一个则勇敢地爬到悬崖边取回了队旗。素材倒是取自我们班上的一次少先队活动，但写得非常幼稚。我兴冲冲地修改了一遍，满怀希望地寄回了编辑部。记不清是石沉大海还是终于退了回来，总之是没有刊出，自然很伤心。

伤心归伤心，投稿仍未中断。

到了 1958 年，我上到高二的时候，才终于在当时的《读书》杂志登出了一篇文章:《谈〈第四十一〉》。寄稿子去时我没说自己是还在上学的中学生，只写了家庭地址。结果编辑部大约以为我是个有修养的成年人，登出后寄给我刊物时，附信请我“不吝赐稿”。我当然“不吝”，但寄去的稿子一定令他们哑然失笑——他们看出我不过是个一知半解的少年人，因此都婉辞退回了。我朦胧地意识到，归根结蒂每个人还得从自己的实际情况出发。又过了一年，我不再装成大人样了，我以中学生的面目给刚创刊不久的《北京晚报》副刊《五色土》寄小稿子。我寄去了个小小的快板剧本《王大妈让房》，内容是表现街道上办托儿所没有房子，一位王大妈主动让出了自己的私房，供办托儿所用。编辑部给退了回来，但在油印的统一格局的退稿信下面，一位编辑顺笔写了几句话，大意是说：你写得挺生动，但报纸不宜提倡公占私房，你是否另写点别的试试。我很快就“另写”了几首儿童诗寄去，结果其中一首很快便登了出来，编辑并写信告诉我另两首也留下备用，后来不但用了那两首，还陆续登出了我接着寄去的几篇“一分钟小说”。

后来《北京晚报》副刊召开业余作者座谈会，把我也请去了。至今我仍然非常感激《北京晚报》的那几位同志:王纪刚、顾行、刘孟洪（他们在粉碎“四人帮”后,《北京晚报》复刊时，又回到原有岗位上辛勤工作)。他们见到我只是一个十七岁的不谙世事的中学生时, 既不惊讶也不歧视, 既不吹捧也不苛求, 平等待我，一视同仁，他们使我从少年时代便确立了这样一种信念：编辑部取舍稿子只看质量，而并不把资历、地位、名气、背景搁在头里，因此只要我严肃认真地写稿，投寄去便有可能刊出。

到 1966 年夏天,《北京晚报》被当作“反党喉舌”被迫停刊了，我大约在上面发表了五十篇文章，属于“一分钟小说”、“一夕谈”、“儿童诗篇”、“影剧随感录”、散文、散文诗等不同的类别。此外也在《人民日报》《光明日报》《中国青年报》《大公报》等报刊上发表了一些散文、小小说、杂文、小品、剧评。

现在偶尔从旧报纸上看见这类“豆腐块”我总不免脸红。确确实实脸红。

穿开裆裤的照片。就是那么个性质。

然而，我就是这么开始我的写作活动的。多么卑微，多么简陋。

“你看你，又‘鸡啄米’！”那时候，我还没有离开家独立生活，妈妈看见我伏案写稿，总不免调侃地说:“你这样‘鸡啄米’还要啄到几时啊！”

的确，笔在稿纸上一格一格地移动，那动势，那笔尖摩擦纸面的声音，都令人联想到鸡从地上啄食米粒。

真没想到,我现在竟成了专业“啄米”的“鸡”。啄到几时？怕很难停止了!

1983 年 1 月 26 至 27 日写于北京垂杨柳

关于《班主任》的回忆

在由罗德里克·麦克法夸尔与费正清主编的《剑桥中华人民共和国史（1966—1982）》卷中，第613页，由荷兰乌得勒支大学比较文学教授杜维·福克马执笔的《1976年和“伤痕文学”的出现》一节里，他这样说：“在新作家里，刘心武是第一个批判性地触及‘文化大革命’的不良后果的作家，他的短篇小说《班主任》（1977年）引起了全国的注意。他涉及了‘文化大革命’给作为其受害者的青年人正常生活带来的不良影响和综合后果。”在第800页，由加州大学东方语言学教授塞瑞尔·伯奇执笔的《毛以后的时代》一节里，则说：“伤痕文学”的第一次表露，也是实际上的宣言，应推刘心武1977年11月发表的《班主任》。书中的那位中学教师，是个刘在后来的几篇小说中也写到的第一人称叙述者和受人喜爱的人物。那位老师所讲的故事本身并没有什么戏剧性，但仅寥寥数笔就勾勒出几个互成对照的青年形象。一个是‘四人帮’时期遗留下来的失足者，那位老师不顾同事们的怀疑，为他恢复名誉。但这个失足者倒不成问题，问题出在那个团支书思想受到蒙蔽，甚至比那个小捣蛋都不开窍，但她热情很高，而且动不动就天真地把自己看也没看过的文学作品斥为淫秽读物。相比之下第三个学生就是个被肯定的人物了，在整个动乱期间，她的家庭环境保护了她的心灵健全，因为她家书橱里还继续放着托尔斯泰、歌德、茅盾和罗广斌的作品。”然后又说：“刘心武向来是正脱颖而出的一代青年作家雄辩的代言人……”接着引用了我在1979年11月四次文代会上的一段发言，又说：“在运用短篇小说的技巧上，刘心武进展很快。1979年6月他发表了《我爱每一片绿叶》，这篇故事成功地将隐喻、戏剧性的事件和复杂的时间结构，全部融合进长留读者心中的人物描写里，描写了一个才华横溢而又遭受迫害的怪癖者。故事中心意象是主人公藏在书桌中的一张女人的照片……刘心武将藏匿的照片这一象征物，触目惊心地暗喻为知识分子的‘自留地’……在中国这样一个环境中，这真是一个可能引起爆炸的想法。”（译文引自上海人民出版社 1992 年 10 月第一版）

引用这些“洋鬼子”的话，确实不是“崇洋媚外”，而只是为了简便地说明以下几个问题：

（1）《班主任》这篇作品，产生于我对“文化大革命”的积存已久的腹诽，其中集中体现为对“四人帮”文化专制主义的强烈不满。

（2）这篇作品是“伤痕文学”中公开发表得最早的一篇。

（3）人们对这篇作品，以及整个“伤痕文学”的阅读兴趣，主要还不是出于文学性关注，而是政治性，或者说是社会性关注使然。

（4）这样的作品之所以能引起轰动，主要是因为带头讲出了“人人心中有”，却一时说不出或说不清的真感受，也就是说，它是一篇承载民间变革性诉求的文章。

（5）这样的作品首先是引起费正清、麦克法夸尔等西方“中国问题专家”——他们主要是研究中国政治、社会、历史——的注意，用来作为考察中国社会政治、社会发展变化的一种资料，这当然与纯文学方面的评价基本上是两回事儿。

（6）就文学论文学，《班主任》的文本，特别是小说技巧，是粗糙而笨拙的。但到我写《我爱每一片绿叶》时，技巧上开始有进步，到 1981 年写作中篇小说《立体交叉桥》时，才开始有较自觉的文本意识。

《班主任》的构思成熟与开笔大约在 1977 年夏天。那时我是北京人民出版社（现北京出版社）文艺编辑室的编辑。1961 年至 1976 年是北京十三中的教师，从 1974 年起被“借调”离职写作，1976 年正式调到北京人民出版社当文艺编辑。《班主任》的素材当然来源于我在北京十三中的生命体验，但写作它时我已不在中学。出版社为我提供了比中学开阔得多得多的政治与社会视野，而且能更“近水楼台”地摸清当时文学复苏的可能性与征兆，也就是说，可以更及时、有力地抓住命运给个体生命提供的机遇。

写《班主任》时，作为文艺编辑室的编辑，我分工抓长篇小说，当时手里比较成熟的稿子有两部，一部是《雅克萨》，另一部是两位农民作者合作的，写农村修路的《大路歌》。他们的稿子生活气息浓烈，文字也活泼流畅。虽说1976年10月打倒了“四人帮”，但1977年2月7日，当时的最高领导人通过“两报一刊”的社论明确提出：“凡是毛主席做出的决策，我们都坚决维护；凡是毛主席的指示，我们都始终不渝地遵循。”这“两个凡是”决定了还得强调以阶级斗争为纲，当然也不能否定“文化大革命”。我们编辑部对稿子的取舍，也就不能不以此为准绳，这可难为了我这个责编和两位作者——我们必须使稿子里有阶级敌人搞破坏，还得歌颂“文化大革命”。可他们那里修路，实在并没有阶级敌人搞破坏，于是我出差到他们所在的农村，跟他们翻来覆去地编造阶级敌人破坏的故事，可是怎么也编不圆。结果，这部书稿到头来没能出版。与《雅克萨》作者谢鲲的接触，使我感到我们那一代人必须抓紧做事（1977年我三十五岁，已不能算是很年轻了）；编《大路歌》的失败，使我产生出弃瞎编、写真实的求变革的想法。

1977年夏天我开始在家里那十平方米的小屋里，偷偷铺开稿纸写《班主任》，写得很顺利，但写完后，夜深人静时自己一读，心里直打鼓——这不是否定“文化大革命”嘛！这样的稿子能公开拿出去吗？在发表欲的支配下，我终于鼓起勇气。有一天下了班，我到离编辑部最近的东单邮电局去投寄它，要把它投给《人民文学》杂志。柜台里的女工作人员检查了我大信封里的东西，严肃地跟我指出，稿子里不能夹寄信函，否则一律按信函收费。我心理上本来觉得自己是在做一件冒险的事，她这样“公事公办”，毫不通融，令我气闷，于是我就跟她说不寄了。从东单邮局骑车到了中山公园，在比较僻静的水榭，我坐在一角，想做出最后决定：这稿子要不要投出去？还是干脆拉倒？后来我取出《班主任》的稿子，细读，竟被自己所写的文字感动，我决定，还是投出去吧，大不了发表不出来，还能把我怎么样呢？过了若干天，我到另一家邮电所寄出了它。

《班主任》小说稿在《人民文学》杂志编辑部的具体处理过程，我自己并不十分清楚。我是一个性格内向的人，不善公关交际，有人问我为什么不把稿子直接送到《人民文学》编辑部去。其实从我当时居住的地方骑车过去只需十多分钟，可是出于羞涩，我还是宁愿花钱费时通过邮局寄去。小说发表出来时已是12月（刊物脱期了）。我从报纸上看见目录，自己骑车到编辑部，没好意思见编辑，直接到总务人员所在的大屋，拿现金买了十本，那屋里的人当时也不知道我是谁。出了编辑部，我赶紧骑车回家，展读那油墨喷香的刊物，心里很高兴。不过，那并不是我头一回闻见自己文章印出的油墨香——我第一篇公开发表的文章是《谈〈第四十一〉》。我在“文化大革命”前发表过约七十篇小小说、散文、评论什么的，大都非常幼稚。1974年到1976年，为调离中学，我为当时恢复出版业务的机构提供合乎当时要求的文稿，发表过若干短篇小说、一部儿童文学中篇作品、一部电影文学作品。这虽然都是些现在提起令我脸红的东西，但它们也可能使当时《人民文学》的编辑们多少对我有些印象，因而能及时审阅我的稿子。我对《班主任》敝帚自珍，因为那毕竟是我第一篇根据自己的真实感受，写出自己真实认知的作品，我并因此成名，为世人所知。

《班主任》发表后，读者反响强烈，看到这篇作品的人纷纷给我来信，尤其是当中央人民广播电台改编成广播剧播出后，影响就更大了。北京一些来往密切的业余作者，也都纷纷给予鼓励，我所任职的出版社的同人们也都为我高兴。大家在一起，兴高采烈地创办了《十月》（开头还不叫刊物，叫丛书，实际就是大型文学刊物）。我趁热打铁，在《十月》创刊号上发表了《爱情的位置》，电台也马上就广播了。我又在复刊不久的《中国青年》上发表了《醒来吧，弟弟》，电台又予广播。这些作品虽然“思想大于形象”，但也有读者向我表示，他们在阅读中感受到一种审美愉悦。如有个工厂的工人，打听到我家地址，找上门来，他手里拿着一本发表《班主任》的杂志，递给我看。他在那小说的很多文句下画了线、加了圈，他说那些地方让他感到很生动，比如小说里写到工人下班后，夜晚聚到电线杆底下打扑克，他就觉得那细节“像条活鱼，看着过瘾”。当时文学界一些影响很大的人物，像张光年不消说了，正是他拍板发出了《班主任》这篇作品，此外像冯牧、陈荒煤、严文井、朱寨等，都很快站出来支持。但反对的意见也颇强烈，有人写匿名信，不是写给我和编辑部，而是写给“有关部门”，指斥《班主任》等“伤痕文学”作品是“解冻文学”(这在当时不是个好谥号，因为苏联作家爱仑堡曾发表过一部叫《解冻》的长篇小说，被认为是配合赫鲁晓夫搞“反斯大林”的修正主义政治路线的始作俑之作。“伤痕文学”既然属于“解冻文学”，自然就是鼓吹在中国搞“修正主义”了，这罪名可大了)。也有身份相当重要的人指责有的“伤痕文学”作品是“政治手淫”(倒不是针对我的《班主任》,不过在那种情况下,“伤痕文学”绝对是“一荣俱荣,一损俱损”，所以我也闻之惊心)。更有文章公开发表，批判这些作品“缺德”，我还接到具名的来信,针对我嗣后发表的《这里有黄金》(那篇小说对“反右”有所否定)，警告我“不要走得太远”(来信者称他曾犯过“右派错误”，而那之后对他的批判斗争和下放改造都是非常必要的,收获很大,不容我轻易抹杀)。而同时,港、台及海外对《班主任》又大力介绍，有些言辞相当夸张，如说我是“伤痕文学之父”等等。那时候,这样的“海外反响”越多,便越令一些人对当事人侧目。因此我在颇长一段时间里，心里都不是非常踏实。1981年，我应日本《文艺春秋》社邀请访日期间，主办方带我们参观一座日本古代监狱模型时，翻译林美由子小姐“触景生情”地对我说:“你是不是差一点被关起来?”她是“文化大革命”期间在中国待过的人，根据切身体验，在初读《班主任》时(那时已回日本)，确实为我捏了一把汗——这种心理状态，二十九年过去，不要说现在的年轻人难以理解，就是我这个当事人，回想起来，也恍若一梦！但以下的事情却绝不是梦,而是切切实实经历过的:在1977年11月《班主任》发表之后，1978年3月，报纸上还刊登出当时最高领导人的讲话精神，强调“两个凡是”，强调要“继续批判邓小平的右倾翻案风”，甚至强调“文化大革命”的必要性和“伟大战果”(只是说“这一回”的“文化大革命”结束，而以后必要时还要搞)，还说“四人帮”是“极右”，以此阻挠党内外批极“左”的强烈要求。1978年,《光明日报》发表了《实践是检验真理的唯一标准》,随之《人民日报》转载，这让我心情为之一振，我意识到这些事情都与我生死相关。1978年12月，党的十一届三中全会召开，政治格局发生了根本性变化，同时“四·五”天安门事件获得平反，我欢欣鼓舞。1989年，复苏的文学界第一次评选全国优秀小说,《班主任》获第一名。当时茅盾在世，我从他手中接过了奖状，同时有多篇“伤痕文学”一起获奖。1981 年，党的十一届六中全会通过了《关于建国以来若干历史问题的决议》，正式彻底否定了“文化大革命”，它被指为一场浩劫。紧跟着，改革开放的势头风起云涌，呈难以逆转之势。说实话，这时候我才觉得悬在《班主任》上面的政治性利剑被彻底地取走了。但《班主任》作为特殊历史时期里，以小说这种形式，承载民间诉求的功能，也便完结。它被送入了“博物馆”（各种当代文学史，或《剑桥中华人民共和国史》这一类的资料性著作），它不可能再引得一般文学爱好者在阅读中产生出审美愉悦了，甚至于，反而会引出“这样的东西怎么会一时轰动”的深深疑问。进入 20 世纪八十年代，想再靠这样的创作路数和文本一鸣惊人，获得荣誉，是越来越难了。自《班主任》以后，我笔耕不辍，一方面坚守社会责任感，越来越自觉地保持民间站位，不放弃以作品抒发浸润于我胸臆的民间诉求，一方面努力提升自己美学上的修养，努力使自己的小说更是小说，并大大展拓了以笔驰骋的空间。

《班主任》发表至今已有二十九年。我本不愿重提这粒“陈芝麻”，但最近我从年轻一代那里听到了两种截然不同的说法。一种说，《班主任》的写法，以及一度的轰动，是畸形的文学景观；另一种说，像那样的作品，在适当的社会发展阶段，还一定会卷土重来，是文学史上惯常的一元、时不时会一闪的正常景观。我不能确定他们谁说得更有道理，也许，唯有未来文学发展的轨迹本身，才能确认或否定种种不同的预测。

《班主任》里的书名

一位中文系的年轻人来问我:“你那《班主任》里出现了许多书名，我统计了一下，除毛选四卷、《共产党宣言》《马克思主义的三个来源和三个组成部分》以外，共出现文学作品十一种。你为什么要把这些书写进小说?”

我就先从 1977 年初在新华书店卖书说起。那时候我是北京人民出版社(即现北京出版社)文艺编辑室的编辑。每隔一段时间，编辑们要到书店站柜台，这是接触社会、亲近读者的一种好办法。1976 年 10 月“四人帮”虽然垮台了，但到 1977 年春末，出版界的状况还没有什么太大的变化，在“文革”中被当作“封资修毒草”扫荡的如我在《班主任》中列举的那些书都还没有得到平反，更谈不到重新出版。当时新华书店书柜里摆的大体还是些“四人帮”在位时印行的图书，“四人帮”垮台后出版社也还在依照惯性出版着一些“以阶级斗争为纲”的、按“三突出”的写作规范写出、编出的文学书。我那时发稿的长篇小说,以及我本人的《睁大你的眼睛》,都属于那样的“惯性出版物”。但是,“四人帮”的垮台，毕竟使得民众有了新的思路、新的诉求。我在站柜台时，就有不止一个顾客来问:“有《青春之歌》吗?”“有《唐诗三百首》吗?”“有外国小说吗?”我一律答曰:“还没有，但是很快都会有的。”其实那时候我并没有听到可以重印这些书籍的“精神”和“安排”的传达，我说“很快会有”，实际上也是作为一个普通中国人在表达自己的诉求。

我印象最深的是，一次一位能说中国话的洋人来问:“有李白的诗集吗?”那时候即使北京，外国人也不太多，能说中文的外国人，估计不是使馆的，就是外文局的专家或来华学中文的学生，我的回答依然是:“暂时没有，但会有的，您过些时候再来看看。”没想到那洋人接着问:“究竟什么时候有?也会有徐志摩的诗吗?……”面对他的追问,我觉得气闷,白了他一眼,不再理他。但那位洋人给我的刺激,却成了我后来构思、写作《班主任》的因素之一。难道我们国家的公开出版物就永远还是以“破四旧”为前提吗?

我构思和写作《班主任》,是在1977年的夏天。那时候“两个凡是”的氛围依然浓郁。但我决定不再依照既定的标准去写《睁大你的眼睛》那类东西,尝试只遵从自己内心的认知与诉求写“来真格儿”的作品。我此前在中学任教十多年,长期担任过班主任,有丰厚的生活积累,从熟悉的生活、人物出发,以中学生和书的关系,来形成小说的主线,质疑“文革”乃至导致“文革”恶果的极“左”路线,从而控诉“四人帮”文化专制与愚民政策对青年一代的戕害,发出“救救孩子”的呐喊,以期引起社会的关注。要完成这样一个主题,在小说里必须写进一些书名。

为什么会选择现在大家看到的这些书名?那是因为,我个人的精神成长,从文学角度来说,是从四类文学里汲取到营养的。第一类,是中国古典文学作品,《唐诗三百首》《辛稼轩词选》就是它们的代表性符码。“文革”一开始就把几乎所有中国古典文化全彻底否定掉了。到“文革”末期,“四人帮”出于政治功利,肯定了一部分“法家著作”,也还肯定《红楼梦》,但中国古典文学的长河基本上是被他们截断了。第二类,是1919年至1949年的现代文学,“四人帮”除了肯定一个鲁迅,也是基本上全盘否定。我刻意肯定性地提到《茅盾文集》,确实是“别有用心”,那时候茅盾虽然被“保护”,但对他的《林家铺子》的批判并未取消,他的文集仍不能重印,在图书馆也仍被冷藏。我是觉得这三十年的白话文学的成绩是不能一笔抹杀的。第三类,是1949年到1966年前半年的文学。这十七年的新中国文学竟也被“四人帮”诬为“黑线”“毒草”,唯一的例外是浩然。我刻意提到《暴风骤雨》《红岩》《青春之歌》,还让《青春之歌》成为人物冲突的一个重要道具。第四类,是外国文学。我青年时代阅读的外国文学主要是苏联文学和俄罗斯古典文学,所以出现了《战争与和平》《盖达尔文集》《表》这样一些书名。盖达尔是牺牲于反法西斯战争的一位苏联儿童文学作家,现在的中国人很少有阅读他的了,但上世纪五六十年代翻译过来的他的那些作品,感染过不少我的同代人。我把苏联班台莱耶夫的《表》加以强调,是因为它是鲁迅最早翻译为中文的,以此为例,可能“各方面没话说”。“文革”前我们国家也正式出版了不少其他的外国文学作品,我提到了巴尔扎克的《欧也妮·葛朗台》,而作为小说中最重要的符码,则是《牛虻》。《牛虻》的作者英国女作家伏尼契在西方文学史上不占地位,《牛虻》更远非经典,但这本书由于特殊的历史原因,曾在上世纪五十年代成为在中国大陆发行量极大、影响极深的一部外国小说。

当然,任何历史叙事也总不能将方方面面的特例涵括进去。现在有的“50后”、“60后”站出来说:“我在‘文革’那会儿读到很多书呀!”是的,他们由于这样那样的具体机缘,比如说能从被图书馆里抄出来的旧书里挑拣出自己想读的书来尽情尽兴地阅读,再比如由于家长的地位而能获得阅读“禁书”的特权,或能从一些渠道获得“文革”前和“文革”后期专供一定级别以上干部阅读的“内部参考书”……但这些特例都无法将《班主任》里写到的最一般的、大面积存在的生命——从“坏孩子”宋宝琦到“好孩子”谢慧敏——所遭遇到的文化专制与心灵闭锁加以抵消。

而且,有的历史叙述,还往往会故意“忽略”或筛汰掉一些被认为是“错误得毫无价值”的存在。“文革”后期,从1973到1976三年里,从出版数量上来说,文学应该是相当“繁荣”的。那时候我所在的出版社文艺编辑室发稿量就很大,每个月都会有新书出版,而且印量都不小,人民文学出版社出版的长篇小说就很多,题材也多种多样。所谓“八个样板戏一个作家”的说法之所以有人不服,就是因为那只是“文革”前期的情况,到了“文革”后期,由于《磐石湾》《沂蒙颂》等剧目的加入,“样板戏”的数目有所增加,并且还有各省剧目进京汇报演出的“盛况”,当时活跃起来的业余作者,也可开列出不短的名单。当时不仅《人民文学》《诗刊》恢复出版,上海更有《朝霞》月刊和丛书。那几年也拍出了不少新电影,如《难忘的战斗》等艺术水准也未必低。现在有的人要么对这几年的文化状况讳莫如深,要么用“他们生产了一些符合当时要求的东西”一语论定。作为一个过来人,我建议现在有研究者来对“文革”后期的这些“文化产品”做严肃、客观、理性的研究。我个人的看法,大略而言,是那时期的文化生产确实由“四人帮”控制，使文学也成为绑在他们政治战车上的附庸品，那时公开出版的作品不允许有作者的个人观点，也很难容忍艺术个性，因此现在回过头来看，判断为“无正面价值”也不算委屈。但那确实是一种存在，说“一片空白”不是实事求是的态度。如果能做个案研究，则也许能从中探究出一些规律性的东西来，以使改革开放以后包括文学在内的文化活动能获得更高也更持久的价值。

“文革”中由“样板戏”而归纳出的“三突出”创作原则（在所有人物中突出正面人物,在正面人物中突出英雄人物,在英雄人物中突出主要英雄人物），在“文革”后期的小说写作里也是作者特别是编辑遵循的“创作原则”,我那《睁大你的眼睛》也是这样去写的。从《班主任》起我就抛弃了这一“金科玉律”。不过我现在要心平静气地说，只要不像“四人帮”那样勒令所有作者所有作品都遵守那一写法，否则作品一律枪毙，甚至将作者打成“反革命”，那么，在多元的文化格局中，“三突出”不失为一种自圆其说的美学原则，谁自愿那样去写，谁专门欣赏那样的作品，应各随其便。

可惜后来我所在的出版社不再有到书店售书的安排。但到 1979 年，我在《班主任》里提到的那些书大都重新出版，有的一上柜台书店内外就排起长队。中国古典文化，1919 年至 1949 年的现代文化，1949 年至“文革”前的“十七年文化”，从古典到现代以至“后现代”的外国文化，都再不要将其截断隔绝，从中汲取精华，应是所有中国百姓特别是孩子们不容剥夺的福分！

关于《我爱每一片绿叶》
——针对“变种”批评的思考

《我爱每一片绿叶》是我三十年前写的一个短篇小说。这篇小说 1979 年夏天完成后，投给《人民文学》杂志社，尽管此前《人民文学》刊发过我的《班主任》等作品，《班主任》还刚刚获得了全国第一届优秀短篇小说奖的第一名，但是，这个短篇小说差一点发不出来。当时负责刊物终审的是副主编刘剑青。1977 年《班主任》稿子到他手上后，他也很犹豫，曾召开编辑部会议，让大家共同讨论，会上有一种意见，认为《班主任》属于“暴露文学”，恐怕不宜发表，而这也正是刘剑青所深为担忧的，当时杂志的最高负责人是张光年，张光年一般是不管具体稿件事宜的，刘剑青也轻易不去麻烦他，但为《班主任》的事还是找了张光年，张光年也就看了，看完了把他和小说组组长、责任编辑等全都找去，一起讨论，最后张光年拍板：小做修改后刊发。那时候一篇多少具有点革新意味的稿件，想公开刊发出来往往都会有个坎坷的历程，像张洁的《从森林里来的孩子》、卢新华的《伤痕》，就都被《人民文学》杂志退稿，后来在别的地方刊发；王亚平的《神圣的使命》退过两次，作者不死心，一再修改，最后才终于得以在《人民文学》上刊发。

前些时候从传媒上看到，有大学里的文学教授把 1978 年出现的“朦胧诗”划入“伤痕文学”的范畴，引起某“朦胧诗”代表人物的愤慨，他说他们早就跟“伤痕文学”划清了界限，他批评“伤痕文学”不过是“工农兵文艺的变种”。我也觉得把“朦胧诗”和“伤痕文学”归并到一起很不恰宜。当时以《今天》为载体的“朦胧诗”，是一种体制外的“地下文学”，仅其崇尚纯文学这一条，就具有挑战“工农兵文艺”的意义。我对包括“朦胧诗”在内的“地下文学”一直持尊重的态度。每个写作者的站位不同，写作理念不同，将自己的作品公诸公众的路子不同。在我来说，把《班主任》或《我爱每一片绿叶》投给官方杂志，说明我的站位不是“地下”而是“地上”。我少年、青年时代，受到过多种文学的影响，我也看到过一些“白皮书”、“灰皮书”（指改革开放前以“内部参考资料”形式印行，需通过特殊渠道看到的主要供批判使用的书籍），但我并不只跟那些文字认同，在“工农兵文艺”里，我也有一些喜欢的作品，比如我就觉得上海作家艾明之写工人的《火种》不错，孙犁写农民的《铁木前传》非常好，郭小川那涉及兵的长诗《白雪的赞歌》（还有《深深的山谷》，虽然没有兵，但写的是革命队伍里的人物感情与命运）挺有味道，我不想跟这些“工农兵文艺”划清界限，切割开来。其实，我所喜欢的这些“工农兵文艺”，在那个时代都不是主流，从某种意义上说，就是所谓“正宗工农兵文艺”的“变种”。

在“工农兵文艺”范畴内进行革新形成“变种”，我以为不但不应该加以蔑视，还应该给予尊重。从上世纪五十年代，路翎的《洼地上的战斗》、萧也牧的《我们夫妇之间》、王蒙的《组织部来了个年轻人》、李国文的《改选》、丰村的《美丽》、宗璞的《红豆》等短篇小说、流沙河的《草木篇》、蔡其矫公开发表的诗作、徐迟的报告文学《祁连山下》、陈翔鹤的历史小说《陶渊明写挽歌》、邓拓的系列杂文《燕山夜话》……都不是“地下文学”，都是力图扩展“工农兵文艺”的内涵与外延，使其从僵硬的意识形态和公式化、概念化的格局里变化为“另一种”，也就是更能让读者接受的，追求真、善、美的文学。这个变化的过程是极其悲壮的，其中包含着血泪甚至死亡。

《我爱每一片绿叶》后来经责任编辑和小说组长力争，副主编刘剑青没有再去麻烦主编（当时主编换成了李季），他签发了，但安排在那一期杂志上小说的“末题”，即最后一篇。没想到这篇小说刊发后，引发不俗的反响。若干读者来信表示感动而且获得启示。1980 年评选全国优秀短篇小说时，评委中如冯牧竭力肯定，最后上了获奖名单。

在罗德里克·麦克法夸尔和费正清主编的《剑桥中华人民共和国史（1966—1982）》卷里，这样评价了《我爱每一片绿叶》：

在运用短篇小说的技巧上，刘心武进展很快。1979 年 6 月他发表了《我爱每一片绿叶》，这篇故事成功地将隐喻、戏剧性的事件和复杂的时间结构，全部融合进长留读者心中的人物描写里，描写了一个才华横溢而又横遭迫害的怪癖者。故事的中心意象是主人公藏在书桌中的一张女人的照片——主人公和她的关系从未明确交代。当照片被一个爱窥人隐私的同事发现，并被公开展示后，他经受了极度痛苦的折磨。后来，这位妇女来看他了——显然他是在庇护她免遭政治上的攻击。刘心武将藏匿的照片这一象征物，触目惊心地暗喻为知识分子的“自留地”。农民允许有自留地来耕耘自奉，难道知识分子不也应该有他自己的一份“自留地”——思想中的一方自主地，精神里的归隐所吗？在中国这样一个环境中，这真是一个可能引起爆炸的想法。

[引文据上海人民出版社 1992 年 10 月第一版的译文。此书另有中国社会科学出版社译本。]

我以为以上洋人的评价，还是公允的。“旁观者清”，当然不错，但我更重视的是我们中国人自己的评价。

我给小哥当哑奴

我上高中时，有一回在教室里谈笑，我提到奥勃洛莫夫，语文老师恰巧进来听见，吃了一惊。如果我提到的是叶甫根尼·奥涅金，他大概不会那样吃惊，那时喜欢俄罗斯古典文学的高中生阅读过普希金的著作不能算太稀奇，可是阅读过冈察洛夫的《奥勃洛莫夫》，并且拿那小说里的主人公当谈资，这确实让他想不到。那本厚厚的翻译小说没有什么有趣的情节，好几百页过去，那从第一页就在床上的奥勃洛莫夫竟还没有起床！老师问我是怎么读到这本小说的，我告诉他，是我小哥介绍给我的。我们家小哥学历最光彩，他是北京大学俄罗斯语言文学系本科毕业生，本来是应该成为一个俄罗斯文学翻译家的，没想到他毕业时中苏关系开始恶化，俄语人才过剩，他被分配到湖南一所县级中学去了。小哥虽然没能从事上俄罗斯文学的翻译研究工作，但他把对俄罗斯和苏联文学那特殊韵味的领悟，传递给了我。我在1958年，上高二时，第一回投稿成功，在《读书》杂志上发表出一篇文章，不消说，这跟小哥对我的熏陶是分不开的。

小哥在北大是京剧社的活跃分子，他专攻梅派青衣，在北大礼堂粉墨登场，出演过《玉堂春》《大登殿》《二堂舍子》，高腔遏云，低哦婉转，身段飘逸，表情细腻，常常博得满堂喝彩。当时的校长马寅初和许多著名的教授，都喜欢和同学们在一起观看北大京剧社的假日演出。小哥那时发愿要排出梅派名剧《宇宙锋》的“装疯”一场，以飨厚爱他的观众。那出戏里的赵艳容唱段吃重，还有大量复杂的身段，许多身段必须是与哑奴一起配合着完成，于是，小哥就拉我权充哑奴，与他一起排练。我不断地笑场，还故意捣乱，未必对他有多少帮助，但在那样的嬉戏中，我对京剧艺术多了一分理解与爱好，这对我后来的文学创作，是难得的营养。

我们全家都热爱《红楼梦》，小哥对金陵十二钗常有其独到的见解。有一回他从湖南回北京，那时我已经在北京十三中任教，他借住在我宿舍里，晚上我们俩聊《红楼梦》，开始低声细气，后来不知怎么的争执起来，声音都变粗了，结果第二天隔壁宿舍的同事善意地把我们的争执学舌一番，闹得我脸上发烧。近年来我撰写有关《红楼梦》的书，小哥提供了若干很好的建议。

我走上文坛以后，小哥是我最热心的读者，他对我的每一本书都细读详批，尤其是对《四牌楼》,他把“批注本”从成都寄给我,我读到他那些认真的批评，心弦颤个不停。我告诉他《四牌楼》虽然得了上海的一个奖，但离轰动、畅销距离不小，他鼓励我说:“莫求一时灿烂，丝从心里吐，线从魂里拈，才能织出耐久的锦缎——能有一批人欣赏，你也就该知足了！”

小哥从成都一所大学退休后，生活虽然清贫，却情趣盎然、自得其乐，他陆续撰写出一些关于京剧艺术的文章，发表在《中国京剧》等杂志上，我们通信、通电话，大多是交流对文学艺术的看法。

人生需要坚实的情感支撑，除了爱情、友情，家族成员间的相濡以沫、砥砺鼓舞也是很重要的。

闲为仙人扫落花

从美国波士顿来了越洋电话，是金珠姐打来的，她惊悉我小哥刘心化去世，悲叹感慨，欲说还休，欲休还说，半小时后我搁下电话，心潮难平。

金珠姐是小哥在北京大学就学期间，业余京剧社的同好，他们那个京剧社的许多成员，那期间都到我家做过客，往往是来了一起包饺子，吃完同去剧场观看著名京剧艺术家的表演，有的晚上就借宿我家，记得金珠姐就和妈妈同屋歇息过，我那时还在上中学，在他们一群熏陶下，也对京剧发生了浓厚的兴趣。

那是小哥、金珠姐他们的青春期。青春的友情是最难忘却的。青春期由同一爱好构建起的纯真情谊，是人生中永远滋润灵魂的甘露。2006 年我应邀到美国哥伦比亚大学讲《红楼梦》，梅筠姐来听，讲完围上来的人很多，梅筠姐只来得及递给我一张纸条，回到住处我才展读，是她留下的电话号码，我给她打去电话，她回忆和小哥在北大京剧社一起活动的情形，话匣子打开就关不住，那时候小哥还健在，她问明小哥成都宅电号码，又约我到曼哈顿上城吃饭，那天应约而去，进餐间她还是两眼放光地谈燕园京剧社，“沙场秋点兵”，唱须生的金珠姐、唱铜锤的茂堃哥、唱丑的庄鼎哥、唱花旦的大卫哥……她提起一位，我记忆里就闪现一位。回到住处，陪我与梅筠姐见面的朋友很惊异：“怎么她一句也没跟你聊《红楼梦》，说的全是你小哥他们唱戏的事儿？”

梅筠姐和金珠姐从我处得知小哥宅电后，都给他打去很长的电话，小哥后来与我通电话时转告，金珠姐攻下了余（叔岩）派最难的唱段，在天津演出惊倒四座；而梅筠姐嗓音竟晚年转亮，在纽约票房开唱《生死恨》大获成功！

小哥在北大京剧社有“燕园梅兰芳”之称，这当然是带有揶揄意味的雅谑，他自知与梅大师不啻天渊之别，但他崇梅、赏梅、研梅、学梅，贯穿一生。他和金珠姐同台演出过《二堂舍子》，和茂堃哥合作过《二进宫》，和大卫哥在《大登殿》里一个演王宝钏，一个演代战公主，都留有剧照，2006年同心出版社出版了小哥刘心化著的《戏迷陶醉录》，里面有他回忆北大京剧社演出的文章，附带不少珍贵的资料照片，此书他分寄当年同好诸友后，反响强烈，也有某些当今的戏迷自购此书，随他一起陶醉。

小哥在北大攻读的是俄罗斯语言文学专业，他入学不久，就遭逢了反右，他是一个天真的人，政治上幼稚，人家动员他大鸣大放，他觉得无话可说，学业以外，时间精力都用在了学习梅派青衣的表演上，他的入门师，是北大希腊文学翻译家研究者罗念生的夫人马宛颐，那一次政治运动北大很惨烈，他们系里一些教师学生划了右，小哥在言行上也不是没有可追究之处，比如他叹息过“他也是右派吗？真想不到啊！”又在食堂里把饭票借给挨过批斗的人，但也许是他实在过于透明，人人都知道他只不过是喜欢唱梅派青衣而已，常常可以看到他去罗教授家，在罗夫人指导下练习《宇宙锋》里的唱腔与卧鱼身段什么的，因此，直到运动结束，倒也没拿他凑数，混过一劫。毕业以后，他被分配到湖南一个县城中学教外语，在那里，他依然坚持自己的爱好。“文革”期间，梅派青衣自然唱不得了，当年京剧社的同好，有的遭到严重打击，有的竟被迫仰药自尽，小哥不理解这一切，但他到北京探亲，见到我，悄悄跟我说：“不管人家给这些同过台的伙伴定下多么吓人的罪名，我对他们的感情至死不会改变！”他就是这样一个一生温情的人，他从未参与过整人，万幸的是他也没有被人专门地整治过。

改革开放以后，小哥调到成都一所大学任教，退休后他获得了欣赏京剧最佳的社会环境，我给他寄去一套从老唱片翻录的自谭鑫培、王瑶卿到上世纪六十年代初京剧泰斗们演唱资料，他高兴地说那是他百品不厌的“满汉全席”。随着年事渐高，嗓音失润，登台献演已不可能，他就潜心研究，并陆续把自己的成果交由《中国京剧》等报刊发表。万没想到的是，2008年3月，他竟因到医院动腿部手术，麻醉过度导致心力衰竭仙去，享年七十七岁。小哥是一位终生执着于单一爱好的人。仔细想想，一个生命能享受一种健康的嗜好直到永远，也并非易事。他现在在哪里？我想，一定是在许多成仙的京剧艺术家汇聚的天堂一隅，“翠凤毛翎扎帚叉，闲为仙人扫落花”。

姐弟读书乐

我读初中时，姐姐已经上大学了。我和父母住在北京，姐姐是在哈尔滨上大学，因此，每临近寒暑假，我就盼姐姐回家。

放假了！姐姐回家了！我真是快活得不得了！记得我学会了在墙壁上“贴饼子”，就是两手撑地，把双腿往上甩，牵引身体倒竖，把一双脚落到墙壁上；姐姐刚回家，我就迫不及待地在她眼前“贴饼子”，希望她发出惊叹声；可是姐姐一点也不夸赞我，还批评我用鞋底弄脏了墙；后来，我又学会了完全不用墙壁支撑身体的“竖蜻蜓”（或称“拿大顶”），姐姐一到家，我就得意地倒立着，在她眼前走来走去，姐姐也仅是淡淡地夸我两句，使我很是败兴。

可是，我还是很喜欢姐姐回北京过寒暑假。姐姐除了帮妈妈做些家务事、跟中学老同学聚会，以及用妈妈的一架老式的手摇缝纫机给自己做新衣，就是看小说。我记得，有时候，她甚至除了吃饭、睡觉，几乎一直斜躺在床上，倚着被褥枕头看小说，可以说，看得昏天黑地！我们的父母，对子女一贯很温情，尤其是对子女看书，只要看的是好书，那么就很纵容，比如说姐姐那么样地一看小说竟看上一整天，爸爸妈妈绝不干涉，更不会催她去做什么家务事。姐姐如此这般地看小说，不跟我玩了，我当然不高兴，有时就跟她捣些乱，比如在她旁边发出怪声呀，假传爸爸妈妈的“圣旨”，让她去做某件事呀，可是大都收效甚微，她依然津津有味地只顾读手中所捧的书，而且，她还会忽然命令我，让我给她送杯茶，或让我把她的梳子找出来递给她，以便梳一梳倚靠中搞乱了的头发，我虽嘴里嘟嘟囔囔，实际行动上，却很乐于为她服务。

姐姐读小说的嗜好，很快地，传染给了我。记得有一天，姐姐的中学同学约她出去玩，我便到她床上枕边，翻看她读的那些书，结果，好像是一本《简·爱》，意外地吸引了我，我竟趴在她的床边，一页页地读了下去，直到她玩完了回来，我还在那里读。

那时，作为一名初中生，我原来读的，大体上是些少儿读物，如美国童话《绿野仙踪》，苏联童话《哈哈镜王国历险记》，意大利童话《洋葱头历险记》……当然更少不了安徒生童话和格林童话；除了童话和民间故事，那时我喜欢读的小说有苏联盖达尔的《铁木儿和他的伙伴》《远方》《蓝杯》《鼓手的命运》，中国古典小说《西游记》，以及那时《少年文艺》杂志上刊登的一些短篇小说。当然，也读过《钢铁是怎样炼成的》《牛虻》等少数成人读物。是姐姐，通过她的假期阅读，把我正式引入了成人读物的天地，记得那时，一般是，她先读，然后我接过去读，所读的，大体上分三类：一类是苏联长篇小说，如《远离莫斯科的地方》《茹尔宾一家》《钢与渣》《青年近卫军》《虹》等等；一类是外国古典名著，如《大卫·科波菲尔》《巴黎圣母院》《欧也妮·葛朗台》《卡斯特桥市长》《安吉堡的磨工》《贵族之家》《复活》《被侮辱与被损害的》等；一类是中国古今名著，如《红楼梦》《家》《骆驼祥子》《死水微澜》等；那时像《青春之歌》等后来风靡一时的当代长篇小说还没出现，所以我们读当代长篇小说不多。渐渐地，我们姐弟也就读过的小说，很随意地交换些意见，当然，姐姐免不了笑我幼稚，我也免不了跟她抬杠犟嘴，但"开卷有益"，在独自默思与相对笑谈之中，也就体现出来了。

初中生读《红楼梦》《复活》这类的文学作品，是否早了一点？我个人的体验是：只要阅读动机是以渴望了解世界、人生为主，又有年长的人加以指导，初中生读这样的文学名著，并不能算过早。现在的初中生即使在寒暑假，也难得有时间读"闲书"了，我以为这种局面应予改变。现在城里的初中生，绝大多数都是独生子女，但同学之间，其实也还是可以结成我和姐姐那样的"读伴"，在共同吮吸好书精华的活动中，使心灵变得丰富而美好。

1999 年

走出贝勒府

近年来经常有陌生人想方设法与我取得联系，希望我能听听他或她的倾诉，或向我提供他们历年来的私人日记，有的甚至于已经写成了厚厚一摞文稿，拿来供我无偿使用，目的都是一个——“您写写我吧！”他们都并不是已然功成名就的人五人六，都是些最平凡的，甚至于可以说是底层的人士；他们希望我写，当然并不是为他们个人树碑立传，而是觉得自己的那份人生经历，其中的酸甜苦辣，实在值得通过文学的形式，与更多的人沟通，以慰藉自己，和与自己有类似人生感受的他人，那伤痕累累的心灵。

我感谢所有这些希望我利用他们的生命体验，来进行文学创作的人士。他们对我的信任与期盼，使我感受到尘世的温暖，同时也使我意识到，在越来越趋于多元化的文学发展势头中，我所站位的这“直面俗世”的一元，仍有相当的生命力。

但是，到头来，我只能选取极少数的个案，来作为自己关注社会发展、扫描命运轨迹、探究人性底蕴的窗口。我在一个偶然的机会中结识了任众，他那出自内心的倾诉热情，与我一贯所坚持的“我爱每一片绿叶”的信念，达到了难得的契合；并且，他和我曾在同一个小空间里，度过了一生中难忘的岁月，而且，在那一空间中出现过的某些人物，也能引出我们不同角度的回忆与联想，这就更促成我下决心用他的经历为贯穿线，来写这样一本书。

我们生命历程中相同的那个小小的“共享空间”，是北京十三中。

北京十三中深藏在北京西城区一处僻静的小街里。那条街最早叫李广桥斜街。李广是明朝的一位权倾一时的大太监。一定是他的府第曾在这个地方，否则不会这样命名。那地方离现在仍然湖波荡漾的什刹海非常近，往昔，什刹海后海有一脉活水，构成蜿蜒小河，流经这个地方，据记载，两岸柳树成荫，河上小桥卧波，所以有“李广桥”之称，附近还有“三座桥”等地名，此河大概最后注入什刹海前海，可惜在五十年代已干涸填平，徒存一个有“桥”字的地名。到了清朝，李广桥附近，先后出现了几座贵族府第，其中一所现仍大体完好，即恭王府，据“红学”家周汝昌先生考证，此地在康熙朝曾是太子府，后太子被废，康熙薨后，从未被封过太子的雍正即位，他残酷地打击了废太子及其他兄弟，此府从此转换了几轮主人，直到咸丰的兄弟封为恭王，其归属才相对稳定了下来；这个府第中有“天香庭院”，至今犹存；又有构造特殊的“九十九间楼”，是一座极长的两层罩楼，楼后便是如今对外开放的恭王府花园；周先生考证出，雍、乾时期，曹雪芹可能出入过康熙废太子的府第，其所撰《红楼梦》一书中所描绘的大观园，即以其为蓝本。现在我们到恭王府花园游览，确实会在很多处所联想起大观园来，大观园中有河有湖，河上有沁芳闸，湖中有滴翠亭，其蓝本现在都可一一指认。清朝倾覆后，恭王的后人坐吃山空，终于渐次卖出了此府的地盘，其中绝大部分为德国人所购，后来德国人创建了辅仁大学，又在 1929 年开办了辅仁附中，其中辅仁中学男生部，是购买了恭王府西边，李广桥西街的一所贝勒府，来充当校舍的。贝勒是王爷的后代，递减等次享有的贵族称谓。虽说是减了等次，那府第的气派依然不小。正门前有一对硕大的石雕狮子，进去后三重大院，高阶巨厦，古槐浓荫；正房西边则是无数回环连锁的小院；再西边有很大的花园。改为中学以后，将花园夷平改为了操场，但其他部分一直到六十年代初基本上变化不大。1950 年，辅仁大学及附属中学都收归国有，辅大被改造为北京师范大学，附中男生部则被改为市立十三中。现在，十三中所在的那条街易名为柳荫街，这名字很优美，也有考古的依据。

说起辅仁大学，有些人会迅即举出一串与此校有关的名人，最常举出的是王光美，据说她曾是辅大的“校花”，当时学的是高能物理，但她没有去走一条出国留洋——洋博士——洋教授——著名洋籍华裔人士，如此这般的人生道路，而是做出了另一种人生选择，后来她的遭遇我们都很清楚，到笔者写此书时她也还健在，不知她回顾辅仁时期的往事时，会作何感想，而她的前后同窗们，想到她所经历的那些惊心动魄的人世沧桑时，又会有着怎样的心情？人，人生，让我们怎样咏叹你才好啊！

辅仁中学也很出了些名人。例如现已过世的著名文艺评论家冯牧。我在1977年11月于《人民文学》杂志上发表短篇小说《班主任》以后，引发了一个后来被称为“伤痕文学”的浪潮，有些人对之忧心忡忡、痛心疾首，认为是背离了应当坚持的，为革命“歌德”的正路，走上了一条可怕的“缺德”之路，当时一批从“四人帮”专政下解放出来的文学界前辈，站出来为“伤痕文学”辩护，冯牧是最有力的一位，从那以后，好几年里，我跟他保持着相当密切的联系，他并且还为《刘心武短篇小说集》写序，那是1980年，现在有谁会对一位青年作家出一本以其姓名嵌入书名的集子大惊小怪呢？现连二十多岁的作家也可以这样出书，三十多岁的作家那是要出文集的了，在书架上一摆好大一排，每本上面都印着著者的头像，这有什么稀奇？可是，1980年就有人跑到冯牧家里责问他：“你怎么能给刘心武这本书写序？！”按那抗议者的思维逻辑，以著者名字命名小说集，一种规格待遇，一般只有那作家成了权威，或者竟是死掉了，才可如此，刘心武“才”三十八岁，刚刚出道，怎么可以这样“乱来”？这种“规矩”你冯牧本是最懂得的，现在怎么会丧失“原则”，支持“邪门歪道”？现在我随手记下这件事情，是为了使年轻一代知道，我们这个社会曾有过怎样的“文化秩序”，是的，回想起来，在六十年代，《青春之歌》，还有其他几部几乎被视为“革命教科书”的长篇小说，虽然一再印行、推荐，可是，因为其作者毕竟还没熬到郭沫若、巴金那样的资格，因此，书上是绝不能印他们的照片的，使得许多心仪他们的读者，虽熟读其书而始终不得一窥其人的“庐山真面目”。

冯牧在1980年时是坚决支持我的。他把为我的小说集所写的序刊登在了由他和孔罗荪联合主编的《文艺报》上。但当我在1982年发表了短篇小说《黑墙》后，他便对我失望了，也是由他，特意在《文艺报》上刊发了一位批评家的文章，严厉地批评我走歪了创作的路子。他的失望和那批评家的批评都自有他们的道理，我以为无论如何他们对我还是充满善意的。也就在这个时候，有人跟我打趣说：“三爷跟你可是校友啊！”他所指的，便是冯牧在三十年代曾在辅仁中学就读，那时他是富裕之家书香门第的冯家三少爷，后来他毅然投奔了延安，走上了一条革命的道路。针对打趣，我便故意郑重地声明：“是啊，我们是前后师生啊！”冯牧对我这“前后师生”一说并不在意，虽然他未必觉得这有多么幽默。那是事实——我只在由辅仁中学改成的十三中当过教师，而我并没有在那里当过学生。

十三中属于北京西城区的重点中学，有不少干部子弟曾在那里就读，如邓小平的儿子邓普方、粟裕的儿子粟寒生等。当然，更多的就读者是一般的市民子弟。历届学生中，有潜在才能的不少，其中有的，后来也得以施展其才，乃至大展其才，进入名流明星的行列。

本书的主旨之一，是探讨怎样尊重人，尊重人的潜质，尊重并开发人潜在的才能；并且要探究，为什么有的人的潜质得以获得发挥，功成名就；为什么有的人中途铩羽，功亏一篑；为什么有的人被埋没，痿志以终。这是一个艰难的问题，因为，情况是相当复杂的，因素是方方面的，并且，我们越往深幽细微处探究，便越会感觉到，在种种可理喻的缘由之外，尚有若干往往是难以理喻的神秘因子，是啊，人·生存·命运，如果冥冥中真的没有某种超越人类的支配力量，有些诡奇之事，该怎么才能解释清楚？

任众因为童年经历坎坷，辍学、失学几年，因此 1950 年到十三中上初中时，已然十六岁，比同班绝大多数学伴要大三岁之多。他记得，那时每当课间休息，他和一些同学便会往另一院子里跑，那是比他们高一年级的某班教室所在，那班的一些同学，会在课间休息时，发动一个“滑稽音乐会”，只见一位高个子、长方脸、厚嘴唇的同学煞有介事地甩臂指挥，其余参与者或吹笛，或吹口琴，或拉胡琴，或竟敲簸箕、摇铅笔盒、拍巴掌，细听那旋律节奏，居然或《步步高》，或《金蛇狂舞》……奏罢，不仅同班同学鼓掌叫好，任众等跑来围观的外班同学们也哄然喊妙。

那位指挥“滑稽音乐会”的师兄，便是一位有音乐天赋的人才。据说，初中毕业后，他去投考中央音乐学院附中高中部，考官们问他：你能演奏什么乐器？他拿出一个包袱，打开包袱皮，拿出了一样乐器，当时在场的人全笑了——那是一张大正琴！

大正琴这种乐器似乎已经绝迹。五十年代初，一度颇为流行。它的琴体很简陋，用铁皮之类的材料构成，长长短短的琴弦绷在一些立柱上，柱顶是个小圆盘，圆盘上写着简谱所规定的音符，使用时只要按谱照小圆盘上的指示拨弄琴弦，便能很便捷地奏出相应的旋律。它实际上是一种儿童玩具，成年人当然也可用来解闷，当时的民工们，胡同杂院里的市民们，多有下班后拨弄一阵子大正琴的。大正琴实际上是发音大为不正，我小时候在家里就听大人说过，玩大正琴的今后都学不成音乐，因为会把耳朵“听坏”，从此再不能把握住钢琴敲出的准确音阶；这样的乐器，怎么可以大摇大摆地拿进音乐学院来？

在人们的哄然嘲笑中，考生虽然脸庞涨得通红，却并没有沮丧地低下头去，他竟双眼炯炯，正视着考官们。主考官犹豫了一下，便蔼然地说：“你既然带来了这个，那就随便演奏一个曲子给我们听吧！”考生稍微平了平气，从容不迫地弹奏起来，据说几分钟以后，考场上竟变得鸦雀无声，人家简直都听呆了！这个少年竟能用如此简陋的东西，奏出如此复杂而悦耳的音乐！

主考官听完，走过去拍着他的肩膀说：“孩子，你有音乐天赋！可是你必须学会钢琴！我们等着你再来，那时候我们听你弹奏钢琴！”

这个热爱音乐的少年家里没条件置备钢琴。他继续在十三中读高中。高中已经不设音乐课了，但初中教他的音乐老师为他启蒙，教他弹钢琴，并且给了他一把音乐教室的钥匙，准许他课余自由进入那里，苦练钢琴。

这些事都被当年的任众看在眼中。他注意到，这位师兄（其实年龄比他还略小）常常怀抱着用包袱皮裹着的一厚摞乐谱，在下午课后进入音乐教室，忘情地练习钢琴，叮咚琴音，恍若天籁，直到夕阳西下，晚霞把操场边的大桑树染成金色，静校铃响起，那从心头流向指尖，指头亲吻琴键的操练，还要悠然响动一时……

几年以后，十三中这位苦练钢琴的学生如愿以偿，考上了中央音乐学院作曲系；又隔了很多年，当任众在电影院看电影时，在银幕上看到了他的名字——他成为一个经常为电影配曲的著名音乐家。1982年，北京电影制片厂把我的小说《如意》搬上银幕，有一天导演黄健中和制片主任跑来，拉我去这位作曲家家里，说是听听他为这部影片所谱出的旋律，我们围在钢琴边，作曲家弹出了充满悲怆的命运感叹的曲调，当时我眼睛一下子模糊了：这正是我所期待的那种音韵啊！

同作曲家聊起来，才知道他曾是十三中的学生。而直到跟任众认识并广泛交谈，我才了解到这位现在相当著名的作曲家——施万春，他少年时代努力奋斗的一些吉光片羽。

施万春的奋斗历程中肯定也会有阴霾雷雨，有忧伤郁闷，有人际恩怨，有失落遗憾，但相对而言，他是幸运的，他从小热爱音乐，天遂人愿，有志者事竟成，他多年来以作曲体现他的生存意义，并且为人所知，获得了社会符码价值。他的事例，说明即使有过那么多的政治运动，包括严酷摧残文化的“文革”，个体生命的自强不息，以及具体生存环境下的良性因素，包括某些可穿越性的社会缝隙，其综合效应，还是可以促成人才的显现与发挥的。

另一个例子是成方圆。她大约是尼克松访华以后，七十年代初才进入十三中，那时学校的教学秩序稍得恢复，而且，学校组织了“毛泽东思想宣传队”，不仅用录音带伴奏，排演了全本芭蕾舞剧《红色娘子军》——当然，只能是尽量翘起脚尖，“芭蕾”不过是“点到为止”罢了——大受师生欢迎；还排演了一些吹拉弹唱的节目，专供当时来校参观的外宾欣赏，据说那时成方圆拉一手好二胡，她能把一些革命内容的曲调，拉得流畅花哨，活泼动听，令人啧啧称奇。后来，“四人帮”被粉碎，“文革”中被“四人帮”粉碎掉的东方歌舞团“破镜重圆”，因“反江青”而打成“现行反革命”的王昆又成了该团的“现行领导”，她不但迅速带领该团恢复了一批原有的保留节目，还积极发现新人，鼓励新创作、新尝试，成方圆去投考，被她慧眼相中；成方圆提出带一把吉他琴上台，边弹边唱，以亲切自然的演出方式取悦观众，有人质疑，有人反对，王昆支持，说无妨一试，谁知这一试便一炮打响，成方圆从此成为著名歌星；事在八十年代初，那时一度暴红的歌星，有的已黯然过气，被人遗忘，而成方圆作为一颗“星”，一直光度不减，甚至于还时烁强光，如 1997 年年底与夫君王刚联袂演出音乐剧《音乐之声》，堪称一时之盛。

1978 年，是中国大陆社会发展的一个大坎儿。从那一年以后，中国大陆开始进入改革开放时期，改革开放的路径并非一条直线，更非一路平坦，其间的曲折颠簸，阴晴风雨，我们既一路同行，有铭心刻骨的感受；但无论如何，我们要承认这个明摆着的事实：改革开放以后，比改革开放以前，为个体生命的生存发展，特别是为人才的开掘、显现、发挥、闪光，提供了越来越良好的人文环境，成方圆以下的几辈人，真是赶上了好时候。记得1986年的“五·一”节，我与成方圆同去慰问北京公交系统的职工，那活动是中华全国青年联合会组织的，她的出现自然大得欢迎，我呢，不过是因为头年发表过一篇《公共汽车咏叹调》，算是为公共汽车的司售人员们道出了一番甘苦，所以也得到礼遇；记得她非常随和地给职工们唱了好几首歌，赢得了热烈的掌声；慰问活动结束后，我俩一起闲聊，她对我说：“刘老师，其实把通俗歌曲唱好非常容易——你只要找准感觉就行了！”找准感觉！我不禁浮想联翩，我像她那么大时，连《莫斯科郊外的傍晚》那样的歌都被宣布为了“靡靡之音”，那时候可哪儿去找感觉，哪敢去找自己的感觉？面对着坦然找准自己所欲所喜感觉的成方圆，我既艳羡，又欣慰。

当然，说到人才，我们不能都以施万春、成方圆所达到的境界为标准。而且，个体生命聪明才智的施展，有时虽然具备了主观上的努力与客观上的机遇和运气，也并没有遭受打击与摧残，却也还不能熠熠闪光。六十年代初，十三中有个学生在报考电影学院表演专业的过程中“过五关、斩六将”，“力挫群雄”，颖脱而出，终被录取，一时传为美谈，人们都等待着与他在银幕上相会；他在电影学院努力学习，以优良的成绩毕业，毕业后分配到北京电影制片厂演员剧团；可是，一年过去，两年过去，人们望穿秋水，就是不能在银幕上发现他的踪影，不要说在影片中演主角没他的份，就连演员表上能打出名字的配角也轮不到他，至多跑跑龙套，一闪即逝；直到改革开放以后，电影生产大繁荣，连根本没受过专业训练的男男女女们都能跑到银幕上撒欢儿，他却还是被冷落一旁。这究竟是怎么回事儿？1974年，北京电影制片厂恢复出片，其中一项任务是重拍《南征北战》，为此布下弥天大网，在全国范围内遴选演员，北京十三中“毛泽东思想宣传队”的一名女生，在《红色娘子军》中跳“女一号”吴清华的，竟被选中，又在校园中引出轰动，半年以后，人们在上映的影片中果然看到了她的身影，据说拍摄时她戏份不算太少，那角色还有个名字叫“二缦”，但到出片时，有关她的戏几乎都被剪掉，演员表中也绝无她的名字，她只是一个大龙套罢了；虽然如此，她毕竟进入了电演圈；就在那前后，北影还拍摄着另一部影片《南海长城》，此片的演员也是在全国范围内遴选的，其中一位女演员从四川招来，原是打扬琴的，名叫刘晓庆；该片由于种种原因，拍拍停停，停停拍拍，直到 1976 年粉碎了“四人帮”，也没拍竣，并且因为它本是江青亲自抓的“样板片”，剧组也就随之解散；不过几年，河东河西，个体生命怎拗得过时局转换？十三中那位女生，与刘晓庆，还有别的一些曾“借调”到北影的人，遂“八仙过海”，各施其能，结果呢，刘晓庆很快又出演了《婚礼》《瞧这一家子》《小花》等影片，绝处逢生，几年后迅即成为大红大紫的影星；而十三中的那位女生，却怎么也“杀”不出来了，就此销声匿迹，现在估计早已为人妻母，虽说是做一份平凡的工作，在社会的深处过一种恬淡的生活，也许比当明星更具普适的人生价值，但每当微风徐来，小雨敲窗，那十三中的前女生，回想起在北影拍片的种种情景，宁不喟叹伤感？难道人生中的得失浮沉，到头来只能用“命运”二字含混解释？

中学是很微小的社会细胞。流动量大，而且转换频仍的是学生；相对稳定，甚至于终老其中的，是教师。我是 1961 年秋天，从北京师范专科学校毕业后，分配到十三中当语文教师的。我那一届毕业生，绝大多数分到郊区中学任教，有的甚至于分到很远的地方，例如密云水库北边的山乡中学，从城里去那里，当天只能乘长途汽车抵达密云县城，要住一夜小店，第二天再坐长途汽车到水库北边，再在某镇上歇一夜，第三天搭拖拉机，下来还要翻一座山，才到达工作地，那真比乘火车去广州还费时间。我能分配在城里，而且是十三中这样的重点中学，真是很幸运的事。后来知道，我之所以能分到十三中，是因为当时该校语文教研组一位女教师怀孕待产，学校人手不够，紧急问教育局要人，教育局再从师专毕业生中一直留着没分的“机动名额”里，挑出我来，分到十三中。那一年我才十九岁，跟当时十三中高三的学生一边大（这是因为我五岁上小学的缘故）；我接过了那位休产假的女教师的课，教初二，也只比所教的学生们大五岁。我直到 1976 年才从十三中调到北京人民出版社（现北京出版社）当编辑。我的十五年青春期，都是在十三中度过的。我后来之所以能写出《班主任》

《我爱每一片绿叶》《如意》《钟鼓楼》等作品，端赖我有那十五年的生活积累。为此，我是否应当感谢那位女教师在1961年所分娩的那个宁馨儿？他现在该有三十七岁了！一个生命的诞生，会决定另一个生命十五年的空间归属，这是否又是“命运”可畏之一例？

一进师专，校方就强调要巩固专业思想；到了十三中，党团组织也是一再教育我这样的新教师要安心当一辈子人民教师，“像蜡烛一样，甘心燃烧自己，照亮别人”。这样的人生价值观直到今天也具有很充足的合理性。确实，不能认为唯有出人头地，在整个社会上获得了响亮耀眼的符号价值，才算是实现了个体生命的生存意义。社会，人类，也不可能使很多的个体生命成为知名人物。绝大多个体生命会在平凡的境域中度过一生。虽然相对平凡的职业里也会有个别人成为模范，甚至于经过官方或传媒的宣揄，也进入名流明星行列，但那概率非常之低。因此，当我们讨论人才问题时，不能一味地以名流明星为施展才能的例证。实际上，一个人只要能在他工作、生活的小空间里，得以发挥其聪明才智，既为社会做出了贡献，也与群体、他人有大体和谐的关系，自己也从中获得快乐，那么，他那个体生命的存在价值，也便可以说得到实现了！

十三中是个小小的树林儿，但这林子里的树，过目不忘的实在多多。我和任众长谈，回忆中不胜感慨。这里所说的树，主要是指教师们。这些教师始终未能获得施万春、成方圆那样的社会性符号价值，但是，他们的生命尊严，他们的才学品格，他们的人生价值，或有所实现，或竟饱经阻折，种种悲喜正闹的人生戏剧，被我们分别目睹感受，我们都意识到，在我们自身的悲欢离合以外，实在有着更多的人间滋味，值得为之咏叹欷歔。

任众在十三中时，虽然所有功课都不错，但他最喜欢的，还是体、音、美三科，因之他对当年这三科的老师，印象最深。

任众在十三中时外号“任大块儿”。我1950年冬随父母从四川来到北京，转到北京的学校上学，乍听到同学们说某某“大块儿”，不懂，以为是指脸庞大，后来才明白，北京人把男性发达的胸大肌叫作“大块儿”，又由此作为强壮男子的代号。任众小时当过童工，身子骨经过摔打锤炼，到十三中时身体已发育成熟，加上热爱体育，自觉“练块儿”，十三中操场上的体育器械很快满足不了他的需求，便经常约上几个同好，到北海体育场里去锻炼，那时他的胸大肌已然鼓胀如铁，臂上的肱二头肌、肱三头肌、三角肌见棱见角，挥舞间如有铜鼠在钢链上滑动，而且因为经常在吊环上练“十字悬垂”，阔背肌也很发达，把胳臂朝后一甩，能发出脆亮的响声，双手一叉腰，收腹挺胸，好一幅“三角块儿”！这样的“大块儿”上初中体育课，当然视为“儿戏”，那时学生在单杠上做引体向上，六个及格，十个满分，轮到任众，他一口气做了十个还意犹未尽，到了二十个还停不下来，教体育的晁老师便轻拍他的屁股：“行啦行啦，任众你给我下来下来！”任众至今学起晁老师的山东口音来，还惟妙惟肖——他学任何人说话总是一步到位，令人发噱，难怪他后来有信心去考电影学院——晁老师虽然在体育课上烦他，在课下却把他视为爱徒，因为那时晁老师组织了一个技巧队，任众是其中的骨干，不仅经常在十三中的庆典活动中表演叠罗汉等节目，令师生们百看不厌，而且还经常应邀到外单位表演，口碑极佳。据任众形容，五十年代初的晁老师约三十多岁，体态修长健美，长相有点类似混血儿，倘不是改不了一口山东腔，到话剧舞台上演个罗密欧倒挺合适。晁老师毕业于体专，科班出身，示范起体操技巧灵活优雅，并且能反坐在车座上，双手后伸扶着车把，倒骑自行车，居然行走自如！晁老师那时是体育组教研组组长，英姿焕发，谈笑风生。在十三中这个小树林里，他该算是棵挺拔的秀木了吧？

可是，我1961年到十三中任教时，所见的同一位晁老师，那时就算是五十岁了吧，其相貌风度已令人有迟暮之感，而且，说话行事谨小慎微，早已不是教研组长，更不复存在什么他所领导的技巧队，仿佛一棵皮皱叶卷的病树；关心我政治上进步的党员教师告诉我，要跟已划为“右派分子”、控制使用的教师划清界限，并应时刻注意他们的“动向”，他所开列的“另册”名单中，便有这位晁老师。好在隔行如隔山，我教语文他教体育，两不相干，我也就没怎么注意他。“文革”风暴骤起，晁老师属于最安分的一类人，夹起尾巴往不引人注意处躲，但到头来还是避免不了冲击，记得当时一位自命为“坚定的革命造反派”的青年教师，动员包括我在内的一些人，把晁老师揪出来批斗，那主要的罪行，竟是“倒骑自行车”！我至今还记得那位仁兄慷慨激昂的动员辞：“大家想想！解放前他就在东单体育场倒骑自行车！那时候什么阶级的什么人才那么张狂？！……”我本以为晁老师的罪名应该是“老右派”，可是，揪斗他的罪名却被派定为了“倒骑自行车的老流氓”！……后来的情形我不复记得，只听说大约是粉碎“四人帮”没多久，晁老师便溘然而逝了。不知道他临终弥留时，可曾为年轻时倒骑自行车而悔恨？或者，他竟是为此而依然感到快乐与自豪？

任众还记得当时教他们音乐的老师“雷萝卜头”，当然，给老师取绰号是不对的，何况这个绰号听来不雅，但学生们往往并非恶意，甚或其中还包含着几分亲昵。既称“萝卜头”，想必个头矮小。这雷老师个头虽矮，据任众形容，身材却自成比例，精精神神的一个人，唱起歌来，胸部共鸣箱挺起，震得音乐教室的玻璃窗嗡嗡发响，很有意大利美声的味道。雷老师的爱徒是施万春，前面已经说到；对任众他也挺喜欢，因为他发现任众居然能演唱托赛利小夜曲：

往日的爱情，已经永远消逝，
幸福的回忆，像梦一样留在我心里……

雷老师一定在心里追问过：这个无忧无虑的“任大块儿”，难道真的已有过逝去的爱情了么？这少年人心中的梦，难道真充溢着淡淡的哀愁？任众其实是到后来，才真正尝到锥心的失爱之痛的，少年少年，为什么没有愁苦强吟苦？真是苦难压头时，你却再难如此引吭高歌了啊！

任众对雷老师的回忆，是明亮温馨，闪着玫瑰色的。他记得，1956年深秋，那时他已从“胡风分子”的阴影中解脱出来，正准备来年去投考电影学院，为此他积极提升自己的艺术修养；有一回从音乐厅听完一个音乐会，他登上十四路公共汽车，他在车前头，忽听车后头有人大声地呼唤他：“任众！”他定睛细看，啊，原来是雷老师，雷老师从车后挤到他跟前，就像遇上了老朋友，热情地跟他聊了起来；雷老师兴奋地说：“知道吗？万春考上中音啦！等着听他谱的妙曲吧！……”显然，雷老师的人生价值，通过培养出了施万春这样一个得意门生，得到了相当充分的体现；任众打心眼儿里为雷老师，也为施万春高兴；雷老师还告诉他，已经离开十三中，调南京音乐学院任教了……

我到十三中时，已有另外的音乐教师。十三中的历届音乐教师都很有才，听说五十年代一首唱遍全国的歌曲，便是由十三中音乐教师参与创作的，可惜我一直没搞清究竟是否有雷老师，或别的哪位老师的份儿；那首歌的歌词是这样的：

嘿啦啦啦啦，嘿啦啦啦，
嘿啦啦啦啦，嘿啦啦啦，
天空出彩霞呀，地上开红花呀，
中朝人民力量大，打败了美国兵呀，
全世界人民拍手笑啊，
帝国主义害了怕呀，
全世界人民团结紧，
把帝国主义连根拔、连根拔！

太“意识形态化”么？不可能像《半个月亮爬上来》那种歌似的永远流传么？但是，对普通的个体生命不要苛求！就像我小时候几乎每天挂在嘴上的顺口溜：

一二三四五，
上山打老虎，
老虎不吃人，
专吃杜鲁门！

那就是我的童年。在那个时空中，我别无选择，只能进入那样的“话语情境”。（需要向现在年轻人说明的是：杜鲁门是朝鲜战争时的美国总统。）

所以，当年十三中音乐教师能参与创作那样的歌曲——其曲调十分活泼灵动，可以用来伴舞——也算是人尽其才，其乐融融了！

但是，当任众回忆到当年的美术老师时，我的心情却又沉重下来。那位教美术的牛老师擅长国画，专攻写意山水和花鸟鱼虫，任众还记得牛老师如何在课堂上，以韵味十足的“京片子”口吻，教学生们画水墨山水的皴法。任众在绘画上基本功始终难以恭维，但着笔点彩中确实透着灵气，而且能通过想象自己创作出画幅来，因此当他初中毕业时，牛老师曾很认真地鼓励他报考美术学院附中。这位牛老师也在我去十三中任教前便调离了,但他的老伴仍在十三中，是总务处的一个职员。十三中虽说是个小树林子，教职员工却也有一百上下。我始终就没注意过牛老师的那位老伴，她实在是太不起眼了。“文革”爆发后，在很长一段时间里，她也不引人注意。可是，倒有一条“最高指示”公布，说“文化大革命”的实质，是共产党和国民党斗争的继续什么的，忽然“革委会”召集全体教职工大会，以迅雷不及掩耳之势，把牛老师的老伴揪了出来，并宣布她是一个“穷凶极恶”的“现行反革命分子”，这真把我和很多同事着实吓了一跳！那位被揪出的“反革命”，虽然低着头，倒并不怎么股栗觳觫，她立即被隔离审查，禁闭在一间空屋中，窗户糊上报纸，由挑选出的女教职工轮番看守。

究竟是怎么一回事儿？原来，那位牛老师，因为有历史问题，大概是解放前参加过国民党，有过什么一定级别的身份，因此在“文革”一爆发时，便被该校的“红卫兵”揪出来，并且以“历史反革命”的罪名，遣返到原籍去了。他那原籍倒并不远，就在京东某农村。没想到他到那里以后，“极不老实”，除了劳动，居然铺纸作画，馈送村干部，“骗取了某些村干部的同情”;他老伴呢，自从他被轰回老家，满脑门子心思琢磨着如何能让他回城，就是户口一时迁不回，能回家住着也行；待运动的重点转向揪斗“党内走资本主义当权派”，对他们这样的角色无暇多顾，她便居然跑到农村去看望老伴，还对村干部们“腐蚀拉拢”；怎么个腐蚀拉拢呢？一是跟他们说：赶明儿有事进城，就到我家“打尖儿”；二是后来那村里的两个干部果然进城办事时，跑到她家“打尖儿”，她便热情接待，并且对他们施以“糖衣炮弹”。怎样的“糖衣炮弹”？据说是，村干部突然来了，她很激动，忙问“吃过没有？”答曰“没呢！”她便留他们在家里吃米饭，炒了一盘榨菜肉丝；那时京东的那个村子很穷，村干部们从未吃过榨菜炒肉丝，边吃边赞，简直觉得那就是御膳了，连问这跟肉炒在一起的，金晃晃的，嚼起来挺劲道的，味儿辣乎乎的，是什么东西。看村干部如此欣赏，于是，牛老师的老伴便赶紧到附近的副食店给他们俩一人买了一包四川榨菜，让他们带回家去吃。这么着，村干部就“丧失原则”，以牛老师年老多病为由，允许他回城在家里住着了。不知后来是谁检举了牛老师的回城，闹得不仅牛老师本人被重新押回了农村，那两个村干部也被打倒，而牛老师的老伴，也便在我们学校被揪出圈禁，并不时召开批斗会，拉出来作为“阶级斗争真是树欲静而风不止”的活例证示众。

我那时是一个并不敢反对“文化大革命”的卑微存在，而且原来对有国民党身份的人及其家属也不可能有什么好感，但是，这件“骇人听闻”的具有“国民党复辟”性质的“反革命事件”，它那两包榨菜的细节，却令我暗中鼻酸。我是四川人，深知即使在旧社会，榨菜这种东西也实在绝非什么高贵之物，那两位村干部竟从未吃过榨菜，并吃进嘴中后有如得啖天食般地激动，这情景令我发愣：怎么许诺为大地上的众生带来幸福极乐的革命搞了多年，却使得那个京东村子还是如许贫穷？我并且暗中同情，甚至于钦佩牛老师的老伴，为了使自己家庭团圆，她真是竭尽了全力啊！而且，她的那盘榨菜炒肉丝，那两包送给村干部的榨菜，不仅未失体统，更蕴含着社会底层最质朴的人情……也许，牛老师和她确实属于只具有负面价值的人，但他们实在并未对社会、他人形成威胁啊，他们不过已是一种无聊的社会存在，只希求能蜷缩苟活于北京灰色的小胡同中的灰色小屋里，怎么这么伟大的一场革命，非得跟他们这种蝼蚁似的生命一般见识呢？……

后来，有一天，学校“革委会”宣布，给牛老师的老伴戴上“腐蚀革命政权的坏分子”的帽子（不知为什么并不是戴“现行反革命”的帽子），也遣返到牛老师的老家，去一起由贫下中农监督改造。那天来了一辆大卡车，闹不清把“坏分子”塞到了什么地方，反正临到开车时，把我也叫到了车斗上，挤在人群中。那实在是“革委会”信任我的体现。因为车子开到京东那村子后，要召开由几方面联合举行的大型批斗会，我能被选中作为北京十三中的“师生代表”之一，到阶级斗争的火线上去接受一次对敌斗争的洗礼，即使我自己并未引以自豪，也很有一些想去而未被喊上车去的人暗暗嫉妒哩！

记得那次批斗会是在村中的场院召开的，周围的大树上挂满了国画作品，画的是些牡丹花、大丽菊、胖蝈蝈、小雏鸡什么的，乍一看真会误以为是个露天画展呢；其实，那些画都是牛老师在村里画的，有的是他送给村干部，以及别的村民的；那些画既是他腐蚀拉拢干部群众的铁证，后来据大会发言揭示，也无一不是恶毒攻击无产阶级专政的“黑画”；那两个村干部没吃完的榨菜也被展览了出来，以求取得“阶级敌人施放糖衣炮弹是多么猖狂恶毒、触目惊心”的教育效果……批斗会开得轰轰烈烈，先是把牛老师和他老伴押到台上，然后是那两个被榨菜“腐蚀”的干部，再后是村里所有的地、富、反、坏、右……那天我席地坐在台下人丛中，不时跟着喊“打倒”的口号，热汗淋漓，心头闷然；我注意到，最后被揪上台的是一个“富农婆娘”，她有着一张阔大而白净的脸庞，看上去只有三十岁上下；因为挨斗的人实在太多，斗人的不可能对挨斗者一一加以严密监视，所以，她并不低头，嘴角边还分明噙着一个冷笑，竟始终未被发现而遭报应；不知为什么，那天的批斗会，至今其他的印象全模糊了，唯有那女人的一张大白脸，和那嘴角的冷笑，却紧粘在我的记忆中，撕扯不掉！

跟任众一起回忆十三中的种种人与事，有时对我来说是极为痛苦的。比如，当他提到当年教他们语文，并且担任过班主任的俞老师时，我便很长时间不接话茬儿，哼哼哈哈，似乎那俞老师于我而言，也只不过是一个类似牛老师及其老伴那样的，无甚干系的角色。偏任众对评议俞老师乐此不疲，一会儿跟我细细形容该人当年颀长身材、白面书生的相貌，一会儿学起他讲课时温文尔雅、咬文嚼字的做派……还说 1989 年十三中举行六十周年（从辅仁附中开办连续起算）校庆时，他怎么与俞老师相见甚欢，校庆第二天，俞老师还特地跑到他在城内的住处找他，俩人竟足足聊了一下午，还拍了几张合影……

“你在十三中的时候，俞老师也一直在吧，你对他印象怎么样？”任众傻乎乎地问我。

我对他的印象？

上面说过，像我这样的青年教师，到了十三中，便会由组织上，派党员给我“交底”，告诉我对哪些人要“提高警惕”，这体现着组织上对我的关心与爱护，我除了感激，也很紧张，因为我初涉人世，不知该怎样地警惕，方可不受那些被“控制使用”的“另册”上的教职工蛊惑腐蚀；像上面所提到的教体育的晁老师，提醒者不过是一带而过，俞老师，则作为了一个重点，郑重地告诉我说：“这家伙虽然在农村劳动了几年，现在调回来让他工作，表面上似乎还老实，可他骨头里头的反动情绪，恐怕是有机会还会放射出来的！当年反右斗争里头，最不服罪的就是他，居然敢在批判会上跟我们狡辩，整个儿是个‘滚刀筋’！”

对这位“滚刀筋”，我当然是尽量避而远之。但是，也有避不过的时候。我爱到校图书馆借书，俞老师是图书馆管理员——那时候有个规定，当了“右派”的教师即使劳动一段仍回校工作，如原来是教政治和语文的，一律不能再教这两科，必须另行安排——我借书必得跟他接触，那时他身材虽仍算颀长，却已然难称白面书生了，面庞显得很粗糙，戴一副最廉价的眼镜，总穿着洗得发白的旧衣服，待人接物虽不像晁老师那么谨小慎微，能拿出个不卑不亢的劲头，但脸上常无明确表情，有问必答，却不苟言笑。我有时候问他有没有某本书，那是中学图书馆里未必应藏的，不过是实在想看，心存侥幸，问问罢了，他告曰“没有”，我便另去挑书（教师可以自行入库挑书）；但等我下次去时，他可能便会拿出一本我上回提及的书来，递到我手中，令我惊喜不值——原来他去新华书店购书时，特意选了我提到的那一本，在这种情况下，我难道不说声“谢谢”？“谢”字一出，人跟人之间的距离，也就缩短了。后来，带学生下乡帮生产队拔麦子，我是班主任，他分配到我这一班，充当炊事员，为了让学生们能吃好吃饱，我俩势必得通力合作，记得那时候就在地头搭个篷子起灶做饭，每天张罗完晚饭，把学生们安顿到农民家里歇息，我们俩便坐在灶前凝望远处的地平线，各想各的心事；记得夕阳霞光总是非常美丽，沐着那光，嗅着田野的气息，我们也就有一搭没一搭地聊上几句，我一点没觉得他是什么“滚刀筋”，回校向领导汇报，我说俞老师表现挺好。

在我的天性里，确实，存在着与人为善、同情弱者的一面。我也经常展示自己的这一面。但是，来了“文革”，这是我无可逭逃的事。我不是“红卫兵”，虽然 1966 年我二十四岁，只比当时高三学生大五岁，但我已定位于“旧学校培养的学生”，而且作为教师，无可避免地贯彻执行了“修正主义教育路线”，是有“原罪”的，没资格充当“金猴”，戴上红臂章造反；但我也不是“走资本主义道路当权派”，我一非党员，二非干部，不当权，运动起来不至于成为“斗争重点”；我也够不上“资产阶级反动权威”；当然，我历史简单清白，也不是地富反坏右；以我胆小怕事的性格，也不可能挺身而出，去当个什么“现行反革命”;这么说,好呀,你正好置身事外,当个“逍遥派”吧！且不说“文革”铺天盖地而来，任是深山更深处，也应无计避“文革”，就算社会上总还是有些个缝隙，可以让有的人相对“逍遥”一时吧，我那时可是单身一人，住在学校宿舍里头，而且父母远在外地，连跑到父母那里躲躲的可能性也没有，我只能是随“文革”之波，逐“文革”之流，战战兢兢，唯求自保。

但要保住自己,竟是一桩十分困难的事。简言之,到1967年,学校里的“革命群众组织”便分成了两大派（有一派还分成了两个不同的“战斗队”)。这是当时全国各地区、各系统、各单位都出现了的事态。搞“文革”史研究的人士，已经，并且会继续不断地，对这一情况做出分析评判。政治家高屋建瓴，纵横捭阖，此时宠用这批社会群体，彼时又激赏那批社会族群，充分榨出每一个社会群体的战斗力，以打击政敌，却又不让任何一个社会族群坐大，关键时刻打一巴掌:“你们犯错误的时候到了！”使各群体互相制约，并激发出效忠大比拼，推出一波未平一波又起的运动新澜，这是政治艺术的极致？权术审美的佳构？以我之愚钝，岂敢妄评！反正，“文革”中在十三中，就我个人而言，开始选择一派参加，可能仅仅是为了表示自己也“紧跟伟大领袖的英明部署”，加入“誓把无产阶级文化大革命进行到底”的光荣行列了；但很快地，两派便都惶恐起来，因为那“英明部署”实在捉摸不透，比如，你以为把共产党干部统统揪出来斗是不对的，“应该只斗走资派呀”，可是，“中央文革”却偏偏宣布你这样做是成了“保皇派”，犯了方向性路线性的大错误！可是，你英勇无畏地贴出了炮轰某某大干部的大字报，却又很可能说你是“怀疑一切”，甚至是“炮打无产阶级司令部”，也是犯了方向性路线性的大错误！自己所归属的一派倘若出了问题，那自己也就很可能被对方以任何一种理由揪出，比如，我曾在1964年年初，在《北京日报》上发表过一篇认为“京剧革命必要，但京剧不宜表现最当前的现实生活”的文章，我这一派站住了，我这文章便只不过是“认识问题”，我这一派垮掉了，这文章便是我“反对江青，反对京剧革命”

的“铁证”，甚至于会被打成“现行反革命”，押往“牛棚”！因此，十三中的两大派为保卫自己，也打开了派仗，互相找碴儿，基本上是比谁“正确”，想方设法证明对方“右倾”或“形左实右”，仿佛两条吐着血红的长信子、磨着利齿的毒蛇，拉长了身子比长短，到头来谁的身子比谁长，谁就可以把对方从头吞到尾，整个儿吃掉！当然，想得远的人，更会在心里盘算，恐怕到头来谁也不能整个儿吃掉谁，让搞“革命大联合”嘛，但是，一旦尘埃落定，成立新的领导机构，那肯定是占上风的掌大权，那么，自己那派占上风，今后日子便好过；自己那派蔫下去，日后肯定不会有好果子吃！于是，斗啊，掐啊，两派都红了眼，整个儿竟是个你死我活的局面！

在那斯文扫地的两派之战中，我和俞老师分属两派，当时他自认为摘了“右派”帽子便不能再算是“右派”，而是“革命群众”之一，积极参与他们那派的活动，这简直是给了我们这派一个大大的“把柄”，我们这派毫不犹豫地率先冲着他去，揪住他话里话外的“破绽”，把他定为“右派翻天”，当作“混入革命群众组织”的“黑手”，给揪了出来；在那场殊死的战斗中，我挺身而出，跟他和他的“战友”辩论，又撰写篇幅浩大的大字报稿，由我们这派的“战友”抄写出来，把1963年拆掉大片平房盖成的那座教学楼的楼墙，贴满了整整两面；他一个“右派分子”，怎经得住我们的凌厉攻势，他们那派见兜出了他的“老底儿”，也舍弃他不保，甚至于为了证明他们比我们更恨“老右派”，把他斗得更惨，记得在全校的批斗大会上，他被搓揉得狼狈不堪，那天并没下雨，可是一场批斗会下来，他身上冒出的汗水真是把他湿成了一只十足的落汤鸡！

任众提及俞老师，触动到我灵魂深处的神经。我的人性里，何尝没有恶！而“文革”的“派仗”，竟充分地把我的人性恶调动了出来，在批斗俞老师的过程中，我不仅丝毫没有对牛老师及他老伴的那种同情与怜悯，我甚至感到十足的快意，啊，你这个“滚刀筋”，这回可在我们的刀口下被剁碎了吧！在“文革”那人斗人的狂潮中，我也曾是一个积极斗人的急先锋啊！

我后来很怕遇到俞老师，尤其是1979年，俞老师和几十万“右派”都获得平反改正之后。我也曾在心里这样对自己说：连发明“红卫兵”这个符码的人都并不反思忏悔；连现在我们在公开发表的，“文革”中野蛮揪斗彭德怀的那种照片上所看到的，揪着彭德怀的胳膊的斗争者，他们的形象被如此清晰地曝了光，也没见哪一位站出来说几句后悔的话；“文革”中我只不过是在一所小小的中学里，积极批斗了一个完全不具备社会性名声的“老右派”，真是太算不得什么了！我何必于心不安？……

可是，现在我却再不能抑制住内心泉涌般的悔恨与耻感。我不能把这种事的责任统统推到一场在无可脱离的时空中所发生的政治运动上，这里有我自己的责任，我为了使自己在运动中“安全”，不惜通过做这样的事，来证明自己“正确”。我严重地伤害了俞老师，以及相关的一些人，他们跟我一样，都是活鲜鲜的生命，我们可以合不来，可以疏远，可以各人去过自己的生活，却不可以互相恶斗，互相伤害！

我把我的悔意，告诉了任众，并委托任众，找机会代我向俞老师致歉。这位具有一定才能与胆识的知识分子坎坷了几十年，现在虽然苦尽甘来，却已是耄耋老人了。任众听了我的话，良久不语。后来，他眼圈红了。

任众毕竟离开十三中太早了，他所忆起的老师们，或已撒手人寰，或已垂垂老矣，而我所能忆起的，要多许多……有一位艾老师，大约比我大十岁，是位女士，教数学的，她身材高大，一头总是剪得整整齐齐的厚密短发，总穿着一身笔挺的干部服，干干净净，爽爽利利，走路说话气派挺大，而且上班时从不带一般的提包，总是握着一个黑色的文件夹子，腰板直直地豪迈走来，那种文件夹子,在当年是只有机关里的处级干部们才使用的,这不仅使她赢得了“艾处长”的绰号，而且，也流传着这样的闲言碎语：她们艾家是高干背景，所以她傲得起来，你看她在校领导面前一点不怵，有后台么！这样的女性，今天叫作“女强人”，倘下海当个总经理，或兴办个高档私立住宿中学什么的，保管能风风火火、轰轰烈烈地立一番大事业。我跟她的关系，原本相当不错，但“文革”打起派仗，她竟加盟对立面一方，而且相当强悍，难以对付，我就亲眼看见她在教学楼门口，当着过往的师生，给入驻十三中的“军宣队”指导员提意见，当时我心里就嘀咕，此人不是吃了豹子胆，就一定是有大仗恃，真够鲁的！派仗中我们从他们一派营垒里揪出了“反攻倒算”的“大右派”俞某人，虽使他们吃亏不浅，但到底没能打中“七寸”……忽然有一天，我们那派的几位

“同一战壕的战友”喘吁吁跑到我宿舍来，激动地告诉我：“知道吗？‘军宣队’亲自公布啦！……”公布了什么？乍听真是不能相信自己的耳膜——对艾老师立即进行隔离审查！原来，她的伯父，某正局级老干部，不仅是“死不改悔的走资派”，而且“现已查明”，还是一个国民党特务，是一个大叛徒！“军宣队”认为，那“大特务大叛徒”，通过艾老师，构成了“伸向十三中群众组织的大黑手”！

当时我听分明了以后，是怎样的一种心情，怎样的一种反应？短暂的惊诧过去之后，我竟欣喜若狂！啊！这下好啦！对立面那派彻底完蛋啦！……“军宣队”选中了我住的那间宿舍作为囚禁艾老师的隔离室，我竟仿佛获得了殊荣，赶紧打点铺盖卷搬到了指定我暂住一时的生物标本室里，那里封存着些泡在福尔马林液里的毒蛇标本，还有真的头盖骨什么的，我竟并不感到恶心恐怖！

参与揪斗俞老师，并不是我人性恶蹿升的唯一事例，我对艾老师的这种幸灾乐祸，说明当时我灵魂深处最糟糕最污浊的东西，已被“文化大革命”的“熊熊烈火”充分地调动了出来！我悲苦的灵魂啊，为什么，为什么，其中那些善美的东西，一时竟被挤压到我自己找不到，也不想去找的旮旯里了！

……几天过后，“军宣队”引领我们，紧锣密鼓地准备召开第一次揪斗艾老师的“打态度会”，就在预定开会的那天凌晨，看守艾老师的两位女老师经不住困乏，在躺椅上打瞌睡时，艾老师拿起看守用来驱蚊虫的一瓶“敌敌畏”，一饮而尽……她被拉到医院时已然昏迷，医生给她洗胃，无效，就那么死掉了！

……而预定的批斗会按原定时间准时召开，当然，内容改成了批判艾某某的“畏罪自杀”，她被指斥为“猖狂对抗无产阶级文化大革命”，“死有余辜”！在那个会场上，我的良知猛地闪烁出了一道强光，啊，我理解艾老师，她的毅然自尽，首先还不一定是认罪不认罪的问题，她那倔强的性格，那高度的自尊心，那一贯的高傲与自爱，使得她首先不能接受把她押到众人面前，辱其人格的场面！她刚烈，她宁折不弯，她以死抗争的，首先是生而为人的一份尊严！……我倏地意识到自己所置身的时空，是那么样的荒谬！特别是，因她的被揪出，并且以死抗拒，她那一派的某些人不禁心慌意乱，生怕连累自己，在压力下不得不发言斥骂她的情景，令我不寒而栗；我原有的思路由此轰毁，对派仗的兴趣，粉碎为纷飞的沉重问号！人啊，人，什么时候，你才能真正懂得，不可以任何理由，蔑视、侮辱他人的人格！

……“支左”的“军宣队”终于表态，我们那一派里的一个小小的“战斗队”被指认为唯一“大方向正确”的“革命群众组织”，不仅对立面那派由此瓦解，我这样的被“绕开的”“革命群众”也顿感失落，真是：连轴恶斗伤人后，为谁辛苦为谁忙？

我把这段心灵史也讲给了任众听。当然，我也告诉他，“文革”结束后，艾老师的那位伯父得到彻底、全面的平反，当然艾老师也被宣布为无罪。可是，屈死的人命，怎能复生？死了也就死了，活着的人们，在新的社会环境里，管自活下去，渐渐的，除了某几个最亲近的人，谁还记得艾老师般屈死的人？

对比于跟俞老师的关系，艾老师的揪出、自尽，我没有丝毫直接的责任，可是，我仍觉得有必要，为我心里曾一度涌出过幸灾乐祸的卑劣情绪，而自责，而忏悔。倘真有所谓“在天之灵”，她那很可能仍在痛苦的灵魂，是否能以宽恕我的罪恶？

……

十三中只是一个小小的树林。多少年过去，有的树夭折，有的树枯萎，有的树根深叶茂，有的树挺拔入云，有的老树发出新枝，有的幼树长出了树瘤，有的树四季变幻色貌，有的树冬夏常青……风曾吹过，雷曾击过，雨曾淋过，雪曾飘过，树林还在；有树移出，有树栽入，有花在开，有果在膨，有鸟啭鸣，有蝶翻飞……

这贝勒府的小树林啊，是整个民族大树林的缩影。走出贝勒府二十多年了，因与任众邂逅，我重温了那小树林中的许多事情，心中充溢着一种莫可名状的情怀。

不仅仅是为了怀旧，不仅仅是为了感慨，也不仅仅是为了忏悔，是的……让我们走出贝勒府，到更开阔的人间里，去憬悟人性的底蕴！

五十自戒

算来今年要满五十了。参加工作以后，听惯了“小刘”的称呼。后来专门搞创作，也很享受过一番“青年作家”的头衔。现在年届五十，渐渐有人叫我“老刘”，无论如何再不能划归青年行列了。

据孔夫子立下的标准，五十岁时应达到“知天命”的境地，我能么？实在没有信心。

但也不甘自暴自弃。我曾说过，自己以往十多年写的小说，对人性善的挖掘，比较执着，但对人性恶的探微发隐，就比较薄弱了。现在我想说的是，对人性的探索，无论是善的一面，还是恶的一面，以及善恶难辨乃至善恶杂糅与相激相荡的一面，还有不能以善恶概括的其他侧面，包括那些微妙的、神秘的、深隐的、混沌的、基本粒子般难以把握和天体星云般难以穷尽的种种构成，固然需要沉淀到社会生活中去做不懈的体验，同时，勇于以自己的心灵做探究的标本，把自己“皮袍下面的小”，乃至心底最深处的污垢做一番扫描、剖析、化验与涤荡，恐怕也是必不可少的。

清夜扪心，便感到自己心灵深处至少有两种恶，在五十将临时有蹿动膨胀之势，不能不引以为戒。

一是对同辈人的嫉妒。据说嫉妒之心，人皆有之。又据说嫉妒心是有规律可检的——几辈人之间，差辈间的交叉嫉妒，相对要弱于同辈间的平行嫉妒；同性之间的嫉妒，相对要强于异性之间的嫉妒；同行间的嫉妒，亦相对强于隔行间的嫉妒；渐进者对暴发者的嫉妒，却又往往弱于暴发者对一贯顺利者的嫉妒……又听到过一种理论，是说嫉妒之心不可无，但不可太强，适度的嫉妒是人奋发向上的心理原动力之一；社会的良性竞争中，实需适度的嫉妒心做润滑剂……

我对这种种说法都没有做过深入的研究，但就我个人而言，冷静自视，那心底里咬啮着灵魂的对同辈人的嫉妒，却无论如何是一种即使不能涤除也必须自觉压抑的人性恶。

在同辈人里，我一度算是幸运儿。情况众所周知。但在知足的心理层面下头，我不得不汗颜地承认，竟仍然时常蹿冒着对同辈人的嫉妒。对人家才能方面成就方面名方面和利方面实惠方面实力方面前景方面眼眉下方面……种种超过自己的地方，总有一种针刺般的隐痛。从而不仅在暗中巴不得人家或自然衰竭停滞倒退或触个霉头栽个跟头，甚至也还有一种隐藏得很深连自己也死活不愿承认说出来写出来要鼓起老大老大勇气并且脸上不禁火辣辣——可那又是千真万确存在着的恶浊想法——一旦有机会，少不得要臊一臊他的面皮，扫一扫他的兴头，坏一坏他的声誉，阻一阻他的前程……年届五十，面对自己的心灵，我不禁自问，会有那么一天，我由于自己竞争力的衰竭而进一步发展到借助于“拉大旗作虎皮”，以冠冕堂皇的符号系统，掩护着我那对同辈人的嫉妒毒焰，去达到“卧榻之侧，岂容他人酣睡”的目的吗？

另一种蛰伏于我灵魂深处的恶，便是对年轻人的嫌厌。其实也还是一种嫉妒。所谓对年轻人，是含混其词。干脆更坦率些说吧，针对的是比我年轻的作家——当然，那对他们的嫌厌度，是与他们的走红程度成正比例的。我走上文坛那阵，有多艰难，他们现在多容易！我从茅盾手里领过头名奖状时，他们还在哪儿窝着哩！看他们那狂放劲儿，知不知道天高地厚？他们见到我的时候，居然没有足够的礼貌，没有应有的微笑，没有引出我谦让之辞的必要恭维，没有征求我的批评指正，甚至没有最低限度的敷衍……他们写得太多因而太滥！写得太快因而太粗！写得太轻松因而太浅薄！写得太新潮因而太危险！写得太火爆因而太讨厌！他们应该沉下去！应该暂停！应该知趣！应该安于寂寞！……我心灵深处的恶啊，其实，恐怕是我自己难耐寂寞吧？因为不能将我的高峰期、我的走红期、我的轰动期加以延长、发展、上扬，所以，我不能承认年轻一代超过跨越我的现实！我希望改变这个现实、抹煞这个现实、倒退这个现实！……从心底深处挖出的这些黑臭的“意识流”，如一堆蠕动的蟑螂般令我自己恶心，天哪，难道迈进五十岁，走向六十岁，我会变得把骂年轻作家，渐渐当作我的日常功课吗？我再写不出像样的作品，甚至连不像样的作品也写不出来，剩下的事情便是坐在客厅里，同一二同辈相投者叹息年轻一代作家的不肖，或者出席一些这样那样的会议，满足于在有关报道的一串名单里见到自己的芳讳，又或者在会议上，做出气急败坏的发言，抨击年轻作家的所作所为——当然在我所使用的符号系统里，我会频频嵌入诸如“多数”、“大多数”或“少数”、“极个别”一类字眼显示出自己并非“以偏代全”，但最要命的是，无论是“多数”还是“少数”的年轻作家的作品，我其实都不耐烦阅读，或简直根本不读，我对他们的义愤大多来自“听说”，有的是同辈人辗转告知，有的则仅仅来自餐桌上子女的议论——并且还是赞赏的议论……天哪，我会变得那样吗？会吗？

一身的冷汗在慢慢干掉。值得庆幸的是自己还能自信说一句“江郎并没有才尽”，灵感仍时有爆发，创作冲动涌起时似乎也还虎虎有生气，短至一二百字的极短篇，长至几万字十几万字几十万字的小说，也都还能写，并且在散文、随笔的写作方面更有空前的兴致与产量，下笔绝无枯涩感而有汩汩流淌之势，并且写出来的东西也还大都能找到地方发表，也还能出书，还有竞争力，没有衰竭，所以迈进人生的第五十个年头时，占据着心灵大部分空间的，似乎也还是些光明的、向上的、健康的、善良的、美好的、有益的、宽容的或至少是平实的、无害的、中性的、庸常的东西。

但搞一搞自我的心理卫生，挖一挖自己灵魂深处的恶浊，给自己提出一点警戒，确实不仅是必要的，也是及时的。把它公布出来，自我示众，也是企盼前辈、同辈、后辈能助我一臂，使我能更有自知之明，要能踏实精进，并且能抑制住乃至荡涤那心灵深处时不时往上拱动的恶浊，使我五十岁后至少还是一个正常的作家。

1992年2月2日

一件亏心事

1970年春天，我所在的中学仍处在“文革”的震荡中，进入了“清理阶级队伍”阶段。我因为年轻，怕的只是被打成“现行反革命”，并无被当作“历史反革命”揪出来的可能，所以心态较前两年松弛。白天应付一下运动，晚上就躲进单身宿舍，偷偷读残存的旧书。自己那几本旧书读烂了，于是向彼此信得过的同事借书读。一次我到一位比我年长的同事家里，发现他书架上有本《日子》，是埃及作家塔哈·胡赛因写的长篇小说，人民文学出版社1961年出版，封面很素净，用的纸很黑。“文革”初期“破四旧”，没等“红卫兵”上门，他自己就先处理掉了一些可能惹祸的书籍。这本《日子》得以幸存，除了其本身不大招惹人注意外，也是因为我的这位同事是个回民。家族里包括他父亲，有若干留学过埃及的前辈，他们进的都是埃及著名的爱资哈尔大学，而《日子》写的正是爱资哈尔大学的校园生活，所以于他而言那本小说有着特殊的意义。

那个春寒的夜晚，在他家小小的居室里，他们两口子热情地留我吃饭。我记得他们那自己晾制的牛肉干特别可口，事隔三十六年，回想起来，舌苔上甚至还能咂吮出一种特殊的香甜。那情景堪称“草草杯盘共笑语，昏昏灯火话平生”。杯盘确实草草，灯火也确实昏昏，但我们只是低声地谨慎交谈。他们两口子历史清白，按说“清理阶级队伍”不会冲击到他们，可是那天我觉得他们似乎总有点忧心忡忡，小屋里弥漫着过多的压抑感。

从他家借回《日子》，我没有马上翻看。隔了好几天，有天晚上，我从床褥下拿出《日子》，开始阅读。书里的人生无论时空还是悲欢都离我很远，但我很喜欢那种徐缓从容的叙述方式。比如：“那时，一阵微风拂过他的脸，微风中还有一丝凉意没有被太阳的灼热所消除……”正当我斜倚在床铺上翻阅《日子》时，忽然从书里掉出来一张折叠得很薄的纸，我未加考虑便马上拿起展读了。那是一封信，是写给书主两口子的。从口气上不难作出判断，信是亲戚从家乡写来的，末尾注明的时间是那一年的春节。那时人们写信时常嵌入革命套话，但这封信文字却干净极了，没有一点多余的词语。我读完不禁从床上惊跳下地，把信凑拢电灯正下方又读了一遍，心里马上乱了。

那是一封报丧的信。告诉他们家乡那一片地方在 1 月 5 日深夜发生了特大地震，房屋几乎都塌光了，压死了很多人。信中还一并列出了与我那位同事及爱人有关的一个名单。他们俩都是云南同一地区的人，所以那名单也就颇长，前面开列的是类似哥嫂侄甥叔姑姨舅那样的至亲，后面则是一些邻里同窗，最后说还有若干受伤待治疗的人，“兹不详赘”。

那晚，在昏暗的灯光下，我捏着一封别人的信，呆立了很久，惊诧莫名。云南 1 月 5 日真的有那么大的地震发生吗？报纸上没那么报道过，广播里没那么广播过。记得“文革”刚开始时候的 1966 年，河北邢台发生过地震，周总理马上赶赴现场。如果云南真的也发生了大地震，怎么没见周总理去慰问的消息？光是与他们两位有关的亲友就死了那么多，那地区一共该死了多少人呢？

在“文革”时期，像我这样的普通的中国人，被一种“革命思维”所训练，那思维逻辑里，不要说人祸一定是资本主义社会才有，就是天灾，也应该是资本主义国家首当其冲。我们这边即使偶有天灾，也终究是人定胜天，怎么会死掉那么多人？而且，报上没那么说，广播里没那么播，那事情就应该是没有。散布、传播报纸上广播里没有的消息，便一定是造谣。造谣不仅可耻，而且有罪。再说，革命者应该懂得：死人的事是经常发生的，应该一不怕苦，二不怕死。就算真的死了那么多人，这封信竟只是纯客观地报道死讯，写法也成问题。

但我的良知很快促使我相信那是一封报告真实情况，而且对接信者也很必要的信件。信是地震过后一个月左右才写的，可能到那时候才有条件写出并寄出。但为什么它会被夹在了《日子》里呢？信封呢？

那一夜我辗转反侧，失眠到天明。这事在今天的年轻人看来，处理起来应该非常简单：第二天私下里把那信还给那位同事，告诉他无意中看了内容，请他原谅，还可以顺便向他表示慰问。但在那个特定的年月里，我却觉得非常为难。如果我那样把信交给同事，他可能反而会非常紧张——既然我已经知道，胆小而谨慎的他，会为“该不该向组织上汇报”而焦虑。若汇报，则会连累到他报信的亲戚——即使那信的内容属实，为什么偏在春节时写来？我又反复推敲，那封信的信封哪儿去了。也许，是寄给了另外的同乡，里面不止一张纸，每张分别给不同的人报信，而由一个收信人接收后，再分别在北京转交给各位。那他们为什么把这样一封重要的信随便夹在了《日子》里？如果记得夹在了这本书里，那为什么又轻易地把这本书借给了我？如果现在他们想起来不慎连书带信给了我，那为什么这几天却并没有私下问到我？

翌日，在参加“清队”的种种活动时，那位同事的眼光始终没有跟我对接。中间休息时，他也没主动来接近我。我主动凑到他身边几次，甚至小声说：“那本《日子》挺有味道……”他却完全不接那话茬儿，他眼神木然，并无探询我的成分。于是我判定：他完全不记得把那封信夹在《日子》里了，或者，是他爱人夹的，他根本不知道。

接连几天，我把那封折叠起来的信纸当书签，在静夜里读《日子》，这种阅读给了我一种非常特殊的心理感受。像这样的一些句子：“当然，他们心里觉得难受，可是表面上却一点看不出来；悲哀没有在他们的脸颊上或者眼睛里留下任何痕迹。”原作者所想表达的是什么意思于我而言已经完全无所谓，我心里只翻腾着自己的联想与喟叹。

我本来以为，或许同事的爱人（她在另外的学校工作）会想起来，是她把那封信夹在了《日子》里，从而会推动他终于向我问及那封信的事。但这样的情况直到一周后仍未发生。我决定不提信的事，把那封信夹在书里，不动声色地去他家，径直把那本书插回他那书架。但临到行动时却又犹豫起来，因为在其中任何一个技术性细节上出纰漏，都可能弄巧成拙，使问题反而复杂化。

最好是，他们都完全不记得曾把那样一封信夹在了《日子》里，这样他们就永不会因为我看到了他们的私信而产生任何一种心理反应。我将永远守口如瓶，是的，我只看过《日子》，而没看到，也不晓得，那一年的 1 月 5 日在云南发生过那样可怕的地震。

基于这样的心理，我最后把那封信烧掉了。

后来我把《日子》还给了他们，他们始终没问信的事。

岁月把我做这件亏心事的负疚感渐渐稀释。后来我和那位同事都设法调离了有着太多痛苦回忆的学校，失却了联络。1976年，唐山大地震，报纸和电台报道了。后来世道发生了众所周知的巨大变化。再后来，我几乎已经完全不记得这件事了。

2000年1月6日，我偶然在《羊城晚报》上看到一条大字标出的新闻："当年秘密，今日公开。"内文里提及："1970年1月5日1时0分37秒，一场里氏7.7级的特大地震猝然袭击了滇中地区……主震后发生5级至5.9级的余震12次……受灾面积8800平方公里……包括七县，造成15621人死亡，仅给震中通海县造成的经济损失，按现在的可比价计算，就达27亿元之巨！这成为20世纪中国百大重灾之一，是新中国成立以来死亡万人以上的两次大地震之一，死亡人数仅次于唐山大地震。由于当时处于'文革'特殊时期，仅由新华社对外发了一条简短的消息，只字不提受灾情况，而且把震级压低了。当时，我国政府对国际救灾援助采取的是闭关政策，国内援助也主要提倡'精神支援'。因而，地震发生后，灾区先后收到全国各地赠送的数十万册《毛主席语录》和数十万枚毛主席像章，收到慰问信14.35万封，至于急需的救灾物资和款项则少得可怜……"

往事仿佛坚冰猝碎在我胸间，使我气闷心痛……尤其是，那些"兹不详赘"的伤者，他们当中，又有多少因只有语录、像章而无医药、食物而死亡！

《日子》,《日子》里夹着的信，读那信的日子，为如何处置那封信而焦虑的日子，烧掉那封信的日子……那些日子属于特殊的日子？自己那时的身心归属于特殊的时期和环境？

我的心在急速颤动中祈盼：真实情况不再被封存为秘密，日子不要再让它特殊而应使其永处正常状态，而像我曾做过的那种亏心事，越离得久的后辈们，越必须经过多层诠释，才能费劲地懂得，那究竟是为了什么……

乘着电波的翅膀

某电视台编导问我：1979 年全国第一届优秀短篇小说评奖，你的《班主任》获得第一名，那时是有过电视报道的，你能不能把那次录下的带子借我们用一下？我回忆了一下，确实，那回是有电视报道的，不但颁奖现场有电视台录像，中央电视台还特别派人到我家录过一组镜头。那时我和妻子儿子住在一个杂院一间十平方米的东房里，房间太小，录起像来非常困难，小屋里打起强光灯，使屋子里的一切都显得异常陌生。我被安排做翻阅杂志状，只觉得脸被灯烤得热烘烘的。不过，我不但没有那次录像的带子，连照片也没有拍下一张。因为动静大，来围观的左邻右舍不少，但那时我们那个杂院里各家还都没有电视机，因此并没有人问：“什么时候播出呀？”我把电视台的人送走的时候，他们主动告诉我：“看明天晚上新闻联播吧！”这让我很兴奋。但问题跟着就来了：我可到哪儿去看呀？经过一番考虑，决定向当时我所在的出版社的一位同事求援，她爽快地答应了，第二天，我们全家三口步行半小时到达她家，她全家都热情地欢迎我们。她家有一台九英寸的黑白电视。六七个人一起看，说实在的，靠边上的很难看清画面。大家照顾我，让我坐当中，等呀等，关于短篇小说评奖的那条新闻出现了，前后大概两三分钟，在我家录的镜头足有七八来秒，好高兴啊！我告诉眼下年轻的电视台编导：抱歉，能提供的只有这么一点记忆。

1980 年，我家买来第一台黑白电视机，1984 年将第二台黑白的赠给别人换了一台彩色的。1983 年有了四个喇叭的磁带放音机。1985 年，拥有了放录像带的机子。1986 年以后突飞猛进，有了落地大音响，换了“21 遥平板”电视……更新换代中，我那落地大音响的电唱机部分及其胶木走针大唱片俨然已属古董文物，而放录像带的机子已经派不上用场，以前保存的一些录像资料在2002年全刻成了光盘，现在常用的自然是DVD机。

但是，有一样东西很早拥有、始终没有过时，那就是收音机。在没有电视机的岁月里，收音机传出的电波见证着我与社会、群体、他人的血肉联系。1980年以后，我频繁应邀到各地参与文化活动，许多次，遇到的某些人告诉我，我的《班主任》等作品，感染过他们，但他们并不是直接读到文字，而是“从广播里听到”。在1978年和1979年，中央人民广播电台重复多次播出过将《班主任》《醒来吧，弟弟》改编成的广播剧，还有《爱情的位置》《穿米黄色大衣的青年》的直接朗读。那时候整个社会的收音机拥有率非常高，而且，许多工厂、农村生产队的广播站都还保持着定时转播中央人民广播电台广播节目的习惯，不仅转播新闻类节目，也转播文艺节目，高音喇叭那么一响，你不想听，声浪也会传进你的耳朵。那时候大批上山下乡的知识青年都还没有回到城里，他们听到高音喇叭里传出来新小说所表达的新诉求、新情感、新思路，往往非常激动，从中捕捉到了社会进入良性变化的信号。

那时中央人民广播电台文艺部的谷文娟是一位积极热情将新小说改编为广播剧的人士。开头也未必是领导给她布置的任务，她以敏锐的触角，感受到一批新作者的新小说是在呼唤有利于社会进步的变革，就抓紧时间和时机精心地编排录制起来。拿给领导审听时，又往往引出审听者的强烈共鸣，鼓励她更多更快地向听众提供这类精神食粮，而节目的播出，又迅速得到社会各方面听众的积极反馈。谷文娟改编的广播剧很不少，涉及许多作家和作品，也吸引了许多演员的参与，因为她改编我的小说最早，就有不少作者来问我如何与她取得联系。也有舞台剧演员找到我，说尽管有专业的播音演员，但现在改编的小说题材多样、角色繁杂，恐怕忙不过来，他们也愿意站到播音间里，为广播剧贡献一份力量，希望我代为联系谷文娟或别的相关人士。那时候中央人民广播电台青年节目组的王成玉，也是一位积极推广新小说的人士，我的《爱情的位置》《穿米黄色大衣的青年》都是他组织播出的。他特别邀请了北京人民艺术剧院的董行佶朗诵《穿米黄色大衣的青年》，我那篇小说写到一位小青年受当时“狂不狂，看米黄；匪不匪，看裤腿”的新时尚影响，追求穿米黄色大衣、喇叭口裤的“狂放劲头”，在肯定他个性解放的同时，有引导他那样的青年超越外在的物质要求，投身民族复兴的建设事业的用意。我很怕朗诵者把那篇作品搞成说教口吻，王成玉让我放心，他说董行佶是大师级演员，他对内心产生不出共鸣的活儿是绝对不接的，既然答应给录，那就一定好。果然，当我从收音机里听到董大师以沉吟而抒情的声音，细致入微地将文字化为对青年人的关爱与期望时，觉得他的朗诵已经构成了另一个更高明的作品，使我也深受启发。

我的成名，既是通过文字，更是乘着电波的翅膀达到极致的。回忆起 30 年前改革开放初期，那时社会各类人士中的大多数，为祖国进步形成高度共识、和声诉求、共同推进，真可谓流金岁月。

何处在涌泉?

那天应中央电视台10频道邀请去录一个节目，录完正往大院门口走去，忽然听见有人在身后叫我，扭头定睛一看，惊呼热中肠，是久违了的谷文娟大姐。她说:“我从背影上就断定是你! ”但看到我正面时,她笑说:“老了老了……”她的笑容像当年一样总带有些揶揄的味道，头微微晃动着，我不忍心说我觉得她变矮了，低头望着她只是傻笑。10频道“绿色空间”在谷大姐爱人他们单位的招待所里租屋搭棚录像，谷大姐他们宿舍也在那个大院里，正好下楼散步，我们因此不期而遇。

我告诉谷大姐已到耳顺之年，她眉毛耸动，大概是在推算我们当年认识的时候我才多少岁，也许是同时意识到我也在推算她那时才多少岁，就爽朗地说:“我今年七十三了，早退下来啦! ”我们心里都掀起了往事的烟云波涛，却一时不知从何说起。我只说了句:“当年你对我是有恩的……”她也没歉词，仍是一脸灿烂的笑。看得出她在为我高兴。仅仅因为我仍在继续二十四年前开始的事业，没有停歇，她就为我高兴。她的这份高兴，实在是再次施我以恩德。

与谷大姐的这次邂逅，引出我许多的回忆，以及复杂的思绪。

二十四年前，即1978年，那是个历史转硬弯的年头。我在1977年11月发表了短篇小说《班主任》，又在1978年春天发表了短篇小说《爱情的位置》和《醒来吧，弟弟》。杂志负责人和编辑对这些作品的出世当然起着关键的作用，但作品的推广，还需要一个很重要的渠道，就是电台的广播。那时候我那些作品，以及另外一些作家的作品，如卢新华的《伤痕》，王亚平的《神圣的使命》，陈国凯的《我应该怎么办》等等，被称为“伤痕文学”，是有争议的。

邓小平同志复出以前，当时最高领导人还在强调“两个凡是”，从理论领域到文学领域，思想解放的潮流屡遭阻挡，那时的文学杂志、报纸副刊刊登那样的作品，特别是电台文艺部将其朗读或改编为广播剧，都还要承担一定风险，必须以胆识和锐气、热情甚至激情，才能迅速地将其发表播出。就是在那样的情况下，谷文娟作为中央人民广播电台文艺部的编辑，连续编录了我的《班主任》《醒来吧，弟弟》，以及另外一些作家的作品，使当时还不能及时看到报刊的人们，特别是还在农村插队或在边疆生产建设兵团的年轻人，从电波里一下子听到了跟“四人帮”那时候完全不同的声音，以至于印象深刻到终身难忘的程度。有的那样的听众后来见到我，跟我细说当时情况。那时农村里安装着很多的高音喇叭，地头的电线杆上也有。在“四人帮”倒台以前，那些高音喇叭里充斥着诸如“批孔”、“批邓”的肃杀之声，1977 年里的声音里虽然多了批判“四人帮”的内容，却仍在肯定“无产阶级文化大革命”。那时时兴把高音喇叭的音量调至最大，传出的声浪在广袤的田野上滚动弥散，遇到丘陵山谷还会发出轰隆的回音，透过听觉给人心灵的震撼是无可逭逃的。因此，1978 年仲春，突然有一天他们从那高音喇叭里听到了谷文娟等编录的节目，内容上对“文革”发出了质疑，宣布了爱情在人生中有合理位置，配乐里出现了贝多芬的《命运》旋律，又有轻柔的絮语与抒情的琴音，这让在田野中的他们惊奇、惊喜，“世道要变了”，他们也因之释放出了求变履新的青春情怀。在这样的田野聆听里，他们感受到被启蒙的喜悦与激动，于是他们记住了那些作品与作者的名字。许多这样的青年是先听到广播，再去找报刊书籍阅读相应文字的。到了现在，有的文学史家可以说那还不是文学，有的批评家可以嘲笑那些文本的僵硬幼稚，我们自己也可以真诚谦虚地一再地申明那时候实在还没有真正迈进文学的门槛，但是这些都改变不了一个基本事实，就是包括我在内的一些人那时因为时代机遇、思想潮流、文学复苏，加以有这样的广播托举而名噪一时，纷纷涌进文坛，命运发生了重大转折。虽然后来随着时间的推移，我们各有各的浮沉哀乐，但这一事实，无论回忆起来时是自豪还是赧颜，都已嵌在了历史年轮里，不可更改。

1978 年年底，中国共产党十一届三中全会胜利召开，改革开放大势初定，文学的潮流急速奔腾，虽然争论不断，风波不少，但人们心态越来越乐观勇进。那时被谷文娟改编录制的广播剧可以说是播一出红一出，作品因此广为流布，文学评奖活动中，也就成了一张无形的巨大选票，作品因此获奖，作家因此得福，不是中国作协会员的渴望立即入会，有机会被派出国访问，所在地甚至有奖励住房的。记得那时一些作家见到谷文娟真是笑面如花，不知该怎么亲近她才好，还曾有人私下里来问我："究竟怎么着才能让谷文娟看上（作品加以改编播出）呢？"在那时经常是由冯牧等作家协会领导主持的活动中，我就看到有的人指着谷文娟背影跟旁边的人小声说："那就是她……"仿佛见到了一尊真佛。

但是到了 1983 年以后，大概是因为新电影渐渐多了起来，而且大多是由新小说改编的，电视机开始普及，电视剧也开始活跃，许多电视剧也都取材于小说，广播剧在这种情况下就渐渐不那么稀罕了。于是文学界对谷文娟的黏糊，似乎也就逐步地变成了疏离。到 1985 年以后，许多新锐作家已经不清楚谷文娟是何许人也。我自己也顾不上和谷文娟保持联系，她究竟还在改编录制些什么广播剧，不清楚也不想去收听了。

时过境迁，世态炎凉，这些词语我们用滥了，但真正锥心地体会到这些字眼里的人生况味，也不是那么容易的，不是我们太迟钝，倒也许是太聪明了。文学史家称为是"新时期文学"的那个阶段里，对推动那时的文学复苏、发展做出贡献的新闻界人士，是颇多的。我记得的就还有中国新闻社的记者甄庆如（现在他使用甄诚的笔名），他有时一天向海外发出数篇关于中国文学复兴的报道，像巴金的言论、艾青的新诗、丁玲的复出、王蒙等的改正、中国作协创办全国优秀短篇小说和中篇小说奖项、劫后的第一个作家代表团的出访，等等，这些消息都马上被港、台及世界各处的华文报纸抢着采用。还有新华社的女记者郭玲春，她写报道总愿意使用富有新意的文体，还写了不少有深度的专访。电台方面的人士也绝非谷文娟一个。我知道的就还有一位王成玉，他在中央人民广播电台的青年节目里，播出了很不少的新小说，我的《爱情的位置》《穿米黄色大衣的青年》就是他组织的，他能请到像董行佶那样的能以声音塑造人物的艺术家来担纲朗诵，使这些小说在群众中的流布更如清溪般畅快致远。那时候绝无“红包”现象，也还没有“炒作”一说，这些人士尽全力宣传新作品新作家是出于高度的工作责任心，更是出于由衷的呵护热情，他们使许多我这样的人名利双收，自己却名利双无。随着岁月推移，他们与红火的“知名作家”的距离渐行渐远。后来很少有人再忆念这些人、这些事。记得上世纪末有一回一些同行聚谈，我提起了这几个人，有的不知道也不想知道他们是谁，这倒不算什么，可是就有知道的讲起其中某某的轶事趣闻，涉及私生活，多为尴尬事，边说边笑，大为不屑。即便其所说的全非谣言，也无伤大雅，但自己名利双收，周游列国，甚或还有了官职荣衔，对人家“不过还是那么个角色”，甚或改换为更不起眼的角色，持此种态度，毋乃有失厚道乎？

“滴水之恩，当涌泉相报。”这是我们背得烂熟的古训。因为没有什么新意，不能为诡奇的新潮文本增色，倒可能令那些只喜欢颠覆风格的读者嗤鼻，有的作家已经很少再加以引用。但我们的双脚，难道应当从这样的道德基石上挪开吗？检讨我自己，也很惭愧。记得1988年我在杂志主编任上，有一天忽然接到谷文娟从美国的来信，说她随在驻美机构工作的爱人暂住美国，希望我们能给她按期寄杂志。我就此事与管财务的副主编商量，都感觉到如果按期给她寄赠，那么相应地就该给另外的许多海外人士寄赠，初步拉了拉名单，因为邮费很贵，单位经费有限，算起来实在吃不消，也就叹气作罢。现在扪心自问，怎么就不能由我个人自费给她按期邮寄呢？不承认是舍不得钱，那么，承认不承认是舍不得时间和精力？更应该承认的，是心里面已经不那么看重她，过了河了，她也不是桥了，自己日理万机，国内海外，要应付的人际丝缕纷乱，对她仅存一份淡淡的忆念，似乎也就仁至义尽了。

回顾这二十四年的写作历程，予我有滴水以至更多恩沐的人事真是不少。我真涌泉相报了吗？也许只有一例，那就是冯牧仙逝后，在他家中的遗像前，我献上自己一幅水彩画后，着实发自肺腑地飞泪嚎啕。其实我后来在文学观念上与冯牧已经疏离甚至有所龃龉，但我的登上文坛，他实为第一扶植者，这是永远不能忘怀，也永远不该讳言的。

细想起来，真要履践以涌泉去报滴水之恩，恐怕也实在很难。滴水算起来总不会很少，自己又哪有那么多泉眼可供喷涌呢？环顾人世，熙熙攘攘，营营苟苟，恩将仇报的事情不少，何处在涌泉报恩？那样的风景实不多见。但与谷大姐的邂逅，毕竟牵出了这许多的思绪，像滴滴清露，还是像汩汩活泉？那天分别时，我们都没有询问记录对方的电话号码，偶然相遇比着意联系，似乎更有淡如水的君子意趣，也许不必涌泉，心存一份善意祝福，而终于相忘于江湖，更是真实的人生，也更符合真实的人性吧。

从 1985 年那一晚说起

十八年前，我发表了一篇纪实小说《5・19 长镜头》，写的是 1985 年 5 月 19 日晚上，在北京工人体育场，因为中国队意外地败于香港队，痛失世界杯小组出线权，所引发出的球迷闹事事件，我通过对一位因闹事被拘捕的青年球迷的个案分析，分析了当时一般青年球迷的心理状态，指出不要简单化地从政治或外交关系角度来判定他们的动机与效果，应当把握在急剧变动中的城市青年的心理状态，对他们多些理解与谅解。这篇作品发表后，出乎我的意料，不仅当时轰动，而且从那时直到现在的十八年里，始终有人记得这篇作品，香港中文大学的中文系教科书里，还始终将其收为课文，这篇作品也译为了英文流传到海外。因为人们记得这篇作品，从而那以后凡有大的国际足球赛事，传媒便会找到我，冀盼我能延续原有的思路，发表新的意见。这实在让我受宠若惊。如果是一个十八年前诞生的婴儿，到现在，该已成为一个就要升入大学的青年了。我不敢说自己的思路也成长得那么茁壮，但面对着越来越成熟的中国足球运动，我欣悦地看到，不仅我们去年已经打进了世界杯的 32 强，而且，新老球迷的状态也大有提升，这就激发着我新的思绪，关于足球，特别是作为大众娱乐文化中重要分支的足球文化，又尤其是足球文化中的看台文化，也就确实还有新的话可说。

把足球作为体育文化中最重要的部分来加以考察，我们就不难发现，绿茵场内的拼搏是人类竞赛美学的绝妙创作，而看台上球迷的狂热则是人类审美活动的特异激扬。我对足球的发言，往往是针对看台比针对绿茵的还多。从 1985 年到现在，我们国家的足球运动的变化是惊人的，不仅开创、发展了职业联赛，聘请了外籍教练和球员，进军了世界杯，而且，球迷的变化也很大，从简单地鼓掌呼喊助威，到使用喇叭大鼓等响器，到逐步形成了个人大幅度的肢体语言，以及群体的海浪式展示，并且出现了个体的准职业性铁杆球迷，与自发汇聚的球迷组织，球迷茶馆，球迷饭店，球迷俱乐部，等等。在中国队打进世界杯决赛圈后，各地分散的球迷在企业赞助下，又以此为契机有所整合，成立了中国啦啦队，制定了队服、队旗，拟定了统一口号和肢体语言的句式，并且创作助威性足球歌曲也成了热门的事项，许多音乐界人士也襄与其事，更有足球彩票的推出，真可谓姹紫嫣红，一派鲜花怒放的热闹景象。尽管去年世界杯大赛中国队竟扛着大鸭蛋铩羽而归，令众多国人失望痛心，但球迷们所创造、发展出的看台文化，却不能不说是获得了一次丰收。我也曾与十八年前采访过的一位“犯事儿”的球迷邂逅，他已从一个动辄热血沸腾的青年，变成了一位老成持重谢顶语慢的中年人，聊起来，对足球运动的热爱，却是痴心未改，但他告诉我，十八年前那一晚的激情，后来发泄为非理智的肢体语言，究竟不妥，他的感悟是，观球也是一种文化，激情燃烧，应纳入游戏规则之内，具体来说，也就是应以理性的缰绳来驾驭奔放的情感烈马，作为超级球迷，对自己的外在形象、肢体语言，以及感情的诸多发泄方式，应该有一个事前的设计。我们在讨论中达成了共识，那就是球迷应该是“妖魔化的天使”。

中国球迷大概是首先从电视荧屏上，看到了外国球迷把自己妖魔化的奇异装扮的。妖魔化的手段，除了服装道具的怪异外，最骇人眼目的，是发型、脸谱、纹身的匪夷所思。1985 年北京工体的闹事球迷，还没有一个是使用了这种手段的。其实，观球是可以充分将自身内在激情狂热外泄的一种审美活动。如果不好率定为人生快乐的极致，也应该算作心灵的一次大狂欢。激情的狂放发泄，初衷绝无恶意，但往往会在自我失控的状态下，产生球场内外的足球暴力，导致破坏性行为。因此，除了外在的约束防范，作为球迷本身，开赛前即通过将自己奇装异服、怪样打扮，先泄露出一部分狂热，也是起到自我情绪制衡的良策。

所谓将自身妖魔化，对于球迷来说，不管他是有明确用意，或者只是潜意识使然，或者竟只是从他人那里模仿而来，就效果而言，无非在三个方面，一是通过比如发型上、脸庞上、胸腹或服装上的国旗符码，体现出爱国情怀；二是通过这些部位上的球队或足球明星的符码，体现出他们对自己所拥戴的球队、球星的支持；三是通过一些强烈的色彩、怪异的图案、刺激性的词语，来吓退自己所拥戴的球队的对手以及相应的反方球迷。现在中国的诸多球迷常使用这种妖魔化的手段参与球赛，但似乎意识明确者不多，因为意识不明确，所以通过这手段自我宣泄以达到激情制衡的效果就不是很明显。我们都知道英国有臭名昭著的足球流氓，这些流氓除了多剃秃瓢以外，很少从外观上实行妖魔化，但他们闹起事来可真是给社会带来危害的妖魔，那些在球场内外以妖魔化姿态尽情狂热的普通球迷，倒很少会做出危及他人和社会的事情来。这是很值得我们思考的一个有趣的问题。附带说一下，我以为中国还没有足球流氓这样一种群体存在。有的人看到中国一部分球迷在某些赛事上因为觉得裁判不公，或终场哨响后所出现的结果超出了心理承受度，狂怒悲愤中有过激的行为，就指认那些球迷是足球流氓，这种判断是不对的。英文里的足球流氓用的是一个特殊的语汇，硬译的话是英国历史上一个脾气乖戾专门寻衅滋事的贵族姓氏，转意才成了足球流氓的专称，因此可知足球流氓是指那些凡有足球比赛便刻意去捣乱的团伙，他们无风也起浪，你裁判不公他们要闹，裁判公平他们也要闹，他们拥趸的球队输了要闹，赢了也要闹，总而言之，他们是闹定了，而且那闹法是肆无忌惮，无所不用其极，拔枪射人是他们惯常的闹法之一，经常要闹出人命来，因此危害性极大，目前各国每逢大的足球赛事特别是国际赛事，从签证、海关就开始防堵他们，有关部门对他们有特别的档案，这些足球流氓臭名昭著，如过街老鼠，人人喊打，近年来他们的破坏性已被有效遏制，去年的世界杯大赛，因为各方面防堵得好，在韩国和日本的赛场内外都没有出现足球流氓无理取闹的场面。到目前为止，中国球迷在某些赛事中的过激表现，还都是事出有因的，虽造成某些损失不可取，但应该说都还不是足球流氓式的行为，因此，我认为我们传媒在对中国足球比赛中球迷的负面表现做报道时，要实事求是，必要的批评当然应该有，但一定不要乱扣足球流氓的帽子。

足球流氓是真正的妖魔。一般球迷则外在形态妖魔化，而内心保持天使般的圣洁。热爱足球，为之狂热，而又绝不乐极生悲，悲极滋事，不让自己心爱的足球运动被亵渎，被玷污，这应该是众多中国球迷参与现场观赛的共识。总而言之，做一个妖魔化的天使，而不要做一个伪装成天使的妖魔，更不能做妖魔化的妖魔。

所谓妖魔化，妖魔这个字眼，只是一种借用。球迷的种种彩扮手段，有的并不吓人，而是令人发噱。我这个关注足球运动的人，对足球明星的关注倒比较有限，对从现场看到的，以及从传媒的镜头、照片中看到的，那些打扮得千奇百怪的球迷，往往倒能让我产生特殊的快乐。但是，以我目前所看到的而言，我们球迷的化妆方式，似乎还是从外国球迷那里借鉴来的比较多，特别是涂抹面部的手段，缺乏我们中华民族的固有特色。其实，中国戏曲的面部化妆，生、旦、净、末、丑各有路数，特别是净角的脸谱，已经积累了非常丰富的表达手段，色彩与图案中蕴涵着许多的意义，我建议我们中国球迷能从比如京剧的花脸脸谱里，提炼、变化出一些适宜到看台上展示的妖魔化花样，特别是已经组织起来的各个啦啦队，无妨在这方面请些京剧界人士当参谋，使自己的化妆更具备中国民族特色，体现出中国文化的源远流长、独到精深。不仅化妆上可以充分展示出中华传统文化的特色，肢体语言上也可以从京剧表演里汲取素材，如男性球迷可以把京剧武生起霸拉云手的动作加以改编，女性球迷可以把京剧旦角的水袖功、帕子功加以活用，这样的一群中国球迷，在国际大赛的看台内外出现，一定会引出轰动，自己会沉浸在民族自豪感里，外国人则会刮目相看。从 1985 年“5·19”事件以来的中国球迷群体，确实已经成熟，他们应该是一群妖魔化的天使，有这样一群天使来振声威，添光彩，国脚们一定会大受鼓舞，我们中国足球运动的发展，一定会更上一层楼！十八年前的那一晚已经嵌在历史的画册中，体现出中国足球文化健康长足发展的新画面，正接踵而来！

2003 年 5 月温榆斋

我的心理保健操

我把自己城内的居处称作“绿叶居”。居室里的巴西木和大叶绿萝都表明了我对绿叶的偏爱。早在1979年，我就写过一个短篇，叫《我爱每一片绿叶》。爱叶之心，至今不变。

我一般在晚上10点开始写作，在优美的古典音乐之中，一直写到次日凌晨四点左右结束。中午起来吃一顿早、午合餐，下午读书、看报、会客，晚餐的菜肴比较丰盛，在温馨的烛光里，合家团聚，其乐融融。

我之所以能够精力充沛地在文学中辛勤耕耘，其重要原因就是加强了心理保健。关于自己的心理保健，我有六套“心理保健操”。

列表化解操：心乱时，在一张纸上先写一行大字“我为什么心乱。”然后列出三栏，分别写出“最烦心的事”、“次之的事”、“小事”，列好后，从“小事”开始逐项化解，凡大体可以化解的，都用红笔划去；剩下的，自然要认真对付，一时虽化解不了，但由于心绪经过一番梳理，也就坦然多了。

自寻小乐趣操：遇无聊提不起神来做正事时，就先找些有趣的小事来做，例如用湿棉花球给所养的盆栽植物洗涤叶面之类。在琐屑的小乐趣中，无聊感便渐渐消失，于是恢复了做正事的兴致。

回忆美景操：心里淤着浊气时，就到沙发或床上取最舒适的姿势，在轻柔的乐曲声中，闭目冥想，让名山大川的美妙镜头重新在脑海中浮现，一幕幕的美景，犹如熨心的拂尘，能将淤积沌塞的浊气涤尽。

无损害宣泄操：心中窝着一团恶气，搞不好会爆发时，可将平时准备好的废纸使劲撕扯，或选择适当地点将已破损的旧瓷盘之类砸碎，同时，口中念念有词，或哼唱“怒发冲冠，凭栏处，潇潇雨歇……”

自嘲操：因洋洋得意而心理状态发生偏斜时，须作一点自嘲，做法多种，有一种叫“对镜自嘲”——“你有什么了不起？升天了么？咦，瞅你乐的！你前头的困难还多着呢……”人在自嘲中，失去的只是虚荣，获得的却是清醒。

走向混沌操：借从维熙大作《走向混沌》的名字，表达非良性的心理状态转化为良性的意思。在过分清醒得小肚鸡肠时，便用此操加以调整。有一法为：拿起一本唐诗宋词，随手翻开，目过口诵，摇头摆脑，以抹去萦绕于心头的那些过于细腻的算计。

正因为有这样的心理保健，加之日常的散步锻炼，我虽年过花甲，依旧笔耕不辍，在城内的“绿叶居”和郊野的“温榆斋”中，双手敲击键盘嗒嗒有声，怡然自得。

巴金与章仲锷的行为写作
——一封信引出的回忆

上

一位帮我整理书橱的“80后”小伙子，从一本旧书里抖落出一样东西，他拣起向我报告：“有封信！”我问他：“谁写给我的？”他把信封上的落款报告我：“上海……李寄。”我听清了那地址，忙让他把信递给我：“是巴金写来的啊！”他愣了一下，才恍然大悟：“是啊，巴金原来姓李！”我抽出信纸，巴金来信用圆珠笔写在了《收获》杂志的专用信笺上，现在将其照录如下：

心武同志：

谢谢您转来马汉茂文章的剪报。马先生前两天也有信来，我写字吃力，过些天给他写信。我的旧作的德译本已见到。您要是为我找到一两本，我当然高兴，但倘使不方便，就不用麻烦了。

您想必正为作协代表大会忙着。这次会开得很好。我因为身体不好，不能参加，感到遗憾。

祝

好！

巴金
一月三日

说实在的，我已经不记得那是哪年的事了，仔细辨认了信封前后两面的邮戳，确定巴金写信是在 1985 年的 1 月 3 日。

我在“80 后”前持信回忆往事，他望着我说：“好啦！你又有回顾改革开放三十年的活材料啦！”我听出了他话音里调侃的味道。跟“80 后”的后生相处，我不时会跟他们“不严肃”的想法碰撞，比如巴金的《随想录》，他一边帮我往书架上归位，一边哼唱似的说：“这也是文学？”我不得不打破“不跟小孩子一般见识”的自定戒律，跟他讨论：“文学多种多样，这是其中一种啊！”最惹我气的是他倒一副“不跟老头子一般见识”的神气，竟欢声笑语地说：“是呀是呀，这是一部大书！好大一部书啊！”巴金的《随想录》，确有论家用“一部大书”之类的考语赞扬，用心良苦，但从眼前“80 后”的反应来看，效果并不佳。

在和“80 后”茶话的时候，我跟他坦陈了自己的一些看法，供他参考。我感叹，个体生命在时空里的存活挣扎，其悲苦往往是隔代人不解不谅的。“为什么那么‘聪明’？”“怎么不敢当烈士？”是不解不谅者最常用的“追问”。记得萧乾先生晚年曾对我说：“有的年轻人那么说，可以理解，但要不了太久，他们当中的绝大多数会比我们更‘聪明’。”其实全人类都有此类现象，上世纪五十年代美国“垮掉一代”的代表人物，如金斯伯格，到七十年代也都成了那社会守规矩的纳税人，会心平气和地接受他们以前骂死的媒体采访，其著作会交由他们以前鄙夷的主流出版商包装推出。

巴金无疑是写过无可争议是正宗文学作品的大书的，不仅有“激流三部曲”《家》《春》《秋》及其他长篇小说，还有无论从人性探索到文本情调都堪称精品的《寒夜》《憩园》等中篇小说，当然，他后半生几乎不再从事小说创作，他的最后一篇小说也许就是《团圆》，从文学的角度来看，那不是一篇杰作，更不能称为他的代表作，但根据这篇小说改编的电影《英雄儿女》自上世纪六十年代初拍成放映后，影响极大，不过看过电影去找小说看的人，恐怕很少，电影里那首脍炙人口的插曲《英雄战歌》，小说里是没有的，词作者是公木。巴金后半生没怎么写小说，散文随笔写了一些，我记得少年时代读过巴金写的《别了，法斯特》——法斯特是一个上世纪四五十年代颇活跃的美国左翼作家，写过一些抨击资本主义的小说，但在斯大林去世、赫鲁晓夫否定斯大林的“秘密报告”泄露出来以后，感到幻灭，遂公开宣布退出美国共产党——法斯特当然可以评议，但巴金那时写此文是奉命，是一种借助于他名气的“我方”“表态”。这类的“表态”文章他和那个时代的另一些名家写得不少。那当然不能算得文学。可是，粉碎“四人帮”以后，巴金陆陆续续写下的《随想录》，却和之前的那些“表态”文章性质完全不同，他这时完全不是奉组织之命，而是从自我心灵深处，说真话，表达真感情，真切的诉求，真诚的祈盼，这样的文字，在那一特定的历史阶段，得以激动人心，获得共鸣，我作为一个过来人，可以为之见证。“那也是文学？”年轻人发出这样的质疑，我也理解，拿眼前的这位“80后”来说，他觉得像帕慕克的《我的名字叫红》那样的著作才算得文学，这思路并没有什么不妥，帕慕克并不是一位“为文学而文学”的作家，实际上这位土耳其作家的政治观念是很强的，《我的名字叫红》里面就浸透着鲜明的政治理念，但无论如何帕慕克不能凭借着一些说真话的短文来标志他的文学成就，他总得持续地写出艺术上精到的有分量的小说来，有真正的“大书”，才能让人服气。

巴金后半生没能写出小说，这不能怪他自己。他实在太难了。“文革”十年他能活过来就不易。粉碎“四人帮”后他公布过自己的工作计划，他还是要写新作品的，包括想把俄罗斯古典作家赫尔岑的回忆录翻译完，但他受过太多的摧残，年事日高，身体日衰，心有余力不足。尽管如此，他仍不懈怠，坚持写下了《随想录》里的那些短文。特殊情况下的特殊写作，我们除了尊敬，别无选择。巴金晚年公开声明，他不是作家，只是一个通过写文章把心交给读者的人，我以为这不是谦虚，而是他已经非常明了自己作为一个特殊的生命，应有一个什么样的坚实的定位。

我不赞同那种因为巴金在粉碎“四人帮”后不但恢复了“文革”前的名誉地位，甚至更上层楼，就把他奉为神明，甚至非要把大白话的《随想录》说成巅峰“大书”的夸张性评价。那也实在是辜负了他自己最后为自己的定位。

“80后”小伙子问我：“巴金给你的信讲的究竟是什么啊？怎么跟密电码似的？”其实也不过二十多年，但拿着那张信纸重读，我自己也恍若隔世。我和巴金只见过一面。从这封信看，我起码给他写去过一封信，这是他给我的回信。“你既然见过巴金，还通过信，前几年他逝世的时候，怎么没见你有文章？”

我告诉他，以前的不去算了，粉碎“四人帮”以后，跟他交往频密的中青年作家很多，通信的大概也不少，算起来我在他的人际交往中是很边缘、很淡薄的，对他我实在没有多少发言权。不过既然发现了这封信，却也勾出了我若干回忆，而与眼前的小青年对话，也激活了我的思路，忽然觉得有话要说。

我跟“80后”小伙子从头道来。而这就不能不提到另一个人——章仲锷。“他是谁？也能跟巴金相提并论？”我说，世法平等，巴金跟张仲锷，人格上应享有同样尊严，他们可以平起平坐。确实，巴金跟章仲锷平起平坐过。那是在1978年。那一年，我和章仲锷都在北京人民出版社文艺编辑室当编辑。当时只有《人民文学》《诗刊》两份全国性的文学刊物，我们北京人民出版社文学编辑室的同人以高涨的热情，自发创办向全国发行的大型文学刊物《十月》，一时没有刊号，就“以书带刊”，兴高采烈地组起稿来。章仲锷长我八岁，当编辑的时间也比我长，他带着我去上海组稿。那时候因为我已经于1977年11月在《人民文学》杂志发表了短篇小说《班主任》，在文学界和社会上获得一定名声，组织上就把我定为《十月》的“领导小组”成员之一，章仲锷并不是“领导小组”成员，所以他偶尔会戏称我“领导”，其实出差上海我是心甘情愿接受他领导的，他无论是在社会生活经验和文学界情况方面都比我熟络，去巴金府上拜见巴金，我多少有些腼腆，他坐到巴金面前，却神态自若，谈笑风生。巴金祝贺《十月》的创办，答应给《十月》写稿，同时告诉我们，他主编的《上海文学》《收获》也即将复刊，他特别问及我的写作状况，向我为《上海文学》和《收获》约稿。他望着我说，编辑工作虽然繁忙，你还是应该把你的小说写作继续下去。现在回思往事，就体味到他的语重心长。他自己的小说写作怎么会没有继续下去？他希望我这个赶上了好时期的后进者，抓住时代机遇，让自己的小说写作进入可持续发展的轨道。我说一定给《上海文学》写一篇，巴金却说，你也要给《收获》写一篇，两个刊物都要登你的。《收获》也要？那时记忆里的《收获》，基本上只刊登成熟名家的作品，复刊后该有多少复出的名家需要它的篇幅啊，但巴金却明确地跟我说，《上海文学》和《收获》复刊第一期都要我的作品。我回北京以后果然写出了两个短篇小说，寄过去，《找他》刊登在了《上海文学》，《等待决定》

刊登在了《收获》。我很惭愧，因为这两个巴金亲自约去的小说，质量都不高。我又感到很幸运，如果不是巴金对我真诚鼓励，使我的小说写作进入持续性的轨道，我又怎么会在摸索中写出质量较高的那些作品呢？回望文坛，有过几多昙花一现的写作者，有的固然是外在因素强行中断了其写作生涯，有的却是自己不能进入持续性的操练，不熟，如何生巧？生活积累和悟性灵感固然重要，而写作尤其是写小说，其实也是一门手艺，有前辈鼓励你不懈地“练手”，并提供高级平台，是极大的福气。

作家写作，一种是地道的文学写作，如帕慕克写《我的名字叫红》，一种是行为写作，巴金当面鼓励我这样一个当时的新手不要畏惧松懈，把写作坚持到底，并且作为影响深远的文学刊物主编，向我在有特殊意义的复刊号上约稿，这就是一种行为写作。巴金的行为写作早在他的青年时代就已十分耀眼，他主编刊物，自办出版机构，推出新人佳作，我生也晚，上世纪前半叶的事迹也只能听老辈“说古”，但上世纪五六十年代他和靳以主编的《收获》，我作为文学青年，是几乎每期必读的，却留有若干深刻的印象。别人多有列举的例子，我不重复了。只举两个给我个人影响很深而似乎少有人提及的例子。一个是《收获》曾刊发管桦的中篇小说《辛俊地》，写的是抗日战争时期游击队员辛俊地，他和成分不好的女人恋爱，还个人英雄主义，自以为是地去伏击给鬼子做事的伪军通讯员，将其击毙，没想到那人其实是八路的特工……让我读得目瞪口呆却又回味悠长，原来生活和人性都如此复杂诡谲——《辛俊地》明显受到苏联小说《第四十一》的影响，但管桦也确实把他熟悉的时代、地域和人物融汇在了小说里，这样的作品，在那个不但国内阶级斗争的弦越绷越紧，国际范围的反修正主义也越演越烈的历史时期，竟能刊发在《收获》杂志上，不能不说是巴金作为其主编的一种“泰山石敢当”的行为写作。再一个是《收获》刊发了儿童文学作家任大霖的系列短篇小说《童年时代的朋友》，跳出那时期政治挂帅对少年儿童只进行单一的阶级教育、爱国教育、品德教育的窠臼，以人情人性贯穿全篇，使忧郁、惆怅、伤感等情调弥漫到字里行间，文字唯美，格调雅致，令当时的我耳目一新。这当然是巴金对展拓儿童文学写作空间的一种可贵行为。

其实中外古今，文化人除了文字写作，都有行为写作呈现。比如蔡元培，他的文字遗产遗留甚丰，老实说其中能有几多现在还令人百读不厌的，但说起他在担任北京大学校长期间以及跻身学术界那兼容并包宽容大度的行为遗产，我们至今还是津津乐道、赞佩不已。哥伦比亚的马尔克斯,《百年孤独》固然是他杰出的文学写作，而他一度履行的“文学罢工”，难道不是激动人心的行为写作吗？晚年的冰心写出《我请求》的短文,还有巴金集腋成裘的《随想录》,当然是些文字，但我以为其意义确实更多地，甚至完全体现为了一种超文字的可尊敬和钦佩的文学行为。

“80后”小伙子耐心地听了我的倾诉。他表示“行为写作”这个说法于他而言确实新鲜。他问我:“那位章仲锷,他的行为写作又是什么呢？难道编刊物、编书，都算行为写作？”我说当然不能泛泛而言，作为主编敢于拍板固然是一种好的行为，作为编辑能够识货并说动主编让货出仓，需要勇气也需要技巧。当然前提是编辑与作者首先需要建立一种互信关系。章仲锷已被传媒称为京城几大编之一，从我个人的角度，以为他确实堪列于中国进入改革开放时期的名编前茅。

下

这篇文章还没写完，忽然得到消息，章仲锷竟因肺炎并发心力衰竭，在10月3日午夜去世！呜呼！我记得他曾跟我说过，想写本《改革开放文学过眼录》，把他三十年来编发文稿推出作家的亲历亲为“沙场秋点兵”，一一娓娓道来，“你是其中一角啊！”我断定他会以戏谑的笔调写到我们既是同事又是作者与编者的相处甚欢的那些时日。但他的遗孀高桦在电话里哽咽着告诉我，他的肺炎来得突然，他临去世前还在帮助出版机构审编别人的文稿，“苦恨年年压金线，为他人作嫁衣裳”，自己的这样一部专著竟还没有开笔！

从这段文字起我要称他为仲锷兄。他的音容笑貌，宛在眼前。1980年我一边参与《十月》的编辑工作一边抽暇写小说,写出了我的第一个中篇小说《如意》，这是我写作上的一个转捩点，我不再像写《班主任》《爱情的位置》《醒来吧，弟弟》那样，总想在小说里触及一个重大的社会问题，以激情构成文本基调，我写了“文革”背景下一个扫地工和一个沦落到底层的满清格格之间隐秘的爱情故事，以柔情的舒缓的调式来进行叙述。稿子刚刚完成，被仲锷兄觑见，他就问我：“又闯什么禁区呢？”我把稿子给他：“你先看看，能不能投出去？”过一夜他见到我说：“就投给我，我编发到下一期《十月》。”我知道那一期里他已经编发着刘绍棠的《蒲柳人家》，还有另一同人正编入宗璞的《三生石》，都是力作精品，中篇小说的阵容已经十分强大，就说：“我的搁进去合适吗？”他说：“各有千秋，搭配起来有趣。听我的没错。”我虽然是所谓《十月》“领导小组”成员，但确实真心地相信他的判断。那时《十月》的气氛相当民主，不是谁“官”大谁专断，像仲锷兄，还有另外比如说张守仁等资深编辑，也包括一些年轻的编辑，谁把理由道出占了上风，就按理发稿。

后来有同辈作家在仲锷兄那里看到过我《如意》的原稿，自我涂改相当严重，那时一般作者总是听取编辑意见对原稿进行认真修改后，再誊抄清爽，以供加工发稿，仲锷兄竟不待我修改誊抄就进行技术处理，直接发稿，很令旁观者惊诧，以为是我因《班主任》出了名“拿大”，仲锷兄却笑嘻嘻地跟我说“人怕出名猪怕壮，活猪也能开水烫，说你几句是你福，以后把字写清楚！”他后来告诉我，他是觉得我那原稿虽较潦草但文气贯畅，怕我正襟危坐地一改一誊倒伤了本来不错的“微循环”，你说他作为编辑是不是独具慧眼？

1981 年我又写出了中篇小说《立体交叉桥》，写居住空间狭窄引发的心灵空间危机，以冷调子探索人性，这是我终于进入文学本性的一次写作，但我也意识到这个作品会使某些曾支持过我的文坛领导和主流评论家失望甚至愠怒。写完了我搁在抽屉里好久不忍拿出。那时我已离开出版社在北京市文联取得专业作家身份。仲锷兄凭借超常的“编辑嗅觉”，一日竟到我家敲门，那时我母亲健在，开门后告诉他我不在家，他竟入内一叠声地伯母长伯母短，哄得母亲说出抽屉里有新稿子，他取出那稿子，也就是《立体交叉桥》，坐到沙发上细读起来，那个中篇小说有七万五千字，他读了许久，令母亲十分惊异。读完了，我仍未回家，他就告辞，跟母亲说他把稿子拿走了，“我跟心武不分彼此，他回来您告诉他他不会在意”，我怎么不在意？回到家听母亲一说急坏了，连说

“岂有此理”，但那时我们各家还都没有安装电话，也无从马上追问仲锷兄“意欲何为”，害得我一夜没有睡好。第二天我才知道，他拿了那稿子，并没有回家，直接去了当时《十月》主编苏予家里，力逼苏予连夜审读，说一定要编入待印的一期，苏予果然连夜审读，上班后做出决定：撤下已编入的两个节目以后再用，将《立体交叉桥》作为头条推出。《立体交叉桥》果然令一些领导前辈和主流评论家觉得我“走向歧途”，却获得了林斤澜大哥的鼓励：“这回你写的是小说了！”上海美学家蒋孔阳教授本不怎么涉及当代文学评论，却破例地著文肯定，这篇小说也很快地被外面汉学家译成了英、俄、德等文字，更令我欣慰的是直到今天也还有普通读者记得它。如果没有仲锷兄那戏剧性的编辑行为，这部作品不会那样迅速地刊发出来。

我的第一部长篇小说《钟鼓楼》，责任编辑也是仲锷兄（那时他已调到人民文学出版社）。《钟鼓楼》获得了第二届茅盾文学奖，记得颁奖活动是在国际俱乐部举行，我上台领奖致谢颇为风光，但三部获奖作品的责任编辑虽然被点名嘉奖，却没有安排上台亮相，仲锷兄后来见到我愤愤不平，说就在后台把装有奖金的信封塞到他们手里完事，抱怨后还加了一句国骂。“80 后”小伙子今天又来跟我聊天，听我讲到这情况说：“呀，这位章大编确实性格可爱，其特立独行的编辑方式也真是构成了行为写作！”

再回过头来说巴金给我的那封信。原委应该是 1984 年冬我应邀去联邦德国（西德）访问，其间见到德国汉学家马汉茂（Martin Helmut），他虽然原本以研究中国清代李渔为专长，但在上世纪七十年代末和八十年代初，对中国当代文学产生了浓厚兴趣，那时他对巴金等老作家的复出和改革开放后新作家作品的出现都很看重，当时他是波鸿大学的教授，他也是行为写作胜于实际写作，他自己翻译中国作家作品并不多，主要是写推介性文章，积极组织德国汉学家进行翻译，并且善于利用自己在学术界的地位和社会影响，说动出版社出版中国当代作家作品的德译本，还从基金会或别的方面找到钱来邀请中国作家到德国访问，联系媒体安排采访报道以扩大影响，他并且具有向瑞典文学院推荐诺贝尔文学奖候选人的资格，尽管他后来的立场和观点具争议性，而且不幸因患上抑郁症在 1999 年 6 月跳楼身亡，但他那一时期对中国当代作家作品进入西方视野的行为写作，我们不应该遗忘抹煞。我从德国回来，应该是把马汉茂在境外发表的与中国当代作家作品特别是与巴金有关的文章、访谈的剪报寄给了巴金。马汉茂那时候跟我说，后来我又从瑞典汉学家马悦然等那里听说——他们虽然观点多有分歧，但在这一点上却惊人一致——中国当代作家的作品本来不错，但缺少好的西文译本，特别是由中国自己外文局组织翻译的那些译本，几乎都不行，他们认为中国文学要走向世界，必须要有好的外文译本。马汉茂很具体地跟我议论了巴金作品的英、法、德文的译本，其中德译《寒夜》的一种比较好，他说要是巴金其他小说的译本都能达到或超过那样的水平，那么西方读者对巴金的接受程度会大大提升。我大概是带回了《寒夜》的德译本转给巴金，所以他信里说“我的旧作的德译本已见到”。那时巴金在浩劫后手里已经没有几个自己小说的境外译本，他希望我能替他多找到一两本，心情可以理解。

改革开放对中国当代文学带来怎样的生机？一是无论从作家的生存方式到作品的面貌都呈现多元了，这是以前难以想象的。还有就是对外面的文学敞开了门窗，而中国文学也确实走出了国门，尽管到目前还是“入超”的局面。从巴金二十三年前的这封来信，你可以看出像我这样的新作家已经得到他那样的老前辈的平等对待，我们已经完全不必惧怕“里通外国”的嫌疑，坦率地谈论与外国汉学家的交往以及中国作家作品在境外的翻译出版情况。“80后”小伙子说他从网络上查到一个资料，天津一位用世界语写诗的苏阿芒，写的诗完全不涉及政治，因为投往境外世界语杂志发表，竟被以“里通外国”的罪名锒铛入狱,直到胡耀邦主政才平反昭雪。我说你应该多查阅些这类的“近史”资料，有助于理解祖辈父辈是通过怎样的历史隧道抵达今天的，而几辈人也就可以更融洽和谐地扶持前行。

巴金信里说“您想必正为作协代表大会忙着”，他的猜想不确，我这人不习惯开会，到了人多的会场总手足无措，他说的是中国作协的第四次全国代表大会，我没等会议开完就回家去了，那以后我没有参加过类似的会议，我从未为开会而忙碌过。中国作协的“四大”是中国进入改革开放以后，文坛共识破裂的开端,巴金认为“这次会开得很好”,但另有地位显赫的人士认为开得很糟。

改革开放进程中，共识的形成、凝结、发酵和歧见、破裂、分驰，是必然的，文化界包括文学界莫不有这样的现象，现在大体上歧见各方对问题的“点穴”几无差别，但如何化解这些问题，则择路不同。作为一个改革开放进程的参与者与见证人，我的想法是无论如何不能往回走。巴金的一封信，使我对老一辈掮住因袭的闸门，自己走不动了，鼓励后辈冲出闸门，去往广阔的天地，那样一种悲壮的情怀，深为感动，同时回忆到仲锷兄那样一起往前跑的友伴，就实质而言，我们的生命价值可能也都更多地体现于行为写作，我对“80后”小伙子说，创作出真正堪称“大书”的作品，希望正在他们身上，他没有言语，只是拿起那封巴金的信细看，似乎那上面真有什么“达·芬奇密码”。

2008年10月6日写完于绿叶居

讲那照片的故事

一个“80 后”，大本毕业已经工作两年；一个“90 后”，明年就要考大学；他们二位在帮助我收拾书房的过程里，发现了一张三人合影，觉得很古老，问我什么时候、为什么会拍那样一张照片？

其实在我来说，拍那张照片的情形，似乎就在昨天。细算一下，不禁有“流光容易把人抛，红了樱桃，绿了芭蕉”之叹，怎么转眼就过去二十九年了？

到今年年底，我们进入改革开放的历史新时期就满三十周年了。“80 后”那位叫我伯伯听来还顺耳，“90 后”那位竟叫我爷爷，他觉得很自然，却让我心绪复杂起来，怎么不知不觉地，我的人生就已经进入需要跟年轻人“说古”的“夕阳红”阶段了？

有首老歌《听妈妈讲那过去的故事》，我系红领巾的时候，学校就常组织“革命老妈妈”来给我们讲过去的故事，记得 1955 年，请来一位参加过红军长征的老妈妈，她讲得很生动，我们听得好兴奋。仔细回想，那时的那位“革命老妈妈”，其实才四十出头，1935 年工农红军正处于“生存，还是死亡”的严峻关头，经过遵义会议，确定了正确方针，才在 1936 年取得了长征的成功，你算一算，到 1949 年天安门广场升起五星红旗，只不过十三四年。那十三四年里，中国发生了多少惊心动魄的事情啊，故事真是讲也讲不完。

但是被称为新长征的改革开放进程，一晃却已经三十年了。这三十年里，也有许多故事，作为老一辈，应该讲给年轻人听。帮我收拾书房的“80 后”和“90 后”，不交谈不知道，一交谈令我吃惊，特别是“90 后”那位，他记事以后，所有的岁月似乎都充满近似的平淡与欢快，可以说是完全没有历史感，而且，

1979年春，作者与卢新华（左）、王亚平（右）合影

“甭跟我说历史”，“我最烦什么回忆童年之类的话题了”，竟成了他们的口头禅，他们善于精致地享受当下的幸福我怎会反对？但我要提醒他们，一个对历史完全缺乏了解，对自己从哪里来、打算和应该往哪里去完全无所谓的生命，是有缺陷的生命，人生的支点之一，应该是对以往、对先人、对父辈的知晓与理解。

我告诉他们，那张照片，是1979年春天拍的，当中是我，左边是卢新华，右边是王亚平，我们算是那时候“伤痕文学”的三个重要的代表人物。“80后”就说：“咳，知道。‘伤痕文学’嘛，那时候‘四人帮’抓起来了，你们遵命写作嘛，就写些伤痕什么的。”我就讲给他们听，不是那么回事。1976年10月虽然抓起了“四人帮”，但情况还很复杂。抓“四人帮”的好人里，有的思想保守，心愿是把国家调整好，但是自己给自己，更给全党和全国人民，设置了“两个凡是”的羁绊，如果按那“两个凡是”去做，那比如说“六十一个叛徒集团”就绝不能平反，更不要说为刘少奇翻案了——至于什么是“两个凡是”，什么是“六十一个叛徒集团”等等，我书房里都有现成的书，他们可以借看——因此，1976年底到1978年底之间的两年，就有许多的故事，当时爱好文学的年轻人，比如我们照片上的三个，就总想通过小说写作，来参与社会诉求，希望能突破“两个凡是”，出现一种良性的变化。那时我们写那样的文章，设法把它公开发表出来，完全不是“遵命”，而是冒着风险的。我1977年11月发表在《人民文学》杂志的《班主任》和卢新华1978年8月11日发表在《文汇报》的《伤痕》，我们分别写过文章，有关报道也较多，就不多讲了。现在重点讲讲王亚平1978年9月在《人民文学》发表出《神圣的使命》的故事。真是一波三折。他写了一个公安系统的老干部为一个蒙冤的知识分子平反的故事——“90后”听到这里说：“那有什么稀奇呢？”——1978年王亚平写那篇小说的时候，选取那样一个题材，却被认为极其敏感，因为在十年动乱里，公安部因为原部长罗瑞卿被定为“彭、罗、陆、杨反党集团”中的“黑帮”之一，整个公安部被“砸烂”，若按“两个凡是”的逻辑，被“砸烂”的公安系统的老干部里，哪里还有好人呢？而王亚平小说里阻挠正义的角色，却是一个“革命委员会主任”（发表时为了“慎重”改成了“副主任”），所谓“革委会”是动乱期间的权力机构，如以“两个凡是”圭臬，又岂能对“革委会”质疑呢？但王亚平从真实的生活感受出发，却觉得不把自己构思的故事写出来胸臆不抒，他两次投稿，两次被退，他也一再修改，但不将其公开发表，气何能平？最后，是老作家冯至助了他一臂之力，亲自出面向《人民文学》杂志推荐，再几经打磨，才终于刊出，一刊出，就获得了读者欢迎，反响十分强烈。

我一时觉得，真有无数的故事要给“80后”和“90后”讲。我不是要教诲他们什么。他们完全不必跟我观念一致，但是他们应该知道一些故事。比如，关于冯至的故事。冯至（1905—1993）早年写小说，后来写诗，再后来主要致力于翻译研究德语文学。那时候他挺身而出，帮助一个才二十岁出头的毛头小伙子发表出《神圣的使命》，完全没有狭隘的功利目的，甚至连“文学老前辈扶植文学新人以传为美谈”的想法似乎也没有，他就是觉得这篇小说在那个历史时期能促进社会的良性变革，应该予以发表。1978年在动乱中被犁庭除院的中国作家协会恢复工作，其负责人当中也有位姓冯的，就是冯牧（1919—1995），他为那时期文学的复苏贡献很大，当“伤痕文学”遭到攻击阻挠时，他做了大量的“排雷”工作，《神圣的使命》到头来还是他促进编辑部下决心刊出的——“那时候写那样的作品、支持那样的作品真的会有冒风险的感觉吗？”两位晚辈一起问——我告诉他们，冯牧那时候有一次亲自对我说，一位自己在动乱中也饱受批斗被关进监狱多年的老干部，因为不理解冯牧的所作所为，甚至于发出了这样的声音：“怎么还不把冯牧抓起来啊？”——“伤痕文学”就是在那样的情况下出现并产生出巨大的社会影响来的。

当然，“伤痕文学”是个特殊历史时期特殊情况下持续时间不过一年的写作潮流，潮流中所出现的那些作品，如今看来都并不具有长远的审美价值，它们的价值不是体现在文学上，而是成为中国历史奇诡发展轨迹中的可长期保存参考的资料。

1978年底，中共十一届三中全会召开并通过决议，启动了中国正式进入了改革开放的新长征。1979年春，中国作家协会举办了第一届优秀短篇小说评奖活动，我的《班主任》获第一名，王亚平的《神圣的使命》获第二名，卢新华的《伤痕》等多篇“伤痕文学”作品同时获奖，卢新华的作品使那股文学潮流获得了一个最恰切的符码。在参加颁奖活动的过程中，我和卢新华、王亚平一见如故，相谈甚欢，那时候我们还都没有自己的照相机，就一起走到崇文门外一家照相馆拍下了那张照片。那次获奖的作者从年岁上说包括好几茬，陆文夫是“20后”的，王蒙等是“30后”的，我是“40后”的已经不算太年轻，卢新华和王亚平则是“50后”，其实，在这些获奖作者背后，还有若干“20前”的老作家在发挥作用，除了上面举出的例子，还可以举出骆宾基（1917—1999），经他推荐，经过一番周折，张洁的《从森林里来的孩子》得以在《北京文学》刊出并获奖——帮我收拾书房的“90后”原来以为“‘伤痕文学’大概全是些遵命写出的哭哭啼啼的文章”，我找出张洁的这篇作品，他读了后才知道其实“伤痕文学”在取材、写法、情调上，其实也各式各样，并非只有沉痛，也有乐观、清丽、幽默——随着整个社会的全方位迈步“从头越”，文学也从这个起点上迅速地朝前发展，直到三十年后我们现在所面临的乱花迷眼的局面。

端详着照片，我感慨丛生。常有人说，写文学作品应该追求久远的审美价值，应该写出经典来。我很惭愧，从小喜欢文学，可以说是笔耕不辍，虽然发出来的作品也老多的了，可是，还没有哪篇哪部敢说是具有久远审美价值的，更罔论经典。“伤痕文学”时期的文友，有的如卢新华，断续地有作品发表，但主业已并非写作；有的如王亚平，他从部队退役后，出国经商，更在别一番天地里。我钦慕那些立志要写出甚至已经写出纯文学经典的人士，但作为写作爱好者，我珍惜当年写作《班主任》的情怀和所产生的社会影响，相信卢、王二位久未谋面的老弟也会这样想。

我对“80后”、“90后”的晚辈说，我对改革的认识是：以理性的、平和的态度不懈地推动社会的良性变化。我对开放的认识是：无论如何不能民族自我封闭，一定要融入世界，融入整个人类大家庭。尽管我这三十年来也越来越重视文学本身的独立性，写作上也力求个人化、个性化，独创性，但是，以自己的文字承载对继续改革开放的诉求，这一情怀不想也不能放弃。

“80后”、“90后”的小朋友，从他们表情上看，并不是想听我讲所有的故事，更不一定把我的观念当作必要的参考，但他们至少对那张照片还是真的感兴趣，甚至说，我们一老二小三个，是否也模仿那姿势拍一张照片，以留给他们向三十年后更新的生命“讲那照片的故事”？人能超越种种差异包括代间差异，体现出一种沟通、商量的善意，并能以幽默为润滑剂，人世间，还有什么比这更具久远价值的呢？

2008 年 4 月 9 日于绿叶居

1978 年春：为爱情恢复位置

改革开放被确定为国策，虽然是 1978 年底党的十一届三中全会才实现的，但是，从 1976 年 10 月粉碎“四人帮”开始，普通的老百姓就以各种方式，表达着变革的诉求，这些合理的诉求遭到过“两个凡是”等保守思想与禁锢政策的阻拦甚至打击，但是“野火烧不尽，春风吹又生”，终于被党内开明的改革人士所维护，所采纳，最后才在 1978 年年底出现了代表党心、民心的改革开放决策，从那以后三十年来，虽然经历了一些曲折，这个大方向始终没有变，绝大多数中国人都在改革开放的历史潮流里，程度不同地受益，这益处不仅体现于物质方面，也体现于精神方面，包括情感方面。

我在 1977 年夏天写出了《班主任》，以短篇小说的形式，发出了“救救被‘四人帮’坑害的孩子”的沉痛诉求，作品在当年《人民文学》杂志 11 月号刊发后，引出了一个纷纷以小说形式表达清算“文革”恶果的潮流，1978 年 8 月卢新华在《文汇报》发表了《伤痕》，使这个潮流获得了一个恰如其分的符码：“伤痕文学”。《班主任》《伤痕》以及这个文学潮流引起了强烈的社会反响，共鸣者很多，也有为之担心“犯错误”的，更有直斥其犯了大过错的，但“青山遮不住，毕竟东流去”，在这个文学潮流达到高潮时，理论界开展了真理标准的讨论，“实践是检验真理的唯一标准”这个命题被绝大多数人所认可，为年底党的会议上确定改革开放的新路线，奠定了更坚实的群众基础。

1978 年春天，因为《班主任》带来的巨大反响，刺激出我更强烈的写作欲望。应该对各方面说明的是：写作和发表《班主任》时，我已经不是中学教师，我在 1976 年时已经调到北京人民出版社（即现在北京出版社）文艺编辑室当编辑。

中学教师是非常值得尊重的社会职务，但一所中学的天地毕竟比较狭小，在出版社当编辑，相对来说视野就开阔得多。那时出版社和北京市创作研究部在一个院子里，创研部的负责人赵起扬“文革”前是北京人民艺术剧院的党委书记，是一个文艺内行，“文革”中遭迫害，到创研部后，时逢“四人帮”垮台，他那里就成了北京市许多业余作者串门的地方，因为他开明，大家聚集聊天也就越来越口无遮拦，后来他爽性组织座谈会，让大家通过畅言解放思想。记得在一次座谈会上，大家说起“样板戏”，原来的“腹诽”，全震动了声带。我在大家激发下，也就畅所欲言，说“样板戏”里不仅把爱情斩尽杀绝——比如歌剧《白毛女》、电影《红色娘子军》里原来男女主人公还有爱情影子，但据之改编的“样板戏”里生怕观众“误会”，强调二人之间只有纯净的“革命战友关系”——连夫妻关系也都淡化、净化到讳莫如深的地步，《红灯记》有祖孙三代，却绝无夫妻、恋人的踪影；《沙家浜》里只出现阿庆嫂，说阿庆跑单帮去了，尽量让观众想象阿庆只是个以丈夫身份掩护自己的地下工作者，与阿庆嫂并无“男女之事”；《海港》女主人公从造型上看老大不小了，却绝无涉及爱人、子女的言辞细节；《龙江颂》女主人公也不见其丈夫，只是她家门楣上有“光荣军属”字样，但观众也可以理解成她家其他男子在部队上；《智取威虎山》《奇袭白虎团》里当然更没有爱情、夫妻的影子。难道一提爱情，甚至一涉及夫妻，一表现完整的家庭，就是不革命吗？正是由于这种首先从“革命文艺作品”里取消爱情的做法，使得社会生活里爱情乃至正常的夫妻关系也都只能转入地下，而一些年轻人甚至也就懵懂到完全不晓男女之间除了“共同把革命进行到底”以外还可以发生什么关系，我就知道一位到生产兵团“屯垦戍边”的女青年，新婚当晚，忽然衣裳不整地跑到连指导员那里去哭诉：“他跟我耍流氓！”她竟只知道男女结婚要戴大红花、接受许多套“红宝书”的礼物，然后就在一起“斗私批修”，而不知道丈夫和她可以在床上做什么，甚至也就不清楚小孩子都究竟是怎么冒出来的。这不是笑话，而是真事，我们听了，可能先会笑，然后可能就再也笑不出来！

正是在这种情况下，我决定构思一篇作品，主题先行，题目一定要定为《爱情的位置》，为爱情在文学艺术领域里面恢复名誉，获得应有的位置。1978 年春天，我们出版社的同人，决定创办一份大型的文学双月刊，以《十月》命名，当时无法立即获得期刊号，就先以丛书名义“以书代刊”，在筹备过程里，我写出了《爱情的位置》，编辑部和创研部联合召开座谈会，把《十月》创刊号拟定的目录拿给大家征求意见，一见其中有《爱情的位置》，都很兴奋，记得参加座谈会的老作家严文井不禁喟叹：“爱情总算又有位置了！”

现在不要说“80后”对我讲到的这些情况会目瞪口呆，就是一些“70后”恐怕也会觉得匪夷所思。但“四人帮”推行的文艺专制就是达到了那样的程度，而突破那种在公开话语中对爱情禁绝的局面，竟必须“从零开始”！

《十月》创刊号正式发行以后，虽然那上面有若干远比我《爱情的位置》更出色的作品，但《爱情的位置》引发的轰动不仅超出了创刊号中其他作品，也超出了此前几乎所有作品，强烈到不可思议的程度。《班主任》那时已经使我每天得到超过10封的读者来信，而《爱情的位置》经过许多报刊转载和电台广播以后，短短一个月里我就收到了超过7000封的读者来信！有封来信寄自遥远的农村，是一位“插队知青”写的，他说是在地里干活的时候，听见村旁电线杆上的高音喇叭传出“现在播送短篇小说《爱情的位置》”的声音，当时他“觉得简直是发生了政变”，当然后来他知道那是良性的政治变化的“前兆”。还有一位海边的渔民给我写信，说听了广播激动得不行，才知道原来自己藏在心底的爱情并不是罪恶，他现在可以跟女朋友公开地来往了，为了感谢我的文章给予他们的解放感，他们决定寄给我一个巨大的海螺。不久我收到了他们寄来的大海螺，现在这海螺还放在我书房里，不时让我重温新时期30年文学发展初期那离奇的轨迹。

不待方家评说，我自己早就一再检讨：《爱情的位置》就文学价值而言是不足道的，那时的轰动完全是特殊历史时期的特殊现象。但我曾以《班主任》《爱情的位置》《醒来吧，弟弟》等文字参与思想解放的进程，在1978年党的十一届三中全会之前，大胆以小说形式承载呼唤社会变革的民间诉求，并且取得了明显的效果，也算为推进改革开放贡献了绵薄之力，这毕竟是我人生中的亮点，我为之珍惜，并愿在步入老年之后，继续把自己这一滴水，融汇进民族复兴的洪流之中。

2008年3月30日于绿叶居

丁玲复出独家见闻录

1978年，我在北京人民出版社（现北京出版社）参与了《十月》杂志的创办（刚开始称“丛书”）。编辑部的人们都四出积极组稿。那时我对曾经挨过整遭过难的文坛前辈，确实不仅同情，还总愿意为他们做点什么，在我的组稿对象里，他们是重要的方面。

那时候听说丁玲也回到北京，住在友谊宾馆，为自己政治上翻身努力活动。从后来她自己及相关人士的回忆文章可以知道，她的平反历程并不那么顺遂，不是一步到位。我找到友谊宾馆丁玲住处，跟她说我是《十月》编辑，是来向她求教，跟她约稿的。她怀疑地望着我说：“我的东西你们能发表吗？恐怕落伍了吧？”我说：“哪能呀。《十月》的读者如果见到您的作品，不知道有多么高兴呢！”她就说：“我倒是有现成的一篇。不过，给人家看过，人家不愿意就这么发表。”我说：“怎么会不愿意呢？您拿给我们去发吧。”她犹豫了一下，打开书桌抽屉，拿出一篇稿件来，却没有马上递给我，仍然说：“我怕你们年轻编辑看了，觉得我这种东西老旧。”停了停又说：“人家说结尾写得不好，让改呢。”我说：“就给我们拿去发吧。”于是她把那篇稿子递给了我。回到家，我展读。那篇散文叫《杜晚香》，写一位北大荒的女劳动模范。从题材上和叙事方法上看，确实属于“文革”前看惯了的那类革命现实主义的作品。但丁玲毕竟是丁玲。她的文稿有着并非刻意而是自然流露的个人风格。那以前的这类作品往往以激情洋溢取胜，她这篇却非常冷静，似乎拙扑，却颇隽永，其结尾我不但没觉得不好，反而觉得是水到渠成。于是当晚我就在家里斗室给她写了一封信，告诉她我看了《杜晚香》的感受，认为这样的作品在《十月》上刊登是非常合适的，读者也早就期待着她的复出。第二天我到了编辑部就跟“领导小组”其他成员汇报了情况，大家都很高兴，我就立即编发，并且再附一封短信，寄出了那晚给丁玲写的长信。那一期（应该是《十月》的第二辑）的稿件基本上审定，过两天就可以送往印厂付印。

就在这关口，忽然出现了戏剧性的情况。一天晚上，我当时所住的那个小院门口忽然开来停下一辆小轿车，里面下来一个人，进院就问：“刘心武住在哪屋？”邻居指给他看的同时，我也闻声迎了出去。来的是刚刚恢复活动的中国作家协会的负责人之一葛洛，此前我已经认识了他，他那时也是《人民文学》杂志的副主编（主编由于张光年调去当中国作协一把手，已经换成李季），他怎么大老晚的跑我家找我来了？葛洛也不及进屋就问我：“丁玲的《杜晚香》在你手里吗？”我说：“我已经编发了。稿件现在在编辑部。”他气喘吁吁地说：“那就快领我们去你们编辑部。”我莫名惊诧：“编辑部早没人了呀。恐怕整个北京人民出版社除了传达室看门的，全走光了。什么事这么急？明天再去不行吗？”葛洛严肃地说：“明天就晚了，必须今天，现在！走，你坐上我的车，咱们边去边说。”就这样，我跟他上了那小汽车。我告诉司机怎么往编辑部所在的崇文门外东兴隆街开。车子行驶中，葛洛告诉我，几个小时前，中央给中国作家协会来电话，说已决定给丁玲平反，书面通知随后会到，但现在必须立即安排丁玲复出的事宜，就是火速在即将出版的《人民文学》杂志新的一期上，刊登她的作品。而丁玲本人表示，她现成的作品就是《杜晚香》，而《杜晚香》前两天被《十月》的刘心武拿走了，还收到刘的信，说已安排在《十月》刊发。葛洛说，丁玲复出首发作品，必须由《人民文学》实行，这是中央的指示。他连连叹息，说其实他们杂志的一位编辑在我之前去过丁玲那里，丁玲把《杜晚香》给了她，没想到她很快退稿，说质量不够，要丁玲有了质量高的作品再给《人民文学》。“你看，把事情弄成了这样！”葛洛的口气很懊丧。我说，丁玲复出首发作品由《人民文学》刊登，这我理解。但这事光跟我说不行啊，需要通知《十月》总头甚至出版社总头才行啊。我一个人怎么能就把编好待发的《杜晚香》抽出来交给你们呢？他说你今天的任务就是让我们拿到《杜晚香》，其他的事情我们自然会跟你们出版社领导乃至北京市协调，肯定不会给你个人造成任何麻烦。车子开到出版社门口，发现还有车子已经等候在那里，原来人民文学出版社的负责人严文井也来了。他怎么也来？原来他也得到通知，中央决定为丁玲平反，他们出版社也要赶编赶印丁玲的书，书里也要收入《杜晚香》。我就领他们进入出版社楼里，拿我平日用的钥匙打开编辑部的门，终于取出了已经过技术处理的《杜晚香》原稿，葛洛与严文井如获至宝。至于他们在那个年代如何去复印分享，我就不得而知了。

第二天不待我汇报，出版社的诸领导都说已经知悉来龙去脉，“没什么好说的，丁玲复出国际关注，自然轮不到《十月》首发。”此事可谓当年中国大陆作家作品与政治交融的一大例证，可回味处甚多，但我现在回忆此事想特别强调的是，尽管后来丁玲与中国作家协会几位主要领导心不合面也不合，发生了许多摩擦，而我后来被调往中国作协担任了《人民文学》杂志主编，但丁玲在风向对中国作协不利，我的处境不妙的情况下，仍在一次文学界的公开活动里感念那时被《人民文学》退掉的《杜晚香》得到我的真诚肯定，她说：“我现在还保留着青年作家刘心武给我的信，或许有一天我会公布出来。”丁玲已去世多年，估计我写给她的那封信，仍可在她遗物里找到。

2009 年 3 月 19 日

给丁玲的两封信

其一

丁玲同志：

从您处回到家中，一口气读完了《杜晚香》，的的确确，杜晚香这个形象“是从无垠的干旱的高塬上挤出来、冒出来的一株小草，是在风沙里傲然生长出来的一枝红杏。”当前的中国，实在需要更多的默默无语、扎实苦干的杜晚香；我们的文学画廊中，也实在需要增添杜晚香这样的形象！我最欣赏的是最后一段，关于杜晚香决定自己拟定讲话提纲、并畅叙心曲的那五六面。她平日的默默无语，并非盲从，更亦非麻木，而是她坚信行动胜于空谈，身教高于言教，因此，一旦她开起口来，便犹如江河奔泻，波声浩荡，扣人心弦了。她对党、对祖国的那种诚挚的爱，您写来真切感人，想必是她之所言，也是您之心声；我今天读来，共鸣不止，可见也写出了我的心声；我相信，此作发表后，会有相当数量的读者欢迎这一段的——这一段对塑造杜晚香的形象，真有“一锤定音”之效。

以上是我的直感。

您说想听到我的批评意见，我细想了一下，还是提不出什么意见来。您或者以为，我是善恭维而怕得罪老前辈吧。不，我如果觉得有什么不妥之处，一定会坦然陈述。

但是，我很理解您所告知的，某些同志对这篇作品的意见，他们说这篇作品“不精练”，大概是这么个意思：(1）整个作品淡淡写来，没有呐喊，没有惊人之笔，因此似乎“絮烦”；（2）结尾处，您的用意何在他们没有品出，因此更觉“何必如此”。我觉得，现在人们太习惯于惊心动魄、形露于外的写法了，太习惯于激情的呐喊、意外的情节、叱咤风云的形象，我自己所写的东西，就往往不能免这个“俗”，而您所取的写法，的确是许多人不习惯的：“闲闲引入”，“淡淡叙来’，于质朴中见真情。当然，惊心动魄、激情洋溢、叱咤风云也不好一概否定，“俗”也有“俗”的优点，那也算得是一种风格；而清淡蕴藉，应当说是一种更难得的风格，我是把您的这篇《杜晚香》算到这一“格”中去的，也许甚不恰当，或者竟完全违背了您的本意，但我既然这么想了，也就不必隐瞒，于是把想法向您和盘托出。

我的住处（什刹海附近，西城柳荫街28号），离翻译家叶（老）君健同志颇近，常去向他请教，据他说，现在西方文学，愈见向清淡质朴发展，“全武行”之类的东西，“大声疾呼”之类的作品，“金刚怒目”式的风格，不能说已全然绝迹，但都只能列于“商业性作品”而判属下乘，要登“大雅之堂”，必得冷静、客观、不动声色，有时甚至不大注意描写，而采用淡淡的叙述、理智的交代。叶老的意思，是西方文学的这种发展趋势很值得我们研究、借鉴。据说西方文学家们接触我们的作品，总觉得有点幼稚，属“青春发动期”的产物，不够含蓄、冷静。这当然很可能是一种“阶级偏见”，但我们似乎也不好堵住双耳不予理睬，还是应当考虑考虑。您这些年来与世隔绝，当然更不可能接触到当代欧美文学，所以肯定不是受其影响或有所借鉴，而您的《杜晚香》却颇有清淡蕴藉之风，这真是个值得研究的文学现象，这，也许是您更加成熟的标志吧？

以上是我个人的读后感，还不能代表编辑部的意见（我还未拿到编辑部去），也许其他同志看了还有不同的意见，但我想我们《十月》的同志都会有及早发表这篇作品的愿望。广大读者渴望着读到您的新作，《杜晚香》送到他们面前，他们会高兴的；也许，会有一些读者对这篇作品提出这样、那样的意见，我想那也是一件好事，您要了解读者的口味、要求，最好还是采取发表作品引出反应、再加分析的办法，单是坐在屋里估计，恐怕是难以弄明白的。

这封信写到这里，才忽然想起，您年纪偌大，眼力一定不好，我字写小了，且又潦草，真对不住您，请您原谅！信太长了，啰啰嗦嗦，耽误了您不少时间，就此打住吧！

问陈明同志好！

祝您健康、快乐！

刘心武

5.16夜10时

其二

丁玲同志：

您好！

《杜晚香》已决定发在《十月》今年第三本（建国三十周年时出，十月份见书），现我们已拿去插图。

那天从您处回来，当晚我便拜读了。并于激动之中写成一信，但第二天未发出（因为还不知道其他编辑同志喜不喜欢这篇作品）；现在我们有四位同志读过，两位激赏（其中有我），一位认为有特色，另一位年轻同志虽然觉得不大习惯，也赞成发表。您瞧，《杜晚香》毕竟是香的，我相信发表后，能赢得不少读者赞赏的。

现将我写好未早发的信附于后，如果说得有不适当的地方，敬请批评指正。

祝健康快乐！

刘心武 5.21

雷加擂了我一拳

雷加在他那一辈作家里，始终不算风头最劲的，但我却很早就特别关注他。这里面有一个特殊的原因，就是我二哥刘心人，是学造纸的，新中国一成立，他就被分配到吉林中朝边境的开山屯造纸厂工作，从技术员一直升任到工程师，还担任过车间主任，他在工作之余，热爱文学艺术，1952 年，他读到一本以造纸厂为故事背景的长篇小说《我们的节日》，那本小说的作者，就是雷加。后来二哥休假到北京探亲，和我聊起来，我也就找了本《我们的节日》来看。说实在的，我那时年龄太小，对小说里所写的那些人物和故事不太感兴趣，但二哥跟我说，雷加是个笔名，他担任过东北另一大造纸厂——辽宁丹东造纸厂的厂长，他当厂长用的真名是刘天达，二哥说雷加写的那些造纸厂里的人物和故事，肯定都是有根有据的，生活气息十分浓郁，许多细节生动自然，没有经历过那样生活的人是绝对写不出这本书来的。

后来知道，雷加是延安老干部，东北先解放，党派他去接收了丹东造纸厂，他担任厂长后，团结广大工人和技术人员，把一个被敌伪破坏得千疮百孔的烂摊子，迅速修复、发展为一个生产能力很高的厂子，为解放战争和新中国建立及时提供了大量的纸张。抗美援朝期间，丹东常被美军飞机轰炸，丹东造纸厂的大量设备和人员就往开山屯转移。那时刘天达已经被调到北京，担任中央轻工业部造纸工业管理处处长，但从丹东厂转往开山屯的职工里，有的跟二哥混熟了，知道我们父亲叫刘天演，我们家的男子脸都比较长（四川人叫作“雷公脸”），觉得二哥跟刘天达脸相相似，就开玩笑：“刘天达是不是你叔叔啊？”二哥开头也不在意，后来有人拿出在丹东的合影，指着照片上的刘天达让他细看，他才不禁莞尔。二哥后来跟我说起这些事，也就无形加深了我对这位原名刘天达的作家的特殊注意。

我的人际关系中，巧事真多。我父亲的一位老朋友陈晓岚，是留德归国的造纸界技术权威，解放后被任命为中央轻工业部设计院副院长兼总工程师。他分到的宿舍，在右安门，那宿舍里有一栋单元格局比较大的干部楼，父亲曾带我去看望陈伯伯，后来我自己也去拜访，那时就听陈伯伯偶然提起，他们楼里住着一位叫雷加的作家，其实这位同志如果不搞写作，早升副部长了，但他就是热爱写作，为了写作，宁愿放弃现成的仕途。我那些年里，并没有在轻工部的宿舍院里遇到过雷加，但我敢说自己恐怕是在同辈人里，极少数见到雷加著作就会好奇地阅读的一位。雷加后来写了长篇小说《潜流》三部曲:《春天来到鸭绿江》《站在最前列》《蓝色的青㭎林》,以及《从水斗到大川》等散文随笔。

1978 年，我作为《十月》杂志的编辑，终于有机会找雷加约稿。进了他住的那栋楼，想到陈晓岚伯伯已经去世，他家也早搬往白家庄，心头旋出沧桑之感。敲开雷加家门，他家的人把我引到他面前，留下的印象是，他周围全是书柜，书柜上还摆放着一些显然是出访苏联或东欧带回来的小摆设，相当惹眼。雷加本人盘腿坐在一个大沙发上，那姿势让人觉得是一位东北老造纸工人待在炕上。啊呀，果然一张“雷公脸”！他招呼我坐到他对面，离他很近的一张椅子上。我跟他说《十月》创刊了请他赐稿什么的，他微笑着说一定写稿。然后我告诉他自己叫什么名字，并且说头年 11 月《人民文学》杂志上发表的《班主任》是我写的。听清《班主任》是我写的以后，雷加忽然伸出胳膊往我右肩上擂了一拳，大声说:“好小子！是你呀！”

1980 年我有幸成为北京市文联专业作家，雷加担任了一届北京作协的秘书长。跟他接触多了，我觉得他确实是一个愿意将生命燃烧为文学作品的痴迷者。他一再跟我强调“要下生活”，自己身体力行，一年里不知跑了多少地方。有的老作家也强调“下生活”，但多少有些只看重“行万里路”，而轻视“读万卷书”，雷加不然。我印象很深刻的是，一次我提到英国作家萨克雷不仅《名利场》写得好，另一部《亨利·艾斯芒德的历史》其实也很好看，他听了，就让我重复两遍，拿笔把那书名记下来，后来有一天告诉我，他找到了，正准备读。

后来我见到雷加出版了《世界文学佳作八十篇》，原来他不仅阅读量大，还潜心研究，从中汲取写作营养。

作为老革命，雷加的政治修养不消说是很高的。有一次，我发现他巧妙地摆脱了拉他参与的“政治表态秀”，心中很是佩服。他生于1915年，2009年3月10日逝世，享年九十五岁。我会永远记住，中国有过这样一位不爱仕途爱文学的老作家。

元旦论灾为哪般？

1991 年，浙江温州永嘉县邀请一批书画家和作家去那里访问，我也在被邀之列。到了那里，见到一位满头白发的书法家孙铁青。他见到我，很亲切地打招呼。他和我之间，有这样一段对话：

孙：1977 年一读到《班主任》，见署名刘心武，我心里就说，这个刘心武，一定就是当年那个刘心武！

我：当年？

孙：是呀。你当年是不是写过一篇《水仙成灾》的文章呀？

我：是呀。好多年了啊！大概是 1962 年吧。呀，快三十年了！那时候我还没满二十岁。

孙：你发表在哪里的？记得吗？

我：记得是《中国青年报》。刊发在 1962 年元旦那天的副刊上，登在左上角头题。

孙：是我签发的啊！我那时候是《中国青年报》的总编辑。

我：呀！是您呀！

孙：那时候，人们经过“三年困难时期”（1959 年至 1961 年），普遍觉得应该总结一下经验教训，不要把事情做过头啊。你这篇自发来稿，恰恰提出了这么一个意味深长的问题。底下编辑提交上来，我看了很高兴，就记住了作者的名字。当时还以为是个年纪比较大的同志写的哩。怪不得后来你能写出《班主任》，你从那时候就很能独立思考，发表出不同凡俗的见解啊！

我：我也走过弯路，写过随大流的东西。

孙：谁的道路是笔直的呢？汲取教训，发扬优点吧！

我：真高兴！二十九年后见到了您！

孙：我也是！

孙老提到的那篇文章，准确地说，题目为《水仙成灾之类》。大意是，非洲某港口引进了洋水仙（风信子），没想到水仙过度繁殖，造成了港口堵塞，损失惨重。可见好心也会造成恶果，凡事都应把握好尺度。

想想也是，这样一篇反“过头”的文章，竟然由一位小青年写出，作为一篇自发来稿，竟被《中国青年报》总编辑拍板刊于副刊头题，真是一桩值得忆念的事。可惜就在那一年，政治上又左起来，后来几年越来越左，终于引发出“文化大革命”。

其实我另一篇文章《从独木成林说起》，也刊发于《中国青年报》，而且时间更早一些，是 1961 年夏天。内容是谈辩证法的。我那时候自学恩格斯的《自然辩证法》，思考很多问题。那时只是觉得亲身经历的一些事情，可能是思想片面化所致，应该更全面地看问题才好，就写了这么篇文章。1991 年在温州遇见孙轶青老前辈时，他没有提及这一篇，我想也应该是经他手签发的。

记得 1962 年春节，团中央在正义路本部举办了迎春晚会，我得到一张入场券，很高兴地去了。楼里大厅摆放着梅花盆景，悬挂着传统宫灯。礼堂里先有歌舞演出，最后放映新拍成的电影《花儿朵朵》。不同的空间里，安排了花样繁多的有奖游戏。在其中一间大屋子里，则有《中国青年报》的种种展示，有项“我最喜欢的文章”的投票活动，备选的文章里，就有《水仙成灾之类》。我听见有参与投票的人互相议论，一个说：“元旦怎么发表谈灾害的文章？”又一个说：“我投这篇。唯物主义者没有忌讳……”我脸一热，赶紧走开了。

1961 年到 1963 年，我在《中国青年报》上刊发的文章不止这两篇。那时候我觉得团中央很开明，《中国青年报》很有生气。二十几年后，我曾借到那几年的《中国青年报》合订本，翻阅中，仿佛又回到了青年时代。

与孙老温州邂逅，弹指又过去了十八年，距《水仙成灾之类》刊发，已四十七年了！昨天看《北京晚报》，在《五色土》副刊上见有书法家沈鹏的诗歌作品，细看标题，竟是《晓川兄告铁青翁噩耗泣就》！孙老晚年进入书法大家行列，沈鹏悼念的不可能是另一铁青。我读了沈鹏的诗，久久地凝望着窗外的天空，只觉得有白鹤朝高远处翩翩而去。

2009年3月24日

人淡如菊文藏金

我大声呼唤：“林大哥！心武看你来了！”他瞪圆眼睛望着我，稍许，现出一个非常强烈的笑容，笑完，我再呼唤，他再回应一个微笑，依然目不转睛地望着我。约四十分钟后，他仙去。这是2009年4月11日下午的事。三十年来林斤澜大哥一贯对我释放人性中至善至美的光辉，他甚至把生命最后的笑容赐予了我，这笑容丰富的含义将滋养我的余生。

在关于他仙去的报道里，出现了“近看像赵丹，远看像孙道临”的形象描绘，还有“怪味小说家”的提法，有“汪曾祺得到了充分评价，林斤澜没有”的喟叹，我很欣慰，因为这些形容、提法、感慨都是我曾公开表述过的，源头在我。

年年春节要给林大哥电话拜年。2006年他接电话时呵呵大笑：“心武你怎么又暴红起来！你把你那红运分给我点好不好？哈哈哈……”我的几次暴红林大哥都跟我开过玩笑。林大哥人淡如菊、与世无争，是口碑相传的。但他绝不装雅充圣，他跟记者说过他也是俗人，对名对利并非一点也不在乎。我早在1980年7月就公开发表一篇文章，称他的短篇小说如“怪味鸡”、“怪味豆”，可称“怪味小说”，我跟他多次细聊过他的一些作品，如《姐妹》，素描一对姐妹在抗日救亡时代不同的生命流向，读后觉得“无主题”、“太朦胧”，却又“甚舒服”、“心被挠”，他很高兴，承认我算知音，但也呵呵自嘲：“你那‘怪味小说’的提法，煞费苦心，可是根本流传不开啊！”后来有黄子平写了很扎实的评论，用“老树的精灵”来浓缩对他的评价，可惜影响也很有限。现在尽管人们频频称道他的人品、文品，但究竟他在现当代汉文学短篇小说的美学贡献上达到了一个什么高度，还欠评论。

林斤澜和汪曾祺有“文坛双璧”之称。但起码到目前为止，还是汪响林暗的局面。我对汪非常尊重。但我必须说出自己的心里话:对他的评价似已到顶。依我看来，汪的第一贡献是执笔写出了现代京剧剧本《沙家浜》，把“三突出”的美学公式体现得天衣无缝；第二贡献是在上世纪八十年代，他等于是代其老师沈从文“继续写小说”，把中断了三十年的沈氏香火续上了。总体而言，汪的小说创作是前有师承、后有众多“私淑弟子”的。林斤澜却是绝对独家。前无师承，旁无流派，后无弟子。他非常孤独，而能乐乐呵呵在孤独的艺术追求中不懈地跋涉，这艺术骨气几人能比?

其实张爱玲原也孤独寂寞。谁知夏志清一本《中国现代文学史》，轰隆隆地把她和沈从文的价值呈现到金光眩目的程度。有人揭出夏写此书接纳了不洁的赞助，更指出他政治立场的问题，又说他那用英文写成的书沉寂了很久，到三十几年前才先在台湾后在大陆“引爆”，颇不以为然。我与夏先生有接触，觉得他是个性情中人，是位值得尊重的学者。我读他那本小说史的中译本，就他分析张爱玲《金锁记》一段而言，确好比从荒原里掘出黄金，那评论的功力不能不服。尽管现在嫌张厌张贬张斥张的言论也理所当然地出现，但喜张迷张赞张崇张的风潮并未过去。一本被张自己宣布永不要面世的《小团圆》最近竟在海峡两岸隆重推出开始热销，便是证明。

林斤澜人已去而作品尽在。他的短篇小说的美学价值并没有被充分揭示出来。那是一座富矿。而且可能还不是煤矿铁矿而是金矿钻石矿。期待有内地的“夏志清”出现，像把一度尘埋的沈从文、张爱玲及钱钟书的《围城》一书的价值开掘出来，先震动学界，继而推广到一般阅读者那样，让我们终于明白，林斤澜不是随便赞他几声人品或对他的小说讲几句“好话”就能搁到一边的。神州大地，或许某一时段会因有评论家将他作品的美学价值挖掘出来而出现“林热”。

有人或许会说，林的小说既然内涵朦胧风格怪异，恐怕不具商业价值，永难轰动流行。请问《尤利西斯》好懂吗?《围城》真那么好看吗?厉害的评论，会具有震撼力、穿透力，引导阅读，酿成潮流，而出版商和一般阅读者，都不会放弃机会，在一个时代的文化格局里大赚雅钱和附庸风雅，而我有一个很平实的看法：书商赚雅钱，读者逐雅潮，动机虽不够雅，却都有利于社会雅文化的养成。

呀！这算在悼念我敬爱的林大哥吗？他一定在天堂里呵呵地笑我。

2009 年 4 月 13 日

端木先生的眼神

我向一位年轻人推荐端木蕻良的短篇小说《鹭鸶湖的忧郁》，他问："是翻译过来的日本小说吗？"我告诉他端木先生是中国作家，他又问："中国作家怎么取了个日本名字？"我再告诉他，端木蕻良这个笔名的含意是"端正竖立的红高粱"，端木先生是抗日战争时期，流亡的东北作家群里的一员，他们的意识、创作都是非常本土化的。年轻人读了《鹭鸶湖的忧郁》以后，有些惊异地跟我说："原来他写过这么好的小说。"

不少好的文字，被时髦的畅销文字遮蔽到几乎不存在的地步。我自己近来也有畅销的文字，能畅销，我高兴，但就我自己而言，畅销的文字也把其实颇好的文字遮蔽住了，这又让我很伤感。我觉得自己最好的长篇小说是《四牌楼》，但它却没有畅销。"你是不是写不出小说了才研究《红楼梦》？"这是我遇到的最多的问题。其实我年年在发表小说，2004 年有一部中篇小说集《站冰》由人民文学出版社出版，那以后我新写的中短篇小说又可以编个集子，准备明年出版。但是，我的小说没轰动，构不成传媒的热点，因此许多人就根本不知道我有那样的新作发表。

什么是幸福？在我看来，幸福就是能把为社会服务和自己的爱好结合起来。我在 1980 年到 1986 年，曾被北京市文联接纳为专业作家，得以和许多前辈作家"一口锅里吃饭"，端木先生就是"同锅"的老作家之一。那时候端木先生已经七十上下，经历过连续多年的蹉跎劫波，终于迎来改革开放的新时期，得以安心写自己喜欢写的东西，文联让专业作家报创作计划，他报的是长篇小说《曹雪芹》，他早已开笔，但构思恢弘，工程艰巨，他一定是感觉到时间紧迫，所以抓得很紧。那年头一方面新潮涌动，一方面极“左”僵化的幽灵仍颇活跃，端木先生的创作选题，我听到过两种私下非议，一是觉得“并无新意”，一是认为“脱离现实”，但对他那一辈的老作家，从上到下都听任其便。我那时候报的选题是“表现北京市民生活的长篇小说”，申请联系的体验生活的单位是隆福寺百货商场，就多少经历了一点曲折，出于对我的关心爱护，有领导就觉得为什么不到工厂、农村和部队去体验生活，特别是那时候南方正有自卫反击战，年轻轻的，似乎应该主动到前线去，我就说写什么题材，至少需要两个基点，一是能够跟自己以往的生活体验衔接，一是自己喜欢去写，后来对我选题不甚满意的领导也想开了，表示：城市题材也是需要的啊。那以后我去隆福寺百货商场体验了一阵，再后来就写出了《钟鼓楼》。《钟鼓楼》出版后，我给端木先生一本请他指正，他题赠了一本《曹雪芹》上部给我，那正是我所期盼的。

虽然端木先生比我大三十岁，完全是两代人，但读他的《曹雪芹》，心却被共同爱好拉得很近。那时候就有人跟我说：“端木他写完《曹雪芹》，就打算续《红楼梦》呢！”我跟端木先生统共没说过几句话，其中一次是当面问他：“您还打算续《红楼梦》？”他只微微一笑，没答言，但他那一瞬的眼神，实在传达出了太多的意蕴。现在回味起来，他似乎在对我说：是的，因为喜欢；不要刨根问底，那是我个人的事；还只是一种意向，因为手头的工作还没有做完；别大惊小怪，世界上的写作原该多种多样；并无取代谁的意思，只不过是想通过这种方式抒发自己对曹雪芹的理解……

最近我有一本新书《刘心武揭秘古本〈红楼梦〉》由人民出版社出版，这是对周汝昌先生根据十一种古本汇校的求真本《红楼梦》的一个评点本，我认同周老关于曹雪芹写完了《红楼梦》、全书是108回的判断，在我新书的最后一部分把关于曹雪芹的后28回内容的探佚成果通过回目、梗概呈现了出来，这不是续写，但是想起了故去十年的端木先生，想起了二十几年前那一瞬他的眼神。也许，从那眼神所获得的动力，会使我一试续红。

2006年

宗璞大姐瞰饭图

南北两位大姐近三十年来一直对我厚爱。南边的子云大姐去年仙去，北边健在的宗璞大姐于我更加珍贵。宗璞大姐如今打来电话，总是第一句就直奔主题。比如："你该把读了《西征记》的印象告诉我。"我就马上告诉她，起码有三处我印象深刻。

一处，是有个角色叫哈察明，大有《红楼梦》角色命名的意趣。《红楼梦》里有叫詹光、单聘仁的清客，有叫卜世人的舅舅。哈察明，似乎此人对人与事考察得很分明，他那判断却像哈哈镜，似是而非，极不靠谱。宗璞大姐电话那边轻轻笑了一声，显然满意于我的理解。小说里塑造了一位正人澹台玮。澹台玮义无反顾地参加了西征，与日寇短兵相接。在架设电话线的努力中，他中了日寇枪弹，被送到野战医院疗治。医生哈察明发现澹台玮是背部中弹，就四处散布流言蜚语，意思是只有逃兵才会背部中弹。澹台玮却终于不幸捐躯。我觉得宗璞在叙事文本上处理得非常具有匠心。澹台玮究竟为什么会背部中弹？她在前面战斗描写里交代得非常详尽。澹台玮当时和战友一起冒着敌人炮火架设电话线，为了把已经抛到街对面树上的电话线固定好，澹台玮爬到树上后不得不转身进行操作，而就在那一刻他背上中了敌人枪弹。宗璞说，她常常想到世上有这样一种人，如哈察明，自以为明察秋毫，而其判断常是南辕北辙。原因是总把别人想得太坏，只有自己好。这也是人性的一个方面吧。

另一处，是书里的孟灵己，也就是嵋，她在战地医院里，读到一位不治身亡的女兵遗留的日记，感动不已。当嵋听到中国军队在战场终于实施了反攻时，

宗璞大姐嘬飯圖
2010/7/29

高高举起裹着那女兵日记的纸包，心里高喊：“反攻了！听见吗？”我读到这里非常感动。我不是评论家，我对作品的阅读都属于“私阅读”，许多感受与私人因素有关，因此往往赧于写出。但与宗璞大姐沟通不必顾虑。我大哥刘心世早生宗璞三年，当年就是参加滇缅抗日远征军的热血男儿。二哥刘心人比宗璞大姐长一岁，他常跟我说起那些岁月里我们父母亲友的爱国热情。作为普通的中国人，生活在重庆的我的父母亲友们，当时真诚地拥护蒋介石领导的中国军队抗日，现在有人为汪精卫辩护，但是那时在重庆海关工作的父亲，却自觉地否定汪的“和平救国”路线，主张武力救国。我正出生于抗日战争的相持阶段，父亲给我取名，“心”是排行，只有最后一个字可供明志，他就刻意选了个“武”字。后来把大哥送往远征军作战，他觉得那是养儿的责任，也是全家的光荣。父亲那时编一份《关声》刊物，他把大哥的前线来信摘登在刊物上，吸引到海关以外的读者。我家与宗璞家其实算得世交，我母亲年轻的时候在冯家借住过。如果抠辈分，我应该叫宗璞姑姑。宗璞说还是叫大姐好。我理解宗璞大姐在《西征记》里写出的相当于我父母那一辈及我大哥、二哥和宗璞那一辈（她哥哥就是参加西征的一员），在那段时空里的那种情怀，就是对中国政府的武力抗日不仅坚决拥护，而且热情投入。《西征记》里跳荡着非常真实的那时普通中国人的心脉。

有个中年人翻阅过《西征记》以后对我说，他觉得从《南渡记》《东藏记》到《西征记》，里面似乎没有塑造共产党员的形象。他说看过一些资料，当年的西南联大，共产党的活动其实还是很活跃的，特别到了《西征记》最后，写到抗战胜利后头两年，历史的真实，应该是共产党的地下活动已经开始浮出水面。我跟那中年人讨论时替宗璞大姐解释，就是写这样的小说只能从个人生命体验出发，而不能从概念出发。与宗璞大姐通电话时我转达了那位读者的意见。她对我替她的解释没有照单全收。她说，她写的不是历史书，是小说。“我也写了共产党员啊，名字叫蔚葑，不过不是光辉万丈的共产党员。”她接着说，这正是第四部《北归记》面临的一个难度。

我告诉她，《西征记》里对我第三个警动处，恰与这个议题有关。就是书里写到抗战胜利后曾有过规模不小的学生反苏大游行。当时地下共产党员是纷纷出动加以劝导阻止的，可是游行还是激昂地进行了，这又不能说成是国民党反动派搞的阴谋。当时的学生看到关于苏联军队在东北占据铁路港口并有诸多不良表现的报道，很气愤，为什么世界反法西斯战争胜利了，中国主权和普通民众还会受到损害？上街游行的学生，那爱国情怀，是和参加远征军的激情相通的。二哥刘心人告诉我，普通的中国人，中国青年，中国学生，当年许多都是具有爱国热情，却并无意识形态崇拜，不懂政治更不明白什么路线斗争的，当年那么多中国百姓尽管对蒋介石政府多有不满，但对他 1937 年公开对日宣战，还是衷心拥戴的。1939 年苏联和纳粹德国还在签订互不侵犯条约，共同侵犯波兰，后来有史家分析，说那是斯大林的政治巧技，为的是争取时间积蓄打击纳粹德国的力量，但你怎么能要求那时的普通中国老百姓懂得其中的玄机？苏联出兵东北的政治意义与一些官兵的具体丑行，普通中国百姓特别是青年学生当时不大懂得前者而被后者激怒，现在回过头去看，又有什么可谴责可否定的呢？但是就有当年参加过那次游行的学生，在 1949 年以后被视为有政治污点。我对宗璞大姐说，你忠于认识忠于感受，在《西征记》里描下一笔，很好。

宗璞大姐说："哎呀，头又晕了。喜欢听你说，可是坚持不了啦。你把你的读后感写出来啊。"我忙说："今天就到这儿。你多保重！"

宗璞曾想要一幅图画，挂在饭厅里。画面右上角写"食不厌精，脍不厌细"，左下角画一个小人，捧着大碗嗷饭。她建议我画。又说："1982 年那次跟冯牧一起去兰州，你给我画的像我一直留着。不过那张太小。现在我眼睛只能看大块颜色粗粗线条，你要给我画张大的！"其实她只是要我画幅并非以她为主体的助餐漫画，我却理解成再画一幅她的像，而且是嗷饭图。后来再通电话，她知道形成了美丽的误会，高兴地说："那你就画两幅，我全要！"

大姐有命，怎能不从？嗷饭，大姐出语有趣。大姐的《东藏记》《西征记》全部都是口述的，虽然口授，仍是字斟句酌。所以还是自己的风格，有书卷气，有些文句仍然相当古雅。"廉颇老矣，尚能饭否"，这是连比大姐小十四岁的我如今也常遇到的诘问。望七的我现在写稍长些的文章就有干体力活的感觉。但宗璞大姐却仍在坚持《野葫芦引》四部曲最后一部《北归记》的写作，而且插空还会写些其他文章，比如极富独特见解情趣盎然的《采访史湘云》。噉饭，又可写成啗饭，更规范则是啖饭，但我却刻意要在画上题为噉饭，因为觉得这样更有趣。愿宗璞大姐每餐多噉，转化为充沛能源，把创作延续下去，我和无数读者一起，等着从《北归记》里获得更多触动心灵的弦音哩。

2010 年 7 月 22 日温榆斋中

维熙老哥乒乓图

1978年深秋，我三十六岁出头，在《十月》丛刊当编辑，心气很盛，到处跑去约稿。那天我要去找从维熙约稿，编辑部一位老大哥完全出于爱护，蔼然劝阻说，你到刘绍棠家找了他，又到北池子招待所找了王蒙……够了吧，怎么又打听出个从维熙？他们虽然“摘帽”，究竟还是“那个”，你别看现在“闯禁区”时髦，实际上呢，说到这儿，他不用语言，而是伸出右手，手掌摊平，然后翻掌，再翻掌，又翻掌，我明白他的意思，我当然也不愿意在“烙饼”的形势里煎熬，但总觉得，事在人为，我们每一个普通人都坚持去做问心无愧的事，那么，点滴积累，也该是世道进步的推动力吧。我以微笑感谢老大哥的关照，却依然骑着自行车去找从维熙。

那时候确定改革开放方针的中共十一届三中全会还没有召开，成为“那个”的人们来年纷纷获得“改正”，我岂能预知，但依我那时的见识，比如从维熙，他已结束劳改，安排到地方文联工作，作为中华人民共和国公民，有发表作品的权利，我作为文学丛刊的编辑找他约稿，顺理成章。

我打听到的地址，是南吉祥胡同。那是夹在魏家胡同和什锦花园胡同之间的一条小胡同。我找到一个杂院，觅到一角的一间小屋，我唤出从维熙的名字，屋里出来个身板壮实的老大妈，她望着我说：“我是维熙他妈。”把我让进屋，我问：“伯母，维熙什么时候回来？”她告诉我：“不巧，他昨天刚走，回山西了。下次什么时候给假回来，不知道咧。”我本以为维熙不过是在北京临时外出，那天会是我跟他的首次谋面，我要告诉他，我上中学的时候，读过他一本薄薄的《七月雨》，具体内容全忘了，但有股淡淡的荷叶气息一直留存在记忆里，

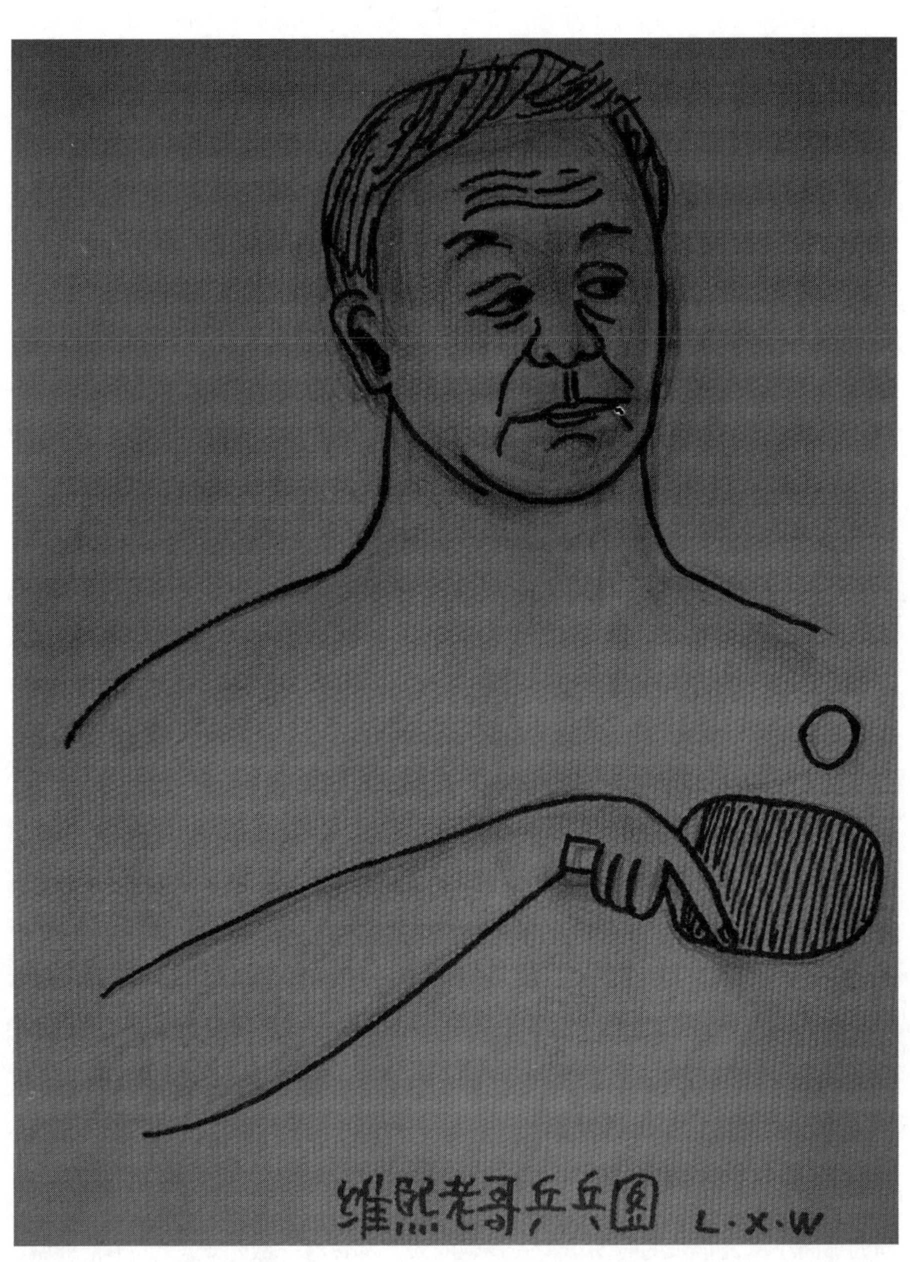
维熙老哥乒乓图
L·X·W

现在《十月》固然需要黄钟大吕，荷香藕味的文字也该重新登场……

“炕上坐吧。”从伯母招呼我。那是北方人待客的规矩。实际上也只能是让我坐到床沿。那间屋只有八平方米的样子。一张破旧的上下铺木床，下铺比上铺稍宽；一张更破旧的小书桌和一把椅子；还有一张小炕桌立在窗下，我明白，那是一家人吃饭时才摆平，配着小板凳使用的。唯一令人眼亮的，是书桌上立着两个石膏人像，伯母告诉我：“小众鼓捣的。”后来知道，那一年恢复了高考，维熙独生子从众考上了中央美术学院雕塑专业。我从伯母那里得知了维熙山西地址，决定马上给他写信。告别出来后，我一直在琢磨一个非常具体的技术性问题：维熙夫妇都回家的时候，他们一家三代四口是怎么个睡法呢？

给维熙去信后，很快得到回信。他非常看重我到他家找他约稿这个行为。他一直记得，后来《十月》的另一编辑章仲锷也找到南吉祥胡同。他要写作，他要发表，他要归队，他要舒张。他给当时任中组部长的胡耀邦写了信。胡耀邦那时候收到了多么多的要求落实政策的信啊！他都看，尽量回。于是，有一天邮递员把一封胡耀邦的亲笔信送到了南吉祥胡同，送到了那间破旧简陋的小屋。形势快速朝好的方向变化。维熙迁回北京，作品大珠小珠落玉盘般地刊发出来，成为北京市文联专业作家，入了党，又调任中国作家协会任党组成员兼作家出版社总编辑，住房也越换越大。但南吉祥胡同的那间小屋，在中国作协第四次代表大会期间，由中央新闻记录电影制片厂，在拍摄介绍从维熙的新闻片时，记录了下来。

我后来当然去过从维熙的新家。把我迎进屋，他对母亲说：“妈，您还记得他吗？”从伯母大声回应：“心武么，我比你见得早咧。”维熙私下跟我说过，他母亲脾气刚硬，经历过大苦大难愈显倔强，进入大福大乐依然话锋锐利。但是从伯母见到我总慈眉善眼，话糯情真，往我手里塞她亲煮的玉米红薯什么的。想想这位老人也真不容易，丈夫早逝，守寡后千辛万苦把儿子拉扯大，成了作家，娶了报社记者为媳妇，却不曾想短春长冬，儿子儿媳双双划成了“那个”，而且被送往山西劳改；从家本来住魏家胡同，“史无前例”时被轰到南吉祥胡同的那间小屋，很长的时间里，去找她的人，都怀有“敌情观念”，不是训诫，就是盘问，难怪那天我去了，兴冲冲地唤伯母，为的是要他儿子写文章再登到杂志上，令她耳目一新，她就把我定格在意识里了，尽管以后去亲近乃至巴结维熙的人很多，却似乎都难盖过我给她的第一印象。从伯母前些年仙逝，我心头却仍有她鲜活的音容。

维熙显然从母亲那里遗传到耿介刚硬的性格。他卸任后，背后整他颇狠的人跑去他处作“慰问秀”，他坚不开锁将其拒在门栅之外。然而对于如我当年那样去找他约稿的微行小善，却念念不忘。其实我只不过是早半拍而已，几个月后，找他那样的作家约稿，不仅绝无风险，已是蔚然成风。此桩往事本不值挂齿，但维熙跟我保持三十余年的友好关系，近年见面不多，电话却是每月至少两三次，除了交换最新信息、评议世道人心，偶也忆旧，而他忆旧时，就总还要提到我去南吉祥胡同找他却失之交臂的事。人虽经过寒微，多有不愿提及者，寒微时寒微人予之的小小善意，也多有自己愿意遗忘且希望对方万勿提及的心理，这都可理解；但不仅不愿回顾、提及，还切望抹煞到不留痕迹，这就有些难以理解了；而再进一步，趁某种时机，将知道自己寒微时寒微状的人整肃掉，使其丧失话语权，这种做法，就匪夷所思了！而我，却也偏偏遇到了。对比于维熙，我深感人性中的阴鸷诡谲难测。

维熙的创作，原属孙犁影响下形成的“荷花淀”一派，复出后的作品，如《春水在冰下流》《远去的白帆》《雪落黄河静无声》……光从题目上看，也确有荷香藕味，但经历过苦难磨炼后，其笔墨的厚重严峻，已入另番境界。最代表他创作成绩的，我以为是纪实性的《走向混沌》。到了老年，维熙进入了家庭与人际的最佳状态。他常在所居公寓的活动室打乒乓，天热时赤膊上阵，大有宝刀不老的气概。画一幅维熙老哥乒乓图，以志我们三十多年未熄的相惜之情。

2010 年 9 月 7 日温榆斋中

李黎小妹饮酒图

现在恐怕很多人都不知道孔罗荪了，那一年我三十七岁，站在六十七岁的孔罗荪面前，满心恭敬。那是 1979 年秋天，中国作家协会从被“砸烂”的废墟里重新搭建起来，孔罗荪从上海调到北京，参与中国作协的恢复事宜，他后来成为重新出版的《文艺报》双主编之一（另一主编是冯牧），还经常出面主持也是刚恢复的“外事活动”。孔罗荪是上世纪二十年代末就开始写作的左翼作家，打我第一次到最后一次见到他的十来年里，他总是笑眯眯的，私下里我不免揣度他是否夜里睡觉也仍然笑眯眯，又乱想到在历次劫波里，他是否也正是靠那雷打不动的微笑去坚守去盼望去争取去穿越的？

1978 年，胡耀邦等从党内自上而下地使劲，跟群众中自下而上的努力汇合到一起，使得那段岁月几乎月月有新事，日日有进步，到那年年底，就量变而质变，正式确立了改革开放的新格局。我是改革开放最早的受益者之一。从 1978 年我就参与了中国作家协会恢复后最早的一些“外事活动”。记得那时候作协外联部的负责人之一是毕朔望，在新桥饭店第一次举办有外国记者参加的活动时，他底下有的工作人员还赧于大声说英语，毕朔望就鼓励说：“怕什么？坦坦荡荡地交流起来！”1979 年我更常得到外联部通知，参与和境外来的作家、记者的会见活动，很快地也就泰然自若了。那天又参加一个人数颇多的见面活动，是孔罗荪出面主持。从境外来的是位美籍华人作家，她是从台湾到美国去定居的。1978 年她的夫君采访过我，并将访谈录在一家香港杂志上刊登出来。那时候积极主动打开门窗跟境外文化界进行交流的不止中国作协一个渠道，有的渠道存在得更早而且态度更加从容，比如三联书店的总经理范用，他就牵头

李黎小妹饮酒图 L·X·W

接待了若干港台及从欧美来的人士，孔罗荪那天主持接待的那位女士，正是范用特邀到三联书店做过公开演讲的。虽说我那时已经多次参加涉外活动见过若干境外来客，但都是在指定的场所有领导主持，那天活动刚散，我走到孔罗荪面前，却提出了一个突破性的申请："她想单独到我家做客。我也想请她去。您说可以吗？"

令我没有想到的是，孔罗荪笑眯眯地说："可以呀！"后来，那到我家去的客人跟我说："我也没有想到，我提出来想去你家拜访，孔罗荪笑眯眯地说：只要刘心武欢迎，没问题呀！"

那客人就是李黎。是我有生之年第一次在家里接待的无陪同的境外来客。现在的年轻人会觉得有甚稀奇？但是，那一年，离因"里通外国"而被治罪的若干案例还不到三年。李黎来自美国，又有台湾背景，退回三年，我是无论如何不敢接触她的，遑论把她一个人请到自己家里私叙。

我带李黎乘公共汽车去我家。那时我家住在劲松。劲松老地名叫架松，据说是有座王爷坟，坟园里有棵老松树横着长，于是做了很多支架来支撑它的横体。后来在那里修建新的居民区，就根据著名诗句改叫劲松。1979 年劲松只盖好了一区、二区，马路南面的三区、四区还在建设中，我带李黎下了公共汽车，必须穿越工地，一路坑坑洼洼，有时我得牵着她的手，帮她跨越坑槽，不免道歉，她却说："很好。毕竟是在建设啊！"

我家住在五楼，无电梯，李黎活泼地跟我登到五楼。进了我家，介绍给我妻晓歌，没想到，她们竟一见如故。李黎事后说，她喜欢晓歌的淡定。那时候，常有人会在乍见到境外来客时或大惊小怪、热情过度，或惶惑拘谨、沟通失畅，晓歌则对李黎亲切自然、和善融通。我跟李黎谈起她的短篇小说《西江月》，赞其内涵深刻。李黎问能不能在我们屋里各处参观一下，我就带她在那个小小的单元里转了一下。她说前几天去清华大学拜访过几位在美国时认识的也是从台湾到美国去的人士，他们冲破层层阻挠在前几年就到了大陆，清华大学也给他们安排了宿舍，她觉得我住得比那些人士还好些，单元虽小，但如麻雀五脏俱全，又猜出端赖晓歌的布置，简洁而有雅气。晓歌制出了糖渍红果，用小玻璃盅端出请李黎品尝，多年过去，李黎说还记得那美味。

后来李黎又去了新疆，再到劲松，携来一把维吾尔族短刀赠我。那时我在恢复出刊的《收获》杂志上发表了短篇小说《等待决定》，属于主题先行之作，写一位科研人员因为家庭出身不好又有海外关系，公派出国有人阻挠，单位领导开会研究，会议室灯火通明，人们在等待最后决定。我跟李黎说读了她的新作《大风吹》，技巧圆熟，主题在明确与不明确之间，耐人寻味，对比起来自己很惭愧。李黎却说："你那小说不可妄自菲薄。我读了心中自有一种沉重。"当时她没细说，后来知道，她亲生父母兄姊一直生活在上海，因为有她以及她养父母等海外关系，特别是还牵扯到海峡两岸的问题，"等待决定"确实一度是生活中不可躲避的煎熬。

1987 年我第一次去美国，李黎邀我去她在圣迭戈的家里做客。她带我参观了著名建筑家路易斯·康设计的萨尔克生物研究所。那是一次何谓现代建筑艺术的启蒙。那个由若干斜置的四层楼房构成的建筑群的中庭，完全由水泥砌成，排斥任何花草树木及盆栽雕塑点缀，只在中轴设一浅槽，营造出一派静寂与安谧。但是，随着日光的变化，建筑群尽头的树丛与海平面却仿佛翻动的书页，令置身在中庭的人心潮随之波动。李黎又带我到那里最大的一个 MALL（购物中心）去，不是为了购物，而是见识"不同时间在同一空间里的并置"，也即"后现代主义"的一个典范。

1998 年我和晓歌联袂访美，那时因为李黎夫君薛人望已被斯坦福大学礼聘去担任基因方面的研究员，他们迁到斯坦福校区居住，我们就下榻他们家，过了一段悠然的日子。我们交往的核心，是文化，李黎开车带我们到旧金山及湾区，进入黑人教堂听新派唱诗，看民俗游行，参观不同的博物馆，到雅人家中进行雅集，他们邀我讲《红楼梦》，我 2005 年在 CCTV-10《百家讲坛》讲述的那些，其实已经在旧金山湾区的派对中小试锋芒了。

在湾区活动时，才发现李黎善饮，而且喜欢中国白酒，尤其欣赏北京牛栏山二锅头。她和那边的两位华裔文化老汉，组成了一个"二锅头会"，半月聚饮清谈一次，号称三杯不醉文思满怀。李黎那几年里轻松连获台湾《联合报》《中国时报》的文学大奖，其长篇小说《袋鼠男人》又拍成了电影，散文随笔特别是游记联翩出版，原来只觉得她文笔洁净俏丽，见她饮酒情景后，再读其文，就感觉其中自有饮者的豪爽仙气在焉。

李黎原名鲍利黎。她生于 1948 年，比我小六岁。成为朋友以后，我并不“忘年”，把她当小妹看待。她 1949 年由舅舅舅母带往台湾，在那里长大成人，但直到她从台湾大学毕业，到美国留学取得学位，并在那里定居以后，才知道自己并非养父母所生，生父母和兄姊一直在中国大陆。她在 2010 年《上海文学》第九期上发表了《昨日之河》，详尽揭示了其身世之谜，强调她在知晓了血缘后，仍坚定地把舅舅舅母认定为爸爸妈妈，“对他们除了那份感情上的孺慕之情，我更怀有一份理性上的感念与感恩。”在斯坦福家中，我和晓歌有时会跟伯母随意闲聊。后来伯母回上海定居，李黎从美国飞去探望，提及还要到北京会心武，伯母立即说：“也要见到晓歌了。”李黎和我都觉得她妈妈和晓歌的性格很相近，都是恬淡平和之人。可惜伯母和晓歌都仙去了，李黎和我再聚时都有人生倥偬之叹。

李黎青春期里，台湾当局禁读中国大陆包括鲁迅等左翼作家在内的现当代作品，但她为追求真相偷读了不少禁书，到美国后更进行一番恶补。她第一次进入中国大陆才三十岁，但说起老作家及其作品如数家珍。她拜访茅盾，茅盾为她的小说集《西江月》题了书名。她拜访艾青后跟我说，艾青额头一侧那个鼓包里，一定藏着许多诗句。2001 年她的长篇小说和散文集由作家出版社出版后得到版税，她在日坛公园一家餐馆里请下一个饭局，记得有王世襄袁荃猷、黄苗子郁风、丁聪沈峻、黄宗江阮若珊等多对伉俪光临，还有杨宪益、范用，以及我和晓歌，大家欢聚一堂，言谈极欢。从这样的聚餐可以看出李黎的文化认同。也可惜这里面不少文化老人陆续地驾鹤西去。

2010 年溽暑中，我和李黎、人望伉俪及他们的小儿子，在上海再聚。我们预定到了重新装修完的和平饭店七楼餐厅的窗景桌。窗外是外滩及黄浦江和浦东的璀璨景观，窗内是三十多年友情的旧澜新漪。转眼间当年那个在孔罗荪面前询问是否可到我家做客的才逾而立之年的女青年，如今竟也迈过了花甲门槛。岁月没有磨掉我们的谈兴，我们边饮边吃，聊文学，忆故人——上海有我和李黎共同的挚友谈伴李子云，而她竟也如一朵雅云升天而去——我又与人望争论起来，他搞基因研究，在生命复制方面节节推进，而我认为生命复制的科研应该停步，再往下发展就突破生命伦理的底线了！李黎却是支持人望的，指出我乃杞人忧天。餐后我们下楼到得酒吧门外，门里据说仍有老年爵士乐队在演奏怀旧金曲。有客出入，泄出里厢光影和乐句。李黎想跟我进去略饮一杯共舞一曲，争奈人望那天下午刚从旧金山飞抵上海第二天又要飞往成都讲学，时差没倒过来，不比早来上海的李黎精神抖擞，需要早点回住处歇息，我只好怏怏地跟他们道别。

晓歌逝后李黎人望曾来家里慰我。那天李黎自带了一瓶蓝色白花细颈凸肚的瓷装精品二锅头来，没有饮完，现在仍搁在我餐厅的多宝格里。见酒思友，不禁画出一幅李黎小妹饮酒图，不知远在斯坦福的她，今天能饮一杯无？

2010 年 11 月 4 日温榆斋中

有杯咖啡永远热

因为城里家事繁冗，多日未到乡间书房，那天抽空去了，还没走拢，就发现书房外的小花园呈现荒芜状态，灌木长疯了，玉兰树被牵牛花藤缠绕，野草丛生，仿佛提醒我今夏雨水是如何丰沛。

走拢栅栏，吃惊不小。实际是我让里面的一个生命吃一大惊。那是一只猫。它吃惊，是因为不曾想我的出现。我吃惊，倒不是因为在意野猫进入我的小花园，而是瞬间以为那是一种灵异现象——难道，狸狸竟然复活了吗？

我家两只爱猫，一只纯白蓝眼长毛波斯猫、一只脸部和前后身花狸其余部分纯白的短毛猫。前者名睛睛，后者名狸狸。前些年相继去世后，都以锦匣葬在了这小花园里。眼前的这只警惕地趴伏着瞪视我的花狸猫，酷似狸狸啊！它怎么不马上跑开呢？啊，明白了——我发现它身后有四只小猫，显然，那是它的子女，大概还没断奶，作为一个母亲，它不能丢下小猫自己逃开。我更加吃惊，因为那几只小猫，两只纯白，一只浑身花狸，一只与母亲相同是身上除了花狸毛还有纯白部分。这就说明，它们的父亲，应该是一只纯白的公猫。呀，难道睛睛和狸狸全都复活，而且婚配，在此产下了后代吗？

我蹑手蹑脚离开小花园，绕到另一面进入书房，立即往城里打电话，告诉老伴所看到的异象，她激动不已："你怎么光看到狸狸？睛睛呢？"我对她说："我们的睛睛狸狸应该还都在地下安息，你别忘了，它们都是公猫。一定是有只酷似睛睛的公猫，跟这酷似狸狸的雌猫，生下了四个宝宝，而公猫对小猫不负责任，早不知跑到哪里去了，只剩下猫妈妈带着猫宝宝在那小花园里安家。不过，巧合得实在神秘！"老伴感叹之余，立即给我几条指示："不要吓走它们！不要清理花园！立刻去给它们准备猫窝、猫粮和饮水盆！”我很快一一落实，可喜的是猫妈妈看出我的善意，没有带着猫宝宝转移。

入夜，我从窗隙朝外望，不见小猫，但猫妈妈在吃猫粮，心中祈盼它们能长久在花园中定居。

用音响放送出柔曼的曲调，我在落地灯光圈里翻阅女作家苏葵寄给我的散文集。苏葵多次到世界各地“自由行”，我非常羡慕。“自由行”需要一定的经济条件以及兴致和体力自不必说，最好还具有外语对话的能力，苏葵不仅这几个条件全都具备，还有一颗敏感的心和一支绣花针似的笔，我最欣赏她抛开一般游记介绍名胜古迹或做些中外对比的套路，而从“凡景”“琐事”里勾勒出人情之美的那些细腻舒缓的文字，比如她写到佛罗伦萨小巷中一对老人牵手同行停下轻吻的场景，感悟人生中“相依”的易与不易。苏葵把这个集子命名为《咖啡凉了》，在最后一篇文章里对世道速变发出惆怅的喟叹，我虽有所共鸣，却不由得产生了逆向思维。

我在灯下想到窗外“复活的狸狸”，想到狸狸的来历。二十一年前，我遭遇人生中最大挫折，这挫折被中央电视台新闻联播以一条“刚刚收到的消息”向全世界昭示，并且刊登在第二天所有报纸的头版。我作为主编为杂志惹的祸理应担负全责。确实有许多杯咖啡立马凉了，甚至凉咖啡也拿走了。这很正常，不应抱怨。但就在这样的时刻，有杯热咖啡送到了我的眼前：同事带来一个纸盒，说是杨学仪师傅送给我的，纸盒里是一只幼猫，后来被取名狸狸。杨师傅知道我爱猫，知道我在遭遇挫折后因为心烦意乱，家里走失了爱猫，他就用送猫来表达他那热辣辣的安慰。

那时杨师傅已因病休养。他在杂志社为主编开车，几年里是越开主编年龄越小，先是接送李季，那时候六十多岁，比他大，后来是王蒙，五十出头，比他小，到我坐进车里时，他奔六十而我只有四十四岁，开始我们俩都感到尴尬。他为王蒙开车时，西服革履十分气派，而那时的王蒙穿着还很随便，有时到了某场合，他下了车，人家就簇拥上去把他当主编往里迎，他忙摆手指向王蒙，竟还有人坚持觉得他就是王蒙而在幽默。我不记得是在哪一天，经过我们双方努力，杨师傅跟我说：“咱爷俩可以交朋友了。”他竟为惹了祸的朋友送来了无言的温暖。那以后没几年杨师傅因病去世。

世事多变，咖啡会凉，但有一杯咖啡永远是热的，那里面满盛超越世态炎凉的宽厚与善意。

我的村友三儿

好久没到郊区书房去了，那天一进村，就有面熟的小青年招呼，跑过来问我："是您把三哥带进新浪的吧？"我一时回不过神来。他所说的三哥，叫张凤才，张姓是村里大姓，转着圈儿几乎全是亲戚，凤才行三，老辈的叫他三儿，叫时这"三儿"两个字要连续快速发音，实际上就是把"三"儿化，我和凤才熟悉后他叫我刘叔，我自然也管他唤三儿；同辈的，含混的叫法是张三，亲切的，则或三哥或三弟；晚辈里竟有叫他三太爷的，而那人的年龄其实跟他相仿，没办法，"种白薯论垅儿"，谁让他"背儿（辈儿的谐音）高"哩。

原来是，那迎上我的小青年，前两天在电脑上查新浪视频，他原是想查张丰毅，没想到在一大堆张姓名人，如张艺谋、张国立、张信哲、张德培、张涵予……里面，忽然发现有张凤才，调出来一看，果然就是他们村的那位，只是与我同时出现在一档采访当中罢了。若非他提起，我也忘怀了。那应该是2005年的事情了。

2005年我因为应CCTV-10《百家讲坛》邀请去录制了关于《红楼梦》的讲座节目，开播后反响强烈，因此又引出了传媒的新一轮兴趣，邀请做访谈的很多。新浪网也邀请，我觉得应该接触网络这种新传媒，应允了，但我向他们提出一个条件，就是希望能让助手跟我一起亮相接受采访，新浪方面很爽快地答应了。那次，我就让三儿陪着我去，事先也没跟他说一起进视频，但临到录制的时候，我和编导一起邀请他参与，他也就大大方方地跟我坐到了一起，编导问怎么跟网友介绍他，我说："他是我的村友。""村友？"编导开始有些忍俊不住，因为这样的身份符码实在新鲜，可是那编导毕竟是新锐传媒的新锐力量，他欣然接受了这个称谓，就跟看直播的网友们那样介绍了三儿。虽然那以后，2007 年、2010 年我都又去新浪做过网谈，新浪网视频里增添着我的资料，但 2005 年的那个视频他们始终没有删除，在按字母检索的嘉宾名单里，也一直把张凤才这个名字保留着，除了与上述男士名人为邻，也被张惠妹、张靓颖、张静初、张娜拉等美女包围。新浪的这种做法当然是对的。

回想起这件事的由头，是 2004 年初冬，有个地方电视台邀我录个专访，主题是"回家"，我跟他们说，我虽然出生在四川，但是八岁就离开，后来一直定居北京，因此，可否把"回家"的寓意展拓开来，就是我这么一个写作者，归根结蒂，是因为接了地气，所以才源源不断地获得素材，能不断地写出新的文字来，而赐予我地气的，就包括三儿这样的村友，我应该常回的家，就是草根地带，我应该常亲近的人，就是芥豆之民。因此，我建议在我的访谈里，要展现我和三儿的交往；最初联系我的编导同意这个方案，又征得三儿的同意，我把摄制组带进三儿家的小院，又进入其内室，我和三儿随便聊天，他们录下作为素材。但在后来录制的过程里，我发现我的这期节目，他们似乎是外包给一个临时搭凑的班子了，种种细节，都显示出专业水准的缺失，这还是其次的，最令我不快的，是其中有人对三儿明显冷漠。他们录完了，我也就没再过问。过了一段时间，台里通知那期节目将在某日下午播出，偏那天一早我们那个村停了电，于是我就把三儿带到十几公里远的我姐姐家，去看那播出的节目。姐姐听说三儿会出现，也很高兴，把电视机调到那个台，到了点大家一起观看。那节目里有大量镜头是在城里什刹海一个茶室里录的，窗外远处可以看到钟鼓楼，这样取景当然是好的，但给我录下的特写镜头，我在那里不断答问，额头上的头发总是被削掉一块，何以如此构图？更令我悻悻的是，节目从开头到结尾，完全没有三儿出现，也没有我们那个村子一个镜头，我那接地气的"回家"立意，一点也没体现出来。节目播完我觉得对不起三儿。三儿全无所谓。我却至今耿耿于怀。那电视台节目组应该在播出前通告我，他们删去了所有关于三儿的内容，当然，那我可能就会阻止他们播出；电视台后来发公函让我签署同意这节目出光盘，我明确表示不同意，并告知他们也不得重播。我后来把三儿带到新浪，执意让他跟我一起出现在视频里，内心里，有种对那电视台几个录节目的人拨乱反正、出口闷气，以及对三儿给予补偿、对自己进行救赎的动机。

其实三儿是个极淳朴的村民，对利他还是看重的，对名真是视若粪土，那小青年在惊讶三哥竟上了新浪视频嘉宾名录同时，也顺便告诉他从百度搜索可以搜出叫一样名字的罪犯，三儿只是呵呵一乐。小青年说要帮忙把新浪那期视频下载到光盘里，送给他长期保留，三儿道："我保留那玩意儿干吗？"他只对跟我一起喝酒聊天感兴趣。五十大寿过后，三儿答应再把他当大农机驾驶员那段的故事细说给我听，他们村半个世纪的变迁，许多鲜活的人生猛的事，不管今后是否出现在我的长篇小说里，首先充实着我的心灵。

的哥青岭

那次打车去大卖场，为我的书房买落地灯，我跟的哥商量，能不能到了后陪我进去，选好灯后帮我拿出来？当然，为此我会给他报酬。的哥看了看我说："你是老人，我可以帮忙，耽误我拉活，你该给点，我也不会跟你多要。"他跟我进场以后，我挑灯时，忽听他扬声抗议："你才是儿子呢！"原来是有顾客认出，我是那个在电视里讲《红楼梦》的人，就先凑过去问他："你是他儿子？"他没明白对方并无恶意，觉得不中听，因此生气，我忙过去解释，说："他是我朋友。您有什么要求？"那中年人满腔热情化为乌有，尴尬地摇头离开。我挑好灯，又顺便买了些别的，的哥帮我推着购物车往收银台，半道上我又被几个人认出，其中一个年轻人还正巧包里有本我写的书，取出来让我签名，这下的哥才知道，我是个能惹某些人注意的老头。

的哥往我家拉我，我问他："你在家不看电视？"他说："我回家就泡在电视机前头。"我不免问："你就没有偶然的，在电视上见过我？"他说："是有点脸熟。您是练柔道的？现在当教练？"原来，他看电视基本上是锁定体育频道，他所熟悉的，是体育界的面孔，说起那不久前排球女将赵蕊蕊上了他的车，跟他聊了几句，到如今他还觉得非常荣幸。问他哪里人士，道通州西集的，我立马想起少年时代到西集参加农业劳动的往事，问起运河，问起村落，双方亲切多了；我注意到他那出车卡上的名字是张青岭，立刻猜出他是 1967 年左右出生的，因为那时候有部由话剧改编拍摄的电影《青松岭》家喻户晓。果然，他说他爹那时候在生产队赶大车，深受那部以赶大车的车把式为题材的电影影响，所以给他取名青岭。到我家楼下，青岭帮我把买的灯具等物品送上楼，我给了令他满意的报酬，互留电话。

后来我常打电话约青岭的车。知道他上中学的时候就被培养为三铁选手，曾勇夺过区里运动会的亚军，有过成为国家级运动员为国争光的憧憬，对体育的热爱一直延续到他成为出租车司机。他说那次帮我买灯回到家里，他说出听来的我的名字，家里人，特别是热爱文学的大哥，都笑他“怎么就知道武的不知道文的”，他承认自己好久都没读过书了，我送给他自己的随笔集，他读后感叹说：“其实我也知道不老少的生活故事，就是不能像你们作家这样从里头觉悟出点什么来。”我说：“作家当然应该有悟性，可关键还是要有获取感受自己生活小圈子外头的人间万象的能力。如果你能把你想起来的有趣的人和事讲给我听，我们一起讨论，那你就成了我写作的泉眼之一。”就这样，每次见面，他几乎都要给我讲至少一个他们运河边的小故事，我也就陆续写出了《气破桑》《兜风》《抱草筐的孩子》等散文随笔。

青岭逐渐成了我人际交往里可信赖可托付的人。有个如今在美国当教授的薛涌，他在国内经常发表涉及中美的时评，并在近年一连出版了十几本书，其中有的还成了畅销书。薛涌 1995 年赴美前，把他的一只成年的三彩长毛波斯猫托付给了我家，此猫长寿，活到 2009 年年末，按猫龄超过一百岁了！有天我起床后不见了大三彩（这是我给猫取的名字），寻遍整个单元，最后发现它夹在了卫生间马桶后帮与墙面之间，已经奄奄一息，我明白，猫之将逝，不愿以死相示人，故选择这么个角落来隐藏，我趴到地上，想方设法累出一身汗，才终于将它从那夹缝里褪了出来，把它转移到储藏室，它已只能侧卧地上倒喘气。但一夜过去，我到储藏室去，见大三彩居然又蹲坐起来，给它喝水，它舔几下，喂它猫罐头，它闻也不闻。又一夜过去，我发现大三彩又钻进了卫生间马桶后面，但仍有气息。怎么办呢？儿子儿媳均是上班族，村友三儿那阵家里正张罗喜事，文化圈的朋友老的老忙的忙，谁能理解、情愿并有能力帮助我解决这样一个关乎生命的急难问题？于是想到了青岭。青岭从很远的地方赶过来，一见那情景就懂，这猫必得帮它找到一个能够由它从容藏匿的地方熄灭它的生命，并在它确实去世后妥善安葬。青岭将大三彩送往西集他岳父家的农家院，在大三彩去世后，连同带去的猫笼、水碗、食盆、剩余猫粮等一起掩埋在了运河边。

十月份薛涌庄炜伉俪回国探亲，带着女儿来看望我，我告诉他们那只大三彩波斯猫已寿终正寝，他们知道眼下中国宠物殡葬业还不发达，多有将宠物尸体裹起来当垃圾抛掉的，问我最后如何处理？我告诉他们多亏有的哥青岭帮忙，释怀后，他们也为我庆幸，能在民间凡人里，结交到这样的朋友，不但能有共同语言，还能够在关键时刻尽快出现，帮助解决这种繁琐、私密的事务，福气啊！

抚摸北京

——刘心武与北京

序幕

［景山最高处的万春亭，刘心武在那里从四面眺望北京］

我 1942 年生于四川成都，在重庆度过童年，1950 年，八岁的时候，随父母到北京，从此就定居在这个城市，再也没有离开过。

（问：你“文革”时期没有去上山下乡吗？）

我在“文革”开始时已经是中学教师，上山下乡的都是我的学生。我和他们不是一茬人。

（问：没有下放过吗？没去过“五七干校”？）

只短期到北京远郊农村劳动过，最长的时间也没超过一个月。那时候，中学是很渺小的社会单位，中学教师是很卑微的社会存在，中学自己没有力量设立“五七干校”，上一级单位设立的干校，只有少数党员干部有资格去上，像我那样的人去不成。就这样，我的户口从 1950 年落在北京以后，再也没有迁出过。

（问：后来你成了作家，经常到外地，还出国……）

我成了作家以后去过国内许多地方，出境次数也不算少，但每次在外地或境外待的时间都短，最长的一次是 2000 年去欧洲，也不过两个月出点头。

我今年已是花甲，定居北京已达五十二年，我的生命，深深地融入了这座城市。可以说，我的生命籍贯，就是北京。我是北京人，而且是一个老北京。

第一章：隆福寺

［从钱粮胡同录起，穿插别处的四合院镜头；再录当今的隆福寺街以及隆福商厦，兼及东四周边地区；此外还可随下面叙述灵活录摄；其中还可穿插有关的历史资料镜头或照片］

从1950年到1960年，我八岁到十八岁，都住在北京东城钱粮胡同的一所大型四合院里。现在我还能认出那个院门，但我不想再走进去。前几年我曾贸然进去过。里面已经是蜂巢般的杂院景象，对我来说真是惨不忍睹。现在我们从镜头里看到的四合院，是别的胡同里的；现在像这样的保护完好，规整美丽的四合院已经不多了。北京四合院的特色，如门口的石墩，门内的砖雕影壁，通往内院的垂花门，内院里的海棠树，以及通往附院的月洞门等等，我都不是从书本上知悉的，那就是我童年的生活空间。后来我多次在自己作品里写到四合院，在我的长篇小说《钟鼓楼》里，有一节把四合院当作有生命的实体加以了详细描绘。

钱粮胡同在东四附近。东四，是东四牌楼的简称。由此可以知道西四就是西四牌楼，东单和西单就是东边单有的一个牌楼和西边单有的一个牌楼。这些地名的原始含义现在许多年轻人已经不知道了，因为牌楼全拆了。但在我少年时代，这些牌楼都还健在。东四牌楼，即其东面正对着朝阳门的十字马路，在那交汇处，每个路口都有一座牌楼。拆除它们的理由，是妨碍越来越现代化的交通。但是人的心灵似乎遵循着另外的交通方式。1993年，我完成了自己的第二部长篇小说《四牌楼》,那里面镌刻着我从少年时代到青年时代的生命体验。这部小说里面有一章，我又以《蓝夜叉》为题作为独立的中篇小说发表过。为什么叫《蓝夜叉》？不少人知道金庸先生有部小说叫《天龙八部》，天龙八部指佛教里的8个护法神，其中之一就是夜叉。夜叉为什么是蓝颜色？我的知识并不是从金庸先生那里得来的。我少年时代亲眼看到过天龙八部的塑像。是在隆福寺的毗卢殿里看见的。

隆福寺就在东四附近。东西向的隆福寺街与同样是东西向的钱粮胡同，它们的中段就夹着这座宏大的寺庙。寺庙的正门朝南，当然是在隆福寺街上，它的后门朝北，在钱粮胡同。1951 年到 1953 年，我在隆福寺街上的隆福寺小学上学，每天要穿过隆福寺四次。1956 年到 1959 年我在北京 65 中上高中，也要每天穿过隆福寺，因为中午带饭，所以每天穿过两次。

我不想过多地罗列有关隆福寺的文献资料。简单来说，这是北京明、清两代直至它湮灭前，北京城内最宏伟美妙的佛寺。那座有天龙八部围绕着毗卢佛的大殿，它内部屋顶的造型，也就是所谓藻井，据说是无以伦比的，甚至比紫禁城里养心殿的藻井还要巧夺天工，更加华丽璀璨。我进过那毗卢殿，亲眼看到过。虽然那时我还是一个懵懂的少年，却被它的魅力深深震撼，至今仍宛在眼前。

然而隆福寺在“文革”中被彻底拆平，荡然无存。北京的城墙和城门，除了极少几处，也是在“文革”中被彻底消灭。现在我们所看到的隆福寺街街口的牌楼，以及隆福商厦顶楼的仿古殿堂，都是近年来斥巨资修造的。把无价之宝的真古董摧毁了，又花大价钱来造假古董。这令我黯然神伤。

我的长篇小说《四牌楼》里充溢着惆怅的情愫。有的东西是不该让其消失的，有的东西是应该让其消失的，有的东西该不该消失，则说不清道不明。在我少年时代，隆福寺是个天天开市的常设性庙会。在殿堂周围和甬道两边排列着鳞次栉比的售卖摊档。各类小百货琳琅满目。记得有个摊上专卖各式梳篦，从梳齿粗大得像火柴棍的，到小得整个只相当个指甲盖那样的，木头的，骨头的，象牙的，彩绘的，镶金嵌银的，蔚为奇观。那摊档中摆着一只木雕猴，漆成金色，蹲踞着怀抱一只大元宝。还有卖各种北京小吃的，也有耍各类把式的。于我来说,那实际是个北京传统文化风情的大展览。天天要看上两遍甚至四遍，你说它是不是一直熏透了我的肌肤骨髓，沁入了心灵深处？

我的《四牌楼》，特别是其中的《蓝夜叉》部分，把我从少年时期开始形成的生命感悟努力地熔铸进去，我在小说中没有为美好事物的消亡责备别的什么人，我拷问的是自己，比如隆福寺的毁灭，我固然没有具体的责任，但作为民族的一分子，北京城的定居者，难道我不应该追问自己心灵上的责任吗？一位现在相当著名的女导演对我说，她极想把《蓝夜叉》搬上银幕，那冲动经常撞击她的心臆，但是，目前难以找到投资者。像《蓝夜叉》这样拷问灵魂、探索人性的作品似乎太沉重了，虽然《四牌楼》出版后有幸得到上海颁发的一个优秀长篇小说奖，但这样的作品不畅销，再加上如果要搭制毗卢殿藻井和天龙八部雕像等场景，铺排庙会民俗风情的大场面，那是很费钱的，如果不能保证票房，谁会冒险投资呢？

［以下重点录摄首都剧场、皇城根遗址公园等处；可嵌入提及的各处镜头］

我自己这样作品的边缘化，实在并不值得多说。我少年时代和青年时代曾占据相当主流地位的一些文化品种，比如话剧和戏曲，如今也渐渐边缘化了。我上高中时，穿过隆福寺所见到的第一个剧场，就叫隆福寺小剧场，在那寺庙的后门里边，那里曾经常演出曲剧，曲剧就是把北京各种曲艺品种串合起来加以发挥创新而形成的一个剧种，记得著名的曲剧表演艺术家魏喜奎在那里演出了《杨乃武和小白菜》，有一天周恩来总理去观看了演出，事先剧团也不知道，记者报道出来，成为一时盛事，于是住在附近的我们全家也去看了那出戏，后来这出戏还拍了电影。我穿过隆福寺以后，过马路，便会路过另一个剧场，那就是首都剧场。那里始终是北京人民艺术剧院的专用剧场。那几年里，我几乎把北京人艺所演出的所有剧目都看遍了，从《雷雨》《骆驼祥子》《蔡文姬》《茶馆》那样的经典保留剧目到演过就算的剧目全不愿放过。首都剧场后来虽然经过几度维修，但基本上仍保持原样。那是一座非常出色的建筑。功能性非常好。它那预告演出即将开始的叮咚钟声格调高雅，对我是一种文明启蒙。据说那是当年东德即民主德国帮助设计的。我当年所上的65中校舍也是东德帮助设计的。学校里当时有威廉·皮克班，威廉·皮克是东德的第一位领导人。现在的年轻人可能都不知道这个名字了。但这算不得什么。时代在进步。进步过程中一些事物从中心移到边缘，一些事物被大多数人忘怀，是不足为怪的。现在魏喜奎已经去世。北京人艺那台词功夫令人叫绝的表演艺术家于是之已经患老年痴呆症说不出一句完整的话了。但首都剧场的话剧演出据说有所复苏。它后面从上世纪八十年代中期开始有了小剧场演出，眼下似乎小剧场的演出要比前面大剧场演出红火，但毕竟是小范围的红火吧。

拆掉的城门、城墙，拆掉的隆福寺，已经无法恢复。但这并不等于说我们对维护北京这座古都的传统风貌只能悲观哀叹。在我的母校 65 中门外，现在修造了开放式条形公园——北京皇城根遗址公园。它不仅把已经消失的皇城根从人们的记忆与相关的地面上加以了复苏，而且，相当成功地把老北京与新北京的文化传承关系体现了出来。类似的努力还体现在另外许多地方。比如以腾空的方式恢复了正阳门的牌楼。让后门桥这个地方真的恢复了桥下有水的古典景观。从玉渊潭到昆明湖，使那段曾经是只供慈禧太后使用的河道疏浚为可以乘游艇观览的新旅游路线，等等。

告别少年时代似乎是轻而易举的事。缅怀少年时代却无端地沉重起来。那天我要走进 65 中去，传达室的人用陌生的眼光审视我，问我："你找谁？"我望着里面那盛载着太多少年记忆的空间，对他说："我……是来找自己的呀！"

第二章：菜市口

[先沿长安街摇录，然后随叙述插入相关场景]

1959 年是我个人生命史上的一个重要年头。

老实说，那时才十七岁的我，是个各方面都还很幼稚的少年，尤其是在政治上。我一点都不知道那一年在庐山会议上发生了些什么。我所热衷的，是上大学。

十七岁高中毕业，早了点。以我自身的经验，我奉劝当今的家长，不要过早地让孩子上学。即使有的少年确实可能早慧，功课能够成绩优秀，但处在比他大两三岁的同学群里，对其心性的发育，很可能埋伏下隐患。

平心而论，我高中时不仅功课很好，品德方面也是优良的。1959 年我们考大学前后，北京为庆祝建国十周年的十大建筑相继建成投入使用。那十大建筑是：人民大会堂、历史博物馆、电报大楼、民族文化宫、北京火车站、军事博物馆、农业展览馆、工人体育场、工人体育馆、广播大楼。去参观那些新建筑，不能进去，就尽量接近了看，不能接近，就从远处望，成为那时我和一些同学的最大快乐。十大建筑虽然分散在北京各处，并没有密集在一起，但它们确实为北京带来了城市的新气象、新气派。四十多年过去，这些建筑物仍然属于北京城里功能性最好、设计上最出色、建筑质量最过硬的建筑作品。比如民族文化宫，体态既端庄又灵动，亭子顶一点不牵强，用色雅丽，内涵丰沛。比如电报大楼，即使从北海大桥上遥望，它那相当现代派的造型与皇家园林的红墙绿树居然非常和谐，可见建筑师设计时构思非常缜密。

高考完了，等待放榜期间，我心态怡然。跟哥哥姐姐们去颐和园玩，路过西郊那白杨树护卫的宽阔马路，两旁尽是名牌大学。我会走进哪一道大门呢？

但是，万没想到，最后录取我的，是北京师范专科学校。很多年以后，我才知道，是由于遭到了政治歧视，或者更准确地说，是政治性暗算，才出现了这样的情况。政治性暗算的一个依据，是我曾在教室里吃自带午饭时，眉飞色舞地跟别的同学形容曾在首都剧场观看到的话剧《风雪夜归人》的种种场面细节，当有人指出其剧作者吴祖光已经划为了“右派分子”时，我开始不相信，后来据举报，是我接着就说了“有严重政治问题的话”，于是我的毕业鉴定上就有了“该生不宜录取”的建议，那本是任何大学都不要的了，后来因为师专没招满，从落榜生里再找回了一部分人，我便是其中之一。

多年以后，我与吴祖光先生相识，我把这件事告诉了他。他说没想到他竟连累到了我。但我对吴先生说，塞翁失马，焉知非福，要不是上了师专，以中学教师身份经历了“文革”，我怎么能以我的生命体验，写出《班主任》这篇小说，成为“伤痕文学”的发端，引起轰动，走进文坛，从而得以比较方便地跟像他那样的文学前辈相识相交呢？

［以下录摄当今菜市口、牛街、南横街及相关场景］

现在我还要进一步说，正是由于上了师专，使我在北京的生活空间，得以从东城移到了西南城，也就是现在的宣武区。本来我对大学的想象，是一定要往西郊或北郊，经过那些杨树大道，到清华、北大或八大学院那边，那该是些和城区很不一样的崭新空间。

但是，我所上的师专却就在城圈里面。坐公共汽车去，先要在菜市口下车。那是一处闹市。

北京有许多街道都以明清时代的集市类别命名，如米市大街、猪市大街、花市、榄杆市、骡马市、缸瓦市、灯市口、蒜市口、珠市口等等，菜市口是其中之一，不过，清代的菜市口给人印象深刻的并不是各色蔬菜，而是那地方成了行刑的地点，像因为变法维新失败的六君子，就是在那地方被砍头的，其中谭嗣同的形象尤为高大，他本来也是可以逃逸的，却故意留下来待捕，决心以热血激励国民继续革新，他那“我自横刀向天笑，去留肝胆两昆仑”的诗句至今仍让我们心潮难平。多年来，路过菜市口这个地方，我常常想，像我1959年没考上好大学那样的遭际，实在太算不得什么人生挫折了。而且，有些人常爱说北京人偏于保守。其实，走在菜市口这样的地方，我就觉得北京实在是个切切实实地不断开创新局面的城市，许多仁人志士在北京为民族的存亡、发展、兴旺献出过他们的聪明才智，甚至鲜血头颅。

当年谭嗣同就义的具体地点，还能指认吗？也许，就在那马路中央，许多小汽车穿梭而过的地方？

近两年这地方变化特别大。从东边广渠门到西边广安门，拓宽为了继北边平安大道之后的又一条与长安街平行的通衢大道。这里的菜市口百货商场很有名，它最有名的柜台是卖金子的。“到菜百，买黄金”是近些年北京人都很熟悉的广告词。不要说谭嗣同那时候这是难以想象的。就是我在北京师范专科学校上学的时候，也难以想象。我们所置身的空间，随着时间的推移会如此这般地变魔术，是一种什么规律，在其背后支配？近些年来我写作了大量的随笔，其中有一篇题目就叫《菜市口黄金》，寄托了我在时代变迁中的感慨。

那时候去师专所在的南横街，我多半要穿过烂漫胡同。烂漫，多美的字眼啊。其实它本来叫烂面胡同，是贫苦市民聚居，以售卖廉价的烂糊糊面而著称的。这样的把戏在北京不胜枚举。高义伯胡同，万不要以为是以哪位仁义之士的名字命名，它原来叫狗尾巴胡同，北京土话尾巴的发音正是“乙巴”。大格巷原是打狗巷。寿比胡同原是臭皮胡同。奋章胡同原是粪场大院……这是不是也算北京民俗文化的一个方面呢？北京人的爱面子，究竟是优点还是缺点？

也可以穿过牛街到南横街去。牛街有建筑形式上最具中国古典特色的清真市，现在还是回民聚居的地方。

南横街至今似乎仍是北京城内上镜最少的一处地方。北京师范专科学校在我从那里毕业以后没几年就撤销了。它的原址现在另作他用。值得注意的是这里有一所四十多年前建造的伊斯兰教经学院，它很具特色。这条街的东边，还有一所著名的佛寺，也就是古老的法源寺，它现在也是中国佛学院的所在地。不过总的来说，南横街一带是南城低收入者比较集中的地区。正是在1959到1961年，也就是“三年困难时期”，粮食紧张，物资匮乏，我在那里度过了最早的青春岁月，感谢南横街，以及周边的那些平凡的胡同院落，特别是那些最普通的北京市民，如果我是在西郊的大学校园里，我接触不到他们，感受不到他们的生活脉搏，而因为欣赏《风雪夜归人》，我反倒被安置到了这块地方，这样的人群里，从而吮吸到了来自北京底层的丰厚营养。那暗算我的人，好比是宣布我有罪后，判我扔进水里受罚，哪想到我本是从隆福寺长大的一尾鱼，扔进水里，恰好令我有了遨游的可能。

前几年，一次部分高中同学聚会，当年知情的一位老同学问我怨恨不怨恨那暗算我的人。我真诚地说：“我现在心中只有庆幸。经历过一番风雪，我成了北京平民群体中的一位归人。”

第三章：什刹海

［随着叙述录摄什刹海、北海等相关景物］

世界上大多数城市都是傍水形成的。有的是河城，城市在一条河流两岸发展。欧洲河城特别多，像伦敦、巴黎、布达佩斯、圣彼得堡等都是。中国河城原来最典型的是天津，现在上海浦东大发展，也越来越具河城特征了。有的城市干脆从水里升起，像意大利海中的威尼斯，还有中国被大小水道网起的苏州，就都可以称为水城。另外还有一种是湖城，城市里有大片或多片湖泊，瑞士日内瓦就是湖城。很多人没有意识到，北京其实也是座湖城。市区外的湖泊先不论，光市区里面，从西北往中轴线贴近，从北至南，就有积水潭、什刹海后海、什刹海前海、北海、中海、南海等一连串相通的湖泊。

1961年，我从北京师范专科学校毕业，被分配到北京13中当教师。我问怎么能到达13中，有人告诉我，乘13路公共汽车，从起点起坐到第13站，然后穿胡同大约走13分钟，即可抵达。果然如此。据说有的西方人忌讳13这个数字，但这个数字于我来说非常亲切。在 13 中，从 1961 年到 1974 年，即从十九岁到三十二岁，我跟它的关系也恰好长达十三年。那是我真正的青春岁月。我在那里第一次走上讲台教初二的学生，只比他们大四岁，而在高三教室里上课的学生有的跟我一边大。我在 13 中经历了“文革”的全过程。我在 1999 年出版的长篇纪实作品《树与林同在》里有专门一章回顾了那些难忘的日子。在这期间的 1970 年我与吕晓歌结为夫妻，第二年生下儿子刘远。1958 年我十六岁还在 65 中上高中的时候，在《读书》杂志发表了一篇《评〈第四十一〉》的书评，那是我投稿第一回成功。那以后我在《北京晚报》“五色土”副刊发表了许多小文章，也曾在《人民日报》《中国青年报》《光明日报》等处发表过文章，并且为中央人民广播电台的“小喇叭”节目编写过一些东西，直到“文革”爆发才惊悸地停下创作的笔来。但 1974 年起，看到又有新的文学书籍出版，写作的愿望又死灰复燃，我因修改一部小说稿被允许脱产写作。1975 年我被借调到北京人民出版社文艺编辑室当编辑，1976 年正式调入了出版社。

13 中就在什刹海附近。那周边地区，又成了我新的生活空间。什刹海后海和前海相衔接处，是银锭桥。“银锭观山”是著名的“燕京十六景”之一。天气晴和时，站在这座位于城市当中的小桥上，朝西望去，可以悠然欣赏西山，那优美的天际轮廓线一览无余。古人在规划北京这座城市时，有多么睿智，其审美情趣，是多么高雅啊！可惜的是，如今“银锭观山”的望点，被某些不该盖在那里的高楼亵渎了。

［下面重点录摄钟鼓楼及周边景物］

银锭桥边，有著名的烤肉季饭庄。当年顾客是可以亲自在巨大的陶制烤锅上边烤边吃的，现在改由厨房里烤好了端出来给你。转过烟袋斜街，于是，就接近了鼓楼和钟楼。

我在 1977 年 11 月，在《人民文学》杂志上发表了短篇小说《班主任》。那以后我创作热情一路高涨。1980 年我发表了中篇小说《如意》，后来由黄健中执导拍成了电影。《如意》里的男主角是学校的清洁工，女主角却是清朝贵族后裔，一位格格。我怎么会写到这样的人物？那是因为，13 中校园本身，原来就是一座贝勒府，而它的东边，一座规模更大的府第，据《红楼梦》研究专家周汝昌先生考证，在康熙年间，很可能是后来被废掉的太子居住过的，雍正年间废弃荒芜，乾隆时期则为和珅府，清末则为恭亲王府，直到现在，前面的不少建筑仍保持旧状，而后面的大花园，即恭王府花园，十几年前经修复开放，成了北京一处著名的风景点。因为在这座府第的衰落期或荒废期里，曹雪芹可能借住过，因此，《红楼梦》里对大观园的想象，就很可能从这座花园里汲取了灵感。恭王府花园在我于 13 中任教时虽然部分作为机关宿舍并不对外开放，但因为作为班主任老师，有家访的任务，所以我也曾有窥其一斑的经验。而在学生家长里，不乏清代贵族的后裔，这样我就从自己的角度，探索了这样一处空间里的这样一些生命的爱恨情仇。近些年我在《红楼梦》研究方面写下了一些论文及探佚小说，其兴趣的滋生也与什刹海畔的这一段生活体验有关。黄健中拍摄《如意》，就利用了恭王府花园的景物。后来陈凯歌拍《霸王别姬》也大量利用了这座花园。

但是在什刹海畔生活的十几年里，我接触得更多的，是胡同里那些辈辈相传的城市平民，感受最深的，是大杂院里芸芸众生的喜怒哀乐。1984 年，我完成了自己的第一部长篇小说《钟鼓楼》，并于 1985 年获得了第二届茅盾文学奖。《钟鼓楼》里出现了许多人物，其中大部分都是常态的普通市民。

什刹海现在是北京越来越热门的旅游景点。湖中有游船，可以沿湖游览恭王府花园、宋庆龄故居、郭沫若故居等人文景观。岸上还有乘三轮车的胡同游。这是北京市内难得的还保留着一些野趣的开放式风景区。也许是记忆里储存的信息太多直到今天也还没有彻底消化尽，这些年我宁愿在别处默默咀嚼这些记忆的滋味，而很少再到什刹海边徘徊。

我深深地爱着什刹海。我还记得，那时的隆冬，在我宿舍里，夜半会听到一种突发的闷雷般的声音。那是冰吼。就是湖里的水上半部分全结成冰了，天气再骤冷，冰层猛地膨胀，而被坚硬的岸帮阻挡，于是发出那样的苦闷之吼。但是到了春天，冰层破裂融化，春水里浮动着婴孩嫩舌般的春冰，溶溶漾漾，什刹海又变得那样的温柔，甚至羞涩……

什刹海的水波，流进了我的血管。

★上集完★

第四章：劲松

［先录摄王府井北头的天主堂广场，再往王府井步行街摇录］

这是当今北京最热闹的商业中心王府的繁华景象。在我三十七岁以前，从我的居住地到这里都不算太远。但是1979年我迁往了广渠门外迤南的一个新居民区，它被命名为劲松。从劲松到王府井就比较远了。

［录摄劲松的种种景象，穿插其他叙述中提及的事物］

但那时迁往劲松是一桩非常快乐的事。我娶妻生子九年，一直住在什刹海附近的一个杂院的一间只有10平方米的东房里。分到劲松的一栋新楼里的一个两居室的单元，有卫生间和厨房，通暖气和煤气，真好比一步登天。那时党的十一届三中全会已经开过，改革开放的浪潮势不可挡。我和大家一样，心情舒畅，意气风发，投身到那时代的潮流之中。

当然，劲松这个新地名，是从毛主席那“暮色苍茫看劲松”的诗句联想来的。其实这片地方原来叫架松。据书上记载，这里有株古松，它分杈后，横向生长，旁伸得很远，所以用了许多木柱来支撑它，把它架住。搬到劲松地区后，我曾去寻觅这株古松，没有找到。

上世纪七十年代末，北京开始建造新的居民楼。先在城内，原来北京古城内城与外城之间，拆掉了城墙的地方，建造了一大排居民楼。这些从崇文门延伸到正阳门再延伸过宣武门的板状楼房，构成了一道新的钢筋混凝土的新墙。现在人们都抱怨，这些大板楼显得多么简陋粗蠢啊！但在1979年左右，那时刚从插队的农村以及垦边的生产建设兵团回到北京的知识青年，有的就站在马路对面，数点那些楼房有几层，念叨着：“什么时候我也能住进这么现代化的高楼里去啊！”那时在城外，沿长安街方向，在木樨地建造了几栋专门用于给从“文革”劫难中解放出来的高级干部落实政策的高楼，又在东郊建造了团结湖小区，不少文艺界老前辈住了进去，也是落实政策，而东南郊的劲松，也迎住了不少落实政策的人士，连我的入住，也是因为写了《班主任》，在全国短篇小说评奖活动里得了一等奖头名，算是有点贡献，由市里特批，作为落实知识分子政策的一种照顾。

但到了上世纪八十年代中期，成片的新居民区雨后春笋般拔地而起，虽然那时还很少有商品房，还是福利分房，但获得那项福利的一般市民渐渐多了起来，迁往新居民楼不一定再是为了落实政策，而成为普通公民应有的享受。后来在市区里又开展了有计划有步骤的胡同杂院的危房改造工程，受到好评的例子有菊儿胡同的工程，建筑大师吴良墉先生以“有机更新”的理念，设计了这些既有四合院民族特色，又展拓了原有居住空间的房屋院落，他的这项设计获得了联合国教科文组织的褒奖。

上世纪九十年代到现在，北京的商品房已经是乱花迷眼的局面。越盖越讲究，内部功能性越来越齐全，厅要阔大，卫生间要两个甚至更多，公寓式楼房里有复式、跃层，联体别墅式住宅有自己的汽车房和花园，更有单栋的豪华住宅，走到跟前，往往觉得跟西方发达国家的景象别无二致。

但是北京城如此这般地“疯长”，也引出了越来越激烈的争论。比如我们来看现在劲松小区的景象。这里的生活配套设施已经非常完整，可以说是应有尽有，显得非常繁华，而且社区的管理也获得普遍好评，但前些时为了美化已经显得陈旧的居民楼，进行了大规模的楼面粉刷与装饰，采用了不少强烈的颜色，如整面墙体使用了赭红色，有的居民和路人就反映显得太“怯”，也就是土气，不雅致，而且容易引起心血管病患者情绪激动，这是否是好心而未办成好事？又如街边那美人鱼和“劲松腾飞”的雕塑，比例不顺，造型丑陋，更引来许多讥评。这说明，现在人们对城市规划以及城市建筑，都普遍提高了审美眼光。也正是在这样的时代气氛催化下，我从 1997 年起开始以一个市民的身份，从事起了建筑评论，我在 1998 年由中国建筑工业出版社出版了《我眼中的建筑与环境》一书，到目前已经印刷了四次；我还在北京电视台录制播出了 12 集系列片《刘心武话建筑》。

［录摄下面提及的种种建筑，并可延伸开去］

我的建筑评论，暂未涉及商品房，主要是评论北京城里那些大体量的公共建筑，特别是普通市民可以进去的属于公众共享空间的那些建筑。在《我眼中的建筑与环境》一书里，有一部分叫《通读长安街》，我选择了长安街上的 35 座建筑逐一点评，它们包括国贸中心、京伦饭店、建国饭店、国际大厦、国际俱乐部、赛特中心、长富宫、海关大楼、中粮广场、恒基中心、长安大厦、国际饭店、交通部、妇联新厦、北京饭店、贵宾楼饭店、中国人民银行、百盛购物中心等等。我的评论尽量把功能性需求与审美感受交融在一起，而凌驾在这之上的，是“建筑应以人为本位”的理念。比如我这样评论中国人民银行大楼：“取‘聚宝盆’之民族文化精髓，与西方现代派建筑在变形上的灵动手法，加以糅合、融通……它的立面弧线当中蕴含着一些中国民族折扇与屏风的意味，也糅合进一些海贝与西洋古典衬领的风韵。”不过我现在要指出，它在施工上是有缺陷的，外墙挂的石材不知道为什么直到现在还有湿渍，使其审美效果打了折扣。

［录摄从广渠门到花市一路的街景］

我在劲松住了九年。1980 年我成为北京市文联的专业作家，1986 年调到中国作家协会《人民文学》杂志社工作。这期间我常从劲松骑自行车进城，常常是进广渠门，经榄杆寺、花市，再进崇文门，这样，继熟悉过北京的东城、宣武、西城三个城区以后，我对崇文区也熟悉起来，北京城圈里的四个区，不说是“十二栏杆拍遍”，也差不多都了然于心了。那时骑车到了榄杆市，我多半要停下来在一家小吃店里就着焦圈和辣咸菜丝喝热豆汁。豆汁这东西对于从未接触过它的外方人来说，往往不但难以下咽，连气息也不能忍受。能不能欣赏豆汁之美，可以说在一定程度上可以测量出一个人究竟算不算得是地道的北京人。我能欣赏豆汁，说明我已经是个地道的老北京了。

第五章：地坛

［摇录国子监街，并穿插国子监、孔庙及雍和宫的画面］

1988 年我从劲松搬到安定门外护城河边的一栋高楼里，居住条件得到了进一步改善。从我居室的阳台朝东望去，可以看到雍和宫、孔庙和国子监的黄琉璃瓦顶，每当夕阳映照，它们就闪烁出辉煌的虹彩。离得更近点，可以望得更充分的，则是地坛公园的一片湖波似的绿树，其中主要是古柏。

［录摄地坛的各种景象，并随叙述插入其他地方的画面］

元代打下基础，到明朝明成祖再次定为首都，加以精密规划和精心营造而成型的北京城，清代基本上将其沿袭下来，经历过那以后的大约五百年的悠悠岁月，直到1949年和平解放，整个城市应该说是个活古董。中轴线如此明确，大体对称的城市布局有如棋盘，正中的紫禁城仿佛玉盘上镶满金银珠宝，景山、北海、中海、南海，一连串的皇家园林，湖清林茂，加上分布在全城各处的坛庙府第，各具特色，如诗如画，这样一座瑰丽的城市，怎不令人由衷爱恋？

北京的古旧建筑，大体上分为五种。第一种是皇权建筑，就是当年皇帝专享的，如紫禁城和那些相连属的皇家园林。第二种是神权建筑，就是各类祭坛，其中最大的是南面的天坛，其次就是北面的地坛，东面的日坛小一些，西面的月坛更小点，此外还有先农坛、社稷坛等等。以上两类建筑都保存得不错。像紫禁城护城河周边原来有许多乱建的平房，近年来都拆除干净，使这座皇宫的外形恢复了当年的雄奇。第三类是宗教建筑，有的保存完好，如雍和宫、白云观，有的近年来大力恢复，如白塔寺、东岳庙，当然也有被破坏乃至完全毁掉的，如前面讲到过的隆福寺。第四类是商业建筑，这类建筑除前门外的大栅栏（北京人说这地名时，发音为“大士勒”）里尚有残存外，基本上都被新的商业建筑所取代，上世纪八十年代在和平门外琉璃厂地区建造了一片仿晚清风貌的古玩街，前几年又在拓宽的平安大道两边建造了一些晚清样式的店铺，算是一种挽回这类传统的努力。第五类就是民居，其中少数是当年的贵族府第或富商豪宅，保护完好的不多；绝大多数则是胡同四合院，四合院是个笼统的说法，实际上有好几进的，有只一进的，有形态典型的，有其实只是三合的，更有的很不规整，是些大大小小的杂院。北京城里旧朽变形得最厉害的，就是这部分民居。为维护古都风貌，现在划定了很多片胡同保护区，但此外的胡同旧院则不能不予以拆除，实行危房改造。

在我所居住的安定门周边，新旧建筑杂陈，有原模原样的寺庙祭坛，有红尘万丈的新派高楼，但也有非常破旧的胡同和相当拥挤的杂院，在这里居住的市民，即使在隆冬季节，也还是不得不走出院门，到胡同里设备简陋的公共厕所里去方便……

［录摄安定门内五道营胡同等处的情景］

虽然我自己已经住进有自用卫生间的楼房多年，但每当我在这样的胡同里漫步，看到一些老人步履蹒跚地走出院门去往公共厕所方便，心里就很不落忍。于是意识到，为了使这座可爱的古城更加美好，必须关注这些生活品质还亟待提高的普通市民。我所能做的，就是尽可能对他们的生存状态，他们的诉求，他们的情感，以及他们在如此生存状态下的人性，有所了解，有所探究，有所领悟，加以描绘，将其揭橥，希冀能够为历史留下见证，并且能推动他们命运的改善。我1996年出版的长篇小说《栖凤楼》，以及2002年发表的最新短篇小说《非床》，都体现出了我写作的这种视角与情怀。

［再摇录地坛的古柏坛墙］

因为与地坛为邻，我常到那古柏林下漫步。有时我会站在古柏前，对它喃喃低语。现代要与传统对话，并且最好能够和谐交融。我的生命也是如此，只有问清楚了我从哪儿来的，才能更清楚我该往哪儿去，要努力让生命的来龙去脉顺畅通达。

第六章：温榆河

［录摄中华世纪坛、西单文化广场、三里屯酒吧街、豪华商厦、迪厅、桑拿房、健身俱乐部、高档海鲜酒家、大型花卉市场、蹦极跳、溢彩流光的夜景等等］

2002年是我的本命年。在北京这座城市里，我已经从一个儿童变成了一位花甲老人。社会渐趋多元，五光十色，乱花迷眼，任何人都不可能在所有的领域里尽享风流，明智的生存方式，是在尽可能展拓视野的前提下，清醒地选择最适合于自己的领域，到了我这个年纪，更要舍得作减法，有所不为，才能守定自己所喜爱的作为。

［摇录机场辅路林荫道、苇沟桥畔的温榆河景色］

进入新世纪，我在东郊温榆河附近的乡间，为自己辟了一处静谧的书房。

［随下面讲述随机出现一系列镜头］

在这间书房中沉思，我更清楚地意识到，北京是一座古老而伟大，却又年轻而多元的都会。现在的北京，老城区有东城、西城、宣武、崇文四个行政区，老城区里有一环路，被二环路环绕，随着时代而发酵的城市街道与高楼大厦向四面铺展膨胀，结果在三环路、四环路构成的城市年轮里，你很难再想象出那些地方原来是农田与乡村。北京现在的18个行政管辖区里，原来叫县的已经有好几个改为了区，这不是个简单的符码更换，这意味着北京的郊乡正在逐步地成为中心区的卫星城。到我的书房，可以取道通往天竺机场的高速公路，也可以顺机场辅路前行；我非常喜欢机场辅路两旁宽阔的绿化带，特别是到了夏天，许多路段两边的高大树木构成了浓绿的篷帐，令人心旷神怡。

用“宁静”来形容我郊区书房的气氛是恰当的，但那意思里更多的应是指我内心的状态。其实我这郊区书房的上空经常有在天竺机场起降的飞机发出的啸声。听惯了，我觉得这声音倒也有趣，它似乎在随时提醒着我，北京正在成为一个和纽约、伦敦、巴黎、东京平起平坐的国际性大都会，WTO、CEO、CBD……这些外来语已经成为年轻一代北京人的口头禅，获得2008年的夏季奥运会的主办权更让市民们激动不已，一个规模恢弘的奥林匹克村正在破土开工……从面对外部世界，到融入地球村成为世界大家庭一员，共和国和北京走过的路面上，也刻印着我这个普通市民的人生轨迹。

到我的书房需要通过五环路，越过温榆河。在温榆河两岸分布着不少高档别墅群，还有从高档到中档以及被叫作经济适用房的一般公寓楼盘。这些新的景观能引出丰沛的思绪。每当从高档别墅群的高尔夫练习城的高大网棚外路过，我就常常想，北京怎么有那么多的富人？而同时，即使在这样的别墅附近，也还存在着生活品质很差的居所和人群，我就又常常想，这座变化越来越大的都会，它的外在形态应该如何达到古今和谐？更重要的是，经济收入与生活状态差距明显的社会群体，如何公平而和谐地共存于同一时空？

现在我们从镜头里看到了长城、十三陵、香山、八大处、颐和园、潭柘寺、红螺寺……这些标志着北京古老历史文化的景观，它们被悉心地保护下来，像天安门东边，南池子红墙后的菖蒲河，早就几乎湮灭了，现在下大力气疏浚整治，更说明在对待名胜古迹方面，北京还超越了保护的层次，体现出努力恢复昔日辉煌的热情。

但是在书房里，我思考得更多的，是对北京一般自然生态环境的保护问题。我常到书房外活动，走向田野，去温榆河、潮白河，以及介于它们当中的一条叫小中河的岸边散步，有时还坐下来画一点水彩写生。从镜头里，以及我的水彩画上，你或许会觉得温榆河非常美丽，的确，这里还存在着大自然的野趣，植被丰茂，乡趣盎然，但是，我不得不痛心地指出，那河水被城里排污管道泻出来的污水弄得臭不可闻，为此，我在2001年写过一篇散文《温榆河的气息》，呼吁迅速改变这一状况，当时报纸上刊发出消息，说已经启动了改造工程，将使河水变清，两岸的绿化带更宽更美，我在文章里也为此发出了由衷的欢呼；但是一年过去了，每当我接近温榆河时，臭气仍然刺鼻袭来，不知道为什么这项环境保护工程进展得如此缓慢？我和许多北京市民一样，殷殷期待着能把北京郊野的自然生态环境调理得更好。

在北京的怀抱里，我从一个不懂事的儿童，成了一个作家。我是北京这座文化森林里，一棵努力把自己长直长高的普通树木。结果我仍然留下了弯曲的轨迹，而且也并没有长得太高。可是我内心里充满了对这座生我养我的城市的感激。1999年我出版了一部纪实性长篇小说，名字叫《树与林同在》，这个书名超越了这部具体的作品，体现出我在这座城市里形成的一种情怀，那就是：

树在林中，
林在树中，
树与林同在，
林与树共存！

我爱每一棵健康的树，
我爱每一片绿叶；
我爱由一棵棵树木汇成的森林，
我爱由亿万绿叶谱成的交响！

我把城里的书房，命名为“绿叶居”，我爱每一片绿叶嘛！我把郊区的书房，命名为“温榆斋”,这不仅是因为它在温榆河附近,也是我很喜欢“温”这个字眼,喜欢榆树;经历过青春的激昂,穿越过浮躁的烟云,我现在意识到温和地对待他人、对待世界、对待生活、对待自己是一种明智的选择;我喜欢榆树的朴实,特别是它具有深根性,耐干旱也经得起水涝。

[选取根据作者小说改编拍摄的电影、电视剧里的场景,配合下面的内心独白;这些影视素材是:电影《如意》,电视单本剧《非重点》,电视连续剧《钟鼓楼》《风过耳》《小墩子》]

一个人与一座城市,血肉相融在一起,这是命运,也是幸福。

你这古老的城市,把一种悠久而执着的善良品格赋予了我……

那些胡同杂院里的芸芸众生,我属于他们当中的一员,喜怒哀乐,生死歌哭,丝丝缕缕,生生不息,把一种属于北京人特有的坚韧秉性,延续到今天,并且渗透到明天……

城市在时代中浮沉,劈开岁月的波涛,新生事物如雨后春笋,有机更新,与时俱进,认识不完的新人,解答不完的新问题,咀嚼不完的新感觉,表达不尽的新领悟……

是我写出了这座城市的一些侧面,勾勒出了一些市民的形象吗?或者,应该说,这座城市造就了我这样一个角色,编织了我生命的故事……

尾声

[刘心武行走在北京的大街和小胡同里,行走在钟鼓楼下,行走在北海大桥,行走在高楼大厦下面,行走在温榆河畔……最后镜头摇向北京天空]

脚踩着北京的地面,心里特别踏实。但是,常常地,在睡梦里,我会发现自己从北京的地面上飘升了起来,而且,渐渐地气化了,仿佛飞翔在北京的上空,鸟瞰着心爱的京城,往昔在这个城市里的沉浮歌哭、酸甜苦辣,种种细节,难忘瞬间,一时都无序而联翩地涌到心间,于是感觉自己能伸出既有形又无形,不成比例却功能具备的双手,去抚摸北京、拥抱北京……而最令人激动不已的是,往往会生动真切地感觉到,北京,她也伸出气化的,既无形又有形的双手,慈母般地，回抱我，摩挲我，爱抚我……最终，我融进了北京，而北京那母亲般的胸怀，也毫无保留地吸纳了我……

[2002年中央电视台根据这个脚本录制了专题节目，多次在CCTV1、CCTV4、CCTV9播出。2006年4月15日在美国纽约，华美协进会邀请刘心武讲《揭秘红楼梦》，并在哥伦比亚大学举办“刘心武日”，在讲座前播放了这个专题电视片。]

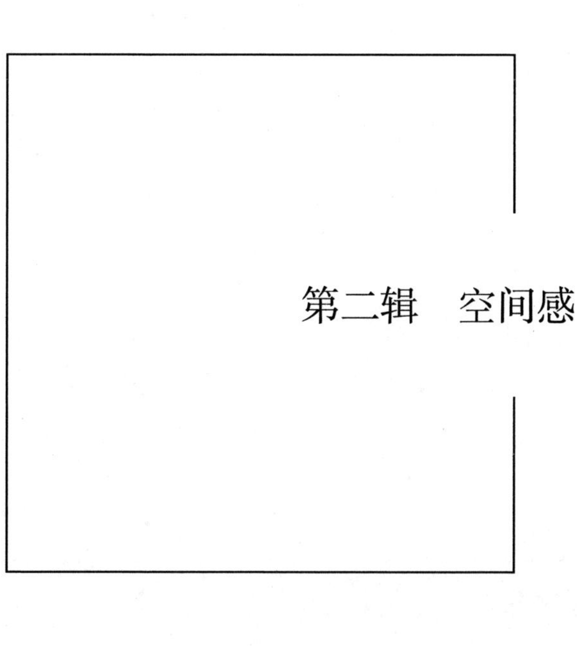

第二辑　空间感

不言而喻——北京饭店

一位外国朋友告诉我，他每次来北京，一定下榻北京饭店，他说，那好处是，回到他那国家，人家问起："在北京住哪儿呀？"答曰："北京饭店。"别人就点头，双方就不用再啰嗦什么。如果回答是香格里拉、希尔顿、凯宾斯基……对方起码会说："啊呀，北京也有这些啊。"如果是完全中国味道的名字，则可能引出一番议论："什么含义呢？在北京什么地方？舒服吗？……"

一句"我住北京饭店"，一切就都不言而喻了：身份、财力、接待规格、享受到的特色、方便度、舒适度……

我八岁跟随父母来到北京。同来的还有小哥和姐姐。大哥和二哥那时都已在外地工作，所以不同行。父亲原来在重庆海关任职，1950 年后被新的海关总署调京任用。从重庆乘船先往武汉，再从武汉乘火车来到北京，接待我们的总务处人员把我们带往台基厂海关总署里面，暂时安排在一座小洋楼的地下室里居住。父母的少年时代和青年时期，随祖父母在北京居住过，对于北京充满感情，重返故地的兴奋溢于言表，但小哥和姐姐却不以为然，他们初到北京，跑出机关大院去转悠一番后，回到地下室当我的面怪腔怪调地调侃："北京——好得勒儿！"他们是在背后歪曲性地学舌，来北京之前，父母一再跟子女宣谕北京极好，但是兄姊初来乍到的感受却是"不怎么样"。那时我才八岁，父母兄姊不许我出屋乱跑，我好闷啊！后来有天母亲终于牵着我的手，带我去一条胡同里访问一家旧识，我才有机会睁大眼睛，观察"好得勒儿"的北京。

出台基厂北口，我见到了东长安街，往东看有个牌楼。母亲絮絮地跟我灌输：

因为在东边，单是一个，而不是像猪市大街那边的十字路口有四个牌楼，因此叫作单牌楼，同样的牌楼在这条街尽西边还有一个，所以又分别叫作东单牌楼和西单牌楼，那地名儿又简化为东单和西单，四牌楼呢，也分东四牌楼和西四牌楼，地名则简化为东四和西四……当时我听了完全不往心里去，谁想到四十几年后,母亲播下的种子,竟开花结果,我的一部长篇小说就以《四牌楼》命名。

我感兴趣的是响着特殊铃声的有轨电车。它在马路当中轨道上运行的身影，令我觉得十分庞大，而且神秘。几年后我才有机会坐上它，而且知道那铃声是驾驶员用脚踩出来的。大约十二岁的时候,因为上学放学总乘固定的一路电车，跟一位司机脸熟了，有回车上比较空，停站后，我鼓足勇气，请求那司机让我踩踩铃阀，那司机竟同意了，当我踩出的铃声震响自己耳膜时，形成了我童年时代的一次欢愉高潮。半个多世纪过去，不知那位司机还在世否？一个生命赐予另一个生命欢愉，哪怕是短暂的、琐碎的，也是宇宙间至美至妙的事情！

母亲指着马路对面一座楼，郑重地告诉我：“那是北京饭店。”我望过去，并不觉得有什么了不起。心里浮出兄姊轻薄的语音：“北京——好得勒儿！”因为在重庆，那时市中心已经有为庆祝抗战胜利建造的“精神堡垒”纪功碑，即一座圆顶的塔形建筑，后来改名叫解放纪念碑，望去觉得非常高大；还有我们路过武汉时，住在江边的武汉海关大楼里，印象里，那座简称“江海关”、顶上有大钟的西洋建筑，也比北京饭店雄伟。

后来海关总署给我们家分配了宿舍，是在东四钱粮胡同的一所颇具规模的四合院里。虽然离开了台基厂，那段初来北京时所留下的空间印象，还是清晰的。特别是，那马路对面，就是王府井，父母带子女逛完王府井，还往往要再走出王府井南口,在北京饭店前面望望,再往东散步,那时候东边的马路分两层，上面高处那条路，曾短暂地叫作过斯大林大街，街上连续有些小洋楼，其中有个小洋楼是家电影院，记得叫作真光电影院，在抗美援朝战争爆发前，那里还在放映美国好莱坞的歌舞影片，记得兄姊就带我看过一部，他们觉得很开心，我却在座位上打起瞌睡；最东边接近东单路口的地方，有个剧场，就是中国青年艺术剧院，走到那个地方，父母就会指点着说：“兰姑姑就在这里头。”所谓兰姑姑，就是孙维世，她是著名的导演，小名叫小兰，只有少数亲友知道这个称谓，我家与孙家算得世交，故父母有此口吻。但那时我对青艺及其剧目的兴趣，不如对那条马路的下面一层来得浓，因为那矮掉一米多的下层，种有一些有趣的灌木，布置着一些太湖石，在其中捉迷藏，一定十分惬意，我和姐姐也曾尝试在那里面嬉戏，却很快被父母制止了。这上下两条马路再靠南，才是东长安街，穿过马路，东单尽东面原是一片很大的旷地，1948 年底和 1949 年初，曾作为临时飞机场，接走了许多不愿留在北平的人士，其中包括胡适。据说胡适匆忙去登飞机，随身只带了两本书，其中一本就是残缺的甲戌本的脂砚斋评《石头记》。那乃是历史烟云中的一个细节，谁想到几十年后，其影印本成为我研究《红楼梦》的重要资料。1950 年的时候，那个临时飞机场已不复存在，上面搭建了许多临时的棚屋，做各种生意，其中就有几家西餐馆，是父亲的最爱。后来那片地方又演变为东单公园。

我长大成人以后，才知道北京饭店里有若干父兄辈铭心刻骨的生命记忆。父亲随祖父初到北京的那十来年，因为祖父是清朝最后一科的举人，到日本留过学，辛亥后在蒙藏院当佥事，薪酬颇丰，住进净土寺胡同一座原来蒙古贵族的旧居——称作“朴园”——里面，从留下的旧照片上看，堪称是个大宅门，父亲在里面随祖父母很过了几年好日子，但是，后来政局动荡，先迁到了什刹海畔，祖母去世，再迁到西四南边的缸瓦市——那时祖父续了弦，又生了几个子女，生活质量就下降不少，到 1924 年，祖父南下广州，参加革命去了，抛下续妻，更抛下了子女，父亲本来常随祖父到北京饭店应一些名流的饭局，而且因为聪慧勤奋，也考取了协和医科大学，现在我还保留着他当时一张西服革履的照片，一派富家子弟、未来名医的模样，但南下的祖父虽然给续妻寄生活费，那后母对父亲却十分苛酷，等于是扫地出门，不仅不管缴纳学费置备必要的学习用品，连饭钱也不给，父亲十分狼狈，为了应付生活，常常以代人考试的方式，挣些风险很大的钱，也曾到祖父那些仍留在北京的朋友那里，请求帮助，但人家只不过给点小钱，或仅是把父亲顺便带到前门外的撷英番菜馆，或北京饭店里的法国餐厅，让他在饭局上忝列末座，当他面说些恭维祖父的话罢了；父亲因为实在缴不起协和医科大学的学费，只得退学，为尽快获得一个牢靠的饭碗计，就去报考了海关，被顺利录取，于是娶了母亲，而且很快生下了大哥。

海关的待遇很好。大哥随父母过上了优裕的生活。多年后大哥跟我说起，小时候，父母曾把他带进北京饭店吃餐，还请了几位好朋友，有那父亲的好朋友就问大哥："长大了干什么？"大哥伶俐地回答："当医生。"父亲脸上就现出真切的笑容。父亲未能在协和医科大学完成学业，是他一生的痛。因此他始终期盼子女中有人能代他完成这一夙愿。但是后来我们四个儿子一个女儿长大成人，并没有一个成为医生，虽然父亲对我们后来都能自食其力而欣慰，但竟没有一个成为医生，依然是他心底里的隐痛。

北京饭店和协和医学院离得很近。在京城的那片空间里，有着父亲怎样的希冀与失落啊！

大哥小时候在学校不好好读书，胆子大，净干些让父母担惊受怕的事，比如在海关宿舍两栋离得很近的楼房屋顶上，他找来一块两端刚够压住楼顶的木板，拿根绳子把自己吊在木板上，荡秋千，那木板在他快乐的荡悠中，不住地跳动着，眼看一端就要滑下屋顶，他却浑然不觉，母亲发现，几乎晕倒，邻居们帮助制止，父亲下班来听说，再加上学业荒疏，训斥他他还梗脖子，气得将他抓过去打屁股。大哥在学校里常常"抱打不平"，惹出事端，学校碍于父亲海关有职务，不好公开出布告将大哥开除，就通知父亲，将他"默退"。大约是我四岁的时候，有次大哥在吃饭时，父亲训斥他，他顶撞，父亲气愤中把一碗面抛到地上，大声吼："你给我滚！"大哥立刻站起来，晃晃肩膀，冲出门去，母亲追出去，大声呼唤，哪里唤得回来，父亲也以为他过几天会自己回来，却从此不知踪影。过了半年多，有天母亲忽然高兴得流泪，原来大哥给家里写来了信，说他在北京，为美国调停国共两党军事活动的派出机构工作，他会一点英文，派上了用场，父亲下班回家，母亲柔和地报告了大哥的来信，父亲没有再生大哥的气，看了信，微微点头，说了句："只怕还有夸张。"确实有夸张，我稍大后，二哥告诉我，大哥那两年在中美联合组成的"军调处"，其实只是个跟着别人去采购食堂原料的"小炊拨儿"（北京话，意为让人指使干杂活的角色）。角色虽小，但活动的空间却非常壮丽，那就是北京饭店。大哥跟二哥讲起，那时候北京饭店里经常有舞会，他也可以参加，在舞会上别人也不知道他究竟是干什么的，那时他才二十岁出头，身材匀称，相貌英俊，从衬衫里显现出阳刚的肌肉线条，据说有次参加舞会的大明星美女白光，非常喜欢他，一连约他跳了六支舞曲，让那天舞会上的其他男士嫉妒得眼睛出火，白光一再赞扬他是“好小弟”……

1959 年北京电影制片厂拍摄了《青春之歌》，里面利用真实的厅堂展现了 1934 年左右的北京饭店，在《风流寡妇》的圆舞曲旋律中，绅士淑女翩翩起舞，当然那是作为反面场景，来衬托主人公革命女青年林道静“出于污泥而不染”，不过我看那一片断时，还是很艳羡那样的华丽生活。1962 年北京电影制片厂又拍摄了《停战以后》，里面有更多北京饭店的场景，不仅有厅堂，也有客房走廊和客房内景，其中很多镜头也是实景拍摄。1903 年建成的北京饭店，最初是两个法国人的资本，后来有中国民族资本家的资本加入，在收归公有之前，是个中法股份有限公司在经营，它的建筑风格和内部装修，有浓厚的法国风味。到 1962 年的时候它的面貌没有什么大的改变，因此用来拍摄在里面发生的历史故事，是很便当的。《停战以后》里面有个女翻译的角色，由著名电影演员秦怡的妹妹秦文扮演，她似乎没有姐姐那么美丽，但演技不错；据说她扮演的那个角色的原型，就是国家主席刘少奇的夫人王光美。1946 年到 1947 年的“军调处”就设在北京饭店里面，那确实曾经是王光美重要的人生舞台。多年以后，王光美被打倒被侮辱投入监狱，大哥偷偷告诉我，他在“军调处”当小跟班时，曾见到过号称辅仁大学校花的王光美，感叹人生真是诡谲莫测。大哥在内战爆发后开了小差，跑到南方，后来参加了解放军，1960 年他从海南岛驻地请探亲假回北京，一个人悄悄跑进北京饭店，当然是由怀旧情绪支配，那时北京饭店不能随便进去的，一般市民或外地人也很少有人尝试进入，可能大哥穿一身军装，又善于应对，居然放他进去了，他出来以后，心情不好，因为他发现，那里面的舞厅，依旧舞曲萦回、舞影翩翩，只不过曲子多了苏联风味的，男士西服革履的不多，女士穿连衣裙的不少，但也有穿旗袍烫卷发的，据说是上级指示，准许少数女子保持舞女职业，以备首长和外宾之需。大哥觉得所看见的场面与参军后受的教育相悖，又不能公开议论，只能私下与小他两岁的二哥倾诉苦闷，这是后来二哥见我懂事了，才转述给我的。北京饭店这个空间，就这样给予过我大哥难以理抹清楚的心灵刺激。

尽管多次内部改装修饰，老北京饭店的楼体始终存在。1959 年在它西边修造了一座新楼，跟它联通，新楼底层有华美宽敞的宴会厅，现在仍是京城许多重要政治活动或体面的商业活动的使用空间。老北京饭店的东边原来是铁道部的办公楼，1974 年拆除，建造了更新的一座线条简捷的具有现代化设施的店楼，也与最早的店楼连通。但直到改革开放以前，新老三座连通的店楼都是平头百姓不能随便进去的，除非你当了全国劳动模范，把你安排为代表、委员什么的，在某个会议召开期间，才让你住进去。1974 年建成的新店楼，安装了红外线遥控的自动扉，那时候成为京城市民茶余饭后的一个话题，啊呀，先进得不得了啊，人刚走过去，它就蔫不叽地自动打开，你走过去没几步，它又蔫不叽地自动合上，神仙门啊！什么时候咱也穿过它一趟啊！表达向往者多半就会遭到奚落：美的你！你是哪棵葱？哪轮得到你享受那神仙门的乐子！如今到处是自动扉，有几个人还记得三十多年前的这些心态与话语？

我在改革开放以前没有进入过北京饭店。但是 1975 年的时候，得到过一次邀请，差点儿去穿越那先进的自动扉。

1968 年的时候，我任教的那所中学进驻了军宣队（全称是“中国人民解放军毛泽东思想宣传队”），他们负责组织学校里的“斗、批、改”，我因为 1964 年曾经在《北京日报》上发表过一篇《京剧不适宜表现最当前的现实生活》的文章，里面还提出不应该在现代戏里取消小生小嗓、旦角水袖等传统行当，有“反对革命样板戏”“反江青”的罪名笼罩头上，因此灰头土脸、夹着尾巴做人，哪敢主动接近军宣队，但那军宣队的指导员和一位战士，却主动来跟我接近，我把自己的“问题”坦白给他们，没想到，指导员在我单身宿舍里私下跟我说：“老戏也有好的，我就最爱看《杨八姐游春》！”让我心头轻松了许多。那战士姓周，他也常到我宿舍来聊天，跟我开许多玩笑。有天小周来我宿舍一反常态，愁眉苦脸，原来他父亲病重，想到北京来看病，但那时一个农民进北京城，住店和到医院看病，都必须要有省里革命委员会开具的介绍信才行，何况看病和住店都得花钱，困难呀！我就跟小周说，你父亲来了北京，可以就住我这间屋子、睡我这张床，我北京有个姐姐，她家离这学校也不算太远，我就每天在她那里住，白天来学校参加“斗、批、改”好了；另外，我没成家，工资一个人用不完，也有点小积蓄，帮补你父亲一些医药费并不影响我的生活，只是，那省里的介绍信，你怎么才能开出来呢？讨论中，指导员也来我宿舍，听说了，就给他出主意，说你们省里革委会，正好有我战友在那里负责站岗，我给你带上封信，兵帮兵，一家亲，你就一定把那介绍信开下来，你爹的病得抓紧治！三人议定，小周当夜就赶回家，没两天带来他父亲，安顿在我的宿舍里，又到协和医院看了病，确诊是化脓性肋膜炎，加紧治疗不提。1969 年，“清理阶级队伍”，学校里有人正式在大会上质问：“为什么猖狂反对江青的刘心武还没有揪出来？”一派群众组织贴出了揭发批判我的大字报，又在校门外墙上刷出每个字使用一整张大字报纸的大标语“刘心武猖狂反对江青同志罪该万死！”那天下午就要将我挂牌子戴高帽批斗，但下午广播里宣布又有新的“两报一刊”（即《人民日报》《解放军报》和《红旗》杂志）的社论发表，公布了毛主席最新最高指示，学校的革命师生照例要敲锣打鼓上街游行欢呼，我那个下午就混过去了。第二天一早军宣队通知那派要揪斗我的群众组织：“刘心武那篇文章够不上现行反革命，不同意你们揪斗。”军宣队将我保下，是那时西城区领导所有中学运动的总部（设在航空胡同民国时期的航空署，一座中西合璧的楼房里）做出的决定，但我觉得我们学校的军宣队小分队的指导员，包括小周与其他成员，替我说了好话，一定起着不小的作用。

军宣队成员实行轮换，1974 年的时候，指导员和小周早已回到原部队，而小周他们那个连，恰好就分配到新建成的北京饭店值勤，他们离开我任教的那所中学以后，我们一直还保持着联系，小周有天见到我，就邀我跟着他到北京饭店新楼参观，他说我跟在他身后，别出声就行，保我能享受自动扉之乐，还能进没住人的客房开眼界，知道什么是中央空调，当然更可以看到那时一般单位和家庭都很稀罕的彩色电视……他的好意我心领了，但我没有应约而去，我这人胆小，不愿冒险去品尝非分的甜头。

1980年以后，我是北京饭店的常客。或参加在西楼宴会厅的各种名目的活动，或到里面会见外宾，有时媒体的采访也借用那里面的空间，1986年我从北京市文联调到中国作家协会《人民文学》杂志社工作，杂志社搞活动，也常租借里面的多功能厅，记得一次是在老楼顶层，先开研讨会，再吃自助餐，因为杂志社里有能人，通天都行，遑论搞定这么一个饭店，他们跟我汇报，非常好的自助餐，所收费用却相当便宜，那真是些美好的时光。

改革开放的重大成果之一，是开启了民智，上世纪八十年代，北京饭店不断出新鲜事。开头也是限制一般民众，"闲人免入"，但就有外地来京的普通人，大摇大摆地往里走，被拦住，问干什么的？理直气壮地回答："吃饭的！你这外头不是大字写着'北京饭店'吗？到了首都，进这饭店吃个饭，怎么不行？"若是在"文革"时期，这来闯的人很可能就被视为敌对分子，给薅起来了，但那时的北京饭店工作人员意识也在发生转变，只是耐心解释："目前还不对外，但是你们的愿望我一定向领导反映，也许没多久，这里就对所有人开放了——可是衣衫不整的，还是不许入内啊！"闯店的人也就心平气和起来："别总是只接待首长外宾，快点开放！你开放了，我穿得比今天还鲜亮地进来吃饭！"

很快的，大概是1981年，北京饭店也就允许一般的中国人进入了。真对一般人开放了，往里进的平头百姓也并不多，因为里面消费很昂贵，拿吃餐来说，里面在1958年就有谭家菜，本是清同治年间谭姓高官的私房菜，后来在街上设了店面，属于高档官府菜，民国时期一直存在，新中国成立后，首长喜欢，用来招待外宾，都哄然称妙，因此最后搬进了北京饭店，首长外宾两便。现在北京饭店的谭家菜若非公款消费，一般自费的必须是富人才不在乎，中产阶级翻开菜牌，若忍住咋舌，心里也还会鼓槌乱响。但开放的社会毕竟比封闭的社会好，人们的机会、机遇多了。上世纪八十年代初期，多有一般身份的年轻人，穿得体面一点，到北京饭店里面寻找命运转折机遇的。他们当然不会住店，也不去吃谭家菜，只是到大堂吧点一杯可乐或咖啡，慢慢地呷，两眼则不住地观察，有的就跟外国人搭讪上了，一回生二回熟，来往上了，有的就获得对方好感与信任，或帮助联系了外国大学的奖学金，或对其出国进行担保，最令人惊叹，其故事流传至今不减其魅力的，是一位李姓男子，被来中国旅游的美国好莱坞老牌女星相中，对其一见钟情，爱得执着深沉，难分难舍，最后将其带往美国，那李姓男子在美国为那年迈的大明星送终后，根据大明星遗嘱，获天文数字遗产，后来重返中国，成为京城巨富，而北京饭店，便是他的发祥地。

一个空间，在不能进去，只能在外面观望时，神秘而奇妙，便有许多话可说；若出没其中成家常便饭，印象繁多，互相重叠，反倒不知道说些什么好了。北京饭店于我就是如此。

回想起上世纪八十年代，浮到记忆上层的，有两个人两三件事。

一个人是德国的马汉茂，这是他的汉名，他那时是西德波鸿大学的教授，热衷于把改革开放后的中国新的文学作品介绍到德国，他本人动手翻译的作品不多，但他善于联络中国作家、德国汉学家、出版社、传媒，也就是组织能力特别强，许多中国作家的作品被译成德文在德国出版，里面都有他的功劳，他还能设法找到一些机构赞助，邀请安排中国作家访问西德，我的若干短篇小说、中篇小说《如意》等，就都是他组织翻译出版的，1984 年又帮我找到邀请方，提供机票和费用到西德访问，那几年里我们联络比较频繁。大约在 1985 年，他又来中国，住北京饭店，约我去会面，我去了，他在大堂等我，汇合后，他想到商品部买东西，我陪他去，他要了商品，掏出钱包付人民币，售货员不收，他就抗议："这是你们国家发行的货币，为什么你不收？" 售货员很尴尬，但瞄见他钱包里有外币兑换券，就微笑着说："您不是有能用的钱吗？您付那个就行。"马汉茂偏要付人民币，那售货员坚持原则不收，僵在了那里。现在的 80 后、90 后可能已经完全不明白什么叫外币兑换券了，那时候外国人到了中国，必须先拿外币在指定的兑换点兑换成特殊样式的外币兑换券，拿那券买东西；而中国人用人民币，也买不到若干必须用外币兑换券才能买的商品，也未必是进口货，那时有若干专门制造出来的国货，只供应外国人，或持有外币兑换券的中国人。那时候更有一种侨汇券，就是你家在国外的亲友给你寄来外币，国家一律让你按汇率领取人民币，但按寄来的币值发放你一定数量的侨汇券，你可以到专门的商店，寻找你喜欢的商品，那些商品往往是其他一般商店里没有的，那商品标签上会写出，需要几张侨汇券，同时需要付多少人民币。那时各个涉外饭店的商品部都只收外币兑换券，在建国门外，更有专门的友谊商店，只接待持有外国护照的顾客，里面只流通外币兑换券，而专卖侨汇券商品的店铺又另在别处，我记得崇文门内大街上就有一家。且说马汉茂那天非要拿人民币在北京饭店购买商品，弄得售货员哭笑不得，我在一旁，心里很不是滋味。后来是马汉茂嘟嘟哝哝，满脸不高兴，终于从钱包里抽出一张外币兑换券，买下了那件物品。马汉茂后来患忧郁症在德国跳楼自杀。这件事过去二十几年，那时候中国政府缺少外币，所以有那样严厉的外汇管制，集腋成裘，现在呢，从美国到一些欧洲国家，全都欠中国政府钱，中国政府拥有的外汇储备之多，报出那数字令人晕眩。世道变化之大，令人长叹。现在用人民币在北京饭店消费绝无问题，无论你是哪国人。而停用的外币兑换券和侨汇券，已经成为收藏市场的热门货，价格一路飙升。

还想起一个人，就是韩素音。她生于 1917 年，现在该有九十四五岁了。她父亲是中国人，母亲是比利时人，很早就取得英国国籍，几十年前就定居瑞士洛桑，她最后一任丈夫是印度人，她的著作在许多西方国家出版，我记得其中一本是首先在南美阿根廷一家出版社印制发行的。认识她，我是在叶君健先生家里，一般人多只记得叶君健是个儿童文学作家，译有丹麦安徒生童话全集，而不清楚他一度曾算得上是一个英国作家，属于上世纪四十年代英国文学精英圈——索尔兹伯里群星——里面的一员，那其中包括影响极大的女作家弗吉尼亚·伍尔芙，叶君健那时候用英语和世界语写出的长篇小说颇获好评，就文学资历而言，韩素音出道比叶君健晚，他们是在英国相识的，后来一直保持着联系。我在叶老家里认识韩素音以后，她偶尔也会单独约我会面，大约也是 1985 年，她又来北京，因为读了我的中篇小说《如意》，非常欣赏，打算翻译成英文，约我到北京饭店吃谭家菜，我们边吃边聊，谈得比较深入。她告诉我，北京饭店这地方她太熟悉了，她和三任丈夫，都曾在这个空间里活动过，她在这个饭店里目睹了中国社会往往令人吃惊的变化。她认为自己能够向世界解释中国。从上世纪七十年代到八十年代，她被中国高层人物看重，周恩来、邓颖超早在四十年代在重庆就跟她熟识，她通过中国人民对外友好协会邀请来华后，周恩来夫妇接见她是必然的，后来邓小平也接见她，她频频来华，也频频发表报道、解释中国的文章，在西方确有一定影响。但是，她后来似乎渐渐失去了报道、解释中国的权威性，就像定居法国的那位荷兰记录片大师伊文思一样，伊文思本来是通过记录片诠释中国的权威，但到上世纪八十年代却力不从心了，西方人觉得他片面，中国官方也失却了靠他对西方宣传的倚重，韩素音应该与他同病相怜。我和韩素音最后一次见面，是在八十年代末，那天前驻美大使章文晋、张颖夫妇在家里招待她，请我和谌容作陪，章家住处离北京饭店很近。那天席间大家坦率交谈，但不甚投机，记得当韩素音报道了一则消息并发表评论后，我心里很不以为然，谌容似也难以认同，但我们都没吭声，章文晋的儿子却平和而具体地反驳了她，席间气氛有些个紧张，好在女主人张颖巧妙地把话题引开，大家便集中精神品尝女主人精心烹制的仿谭家菜火锅。饭后大家饮茶，继续聊天，我想起北京饭店就在附近，而韩素音的生命体验与那个空间又有着那么密切的联系，就建议她以北京饭店为主要场景，写部长篇小说，她笑笑说：“我才不为它做广告呢。”我感觉她内心里有种寞落情绪萦回。后来中国政府高层再没有接见过她。

北京饭店当然不用做广告。它是不言而喻的。我如今很少去那里，有请帖也懒得去。但它毕竟是牵动过我的家族和我个人的一个重要空间。保持对生命历程里的主要空间的敏感，是活力仍在的标志吧。

2011 年 10 月 29 日写于温榆斋

宽阔的台阶——巴黎卢森堡公园

巴黎塞纳河左岸的卢森堡公园，在我很小的时候就听说过。不但听说，也看见过，当然，看到的是照片。那照片不是单纯的风景照，上面有人物。有的人物是熟悉的，比如大姑妈和二姑妈，她们都曾在法国留过学。有的只知道跟两位姑妈有这样那样的关系，所以会一起在卢森堡公园留影，但究竟何许人也，父母说出过几位，留下模模糊糊的印象，再有的，则父母也说不清了。随着我告别少年时代，进入青年时期，社会环境使得家里那样的照片深藏起来，对照片上的人物，父母即使知道也缄默不语了，我呢，也渐渐失掉了探究的兴趣，因为，对那样一些影像刨根问底，属于危险的兴趣。再后来，大风暴袭来，人们在恐惧中纷纷毁灭旧照片。风暴过后，天空晴朗起来，我家收拾旧照片，居然也还残存一些，在巴黎卢森堡公园里拍摄的，剩有四五张。1986 年至 1987 年，我在《收获》杂志开了个《私人照相簿》专栏，在《留洋姑妈》那篇里展示了两张。其中一张有着卢森堡公园最明显的特征，就是那两边有着巨杯形花钵装饰的宽阔台阶。

卢森堡公园号称巴黎最大的市内公园，但是跟北京的北海、景山、天坛、陶然亭等公园比较起来，却是小巫见大巫。最近在网络上看到一位到巴黎自由行的“驴友”抱怨，说那卢森堡公园令他失望，一无莲池锦鲤，二无曲径通幽，三无叠石怪趣，四无游廊山亭，他去那天还起风，公园碎石路面上旋起沙尘，令他十分扫兴。个体生命对同样景物的感受往往差异极大，我很尊重那位“驴友”的感受。我 1983 年第一次造访巴黎，就去了卢森堡公园，后来每次必去，特别是 2000 年那回，借住在朋友家，他们家就在卢森堡公园旁边，几乎天天要在那公园里穿行，用中国古代文人的语言来形容，是“十二栏杆拍遍”，那公园，似乎也成了一个熟稔的法国朋友。我的感受是，卢森堡公园体现着西方的一种造园理念，就是那空间不是用来让人惊艳，而是用来让人放松的，因此，它里面虽然有着古典式的宫殿建筑（现在是法国众议院），有着美迪奇喷泉那样的园林小品，更分布着若干圆雕，以及大片的花坛，但那些事物对游人眼球的吸引力有限，它的主打布局是随意栽种的树林与林荫道，还有草坪花坛边碎石地面上那些可以随意移动使用的铁椅。在我看来，卢森堡公园之美，树木花草、圆雕喷泉都在其次，那些在树下花前，坐在铁椅上放松自己，或读书报，或抚琴弦，或紧依紧偎，或老少互嬉……的普通巴黎市民的自然生态，是最美的。

卢森堡公园的空间，并不在一个平面上，大体而言，是它的东北部，对比于其他部位，高出几米，两个平面的过渡，便由那宽阔的台阶完成，那个台阶，也就成了游人们留影的一个常取场景。三十几年前，曾与二姑妈聊起卢森堡公园的这个台阶，她感叹道，恐怕几代曾到巴黎的中国人，都上下过那台阶，并大都在那上面留过影，她就陪何香凝，还有廖承志，多次经过那台阶，她说，上世纪初，不仅留法的人士必定在那台阶留下足迹，当时在欧洲其他国家留学的，尤其是在德国留学的人士，都会或途经巴黎，或利用假期从柏林等处来巴黎活动，比如周恩来、宋庆龄、朱德、孙炳文、邓小平……就十之八九会在那宽阔的台阶闪过自己的身影。我拿出在那宽台阶上拍摄的旧照片让二姑妈指认，她告诉我，其中那个高挑身材、一身白色洋装的女士，叫张邦珍。我问：张邦珍如今在哪里？二姑妈轻声说：去台湾了。我本能地回应道：啊，是个反动派啊！二姑妈迟疑了一下，就跟我说：其实，那个时代，在保皇党和军阀们看来，共产党和国民党都是“乱党”，也就是说，都是革命党，跟李大钊一案被军阀张作霖绞杀的，就有好几位并非共产党，而是国民党，其中一位非常年轻的女士，叫刘悒兰，二姑妈跟她接触过，就是国民党员，属于国民党左派。张邦珍呢，最早也应该算是国民党左派，跟共产党人过从甚密。后来国共分裂，直到大决战，当年在巴黎一起游卢森堡公园的人们，才彻底分道扬镳，张邦珍随宋美龄去了台湾。我注意到另一张照片上，有位女士女扮男装，留男士分头，穿中式男性大褂，二姑妈告诉我，她叫罗衡，那时应该也算是国民党左派，二姑妈和罗衡都曾当过何香凝先生的秘书，但罗衡后来也去了台湾。我又本能地回应道：啊呀，怎么她也成了反动派？二姑妈微微摇头道，政治理念固然对一个人的行为起着重要作用，但人是复杂的，人的感情更是具有推动力的。她以比较含混的语言让我知道，张邦珍和罗衡在巴黎时就不是一般的亲密，后来回到中国，两个人同在一所中学主政，同室居住，张的女性打扮十分精致，罗的男士装束十分粗犷，人们对她们从瞠目以视渐渐到见怪不怪，因此，大决战胜负迅速分明时，张执意要去台湾，罗怎舍得？也就去了。二姑妈跟我讲张、罗故事时，已经进入改革开放时期，那时我虽然在政治话语上还使用"反动派"之类的名词，却已经有机会看到白先勇刚出版的《孽子》，开了些窍，懂得张、罗的"孽女"情缘必须尊重，再回过头来看她们上世纪初在巴黎的留影，越发憬悟到世事的诡谲与人性的神秘。

那张有大姑妈、张邦珍站在卢森堡阔台阶上的照片里，前端还有位手持便帽、西服短裤的男士，姿势十分随意，他是谁？父亲曾说，怕就是罗家伦吧，二姑妈那天虽然没有被照到镜头里，记忆还不甚模糊，就摇头，说怎么会是罗家伦？罗家伦那时候已经接近三十岁，照片上的男士应该是更年轻的一位留学生。罗家伦是1919年"五四运动"中的干将，流芳百世的《北京学界全体宣言》就是他起草的。他后来先到美国、德国留学，1925年许入读巴黎大学。那时他尚未遇到后来的妻子张女士，在欧洲狂追过一位中国留学生，那位女生是在德国柏林大学攻读化学的，罗家伦在柏林就不断给那女生写情书、送玫瑰，后来人家跟一些同学来巴黎度假，在卢森堡公园，他就当着大家向那女生示爱，众留学生或插科打诨，或真诚祝福，但那女生不仅不为所动，而是以非常激烈的方式表达了拒绝……

那位被罗家伦追求的女生，也曾在卢森堡公园的那个阔台阶上跟一些人合影，因为其中有我大姑妈，我家也曾有过一张，但很早的时候，就被撕毁了，毁掉它的，就是那位也曾有过美丽青春的女士。

那位女士名蓝素琴。记得大约是我十二岁的时候，我们家住进来一个人，在我眼里，分明是个老婆婆，父母却让我唤她蓝孃孃。她怎么是我孃孃？孃孃应该是母亲的姊妹，应该跟母亲一样姓王啊，而且，母亲家族的孃孃已经很多，比如那时候八孃孃就在北京农业科学院工作，来往很多，但八孃孃也从没有在我家留宿过，这位蓝孃孃怎么提着个破旧的小箱子住到了我家，住进来了许多日子，也不见她走，最让我觉得离奇的是，她也不去上班，三顿饭跟我们围坐在八仙桌上一起吃。

那时我家住在钱粮胡同海关宿舍，我家门外有株高高的金合欢树，盛夏时，合欢花，也叫马缨花，满树盛开，散出特殊的香气，全家人轮流洗澡，洗完澡，各自搬个小板凳，坐到树下，扇着大蒲扇乘凉。有次父母到屋里做什么事去了，树下只有我和蓝孃孃，她一声不响，我不高兴，就缠着她给我讲故事，她叹口气说："有什么好讲的呢？讲深了，你怕不懂。"我越发不高兴了，跟她说："我五岁就上学了，现在都要上初二了。别小看了我！那年爸爸妈妈带我们从武汉坐火车到北京，我因为岁数小，是免票的，可是，乘务员发现我在那里算带小数点的除法，就要查我的年龄，他说，哪有这么小的娃儿就懂小数点的呢？再说我到这 21 中，语文老师头一堂课，提问，让说出来暑假里读了什么书，问到我，我说读了普希金的《上尉的女儿》，他眼睛瞪得好圆……"蓝孃孃这才噗嗤一声笑了，用蒲扇拍着我背说："鬼娃儿！没想到你人小心大！"我就说："可不。我在爸爸的那个放旧照片的紫檀匣子里，看到过大姑妈、二姑妈她们在法国的照片，有个地方叫卢森堡公园，在那地方照的最多，爸爸说照片里头也有你呢！你为什么不跟我讲讲卢森堡公园的故事呢？"蓝孃孃听了脸色陡变，四面望望，然后低声说："以后快别再提那些陈年旧照。"稍后又说："故事我懒怠讲。不过，你既然早熟、早慧，倒是可以给你推荐本读物。我知道你哥哥姐姐都是喜欢俄罗斯古典文学的，所以你也读了《上尉的女儿》。其实德国的文学也是很好的，有本书叫《茵梦湖》，不知道你能不能在图书馆里找到？"

我在很久以后，才读了《茵梦湖》的中译本。因为是一个特别的人所推荐，我的读后感，是很个案的。我掩卷后思绪悠悠。蓝孃孃一生未婚。我见到她时，应该是五十岁出头，何以那么出老？原来，她是从监狱里放出来，因为实在无处安身，才投靠到我家的。我不会特别去注意父母和蓝孃孃的谈话，尤其是当他们压低声音交谈时，我总是走开去做自己的事情，但既然在一个空间里生活，免不了还是听到一些、记住一些。有一次是蓝孃孃跟妈妈说，感谢我家给了她这么舒服的居住条件，特别是能在大澡盆里仔细洗干净自己，她说她刚进监狱的时候，最感苦恼的还不是那罪名，而是身上立刻长满了虱子，她说她在狱里后来受到表扬，就是由她发起，制定方案，督促众牢友一齐努力，消灭了虱子，连看守们也都高兴，因为原来看守回到家里也遭抱怨，虱子是牢门关不住的，从牢里传染到牢外，大家一齐灭虱，牢内牢外都舒服多了。蓝孃孃住的是新政权的监狱，那么，她是个反动派无疑了。父母怎么会留她在家里住呢？我那时候好不容易才被批准系上红领巾，这种觉悟还是有的，有一天，妈妈和蓝孃孃上街买菜，我就跟爸爸提出了这个问题："蓝孃孃怎么回事儿啊？"爸爸简单地回答我："她是因为历史问题抓进去的，现在查清楚，放出来了。她无亲无故了，实在没地方安身啊。现在她正在向政府申请安排工作，等把她安排了，她就会离开咱们家的。"后来有一天，听到蓝孃孃跟父母聊天，妈妈责怪她：何必把那张合影里有她和罗家伦的照片要去撕掉？她说往事实在不堪回首。那天大家在卢森堡公园拍完照，又出公园在街边咖啡座吃餐，那罗家伦还是那么不管不顾，众人都在哄笑，"我腻烦极了，就一个鸡蛋丢过去，把他身前的玻璃杯砸了个粉碎！"蓝孃孃的这段叙述一直镶嵌在我的记忆里。1988 年在巴黎，我特意登上卢森堡公园的阔台阶，穿过一片树林，走出它东北大门，面前是一条有着好几个咖啡馆的街道；卢森堡公园是一个几处有门，与周边街道相连的公众共享空间，我在《私人照相簿》的照片说明里，把公园里的阔台阶说成街头，就是因为它实际上与外面街道浑然一体；那么，半个多世纪以前，蓝孃孃是在哪个咖啡馆的露天咖啡座，往罗家伦那边扔鸡蛋的呢？那种咖啡馆确实不仅供应咖啡及其他饮料，也供应吃的，蓝孃孃扔出去的鸡蛋，应该是英式的煮鸡蛋，竖放在一种专门的鸡蛋托子上，吃的时候，先用餐刀背将壳击裂，然后再剥去所有蛋壳，最后是用手拿起来吃，还是用叉子叉起来吃呢？……悠悠岁月里，在巴黎卢森堡公园附近，曾发生过蓝素琴将煮鸡蛋掷向罗家伦的一幕，而在那以后，并没有太久，罗家伦回到中国，1927 年与一位张女士结婚，1928 年成为清华大学校长，1931 年成为中央大学校长……后来也去了台湾，成为高官，1969 年，他的人生谢幕。他一直保留着那张在巴黎卢森堡公园阔台阶上拍摄的，虽然是多人合影，却有着那时候他眼里西施的蓝素琴的照片吗？在他的遗物里，还找得到吗?

蓝素琴不以罗家伦后来的发达而后悔对他的拒绝。她始终不爱他。她回国以后，本来以她那柏林大学化学系的水平，足以到清华大学、中央大学化学系谋取一个教职，但她没有去，她应该始终不后悔那个在卢森堡公园附近的抛物运动。但以她向我推荐《茵梦湖》而推论，她应该是懂得爱情的。她那隐秘的爱情，究竟有几许的甜蜜，几许的辛酸?她始终独身，可见那曾经有过的爱情，是个凄恻的故事。她若愿写小说，怕也能写出本类似《茵梦湖》的书来吧?

大概是我上到初二上学期的时候，有天放学，不见了蓝孃孃，去那间原来她借住的房间，不见了她那只破旧的小皮箱，我就知道，她走了。也没问父母，到吃晚饭的时候，桌上少了她的碗筷。又过了一个星期，传达室送来的报纸里有一封信，记得信皮上印着西南师范学院的字样，父母传阅后，一个说:“这下好了。”一个说:“其实不用道谢。”我就知道，蓝孃孃被安排到大学教她在德国学来的化学了。很长的时间里，我把她忘记了。

到 1963 年的时候，我已经是个中学教师了。那时候父亲已不在海关工作，他被调到张家口的解放军外语学院当英语教师。那一年暑假，父亲母亲先从张家口到北京，跟我会合，然后一起到成都，住到了他们的发小邓伯伯家里。邓伯伯比他们年龄略大，他们叫他邓哥。邓伯伯早年也在法国留学，我在他书房的书橱里，看到了我看熟了的以卢森堡公园阔台阶为背景的老照片。那时候邓伯伯是全国政协委员。一旁听邓伯伯跟父母怀旧，也聊到罗家伦追求蓝孃孃的事情，自然少不了提到那只抛出的煮鸡蛋，邓伯伯当时似乎在场，回忆起时不免呵呵地笑。邓伯伯指着那张旧照片，逐一说着他们后来的人生轨迹，有的在留学时就病死了，有的后来绝不再跟照片上的同游者来往，不知所终，这些听来当然无所谓，但是，有的，他就说:“那时候激烈得很啊，谁想到后来竟投靠到他那时激烈反对的势力怀抱里去了!”这话听了也还不算惊心，但他又说道:“那时候大家吵归吵，总觉得心还是靠近的，都恨军阀混战，恨列强瓜分，恨贫富不均，恨骄奢淫侈，恨政客虚伪，恨世风糜烂……大家都是热切要让中国富强的社会变革者啊，多一半应该算是真诚的社会主义者，怀揣着热血浸泡的理想……可是，后来，这位把那位视为死敌，那位更实实在在地对那边那个实行了镇压……当年大家在那卢森堡公园的宽台阶上，互相搂着肩膀，齐唱《马赛曲》啊……那时候哪里预料到，到头来，只有一种是对的，之所以对，就是取得了胜利！在胜利者面前，其他各种，你只能低头服从……”他提到了蓝素琴，记得妈妈问他：“邓哥，按说后来批判胡风，正式启动镇压反革命的大运动，还有反右，她都难以幸免啊，怎么听说她倒都平安无事？”爸爸只低头无语，因为他在1957年的“鸣放”中，也“说错了话”。邓伯伯沉吟了一阵，这样解释：“是呀，有的人就是并无言论，也给划到敌我矛盾那边去了。蓝素琴么，听说在‘鸣放’的时候，有人动员她为解放初的被捕入狱吐苦水，动员她要求平反，她就在会上说，那样处置她是对的，后来安排她这份教职，她除了感激，没有别有话说。依我想，她是悟透了。果然求得了平安。”

那以后，我有时夜深人静时，就会想起卢森堡公园阔台阶上合影的那些中国热血青年，特别是那些宽泛意义上的社会主义者，他们当中后来真正融入胜利队伍，“正面打进去”的并不多，因为他们有的并非布尔什维克，有的后来成为托（托洛茨基）派分子，有的后来只听命于苏联的斯大林，有的只是在“白区”活动，几乎没有跟井冈山、遵义、延安、西柏坡关系紧密的，他们被胜利者陆续淘汰掉，势在必然。到了那狂暴的十年，开始我什么也不敢想，到林彪摔死的事情公开以后，才又胡思乱想起来。就觉得，其实革命与其说是与反动派的殊死斗争，莫若说是与自己原先在一起照相的伙伴之间的路线斗争，大批曾经杀害过革命者的反动派头子，在那十年里境遇比那些被宣布犯了路线错误的有革命资历的人好过太多。近些年，重读鲁迅的《范爱农》，他用调侃的语气说，因为范爱农得罪过他，因此，倘若中国真有革命，他鲁迅第一个要革掉的，就是范爱农。这把人性揭示得多么深刻啊！鲁迅说他常常无情地解剖自己，这一笔就是拿自己开刀，揪出人性中最阴鸷的成分来。前些天在网络上浏览，发现同是对现实不满而表示要为改进而奋斗者，有的分明是一起照过相的，如在卢森堡公园的阔台阶上一起展示过青春年华的人士，却因对改进现实所开药方不同，先是发生龃龉，然后互相开骂，以至宣布要灭掉对方，听说还真有约到某处肉搏以求“彻底了断”的，不禁一身冷汗。难道，因为人性如此，本是同一台阶上的生命，就必然会在社会变革的进程中，胜者（或自以为绝对正确者）

处罚歧见者，狠过那共同的敌方么？我的这些思绪，无关政治，直指人性。

蓝素琴离开那卢森堡公园的阔台阶以后，因为报应得早，悟透得早，后来一直低调生存，得以善终。当然，她后来的信息，愈加模糊。

新世纪里，有更多的中国人进出过巴黎卢森堡公园，我认识一位中国血统的法国姑娘，她的中国名字叫棠棠，她快要从法国的中学毕业，正准备考入医学院，今后去当一名脑外科医生。这是多么了不起的志向！2004年，我和她在卢森堡公园里散步，我费尽千辛万苦，终于在路边树林里找到了一棵海棠树，正当春暖，满枝粉翠的花蕾，我指给她看，告诉她那是她生命的对应树，她十分高兴。后来我们一起踏上那道宽阔的台阶，她惊异于我眼里泛出泪光，我不问自答地说："台阶很宽阔啊，互相包容，就那么难吗？"

2011年11月23日温榆斋中

蟾宫明星俱乐部——北京隆福寺街

我不知道该怎么感谢这条街。这是一条曾经极度繁华而如今已然萧索的街。它滋养过我的童年、少年时代。我不会因它的没落而稍减对它的尊重与挚爱。

它与宽阔的北京东四西大街平行。东四西大街更古老的名称是猪市大街。很多人知道北京前门大街走到底，南边那儿的路口叫珠市口。珠市口是卖珍珠的路口吗？据说“珠市”其实是“猪市”的掩饰写法。老北京人爱面子，比如屎壳郎（一种推粪球贮藏起来当粮食的昆虫）胡同，会写成“史可量胡同”，“打狗巷”会写成“大格巷”，烂面胡同会写成“烂漫胡同”，等等，但东四牌楼西边那条街，却一直坦率地写着猪市大街的名称，居住在附近的人们并不以为丢面子，为什么不丢面子？“要问猪市大街在哪儿？就在隆福寺跟前！”有了隆福寺撑面子，也就不必忌讳猪市的写法了。

隆福寺，我曾写过多篇文章，详尽地表述过我的回忆。我的长篇小说《四牌楼》里，将若干人物的命运展示在这个空间里。但是这座有着世界上最精致美丽的殿堂藻井的古寺，在上世纪七十年代初被彻底拆解，如今连一点痕迹都没有留下。到了上世纪八十年代后期，却又在那里建造了似是而非的商业大厦，在屋顶上造出了一圈古典殿堂式建筑，号称是“恢复隆福寺往日风貌”，新老北京人对此都不认账，懒于光顾，后来商厦遭遇火灾，改变了几次经营内容，总难以吸引顾客，以至我写这篇文章时，仍是一座落寞的大楼。从这大楼往南延伸，那时也建造了一座面向猪市大街的商厦，不知道设计师是怎么想的，其建筑语言，令人联想到的绝非明清寺庙，倒很像日本神社。这座临街的大楼也一直没有成为繁荣的商业空间。

隆福寺在我童年时代，是北京常设性的最大庙会，其摊档商品的琳琅满目、丰富多彩以及吆喝声浪、百戏杂耍，会令置身其中的人产生来到了童话世界的奇幻感觉。记得大概是1954年，那时的苏联芭蕾舞团到北京演出，演出地点就在猪市大街往南一点的北京人民艺术剧院，他们下榻的地方，大概就在猪市大街西口路南的华侨饭店，那时算是最高档的宾馆了，有天我放学后，就看到一些苏联人，女的特多，而且那些女士个个身材窈窕，穿着裙子，腿特别长，抹着口红，兴奋地从隆福寺山门里出来，都提着抱着握着夹着买来的东西，虽听不懂他们那些欢声笑语，却知道他们分明是在称赞庙会。那时候我已经读过安徒生童话《夜莺》，知道西方人对中国有种特别的想象，那些跳《天鹅湖》的俄罗斯美女，该觉得是到了“夜莺的国度”吧？她们高兴，我这个小北京，也很高兴，因为从“夜莺的国度”这个角度来说，她们何尝不是为隆福寺增添了色彩的“过路天鹅”呢？

其实隆福寺固然曾是个美轮美奂的空间，它门外的那条街，即隆福寺街，也曾是个光彩夺目的长街。我记得街上有不止一家书店，有售卖新书的，更有售卖从线装书到民国时期石印、铅印的形形色色的旧书刊的。我那时年纪虽小，却已经很爱泡书店，卖新书的书店我当然爱去，也买些适合我那时心智发展的新书，比如从苏联翻译过来的童话《哈哈镜王国历险记》，从意大利翻译过来的童话《洋葱头历险记》（可能并非从意大利文直译而是从俄文转译，其作者罗大里那时是亲苏的），记得我还买到过一册冀汸的长诗《桥》，他是当作儿童文学来写的，对当时的我在诗歌审美上有着启蒙作用。后来我知道出了个“胡风反革命集团”，冀汸也是“胡风分子”，但我将那本《桥》一直保存了十几年，直到1966年夏天，出于恐惧，才将它抛弃。我不知道冀汸的《桥》在他平反后重印过没有，能不能买到，冀汸先生还健在吧？我希望，如果他本人读不到我这篇文章，那么，有读到这篇文章而认识他的人士，能将我这段文字转述给他，我要向他致谢，我十几岁的时候，在隆福寺的书店里买到过《桥》，而这座“桥”，也是我那个时期心灵获得的养分之一。我的同龄人那时候鲜有进旧书店的，我却出于好奇心常往里钻。我承认那里面很多的书我连书名都认不出，比如《訄书》，这是什么书啊？作者叫章炳麟，那时我完全不知道他是谁，我得承认，现在我知道他是谁了，却也仍未读过《訄书》，但此刻我却能鲜活地回忆起当年在隆福寺旧书店里所看到的那书的封面，它给予我的刺激是需要终生消化的——从那一刻起，我懂得了我们中国文化有多么深奥，懂得了对文化，对书籍，对写作，对阅读，自己需要永远保持虔诚。我记得我在旧书店里买回过一本苏曼殊的《断鸿零雁记》，是本用文言文写的言情小说，拿到家后很后悔，因为看不明白，但我把它保留到青年时代，后来读了觉得很好，只是受限于时代氛围，难以跟别人交流阅读心得。

隆福寺街的旧书店各有名称，其中我印象最深的是修绠堂。它也是如今街上幸存的唯一旧书店了，由于那书店早已由私营而公私合营再完全国营，纳入新华书店的分支专卖旧书的中国书店，因此它现在的招牌是中国书店，但它的位置一直没变，离隆福寺街东口不远，路南，那房屋基础架构还能引出我对当年修绠堂浓酽的怀旧情绪。我小时候原来不懂得为什么那书店叫修绠堂，后来是父亲告诉我，“修”是长度很充分的意思（我立即想到“修长的身材”这个语汇），“绠”是绳子的意思，这两个字连起来，则是指长长的井绳，就是从井里汲水，要用这长长的井绳拴牢了水桶，才能获得水的滋养，书店自比为“修绠”，为读书人提供汲取知识的方便，这个店名确实取得好！父亲一度是修绠堂的常客，他从那里买到过《增评补图石头记》和线装的《浮生六记》，他虽藏在枕头底下，却都被我趁他不在时取出来翻阅过。

但是隆福寺街给予我的更大快乐，是它拥有颇多的演出场所。光电影院就在街东段密集了三家，其中两家历史悠久。东口的明星电影院池座小一点，但它的银幕前面有足够的表演空间，因此，为了招徕看客，它常在电影开映前加演一点真人表演的节目。记得上小学的时候，喜欢京剧的小哥带我去那里看费穆执导的京剧艺术片《生死恨》，是梅兰芳的代表作，彩色的。出了电影院小哥责备我在座位上睡大觉，我辩称看过的都记得。小哥就问我记得哪段？我说记得在凤仪亭，吕布把三叉戟朝董卓扔过去，小哥又笑又气，轻轻在我头上凿了两个“爆栗”。《生死恨》演的是宋代故事，梅兰芳塑造的韩玉娘形象固然哀婉动人，唱腔固然幽咽甜美，怎奈我一个小童如何消化得掉那份沉闷？没到一半便酣然入梦，是必然的，但是，我记住的三国故事也非胡诌，因为在电影开映前，确实加演了话剧《凤仪亭》。在我和小哥穿过孙家坑胡同往钱粮胡同家里走的时候，我跟他继续聊那出加演的话剧。我说："那个貂蝉好老啊，一点也不美，不明白为什么吕布董卓要为她打架。"那时候我虽然还没有读《三国演义》原作，系列小人书是翻烂了的，何况还攒"洋画儿"（纸烟盒里附送的小画片），"古代百美"系列那时候我已经攒了三十几种，其中的貂蝉画得相当美丽。小哥叹口气说："京剧有'四大名旦'，也有'四大霉旦'，演话剧电影的也一样啊，咱们今天看见的那个扮貂蝉的，我上中学的时候可红啦，还演过电影，可是现在完全是个'大霉旦'，竟然在明星电影院里这么讨生活，唉，此一时彼一时也！"小哥又提起街口外，东四牌楼南边路东，还有家私人电影公司，"但是现在私人拍电影演得出来吗？前些时公司老板死了，大出殡，那情景跟新社会格格不入，但他家属还指挥公司人员一路跟着拍记录片，估计那也就是他们公司最后的一部片子啦！"小哥说这些话的时候，倒也还有几部残存的私人电影公司拍的片子允许放映，其中一部叫《太太万岁》，可惜那时候我能看却不想看，后来那样的电影都被赶下银幕了。多年以后，我才知道《太太万岁》是根据张爱玲的原创剧本拍摄的，而上映时她已去往香港。看电影，看完和小哥阿姐闲聊，常涉及电影以外的人和事，小哥又跟我说过，新中国了，那些旧明星很多都遇到一个不适应的问题，往往不是他们不愿意适应新社会，而是新社会已经难以为他们提供施展艺术才能的角色，工农兵要成为舞台银幕的中心嘛。像舒绣文，以前在《一江春水向东流》里演富贵泼妇多么夺人眼球，现在怎么办？她努力去演了部歌颂劳动模范的《女司机》，但是不仅观众看着别扭，她自己看着也难受，后来就自愿来到北京人民艺术剧院，在舞台上谋求艺术生命的延续。再比如上官云珠，以前在银幕上最擅长扮演资产阶级姨太太，现在怎么办？后来她非常努力，在《南岛风云》里扮演了共产党游击队的护士长，塑造出了一个革命女性的形象，非同小可啊！从此继续吃了十来年电影演员这碗饭……但是有的女演员，比如一位绰号"甜姐儿"的，外貌气质不具备上官云珠那样的可塑性，越来越无角色可演，就毅然另辟蹊径，尝试写作，倒也终于成了一个擅长写报告文学的作家，后来我与其有相当密切的交往，那就是黄宗英……扯得有点远了，但这样的回忆，是必要的，使我进一步憬悟，任何一次社会大变革，都要对许多人甚至所有的生命重新洗牌，而且，其特别值得大悲悯的是，即使有的个体生命积极真诚地参与洗牌，甘愿洗心革面重新起步，到头来也可能还是要被无情淘汰，如上官云珠，她最后是在极度迷惑不解的痛苦中从楼窗跳下，跌在一个菜筐里结束了人生苦旅……

在明星电影院真是看到过很多明星演的电影，许多世界名片。看过的电影里印象最深的还有印度故事片《流浪者》，那时我已是初中生，上下集连映看完，出了电影院就跟同学一起哼唱电影插曲《拉兹之歌》。

另一个电影院叫蟾宫。我觉得它名字取得真好。那时候电影还是黑白片居多，电影片子就仿佛银色天宫里的景象，而且我从小就听大人说，月宫里有玉兔，有银蟾，玉兔不停地捣灵药，银蟾不住地吐仙气，蟾宫，多么神奇的所在！我上到初三的时候，就不耐烦跟着大人去看电影了，他们的选片有时实在不符合我的趣味，比如他们买了一部叫《一件提案》的电影票，让我一起去看，我就找理由推托，因为我实在想不出那“提案”能有什么吸引我的地方。有时也会跟同学一起看电影，比如苏联电影《牛虻》就分别跟不同的同学看过好几遍，直到现在，仍能复述出电影里的场景、镜头转换，以及配音演员的一些道白。那时候同学多半喜欢看打仗的电影或香港电影，我却渐渐喜欢上了苏联的某些反映现实生活的电影，比如《生活的一课》，演的是一个女大学生毕业前夕爱上了一个大工程的部门负责人，后来她丈夫职位越升越高，却越来越脱离群众、刚愎自用，她愤懑地离开了丈夫，后来她丈夫终于因犯错误被撤职贬黜。正当她丈夫灰头土脸地在发配地的小屋子前哀叹时，她却提着箱子回到了他的身边，他们拥抱在一起，决定一切从头开始。这是部所谓“反官僚主义”、“提倡社会主义道德”的“意识形态正确”的影片，当然是为巩固苏联体制服务的，但因为充满生动的细节，演员表演到位，蒙太奇结构流畅，是部好看的电影。前些时我从网络上调出了它的视频，那些当年打动过我的片断，依然令我感慨。还有一部在蟾宫看过的影片印象难消，就是巴基斯坦的《叛逆》，那是部手法夸张甚至可以说相当幼稚的“左翼”影片，以穷人向富人复仇为主题，但其中男女主角的形象具有个人魅力，两位演员都是当年该国的明星，那影片是随巴基斯坦电影周来华的。身体健硕的男演员苏赫特在蟾宫电影院参加了首映式，并在电影院前面的照相馆拍了一幅照片，很快被陈列在橱窗里，一时成为隆福寺街的一桩趣事。那部影片也就在蟾宫连映了许多天，我看过两遍。当年的蟾宫电影院结构很独特，它的正面是个照相馆，照相馆两边有甬道通进去，进去后才是电影院前厅，那前厅又经营花卉零售，连通向里边的甬道两侧也摆满夹竹桃盆栽，令观众赏心悦目。那时候蟾宫电影院在前厅的几面墙壁上，从上到下满贴着电影海报，映过的没映过的全有，林林总总，光是欣赏那些海报，也令人得到一定的满足。

后来在蟾宫隔壁又盖起一座剧场，可以放映电影，也可以进行舞台演出，叫东四工人俱乐部。我上高三时开始给《北京晚报》“五色土”副刊写稿。大约是 1959 年某天，收到报社寄来的一张电影票，地点就是这个工人俱乐部，报社会以什么片子来招待他的通讯员和作者们呢？直到开映前我也不清楚。灯暗了，开演了，是部译制好的意大利电影《罗马十一点钟》。不知别的观众感受如何，于我来说，是多层次的洗礼，首先是人性的洗礼，这部影片以在罗马发生的一桩真实事件为题材拍摄而成：众多女性为争夺一个打字员的职位，把应聘场所的楼梯挤垮了，酿成有死有伤的惨剧。当年引进这部电影，不消说是为了教育中国人民“资本主义腐朽没落”，当然，影片制作者是意大利左翼艺术家，确有抨击他们所置身的社会的用意，但于我而言，受到震撼的，却是对复杂而微妙的人性的揭橥。在经历了惨剧后，影片结束时，仍有固执地凌晨去等候面试的女子，在风中瑟瑟发抖，俗众就这样卑微地生存。其次，影片对我进行了一次审美洗礼，使我懂得，群戏也可以构成动人的作品；线性叙述与环状叙述都能形成对读者观众的牵引，问题在于如何巧妙穿插；悲剧中可以嵌入喜剧因素，催人泪下与令人莞尔同样必要；给出结论不如让欣赏者自己去回味琢磨。后来翻阅电影史，知道《罗马十一点钟》属于第二次世界大战后，意大利的“新现实主义电影”潮流中，与《偷自行车的人》《米兰的奇迹》等齐名的经典之一。

在隆福寺商场里面，有个小剧场，专门上演曲剧。有个小剧团，长期在那里面演《清宫秘史》。后来魏喜奎在那里演出了曲剧《杨乃武与小白菜》，大约在 1956 年，忽然有天周恩来总理去那里看了这出戏，虽然看完并没有上台与演员握手，也没有说什么，但记者一报道，这戏就红了，后来新凤霞的评剧版本也大受欢迎，过几年，魏喜奎就拍摄了彩色戏曲艺术片。周总理到隆福寺看《杨乃武与小白菜》也成为这条街历史上的一桩盛事，刚刚故去的诗人柯岩，她那首名诗《周总理，你在哪里？》中有句“他在出席政治局会议”，其实无妨加一句“他在隆福寺小剧场看剧”。

十年动乱，隆福寺古建筑荡然无存，隆福寺街也面目全非，明星电影院好像改名为东方红电影院，蟾宫则改为了长虹。现在明星恢复了原名，长虹没有改回蟾宫，现在的电影全是彩色的，而且全是大屏幕，还有 3D 功能，以长虹来比喻也确实比蟾宫更贴切。工人俱乐部则改名为工人文化宫，里面的娱乐项目更加多样化。

我曾在那条街西段路北的隆福寺小学就读，在那里我曾把几十张苦心积攒的糖纸，夹在一本《匈牙利民间故事》的书里，送给一个我无论从什么角度看都觉得美丽的女同学。记得男同学里有一位住在猪市大街南侧不远路东的一个地基陷落在马路之下的院落里，那商铺式的中西合璧风格的大门上面，还保留着“顺风车行”的字样，原来他家以前是开租车行的，所出租的不是黄包车、骡车、汽车，而是马拉的有弹簧底座的欧式马车，我们现在从电影、电视剧上还可以看到那种马车优雅的身影，当然到他成为我的同学的时候他家已经败落，家里大人都另觅生计了。我记得在早已拆毁的一条隆福寺街通向猪市大街的南北向短胡同里，还有个保留着破旧门脸但已不营业的茶馆，它那砖雕的字号还很清晰，可惜我忘掉是哪几个字了，后来在北京人民艺术剧院看老舍的话剧《茶馆》，我就总觉得表现的就是那家我多次路过的破旧大门里面曾发生过的事情，还记得街上有家命相馆，门外有很玄虚的木质对联，但到我上到小学五年级的时候，它就关闭了。1956 年，我在街上遇到腰鼓队，锣鼓喧天，是在庆祝北京市所有的私营工厂作坊、商铺店家都已经完成公私合营，也就是欢庆社会主义改造的伟大胜利，但是 1981 年，专写报告文学的作家理由告诉我他采访了北京改革开放后第一家领到执照的私人饭馆。地点就在猪市大街南边胡同里，菜式很好，我有天就从隆福寺街找到那里去……当我再次彳亍在隆福寺街的时候，我撷拾着从童年、少年时代一直延续到后来的记忆花枝，心头百味丛生。是啊，社会变革就是洗牌，淘汰掉许多，有确实应该淘汰的，有淘汰过头重新拾回的，有既已淘汰便再拾不回来的，有正向淘汰，更有逆向淘汰……俗众·生活·命运，这条街上的生生灭灭、歌哭吟唱，就仿佛是一部放映不停的集正闹悲喜之大成的剧情长片，够我观看体味一生！

眼下的隆福寺街仿佛一个被冷落的资深美人，它的街口虽然早就造起了仿古的牌坊，除了上面写到的明星蟾宫俱乐部，街上的北京风味小吃店也还有些人气，但整条街，尤其是西段，一些服装店常常是门可罗雀。令我有些想不通的是，如今北京的南锣鼓巷、五道营胡同等处，正在形成所谓体现北京特色的新商业区，那当然是好事，但那两处的基础其实远比不了隆福寺街，为什么人们在“保存古城风貌”这件事情上非要舍旧趋新？为什么要抛弃拆毁许多真的古董，而去生造一些新的“民俗空间”？

岁月匆匆，在可预测与难预料的世道变幻中，隆福寺街不断蜕变。街犹如此，人何以堪？还是旷达些好：相信该逝去的总归要逝去，该到来的总归要到来。我也并非消极地引颈以待，如这些零碎的文字，其实是想为宏大的历史叙事填补空白，为社会的良性调整提供些微小的助力。

2011 年 12 月 20 日温榆斋中

雾锁南岸——重庆南岸狮子山

随着记忆回到童年，我的空间比例感立即变更，我的视平线离地面不足一米，跟我个头平齐的是家里那几只大鹅，我混在它们里面一起朝花台那边摇摇摆摆而去，它们欢快地叫着，我觉得听明白了它们的话语，是在鼓励我朝前走，不要怕会从花台里爬出来的菜花蛇。

那时候只有大人将我抱起，我才会注意到大人的面容，当我自己在地面上跑来跑去时，我觉得亲切的面容主要是那几只大鹅。我觉得自己跟它们没多大区别，它们似乎也把我视为同类。

“刘么！莫让鹅啄了你！”一个大人走近我身旁，记忆里没有她的面容，只有她的大手，很粗糙，很有力，握住了我的胳臂，将我拉往她的怀抱，几只鹅兄鹅弟抱怨地扇着翅膀，摇晃着让到一边。

抱起我来的，是我家的保姆彭娘。我在她怀里挣扎着：“鹅才不啄我哩！我要跟它们耍嘛！”彭娘道：“是有点怪吔，这些鹅啄这个啄那个，就是不啄么娃！不过谨慎点为好啊！”说着彭娘就把我抱进灶房去了，把我放到小竹凳上，哄我说：“么娃儿乖，帮我剥豌豆，我摆个龙门阵给你听……”

所忆起的这些，都在重庆南岸，那时我家的居所。

那是1946年到1950年，我四岁到八岁期间。我家那时所住的，是重庆海关的宿舍。那栋房子，是两层楼，下面一层，住的是另一家，那家的院门，在下面的一个平面上。我家的院门呢，则在山坡的另一平面上。院门由木头和竹子构成，进了院门，是个小院子，这小院子的右手边，是个几米高的坡壁，坡上有路，从那路上往下跳，按说就能跳进我家，但我家在那坡壁下面，布置了一个花台，花台上种的蔷薇，长成一米高的乱藤，一年里有三季盛开着艳红的蔷薇花，那些粗壮的藤茎上，布满密密的尖刺，令任何一位打算从坡壁上跳下的人望而生畏。就这样，我家右边形成了自然的壁垒。左边呢，我家这个院子的平面，与下面那个平面，又形成了一个落差更大的坡壁，于是安装了篱笆。那栋两层的小楼，下面一层与我们上面一层原来有楼梯相通，因为分给两家，堵死了。那楼耸起在我家的这个小院前面，二层正与小院的平面取齐，但楼体并不挨着坡壁，楼体与坡壁之间，是一道深沟，雨后会有溪流冲过，平时也有深浅不一的沟水滞留，那么，我们家的人怎么进入自己的住房呢？那就需要通过一座木桥，桥这头在我家小院，桥那头伸进楼上的一扇门。穿过桥，进入楼里，则是一个比较大的空间，充作饭堂，饭堂前面有门，门外则是一个不小的阳台，从阳台上可以望见长江和嘉陵江的汇合，山城重庆的剪影历历在目。从饭堂往右，有条走廊，走廊里面有三间屋子，有间是摆着沙发的客厅，有间是父亲的书房，尽里面最大的一间，则是卧室，我虽然有自己的小床，但常常要挤到父母的大床上去睡，夜里做噩梦，拼命往父亲脊背上靠，结果给他捂出了大片痱子。那时大哥、二哥都常在外地，小哥和阿姐在重庆城里巴蜀中学住校，父亲每天一早要乘海关划子过江到城里上班，晚上才回来，因此，大多数时候，那个空间里，只有母亲、彭娘和我。小院尽里面，有三间草房，墙是竹篾编的，屋顶是稻草铺的，一间是灶房，一间彭娘住，一间是搁马桶的，大人要到那里面去方便，我是不用去那里的，我在屋子里有罐罐，彭娘每天会给我倒掉洗净。草房再往里，高高的坡壁下，有一片菜地，彭娘经营得很好，我家吃的菜有一半是在那里自产的。

彭娘到我家帮佣，有很长的历史。大约在 1936 年父亲从梧州海关调到重庆海关任职，她就从老家来到我家了。据二哥告诉我，那时候我家生活很富裕，住在城里，每晚开饭，要开两桌，除了自家一桌，总有一些同乡，坐成一桌来吃饭。那时给彭娘的佣金，是相当可观的。但是 1937 年抗战爆发以后，生活艰难起来，特别是日本飞机轰炸重庆，使得父亲不得不将母亲和孩子们先转移到成都，再转移到老家安岳。彭娘在我家经济上衰落时，依然跟我母亲兄姊转移各地，相依为命。阿姐告诉我，那期间父亲偶尔会来成都看望家人，但来去匆匆，留下的钱不够用，战时薪酬发放不按时，加上邮路不畅，母亲常常面临无米之炊的窘境，她就记得，有天在昏暗的煤油灯光里，母亲开口问彭娘借钱，彭娘就从她自己的藤箱里，翻出一个土布小包袱，细心打开，好几层，里面是她历年来攒下的工钱，都兑换成了银圆，她对我们母亲说："莫说是借。羊毛出在羊身上。甜日子苦日子大家一起过。只是你莫要再生那个从桌子上往下跳的心！"

彭娘规劝母亲不要从桌子上往下跳，是因为那时候，1941 年冬季，母亲又怀孕了，那时候父母已经有三子一女，而且还有一个年纪跟大哥相仿的，祖父续弦妻子生下的小叔，跟着母亲在抗战的艰难岁月里颠沛流离，父母实在不想再度生育，只是那时候没有什么避孕措施，不想父亲从重庆往成都短暂探视母亲的几天里，竟播下了我这个种。母亲找来不少堕胎的偏方，可是吃进去就会很快呕出来，于是跟彭娘说起，不如从桌子上猛地跳下，也许就把胎儿流出来了。有天母亲又让彭娘去为她买堕胎药，彭娘从外面回来，跟她说："这回我给你换了个方子！"母亲说："莫是吃了又要呕出来啊！"彭娘热好了那东西，端过去，母亲吃了一惊："这是什么啊？我怎么觉得分明是牛奶呀？"彭娘就说："是我给你买的牛奶！你这么一天天乱吃药，正经饭不吃几口，看你身子还能撑几天！你带着这么一大啪啦娃儿，不把身子保养好，怎么开交？给我巴巴实实喝了它！"母亲说："只怕喝了也要呕出来！"但是她喝下那牛奶,却不但没呕，还实话实说："多日没喝过这甘露般的东西了。只怕上了瘾没那么多钱供给！"

于是到了 1942 年 6 月，在成都育婴堂街借住的陋宅里，母亲再一次临盆。母亲非常紧张，她对彭娘说："以前都是在医院，那里边什么都是现成的……"彭娘就"赏"她——四川话把批驳、斥责、讥讽、奚落说成"赏"——"说不得什么以前现在了，抗日嘛，大家紧缩点是应当的！再说了，现在怎么就不现成？七舅母当过护士，我自己也生过娃儿，一锅干净水已经烧滚在那里了，干净的毛巾，消过毒的剪刀，全齐备了，你就安安逸逸生你的就是了！"凌晨，母亲生下了我，接生的是我七舅母，助产的正是彭娘，彭娘后来说："原准备你出来后拍你屁股一下，哪晓得你一到我手里就哇哇大哭，你委屈个啥啊？"

我的落生，虽在父母计划之外，但既然来了，他们也就喜欢。父亲给我取名，刘姓后的心字，是祖上定下的辈分标志，只有最后一个字需要父亲定夺，父亲那时候支持蒋介石的武装抗日立场，反对汪精卫的所谓“和平路线”，就给我取名刘心武。据说彭娘听了头一个赞同，说：“要得！我们么儿生下来就结实英武，二天当个将军！莫去舞文弄墨，文弱得像根麻秆儿！”她哪里想得到，几十年后，恰恰是这个名字里有“武”字的，没成为将军，倒混成个文人。其实要说名字的“文艺味儿”，二哥刘心人、小哥刘心化，都远比我更适合作为作家的署名。

彭娘似乎比父母更宠我。她说我命硬，从小就懂得自卫，才几个月，她把我放在盆里洗澡，我站在盆里，一只手死死拽住她的衣角，不使自己跌倒，“啃吔，这个娃儿，好大气力哟！”多年以后，彭娘说起，还笑得合不拢口。又夸我天生谨慎，说是他们老家乡里，有个娃儿，养活四五岁了，有天口渴，跑到饭桌前，欠起脚，抓过茶壶就对嘴喝，没想到壶里是大人刚灌满的滚水，满壶滚水不容他躲避咕咚咕咚灌进了他食道胃肠里，好好的一个娃儿，竟然就活活烫死了！因此，到我家帮佣以后，对我哥哥姐姐，她从小不忘提醒：吃喝先要弄清冷热，尤其不能把住茶壶嘴就往嗓子眼里灌。但是我呢，彭娘说，怪了，从很小开始，她喂我水喂我饭，明明她已经尝过冷热，是正合适的，那勺子到了我嘴边，我总会本能地用舌尖轻轻地试着舔一下，在确认不烫以后，才肯让她将水将饭喂进我的嘴里；长到四五岁自己能倒茶壶里的水喝了，见到茶壶，总要先小心翼翼地用手指尖触一下，再轻轻摸几下，确证不烫，这才倒在杯子里，小口小口地喝。“啃吔，这个娃儿，心鬼细哟！”彭娘所肯定的我生命的本能，也许确是我存活世上的先天优势。

但是彭娘对我的宠爱，有时达到溺爱的程度，由此引出母亲与她的争议。有一回，我家那几只鹅不断怪叫，彭娘走出灶房去看，我随在她身后，只见我家那篱门外，有个人抛进绳套，要套走最前面的那只鹅，彭娘就冲过去，大声呵斥詈骂：“龟儿子！砍脑壳的！”篱门外的人只好收回绳套一溜烟跑掉了，我见状也冲到篱门边，朝外面大声骂：“龟儿子！砍脑壳的！”母亲听见人声，这才从屋里出来，站在桥上问怎么回事，彭娘且不报告有贼套鹅的事，而是极其兴奋地向母亲报告说：“好吔！刘么会骂人了吔！”她那样眉开眼笑地赞我大声骂人，令母亲十分诧异。其实我那次骂人，完全是鹦鹉学舌，“龟儿子”还勉强能懂，何谓“砍脑壳的”，实在梦梦然，后来长大了，才知道是咒人遭遇杀头死刑的意思。母亲对我们子女，家教严格的一面里，禁止“撒村”即骂人是头一条，尤其不许说那些涉及性交的污言秽语，这种语言洁癖是否有些过分？依我后来的人生经验，是判定为过分的，使得我在少年、青年时期，因此被一些其实本质不错的同学疏离，我是那么样地不能口吐脏话，也使得我在自我宣泄时失却了一种偶可使用的利器。后来阿姐告诉我，母亲有次就跟彭娘说，莫教刘么骂人，他学舌你的“村话”，你要制止他才是。彭娘完全不接受母亲的批评，她有她的道理:“村话村话，村里人说话，就那么直来直去，有啥子不好？我看你是离开村子当太太久了，一天洗几遍手，还不是喷嚏咳嗽的，哪里有我经得起打磨！我虽跟着你们也离开村子好久了，到底还在种菜养鹅，时不时说几句村话，心里岂不痛快许多！”母亲听了，也只是笑笑，不过彭娘自己该“撒村”的时候照旧泼辣地“撒村”，却不再怂恿我学舌“撒村”。

彭娘深深地融入了我们这个家庭。她和母亲，亲如姊妹，我看惯了她们一起制作泡菜、水豆豉，罐肉肠、晾腊肉，两个人合拧洗好的床单再晾到绳子上……母亲会到灶房和彭娘一起做饭，彭娘会到我们住房里跟母亲一起收拾箱笼、拆旧毛衣、织新毛衣，她们有时会头凑头压低声音说话，一起叹息，或者相对嗤嗤地浅笑。彭娘爱护我们家的每一个人。父亲和大哥是一对爱恨交织的冤家，我在别的文章里写到过，也以他们为原型，将那父子冲突写进了我的长篇小说《四牌楼》里。一次彭娘煮好了打卤面大家围着八仙桌吃，大哥顶撞父亲，父亲气得将一碗面摔到地下，喝令大哥：“滚！”大哥搁下面碗，摇摇肩膀，取下椅背上的外衣，冲出屋子，果然一去不返。父亲盛怒，母亲也不敢马上劝解。那天小哥阿姐都在家。到晚上小哥要找锥子修理什么东西，阿姐要拿剪刀剪劳作老师（那时有门课程叫劳作课）留下的剪纸作业，却都没在以往放这些东西的地方找到，母亲也觉得锥子和剪刀的失踪不可思议，最后还是彭娘供认，她早发现父亲和大哥都像打火石，说不定什么时候就会撞出火花燃起大火，她怕父亲一怒之下会做出不理智的事情。确实，父亲恨大哥恨得牙痒时，放过类似《红楼梦》“不肖种种大受笞挞”那回里贾政那样的狠话，大哥上小学时惹祸被学校开除，父亲曾气得用锥子扎他屁股，所以为以防万一，就把锥子、剪刀等屋里的利器在晚饭前都藏了起来。第二天、第三天……几天以后大哥也没有回来，母亲急得哭泣："他连吃饭的钱也没有，可怎么办啊？"彭娘就悄悄告诉母亲，她预见到大哥可能离家出走，因此，在大哥那搭在椅背上的外衣口袋里，装了好几个银圆，"他一时是有钱用的，再说了，他是条能挣到钱的汉子了，你放心，二天他回来，父子和好，你高兴的时候会有的！"母亲说要还她银圆，她生气了："难道他们不也是我的儿女吗？"

彭娘确实是我们子女的第二个母亲。她最宠我，但其他的孩子也都疼。那时候小哥阿姐每星期五晚上会从城里回南岸，小哥比我大一轮，玩不到一块儿，阿姐比我大八岁，勉强可以充当我的玩伴。每次阿姐到家前，我都会把一只大橘子，用一只大碗扣住，等她回家以后，让她掀开大碗，感到欣喜。但是次数多了，阿姐渐渐不以为奇，她到家后忙着别的事情，我几次唤她，她都懒得去掀碗。这情况让彭娘发现了，于是，有一次我缠着阿姐催她找橘子，她漫不经心地依然做别的事，彭娘就过去跟她说："妹儿，这回刘么给你扣了只活老鼠哩！"阿姐不信，马上去掀那只碗，谁知碗一掀开，阿姐和我都惊呆了——碗下扣的是几只艳黄喷香的枇杷果！阿姐高兴得跳起来，彭娘笑道："老鼠变成了枇杷果！"我老老实实地说："咦，我扣的是橘子呀！"阿姐才知道，彭娘用枇杷换去了橘子。那枇杷是头些天客人送给我家的，父母分了一些给彭娘，彭娘说该给我小哥和阿姐留着，母亲说这东西不经放，你就吃掉吧，那时候家里没有冰箱，天气热得快，确实很容易把枇杷放烂，但是彭娘自己舍不得吃，她想出一种土办法，就是把鲜枇杷埋在米缸里，小哥阿姐回家前取出来，果然都还新鲜。那天阿姐觉得有意外收获，小哥得到彭娘为他留的那一份也很高兴。

彭娘给予我小小的心灵，以爱的熏陶。她有"砍脑壳的"一类的骂人的口头禅，也有"造孽哟"一类表示同情、感叹的口头禅。来给我家送水的大师傅，是个哑巴。那时我家没有自来水，吃饭洗衣所需的水，都依靠拉木头大水车的师傅按时供应，大约每隔几天师傅就要来一次，先把那装水的车子停在院子里，再用水桶一桶桶地将水运进灶房间，倒进三只比我身子高许多的大水缸里，水缸装满后，要盖上可以对折打开的木盖子，往往是水注满后，彭娘就拿出几块明矾，分别丢到水缸里，起消毒、澄清的作用，当然，那是我后来才懂得的。送水师傅来了，母亲也会出来招呼，除了付钱，还让彭娘给他盛饭吃，彭娘会给他盛上很大一碗白米饭，米粒堆得高高的，那种样的一碗饭叫“帽儿头”，彭娘还会给他一碗菜，菜里会有肉。有回送水的师傅吃完要走，彭娘让他且莫走，师傅比比划划，意思是还要给别家送水，彭娘高声说：“你看你那腿，疮都流脓了，也不好生医一医，造孽哟！”就跑到木桥那边住房里，问母亲要来如意膏，亲自给那师傅在创口上抹药，又把整盒的药膏送给师傅。这些我看在眼里，都很养心。只是很长时间里我都想不通，为什么要用“造孽哟”来表示“可怜呀”。

彭娘使我懂得，不仅要爱护人，像我们家养的狗小花、猫儿大黑，还有那群鹅，都是需要怜爱的。小花本是只野狗，被我家收留，它虽然长得很高大，其实胆子很小，彭娘笑话它：“贼娃子来了它只知道喘气，贼娃子跑了它倒汪汪乱叫！”虽然小花如此无用，彭娘还是耐心喂它。猫儿大黑一身光亮的紧身黑毛，眼珠常常是绿闪闪的，它的存在，使得我们屋里没有鼠患。鹅儿里最高的那只，我叫它嘟嘟，为什么那样叫？没有什么道理，就喜欢叫它嘟嘟，我跟嘟嘟走到一起，彭娘说我们就像两兄弟。原来我家那蔷薇花台上，甚至三间草房里，常有蛇出没，自从嘟嘟它们长大，蛇都不敢到我家那个空间里活动了，我就亲眼看见，嘟嘟勇敢地把从蔷薇花台上窜出的蛇，鸽得蜷曲翻腾最后像绳子一样死在那里。

当我在重庆南岸那个空间里度过我的童年时，中国历史正翻动到最惊心动魄的一页。蒋介石在大陆的政权被推翻了，他带着一些人飞到了台湾。在内战爆发以后，我家忽然来了彭娘的儿子，我叫他彭大哥。后来知道，他是为了逃避被驱赶到内战战场上厮杀，躲藏到我家来的。他和彭娘住在草屋里，他很少出屋，更很少开口说话。但是还是有住在附近的海关人士发现了他，于是父母决定干脆让他大方露面。那时候我已经上了小学，原来读的是不远处的海关子弟学校，父母特意将我转到离家颇远的一所私立小学去读，父亲告诉海关同事，彭大哥是特意雇来接送我上学的。这当然说得通。于是，有一段时间，彭大哥就每天带我去远处上学。

1949 年入秋，重庆城开始呈现真空状态，国民党政府和军队撤离了，共产党的解放军却还没有开过来。于是发生了“九·二大火灾”，我曾有专门的文章描述过，从南岸我家望去，重庆城的大火景象非常恐怖，炙热的火气随风扑向南岸，为了防止意外，彭大哥就拿大盆往我家阳台那边的墙壁上泼水。“造孽啊！”彭娘不让我往江那边多看，将我抱到她住的那间草屋里，搂着我说：“刘么莫怕！有彭娘就烧不到你们家，伤不到你！”

那段日子，有若干恐怖记忆。除了目击对岸的旷世大火，还有国民党溃军的散兵游勇，时不时乱放枪。有一天彭娘去外面找难买的菜肉去了，家里只有我和母亲，一个穿道士装的人走进我家院子，母亲站在木桥上应付他，他反复指着母亲身后的我说：“太太，你快把那娃儿舍给我吧，兵荒马乱的，你留下是个累赘啊，舍了吧，舍了吧……”我听懂了他的意思，害怕到极点，一只手紧紧地攥住母亲的衣角，只听母亲镇定地说：“师傅你快去吧，莫再说了，那是不可能的，请你马上离开。”那道士后来终于转身离开了。彭娘回来，母亲说起这事，彭娘把我揽到怀里，大声“撒村”，骂那道士，我这才哇地一声大哭起来。长大了读《红楼梦》，读到甄士隐抱着女儿在街上看过会的热闹，忽然有道士和尚过来，那癞头和尚指着他女儿说：“施主，你把这有命无运、累及爹娘之物抱在怀内作甚？……舍我吧，舍我吧……”我就总不免忆起自己童年时的那段遭际，真乃“阳光之下无罕事”，在惊叹之余，又不免因后怕而脊背发凉。

1949年10月1日那天，北京宣布“中央人民政府成立了”，我家那时父母小哥阿姐头靠头挤在一台电子管收音机前，听声音不甚清晰的广播。我毕竟还小，不知道就在那一刻，我已被定位为“随时准备着，为实现共产主义而奋斗”的“革命接班人”，必须“好好学习，天天向上”，努力使自己能尽早戴上红领巾、尽早佩戴上共青团的徽章……

但是直到那一年的十月底，四川才算解放，再过些时候，新政权才接管了重庆海关。父亲被新政权的海关总署留用，调往北京，重庆海关则被撤销。

我完全没有意识到，那是我离别彭娘的时刻。而就在那些天以前，我刚跟彭娘闹过别扭。因为她竟把包括嘟嘟在内的鹅们都宰杀了。我大哭，不肯吃她烧出的鹅肉。彭娘试图用讲童话的方式化解我的愤懑，让我想象嘟嘟它们其实是变成了云朵飘在了天上，但那时我已经八岁上到了小学三年级，她骗不了我。

全家都兴奋地准备迁往北京。狗儿小花由邻居收养，猫儿大黑由姑妈家收养。我们先要渡江离开南岸，到重庆城里，在姑爹姑妈家里暂住几天，然后会坐上大轮船，抵达武汉后，再乘火车去往北京。我不记得是怎么在大雾弥漫中离开南岸的，也记不清在姑爹姑妈家都经历了些什么，只记得终于跟大人们上了轮船后，我问母亲："彭娘呢？我要彭娘！"母亲告诉我："彭娘和彭大哥都回安岳去了。你这个没良心的，现在才想起彭娘！那天我们离开南岸，彭娘望着你哭得好造孽，你竟连头也没回，径自蹦蹦跳跳地随小哥阿姐他们往渡轮上去了！"我这才意识到，彭娘的体温，再传递不到我小小的身躯了！望着滔滔江水，我号啕大哭起来。

我被劝回船舱，阿姐走过来，递我一样东西，跟我说："彭娘留给你的，你的嘟嘟！"我用迷离的泪眼一看，是一把鹅毛扇。接过那扇子，在南岸那个空间里跟彭娘度过的那些日子，倏地重叠着回落到我的心头，我哭得更凶了。

什么叫生离，什么叫惜别，我是很久以后，才懂得的。可是对于我和彭娘来说，一切都难以补救了。

在北京，上到初中，学校里举行作文比赛，题目是《难忘的人》，彭娘当然难忘，我准备写她。可是，恰巧我构思作文时，小哥和他的戏迷朋友，在我家高谈阔论。他们谈起拍摄京剧艺术影片的事情，说拍完梅兰芳，要拍程砚秋，程砚秋自己最愿意拍摄的，是《锁麟囊》，这戏演的是富家女将自己装有许多金银珠宝的锁麟囊赠给了贫家女子，后来遭遇水灾破了家，沦落异地，无奈中到一富人家当保姆，结果那富家女主人，竟恰巧是当年的那贫家女，而之所以致富，正是那锁麟囊里的金银珠宝起了奠基作用，二人说破后，结为金兰姊妹。这出戏故事曲折动人，场面变化有趣，特别是唱腔十分优美，其中的水袖功夫也出神入化。但是，没想到当时指导戏曲演出的领导人物却认为，这出戏宣扬了阶级调和，有问题。结果就没拍《锁麟囊》，给程砚秋拍了部场面素淡冷清得多的《荒山泪》。后来程砚秋在舞台上演出，被迫把这戏改得逻辑混乱，演成富家女赠贫家女锁麟囊后，贫家女只收了那囊袋，将囊中的金银珠宝当即奉还给赠囊人了。听了小哥他们的议论，我对写不写彭娘就犹豫起来。后来我请教小哥，他叹口气说，现在一切方面都要强调阶级，彭娘虽然在咱们家就是一个家庭成员，她自己也这么认为，可是，搁在现在的阶级论里衡量，咱们父母是雇主，她是帮佣，属于劳资关系，是两个阶级范畴里的人。你最好别写这样的文章，让人家知道你曾有保姆服侍。再说，就是咱们不怕人家说闲话，听说彭大哥回乡以后，土改里是积极分子，当了乡里第一任党支部的书记，人家恐怕也忌讳提起跟我们家有过的那段亲密相处的关系。于是，我不仅那时候没有写过彭娘，以后也只把对南岸空间里关于彭娘的回忆，用浓雾深锁在心里。

直到改革开放以后，我才打听彭娘的消息，据说她在临终前的日子里，念叨着她的一个个亲人，其中有一个是“我的刘么”。

南岸的那个空间啊，你一定大变样了！不变的是彭娘胸怀传递给我的那股生命暖流，我终于写出了这些文字，愿彭娘的在天之灵能够原宥我的罪孽——在多变的世道里我没能保留下那把她用嘟嘟羽毛缝成的扇子，但可以告慰她的是，我心灵的循环液里，始终流动着她给予我的滋养。

2012 年 1 月 26 日温榆斋中

祥云飞渡——北京劲松

每到午后，那居室的窗户透光度增强，我跟石大妈对坐聊天，就觉得格外惬意。我们的话题，常常集中到一本书上。那是薄薄的一本书，1961 年我曾拥有过，在否定一切“旧文化”的狂暴中，又失去了它，但到 1981 年，我不但重新拥有了它，而且，还买了一册那年新版的送给了石大妈。

我跟石大妈说起，1979 年初，还没搬到我们住的这栋楼来的时候，曾见到一位法国来的汉学家，他给自己取的汉名叫于儒伯，交谈中，谈到了这本书，我说可惜现在自己没有了这本书，也买不到这本书，他就笑道，可以送我一本，不过，那可是法文的，如果我想利用书里的资料，提出来，他可以把相关片断从法文回译成中文，送给我。他当然是说着玩儿。试想，以下这些文字中译法后，再法译中，会发生怎样的变异：

> 自十三以至十七均谓之灯节……各色灯彩多以纱绢玻璃及明角等为之，并绘画古今故事，以资玩赏。市人之巧者，又复结冰为器，裁麦苗为人物，华而不侈，朴而不俗，殊可观也。花炮棚子制各色烟火，竞巧争奇，有盒子、花盆、焰火杆子、线穿牡丹、水浇莲、金盘落月、葡萄架、旗火、二踢脚、飞天十响、五鬼闹判儿、八角子、炮打襄阳城、闸炮、天地灯等名目。富室豪门，争相购买，银花火树，光彩照人，市马喧阗，笙歌聒耳，自白昼以迄二鼓，烟尘渐稀，而人影在地，明月当天，士女儿童，始相率喧笑而散。市卖食物，干鲜具备，而以元宵为大宗，亦所以点缀节景耳。又有卖金鱼者，以玻璃瓶盛之，转

侧其影，大小俄忽，实为他处所无也。

这本书，就是《燕京岁时记》。作者是清末的富察敦崇。是一部文字简约而精美的，按季节嬗递记载北京民俗的随笔集。它于清光绪二十三年（1906 年）付梓，很快被译成法文在法国出版，日本也翻译出版过。我读了这本书，就有一种憬悟，那就是，社会生活除了政治层面，还有与芸芸众生更加密切相关的，包括诸多琐屑俗世乐趣在内的生活层面，帝王将相，大政治家，职业革命家……有的对这些俗世生态嗤之以鼻，若觉妨碍他们的伟大事业，禁绝、扫荡起来是决不留余地的，但是，毕竟这世界上还是渺小、卑微的芸芸众生居多，他们那种无论在什么情况下，都要顽强地寻求小乐趣的“劣根性”，却是万难斩尽杀绝，是一定会“野火烧不尽，春风吹又生”的。1966 年夏天至 1976 年冬日的大风暴不可谓不猛烈，但到 1981 年我和石大妈对坐闲聊时，那十年里被批判、扫荡、禁毁、藏匿的一些文化与习俗，却又迅速地复苏、重生，舞台上又有传统剧目上演，电影院里以正面评价重映被批判过的影片，被打倒过的作家的作品结集为《重放的鲜花》一时洛阳纸贵，《燕京岁时记》这类的古旧“闲书”也重新出版，而我和石大妈聊起其中的内容，比如“五月下旬则甜瓜已熟，沿街吆卖。有旱金坠、青皮翠、羊角蜜、哈密酥、倭瓜瓤、老头儿乐各种”，也再没有“脱离政治低级趣味”的心理压力。石大妈能把以上六种甜瓜的形态及口味非常精准地给我细细道来。

石大妈，因为嫁给了石大爷，所以我管她叫石大妈，她自己姓傅，满族人，满族入关定鼎中原以后，逐渐汉化，比如富察氏，有的后来就将自己的姓氏简化为富或傅。石大妈的祖父，正是《燕京岁时记》的作者富察敦崇。尽管隶属正黄旗的富察氏传到敦崇时早已成为地道的北京人，但敦崇在书前还是这样署名：“长白富察敦崇礼臣氏编”。

我能跟石大妈结识，那是因为，在那个历史时段，我们出于同一个前提，在同一栋楼里分到了居室，那栋楼所在的地区，被定名为劲松。

什么前提呢？叫作“落实政策”。从 1973 年以后，就有落实政策一说，有的在大风暴中入狱的，被放出；关“牛棚”的，让回家；受管制的，“敌我矛盾按人民内部矛盾处理”，松口气……但是，由于“四人帮”的阻挠，落实政策的步履十分蹒跚，大打折扣，留有“尾巴”，直到 1976 年 10 月以后，“四人帮”垮了台，又经过大约两年的时间，确定了改革开放的大方向，进入了新格局，这才加快了落实政策的步伐。记得 1979 年初在北京工人体育馆开了诗歌朗诵会，其中有句“诗”是：“政策必须落实！”啊呀，台下掌声经久不息，有的观众竟至于流出了热泪！如今长大成人的“80 后”、“90 后”见到我这样的回忆文字，或许会发愣：真有那么回事吗？作为过来人，我保证有那么回事。那几年里，“落实政策”绝对是热词、要事。

首先，是为被打击过的老革命、老干部恢复名誉。然后，为被打成“牛鬼蛇神”的“反动学术权威”们和包括名演员、名作家在内的文艺界知名人士平反。后来，更提出并实施“落实知识分子政策”。有的被落实政策的对象，已经去世，就开追悼会，重新安置骨灰。活着的，因为风暴中被扫地出门，给其落实政策的一项重要措施，就是安排住房。于是从 1975 年起，北京就开始建造几批“落实政策房”，简称“政策房”。我见识过的，规格最高的，在南沙沟，那个楼区隔条马路就是钓鱼台国宾馆，风水自然很好，里面有独栋小洋楼，有连体小洋楼，也有比较高的公寓楼，能被安置到那个区域去住的，多半是副部级以上的老干部，或者是钱钟书那样被当局看重的文化人。再一片在木樨地，是临街的大板楼，外观平常，但里面每套单元的面积，都相当可观。那时候因为住房尚未商品化，还是由组织上分配，因此人们说起楼里的单元，一般不问是多大的面积，而是问：“几室几厅呀？”我那时眼皮浅，觉得三室一厅就很了不起了，有回见到冯牧，他那时还屈居在胡同杂院狭隘的东房里，他那时已经是重新恢复活动的中国作家协会的领导成员之一，我觉得官位已经不小，但落实政策，等分房，他也得排队候着，最后是迁往木樨地的楼里，我想象着他即将迁入的大单元，问：“三室一厅的吧？”他纠正我：“四室一厅。”可见我是个“土老帽”。那时冯牧已经是正局级。后来我懂得了分房的“游戏规则”：局级四室一厅，处级三室一厅，科级两室一厅……部级么，那就起码是五室二厅。又想起曾见到韦君宜（当时是人民文学出版社负责人之一，晚年著有《思痛录》），给她落实政策，要考虑她那在风暴中牺牲的夫君杨述（曾任北京市委宣传部长），她可能只是正局级，但杨述级别更高，因此，当我问她即将迁往的新居是否四室一厅时，她回答我：“有七间屋子。”令我“耳界大开”。后来我到木樨地冯牧新居拜访过，也去过旁边一栋楼里的陈荒煤家，他们所分到的，均非楼里最大的户型，冯牧说他那套是最小的一种，但我置身其中，却觉得已经相当地宽敞堂皇。胡风、丁玲落实政策后，也都入住在木樨地的楼里。

另一大片“政策楼”，则在“前三门”，即崇文门、正阳门、宣武门一线，原来是北京内外城分界的城墙所在，城墙拆了，崇文、宣武两个城门也拆了，盖起了一大排公寓楼，其中绝大多数，也是用来安置恢复名誉、重新安排职务的党内外人士。王蒙从新疆回来，改正了1957年对他的错划，很快被任命为中国作协和北京市作协的领导成员，头一套住房，就分的是“前三门”某楼里的一套，那格局完全不能跟南沙沟的比，跟木樨地的差距也大，但王蒙那时很高兴，我去过，觉得挺好。

还有一片在朝阳门外数里远，叫团结湖。1981年，中国作协派出以杜宣（剧作家）为团长的作家代表团一行三人赴日本访问，我是团员，我们乘汽车往天竺机场时，路过了团结湖楼区，杜宣告诉我，他头一天刚去那边的“政策楼”里看望过老朋友罗烽、白朗夫妇，罗、白伉俪曾是著名作家，但后来也被打成“反党分子”，历经二十多年的坎坷，才得迁入团结湖某楼，过上正常的生活，但他们也就写不出什么作品来了。我则告诉杜宣，从维熙现在也住在团结湖。那时从的《大墙下的红玉兰》影响很大，获得“大墙文学之父”的称谓。杜宣问我住在哪里。我告诉他在劲松，他虽没有去过，却是知道的，感慨系之地说：“是呀，是呀，木樨地，前三门，团结湖，劲松……都有‘政策楼’啊，欠账太多，有的人现在还在等候哩！”他从上海来，说上海就落实住房政策而言，还很滞后，比不上北京。

劲松的“政策楼”，盖得稍晚，但规模似乎最大。安置到里面的，似乎级别、身份要稍逊。那时落实政策，最后一项叫作“落实知识分子政策”，十年风暴中知识分子被贬损为“臭老九”——我又忍不住要加注，因为我希望有“80

后”、“90 后”乃至更后的人士能读到这样的文章——为什么称“老九”，因为前面有八种更糟糕的：地（主）、富（农）、反（革命）、坏（分子）、右（资产阶级右派分子）、现行（反革命）、走资（本主义道路的当权）派、反动（学术）权威，都属于敌我矛盾，知识分子排第九位，实际上等于“人民内部矛盾按敌我矛盾对待”了，等于说，知识分子随时随地会滋生出以上八种“牛鬼蛇神”，因此臭不可闻，需控制使用，而他们的住房，则长期得不到妥善解决。记得大约 1980 年，《光明日报》刊登了一篇小说，题目是《盼》，真实地描写了一群从事科技工作的中年知识分子居住条件的恶劣状态，以及他们盼望得以改善的强烈情绪，引出巨大反响。因为那篇小说篇幅比较长，一次刊登不完，而报社又没有在第一天刊出后及时在第二天续登，引出许多科研单位知识分子往报社打电话询问，有的认为一定是小说的内容又遭到某些部门和官员的否定，实行了“腰斩”，情绪十分激动，其实，报社只不过是因为刊发小说的副刊并非天天必有，才隔了几日续刊完。同时期又有谌容的中篇小说《人到中年》在《收获》杂志刊发出来，并很快改编拍摄成彩色电影广泛放映，算是以文艺形式为知识分子强有力地“正名”,将“臭老九”变成了实施“科学技术是第一生产力”的“香饽饽”。这就是那时候社会上发生的巨大变化之一。而劲松的“政策楼”，也就成为安置各界形形色色知识分子的重要空间。

我 1979 年迁入的劲松一区的那栋楼，是分配给北京市文艺界人士的，其中演员居多，演员，包括戏曲演员，大体上也属于知识分子范畴吧。我有幸进入到入住“政策楼”的名单，端赖 1977 年 11 月在《人民文学》杂志发表了短篇小说《班主任》，这篇东西刊发后反响强烈，1979 年初中国作家协会第一次举办全国优秀短篇小说评奖活动，它获头名，而我也就顺利地成了中国作家协会会员，又被安排为理事，所以我不是作为遭受过打击而恢复名誉、安排新居的那种落实政策对象，而是作为在改革开放的进程中有杰出贡献而奖励性分配楼房单元的，因此，我当然算是中国 1978 年实行改革开放新政的一个既得利益者。

我们那栋楼，一共五层，每层三个单元，1 号是大的二居室，2 号是小的二居室，3 号则是三居室，有地下室，也分成跟上面一样的三个单元，因此一共可容纳十八户。我在分配前，被召唤到市委宣传部见部长，他在十年风暴中也被打倒，上面给他落实了政策，他那时忙活的，是给他下属各系统各单位的人士落实政策。我去的时候，见到了李万春，那是京剧界的著名武生，中年以前不但武功好，还有好嗓子能唱，我小时候，父母带我看过他的戏，但是他从1957年以后就倒霉了，到1979年我跟他相继被召唤到市委宣传部长跟前的时候，我觉得他不仅满脸沧桑，浑身似乎也都刻下了劫波冲击后留下的痕迹，后来政策是给他落实了（他那天是去要求发还他当年自购的胡同小院），但他最好的艺术年华已然随劫而去，无可挽回。跟李万春谈完，宣传部长跟我谈，大意是你没受过什么苦，又还年轻，所以给你分的房子，是顶层最小的那种，这已经是组织对你的最大奖励了，希望你不要辜负党和人民在新时期对你的厚望，写出更多更好的作品来。我诚恳地表示，非常知足，非常感激，一定不辜负党和人民的期望，努力写出对得起时代的好作品来。我后来写出长篇小说《钟鼓楼》，获得了茅盾文学奖，北京市委市政府又给予了我表彰嘉奖。

我分到的那个顶层的小二居，进门有个大约4平方米的小空间，大居室约15平方米，小居室约8平方米，但有厨房和卫生间，且所有窗户都朝南，比起原来所住的胡同杂院的小东屋，不啻“鸟枪换炮”。虽然没有电梯，需要爬楼梯到五楼，但那时满心欢喜，人又年轻，往往是一步两阶，吹着口哨欢蹦而上。渐渐地，跟同一个门道的邻居有了些来往。四楼三居住的是河北梆子剧团的花脸演员李士贵，他非常敬业，一次把我请去，告诉我他刚从京剧移植了《张飞审瓜》，跟我探讨：张飞跟李逵虽然是不同朝代的人物，但在戏曲舞台上，有的演员演起这两个人物来，形象雷同，他希望我出点主意，让他塑造这两个人物时，能有明显的区别。他还把戏中片段，在他那间大屋子里演示了一番。他那个三居，比我的单元大许多，但少有朝南的窗户。这是那个历史阶段公寓楼设计上，具有计划经济特色的一例。其设计理念是：您的单元既然间数多面积大，享受到这样的好处，那就别什么好处都占尽；人家的单元既然小许多，那就让人家窗户朝南，多享受点阳光吧！那时盖楼，还经常设计成“三叉式”，从空中看，顶部正仿佛是个“大裤衩”，所以北京的建筑，早有被俗众称为“大裤衩”的，不是库哈斯为中央电视台设计出那座怪楼后，才有“大裤衩”一词；那种

“三叉式”的楼，设计理念是：让每一个单元都能有大体朝南的窗户，“阳光共享”。但到上世纪九十年代中期后，结束了单位的“福利分房”，推行商品房，那么，设计理念也就随之变化，越是富人买得起的大户型，朝南的窗户可能就越多，那种顶部成“大裤衩”形状的“三叉式”公寓楼，也就绝迹，因为开发商认为那样设计会浪费掉许多的可谋利空间，再说了，一分钱一分货，想享受更多阳光，请付更多的钱！

对劲松当年“政策楼”的这些勾勒，是为了提供一些可追寻北京当代建筑发展史的线索。下面我就要说到，我当年入住的那栋楼的地下室单元。现在一定不会再有那样的设计了，公寓楼即使设计出地下室，一般也不切割为跟上面类似的单元，或作为仓储空间，或由物业管理公司临时使用，或者就是地下停车场。当年各处的“政策楼”，多有地下一层也按上面那样，切割为居住单元的。我 1979 年入住的那栋楼，地下一层的三居室，就是石大妈石大爷的住所。那套房子，应该是分配给北京京剧院一对骨干演员夫妻的，他们就是石宏图和叶红珠。他们因为另外还有住处，所以让石大爷石大妈住，而他们正是石宏图的父母，石宏图擅演“猴戏”（饰孙悟空），后来一度出任北京京剧院的院长。叶红珠是京剧世家的传人，清咸丰年间高祖叶庭柯用扁担筐从安徽太湖县，把两个儿子挑到了北京，后来其中的叶中兴生下叶春善，与牛子厚办起了京剧科班喜连成社，后来又易名富连成，培养出包括马连良、谭富英、叶盛兰、裘盛戎、袁世海在内的众多京剧艺术家，当年梅兰芳、周信芳都曾在富连成搭班唱戏，叶家对中国京剧的发展做出了不可磨灭的贡献。叶红珠的父亲叶盛长就是重要的京剧教育家，叶红珠打小就进入戏曲学校攻武旦，成为著名的武旦演员，我早就看过她演出的《虹桥赠珠》，里面有火爆的武打，她那“打出手”的功夫令人惊叹，她曾以这个剧目随团出访，在日本欧美等处征服了无数外国观众。我跟石宏图叶红珠大体上算是同代人，很谈得来，不过他们只有休假日才到劲松来，因此我和石大爷石大妈交往得更多，而两位老人中，又以和石大妈一起愉快地忆旧，更为经常。我说要是石大妈能保存着她祖父《燕京岁时记》的手稿，或其他未刊的著述，那该多好啊！石大妈叹气说，原来也还存有一箱子旧东西，“破四旧”大风暴席卷，没等来抄，自己就全毁了，片纸无存！叹息归叹息，对于世道好转，我们还是一致欣悦的。有回我跟石大妈聊天时，外面下起了小雨，地下室的窗户外面的透光坑虽然有泄水孔，倘雨势变大积水过多，那还是有渗进他们居室的危险。我就想起富察敦崇在《燕京岁时记》里有这样的文字：

> 六月乃大雨时行之际。凡遇连阴不止者，则闺中儿女剪纸为人，悬于门左，谓之扫晴娘。

就认真地跟石大妈建议："咱们剪个扫晴娘吧！"石大妈脸上那些细琐的皱纹，就抖成了一朵舒畅的花儿。

那时候吴祖光先生的公子吴欢，也曾以要求为父母落实政策的名义，在劲松要到一个单元。吴先生和新（凤霞）先生邀我去他那朝阳门外的居所做过客，我也邀吴先生来过我那五楼的小单元，我对吴先生说："真不好意思，让您爬这么高；我这单元太小，也无足观。"吴先生却说："知足常乐。"其实他住的那栋楼，也无电梯，他住四层，也得爬上爬下；虽然是两套打通并在一起，间数不少，却也并没有宽敞的厅堂，方位也差，不是南北向的而是东西向的，不少人为他抱不平，他原来拥有的，可是王府井东安市场后身的一所宽敞舒适的四合院啊，就用这么两套单元房置换给他，算是落实政策了，毋乃太吃亏！吴欢气不平，因此瞒着他，又在劲松要了个小单元，吴先生知道后，很不以为然，但是我就跟吴先生说："吴欢不为过，况且您家是双名人。"（吴是著名剧作家、电影导演、散文家、书法家；新是评剧泰斗，并有多本散文著作问世，又是拜师齐白石的国画家。）吴先生站到我家的小阳台上，眺望着一排排新楼，以及楼后露出的"大老叼"，脸上的表情，正与他后来一再书写的条幅"生正逢时"相合。在跟吴先生，还有杨宪益（著名翻译家、诗人、散文家）等老先生交往的过程中，我感觉大家那时候形成了一种共识，就是一个党能知错改错，很了不起，所谓落实政策，其实就是认错纠错，努力补救，实事求是，踏上新途。结束了"以阶级斗争为纲"，转到搞经济建设上来，好。我觉得像吴先生、杨先生，包括我自己，都是关心政治而并不懂得政治的人，更无搞政治的志向兴致。但在那个历史阶段，各自在党内朋友的鼓励下，都提出了入党申请，并被接纳，以为这样可以为国家的进步，多出些力。这也是那个历史阶段许许多多知识分子有过的选择。这份情怀，后来被某些人误读。如今的一些年轻人，也可能从另一角度加以鄙夷。但这就是吴先生和杨先生晚年故事的“戏眼”。如今他们都已仙去，而我还抱持着关注政治而不搞政治的态度，在人生的余程上漫步。

我在劲松住了九年。人生能有几个九年？储留的记忆，自然很多。常有人跟我提起“劲松三刘”，就是曾有人以这四个字，写过一篇报告文学，影响似乎不算小，但不少人对“三刘”究竟指谁，理解有误，其中有刘再复和我，另一位，应是诗人刘湛秋，而非别的什么刘姓人。如今“三刘”都迁出了劲松，我以外的二位都定居海外了。“天之涯，海之角，知交半零落”。在新的纷争中，谁还能理解我们？

劲松这个地方，原来因为有座王爷坟，坟旁有棵巨松，不往高长，而是朝旁边伸展出许多的大枝杈，因此使用了许多铁制支架来架住它，故被称为架松，后来改名劲松，不消说是依据革命领袖的诗句：“暮色苍茫看劲松，乱云飞渡仍从容。”乱云飞渡，非我等俗众所消受得了，总还是期盼飞渡的是和平发展和平改进的祥云。但脆弱的个体生命，如何能控制世道的大势？一种对自己，以及跟自己一样的芸芸众生的大悲悯，如管风琴演奏般訇响在胸臆中。

2012年2月23日温榆斋中

初识曼哈顿——纽约曼哈顿

一位年轻人翻看我的旧相册，其中有三册是 1987 年秋天我访问美国时拍摄的，翻看中他忽然惊呼:“咦呀，这不是陈逸飞和谭盾么？双名人呀！”那张照片上有三个人,当中是四十五岁的我。年轻人紧跟着用抱歉的口气跟我说:“不对不对，是仨名人啊！”我笑了，“你的第一反应是对的。跟他们比，我哪有那样的世界影响。”

抽出那张照片细看，当年的我，一身牛仔装，花格子衬衫，还戴着个青花陶瓷挂件，头发丰茂，朝气蓬勃，不禁慨叹:“流光惯会把人抛，红了樱桃，绿了芭蕉——我如今是掉了头发,纹上眉梢！”但是,照片上,我右边的陈逸飞、左边的谭盾，更以青春豪气把我笼住，真个是神采飞扬、风流倜傥！

当然还记得，那照片，是在纽约曼哈顿一个家庭派对上拍摄的。

那是我第一次访问美国。《华侨日报》在哥伦比亚大学为我安排了题为《十年辛苦不寻常》的演讲。“十年”指的是 1977 年秋天至 1987 年秋天。1977 年我在《人民文学》杂志发表了短篇小说《班主任》，我从那时讲起，但不光是讲我个人的写作经历，我也介绍了我所知道的中国大陆文化界，以及社会生活，在推行改革开放后的种种变化。讲座受到欢迎。当晚，《华侨日报》总编辑谭华焕先生在他的私人住宅里，开了一个派对，邀请了众多当时在纽约的来自中国大陆、台湾、香港的文化艺术界人士，派对上大家聊天之余，也变化排列组合地拍了不少照片以资留念，因为我是主客，因此在镜头里我往往居中。

谭总编的住宅，地点极佳，在纽约曼哈顿下城，百老汇街上。不过那一段百老汇街的剧场不多，倒是离华尔街很近。他那住宅，是在一栋高楼里，第几层记不清了，总之不是很高层，从窗户望出去，视线里的纽约楼林既不是俯视感也不是仰视感，平视的效果很舒服。他那楼门外没几步远就有地铁口，交通非常便利。他那天邀请的客人好几十位，可见他那住宅的空间相当宽敞。

我 1979 年第一次随团出国访问，去的是罗马尼亚。在那里，受到的第一个刺激，是贴在墙上的一张世界地图。在中国，我看惯了把中国印在当中，东边是太平洋，西边是大西洋，那样的一种构图，可是，那天映入我眼帘的世界地图，却是把欧洲印在当中，中国被推到了最东边，怎么看怎么别扭。现在的年轻人会讥笑当时的我吗？可那就是当时的我。还不仅是我一个，我那一代人里，当然不是全部，但有很不老少的，城里的，学历不低的，由于长时期的封闭，连地图可以换个法子印这样的事情，也没想到过，及至突然入眼，会一激灵。那时候罗马尼亚还在齐奥塞思库治下，但它是欧洲国家，印世界地图，也就跟法国、德国一样地构图，并不会因为跟中国交好，就按中国的方式来印。罗马尼亚的古典建筑与西欧基本上是一个情调。那一年还看到它那里有不少苏联式建筑，以及新造的具有现代风格的公寓建筑。接待方虽然对我们十分热情、照顾周到，但没有安排我们进入家庭做客，因此，不清楚一般罗马尼亚民众那时候的居住状态究竟如何。

1981 年我又随团访问了日本，有机会到日本著名作家松本清张家做客。印象里，他居住的地点离东京市中心不是特别远，却占地极宽。他那栋大房子一半是欧式的，一半是和式（即日式）的，附属的庭院开放的一半是中西合璧式，比如有中式太湖石、金鱼池和西洋喷泉、圆雕，另一半则是有樱花、小叶枫伴随的日本古典“枯山水”的内庭。他的居所里有宽阔的客厅、起居室、餐室自不消说，楼上还有与若干间书房、文物收藏室连环相通的写作室。若在他家室内开派对，接待一百来人绝无问题，若将派对空间扩展至庭院，则二三百人也容纳得下。但松本清张是个极其孤僻的人，据说他极少邀请人到他私宅做客，接待我们，属于罕见的例外。那次有幸进入松本家，真是大开眼界，心生羡慕，胡思乱想：几时中国作家也能靠版税、稿费享受上这样的居住空间啊？后来在东京等地转悠，就懂得松本的居住状况在日本属于特例，绝不可类推。其实日本一般民众，住宅面积都很有限，尤其在寸土寸金的东京。那次给我们当翻译的林美由子小姐就跟我说，她把我们送回新大谷饭店以后，自己坐出租车回住处，司机一听地名就知道，那是居住条件差的地段。她没说她的住宅是买的还是租的，也没说具体有多大，只是笑笑说:“你们好好休息吧，我要回自己的‘鸽子笼’了。”

1983年我去了法国，1984年去了德国（当时的西德），进入那边一般知识分子在城里的住宅，或古色古香，或简约实用，也到过城外住单栋小楼（中国人往往管那种住宅叫别墅，其实严格意义上的别墅，是指经常性居住的空间以外的，在假日才去使用的休闲空间），那种带附属草坪、花园或泳池的单栋住宅，后来知道，美国更加普遍，当然感觉不错，但是，相比而言，于我都没有纽约曼哈顿谭宅那样具有震撼力。

谭宅的特点，是进门以后，通过玄关，一眼可见极大的通透空间。那当中无墙柱的大空间，朝东朝北全是落地大玻璃窗，自南往北，则顺序是几个功能区:厨房、餐厅、客厅、起居室、书房、琴房。这几个功能区之间，只以矮柜、电视及音响、装饰性矮栅隔开。厨房当然属于敞开式，种种设施齐备，这样的厨房不适宜中国式的烹炒。那天主人准备的都是些仅需用平底锅在电灶上略加煎炙的半成品，以及在微波炉中加热即可食用的荤素小点心，其余的生菜色拉、各色面包、奶酪、干鲜果品根本不用动火，还有些如比萨饼、唐人街粤式饮茶的小点，都是叫的外卖，因此客人进来后，不会有油烟味袭鼻。厨房部分的操作台也兼主人平时的自用餐台，可以坐上高脚凳自便。那厨房部分比屋中其余部分略高，是在一个大平台上。一排矮柜将厨房与紧接着的餐厅区隔开，餐厅区里有可以坐十个人的长餐桌，摆着枝形烛台的餐桌和西洋古典式高背餐椅都显得很气派。餐厅区东墙上有大落地窗，西墙则挂一幅极大的油画，画的是梅兰芳在《贵妃醉酒》里的卧鱼身段。再往北，是客厅区域，用正面朝北的连体大电视及高级音响设备及附属矮栅与餐厅划分开，放一套可容十人的现代派风格的组合沙发，配以巨大而造型颇俏的大茶几，又在东、西向设几把希腊式单人椅，而西墙凹进处，是家庭酒吧，吧台前有不锈钢的极高脚的吧台椅，吧台上方倒挂两排高脚玻璃酒杯，侧方是斜置的红酒瓶架，下面酒柜里储满洋酒、啤酒及软饮料。再往北，是起居室功能区，沙发、摇椅、茶座……客厅的沙发与起居室沙发背靠背，形成自然的分野。再往北，西边一个通道通向两间门墙掩住的卧室，一间是儿童间，对面是个客人可用的卫生间，另一间是主卧，里面自然有附带的私密卫生间；不进通道，前方西墙是几排书架，以及与书架连体的书桌、电脑桌……最北边，偏东放一架三角大钢琴，钢琴两侧（东边与北边）全是高大的落地玻璃窗。窗外是纽约曼哈顿的万丈红尘。那通透的大空间，少说也有二百来平方米。

那年进入谭宅，我的第一反应是："啊，这就是美国生活方式呀！"后来在美国各地转悠一番，就知道应该把那句话改为："啊，这就是纽约生活方式呀！"因为美国大多数地区民众的居住方式，并非谭宅那样，还是以住在低层连体公寓，或单栋住宅（平房或两三层）为常态。纽约真是个奇怪的地方。有的人说："纽约不是美国。"它的喧嚣与俗艳，它的楼林与窄街，它的夸张与荒谬，它的放浪与霸气，它的脏乱差，与美国大部分地区的田原牧歌、整洁清爽的景象大相径庭。但有的人却一唱三叹："纽约才是美国。"它真个是不夜城，二十四小时随时在喷发创意，也在滋生罪孽，它的多元混杂、善恶交织恰恰更充分地体现着美国精神。那晚举办完派对，谭先生就留我住下了，他将我安排在儿童间住。那些天他们那刚上小学的儿子暂时到他们的大卧室里去住，我一住就有一周多，观察体验当然更加丰富深入。后来我就进一步修订我的感叹："啊，这才是曼哈顿的生活方式呀！"因为在纽约，也不是人们都像谭家那样居住，比如在布鲁克林区或皇后区，似乎就很少有那样的住宅。谭宅东面、北面的大落地玻璃窗所形成的"画框"，特别是入夜以后，那大都会剪影真可谓奇境魔阵、光怪陆离，繁华热闹到不堪的地步。那样的景象也只能在曼哈顿才有。

有天谭先生谭太太各自去上班，孩子也去上学，我在纽约的别的朋友也没约我一起活动，我睡足了觉，就自己下楼瞎逛。没拐几下就是华尔街，那在图片上已经看熟的证券交易所，赫然凸现在眼前。原以为华尔街是条很长很气派的街，谁知它很短，而且给我一种生了锈的感觉。但是我明白，不能轻视它，所谓资本主义，其运作动力，大半是从这里产生的。后来读到一本两名《华尔街时报》记者合写的关于资本运作的书《大收购》，没太看明白，但是留下的印象，就是资本主义发展到顶点，似乎就只剩资本游戏，变着法儿"空手套白狼”，把寅吃卯粮、透支透取当作家常便饭。那些举足轻重的金融机构，令我觉得就是大型的“老鼠会”，这样推衍下去，岂不是总会有一天，积累的债务再也无法偿还，捞到大头的拍屁股脚底抹油一溜了之，而许多下家则只能是纷纷亏蚀，以至破产，如此这般，想来心寒。二十年后，美国果然爆发了金融危机，导致百分之九十九的穷人，愤怒地向百分之一的富豪发出怒吼，出现了“占领华尔街”的场面。那天我穿过华尔街，不知不觉，眼前出现了世界贸易中心的双塔方楼。前些天有朋友带我去参观过，那塔楼最高层四面皆是透明的落地玻璃墙，我恐高，不敢靠近朝下望，朋友就带我到楼心的咖啡座喝咖啡。我发觉顶棚上布满非常大非常粗的雪白弹簧，持续地发出嗡嗡的响声，朋友告诉我，这是因为楼身上部在风中摇摆，摆幅在十五米左右，那弹簧便是制衡系统的设施之一。我有些害怕，咖啡没喝完，就说想回到地面，直到终于站在街上，才觉得获得了安全。那天我又从稍远处望它，心平气和，能理解设计者的苦心，他是想用这种高耸的长方体造型，来强调楼体的非自然属性，等于谱一曲成熟的工业化社会的颂歌，炫示在宏大资本的运作下，人类可以在自然界营造出何等惊心动魄的非自然景观。那天我没有再走近双塔，而是一直顺路走到了海边另外的比它稍低的大楼前，后来才转身循原路返回。我 1998 年再去纽约，和妻子又登了一次双塔。但是 2001 年，众所周知，发生了“9・11”恐怖袭击。2006 年我又到纽约哥伦比亚大学演讲，讲《红楼梦》，讲完在街上散步，想买些新印的明信片回国送人，发现又把 1931 年落成的帝国大厦作为纽约第一高楼来表现了。1987 年当然也登了帝国大厦，去了林肯中心，利用过中央车站，看了百老汇的歌舞剧，参观了大都会博物馆，在“纽约之肺”的中央公园里散了步，逛过俗不可耐的 42 街，当然，少不了到时代广场去看那些大大小小的滚动式霓虹灯广告……曼哈顿，这个销金窟、歌舞场、百衲衣、蜂蝶阵，总算领教了。

改革开放好，使得越来越多的中国人，见识到国门外的景象。更重要的，是给予了国人更开阔的发展空间。1978 年以前，台湾、香港已经有不少年轻人到美国留学，但是他们在到达美国前对大陆知之不多，尤其是台湾的青年。那边的当政者那些年对大陆的信息是封锁的，不要说 1949 年以后的大陆作家作品他们读不到，就是鲁迅的著作也是禁书。在1970年，日本宣称钓鱼岛是他们的领地，台湾政权对此反应迟钝、态度软弱乃至暧昧，这伤透了许多从台湾、香港赴美的中国留学生的心，他们发现，中华人民共和国政府的观点十分鲜明，就是钓鱼岛无可争议是中国固有的领土，对日本态度十分强硬，代表着他们的心声，于是，以纽约为主，在美国若干大城市都兴起了持续几年的以中国留学生为主体的“保钓运动”。这场运动里形成了台湾、香港留学生向大陆认同的热潮，谭华焕夫妇那时候刚二十郎当岁，谭来自香港，他后来的夫人来自台湾，为了体现对大陆的认同，他们参与了钢琴伴唱《红灯记》和芭蕾舞《红色娘子军》选段的排练和演出。我1987年住到他们曼哈顿宅子里的时候，在他们的书架上，就发现有当时他们设法弄到的普及“革命样板戏”的一些大陆出版物，比如京剧《红灯记》、芭蕾舞剧《红色娘子军》的完整剧本。那书里还附有关于排演的种种指导，有人物造型、服装、道具、布景的详尽示意图。那些出版物都被翻弄得脱了装订线，页面上留下汗渍与指纹，见证着他们青春期的向往与激情。当然后来他们又知道了许多那场运动的阴暗面，产生过疑惑、困扰、失落、惶恐，但是到粉碎“四人帮”以后，中共通过十一届三中全会确定了改革开放的方针，他们觉得有如走出阴霾、沐浴新晨之光，十分欢悦。中美建交之后，在纽约设立了总领事馆，每到十月一日，他们夫妇都会高高兴兴地到领事馆出席国庆招待会。

改革开发的推行不是一帆风顺的。1983年至1987年的几年里，风波不断，谭先生他们有种切盼排除阻力，让改革开放的步伐更坚定的热望。1987年夏天，谭先生曾应邀到北京访问，受到高层领导人的单独接见，进行了亲切的交谈。新华社、中新社发了消息，《人民日报》还在刊发消息时配发了照片。他回到纽约，就给我签发了邀请函。我在1987年年初，因所任职的杂志刊发了一篇惹出“事件”的小说，作为主编承担责任，被停职半年多，到夏天刚刚宣布复职。我到美国后谭华焕告诉我，他是这样想的，如果能允许我应他们报社之邀到美国访问，则说明改革开放还在继续，因为我1977年发表的《班主任》是个标志性的作品，我这人也算得是个标志性人物，不整我，不因为我惹出的“事件”而引发出新的针对文学艺术家乃至整个文化界和知识分子群体的政治运动，是中国的大幸。他希望通过我在美国的活动，能增强人们对中国踏上改革开放途程不回头的信心。我虽然不敢自认是什么标志性人物，但既然那么多人盯着我，我到了美国，也就到处现身说法，以自己的心路历程为证，倾诉改革开放的必要性与紧迫性，但是，我也坦率地告诉听我讲述的人士：究竟中国能否将改革开放持续进行下去，以及这场社会变革会发展成什么状况，非我这样一个渺小的人物能够把握，更无预测之智。在与谭华焕的交往中，我们的共识越来越多，情绪也愈加乐观。1987 年的国庆节到了，谭华焕夫妇盛装打扮，跟我一起到领事馆去参加招待酒会。也就在那一年，台湾的蒋经国宣布结束长达几十年的“戡乱戒严令”，开放党禁与报禁。

那一年，在曼哈顿谭宅，那个于我而言是非常别致的空间里，我深切地体会到中国多么需要改革开放，多么需要坚持改革开放。

回过头来说文章开篇提到的那张照片。那晚谭宅的派对，其实就是中国实行改革开放后生机勃勃的一个缩影。而陈逸飞和谭盾二人，更是获改革开放之益，而将聪明才智发挥出来，成为具有世界性影响的艺术家的鲜活例子。

陈逸飞那年刚过四十岁。他的绘画才能，在二十几岁时露过头角。他画过一幅表现上山下乡运动中，跳下洪灾中的河流，抢救公有木头，最后不幸牺牲的模范人物金训华的画儿，曾被当时的报刊广泛采用。但是，倘若他始终处在封闭的限制极多的人文环境中，他艺术才能的发挥必定会受到扼制，发展前景势必极其有限。实行改革开放了，中国打开了门窗，他先是在国内呼吸到来自窗外的空气，然后，他有机会走出国门，来到美国，来到纽约，来到曼哈顿，开阔了眼界，展拓了画风，渐渐地，将养育自己的本土传统文化，与他经过选择吸收的西方文化，有机地融合，潇洒地发挥，创作出了一幅幅别开生面的作品。当然，他的艺术才能的被大肯定、大重视，应该以 1991 年他的一幅油画《浔阳遗韵》在香港嘉士德拍卖行的拍卖中，拍出了一百三十七万港币为标志，这个价位在那时候堪称天价。1987 年在曼哈顿谭宅见到他时，他还没有那么红，但也已经在纽约有名的画廊办过两回画展。记得那天见面，我们谈到过卖画的问题，他表达了这样的意思：艺术家画画不应该以卖钱为目的，但如果你的画进不了画廊，没有人买，卖不出价，那就会很惨。梵高伟大，梵高很惨，要学梵高对创作的痴迷，不要重复他那疯掉的命运。他说他把卖画当作架桥，架什么桥？就是通过卖画积累了资金，然后拿来圆自己的梦，桥那边，会是他拍出的“油画电影”。当时听了他的话也没大在意。多年以后，从报道中看到，他回到上海，果然是不惜个人投资，拍起了富于诗情画意的试验性电影，拍了《人约黄昏》，又拍《理发师》。可惜他创作激情过于喷溢，忽略了“留得青山在，不怕没柴烧”的古训，竟因拍电影过分拼命，而突发胃出血溘然仙去。斯人虽逝，其作品嵌在了美术史、电影史上。

1987年谭宅见到的谭盾，大约刚满三十岁，印象里是个毛头小伙。记得交谈里他乐呵呵地说，他喜欢纽约，喜欢曼哈顿，喜欢这里的嘈杂。我知道他早在1981年就以《离骚》一曲获得了中国首届交响乐作品大赛的“创新鼓励奖”，又在1983年以《风·雅·颂》获得德国韦伯国际作曲比赛大奖第二名。回想起他那天的只言片语，我懂得，他所谓“喜欢嘈杂”，当然不是反对悦耳的古典旋律，但是他要立志展拓人们对“乐音”的理解与接受范畴。如果中国没有实行改革开放的国策，谭盾也不可能走出国门，以整个世界为实践自己音乐理想的大舞台，纵横恣肆、生猛泼辣地去创作出那么多富有挑战性的个性化作品。后来我虽然再没有跟他谋过面，但他那些音乐实践，以及获取的国际性荣誉，是知道的。他以水声为乐，以陶器为演奏工具……虽然他的作品在西方看来也是新锐的，但他万变不离中国传统文化之根。他为李安的电影《卧虎藏龙》的配乐，2002年获得了第四十四届格莱美最佳电影原创音乐奖，就是再一次的证明。

收起二十五年前的旧照片，意识到自己已是七十岁的老人。但我一颗切盼改革开放不能停滞更不能后退应该更加勇往直前的心，仍像当年一样具有青春激情。

2012年2月10日温榆斋中

小中河的月亮——北京顺义小中河

2002年春天，中央电视台记录片摄制组策划了一套《一个人和一座城市》，其中北京城，他们请我来充当那“一个人”，那是一次愉快的合作，录制完成的片子里，最后的一组镜头，是我在田野画水彩写生，取的景，是小中河畔的铁道堤及两旁的田野。

小中河，是条没有名气的小河。它西边不太远处，有温榆河，东边远处，有潮白河，都有相当知名度，也都比它宽阔，也许正是因为它处于那两条河的中间，故此被称作小中河吧？

我是1999年，在那河西村子里，辟了一个书房，取名温榆斋的。我常去那里，一住十天半月，写作之余，最喜欢的事情，就是到村东小中河一带散步、画水彩写生。我的家人有时候也会去小住。

温榆斋所在的村子，离城不算很远，难能可贵的是，虽然也搞了房地产开发，耕地面积大减，但毕竟还保留着一些农田，直到前两年，也还有湿地，而小中河流经的区域，有长长的柳堤，柳堤尽头，则是与其大体垂直的更高的堤坡，有台阶可拾级而上。那上面，就是一条铁道，朝西北的方向，通往天竺机场的航油储罐区，因为是运航油的专用铁道，别的火车不会使用，而航油的运输，间隔期颇长。因此，铁道疏于使用，道石间每逢春夏就窜满野草野花，堤旁的酸枣树、野桑树也都恣意地生长，树上的酸枣、桑葚成熟过度无人采摘，会成片地自坠地上，形成红紫的斑点。

站在铁道堤坡上南望，有大片荒芜的田野，期间有放羊人踩出的小道，多种不知其名的野生草本植物在夏天构成五彩斑斓的植被，是我水彩写生取之不尽的素材。远处，白杨树构成绿色屏障，那后边，应该是沿温榆河蜿蜒的公路。

站在铁道堤坡上北望，小中河历历在目。尽管有从附近楼盘泄出的污水损其容颜，毕竟它是活水，仍有勉强自澄的能力，故此苇丛也还茂密，蒲草也还结出蜡烛似的蒲棒，也还有野鸭在游弋，夏天蜻蜓很多，并且非止一种，饶有诗情画意。

村友三儿，常陪伴我到柳堤上散步，一起欣赏小中河的景色。三儿告诉我，他小的时候，他们村子，堪称是个水乡。北京郊区平原一般都种小麦，他们村却有广阔的稻田。那时小中河要宽许多，水流也丰沛得多，他们村里的男孩子，个个会游泳，到小中河里嬉戏，在河边捞小虾小鱼，扎猛子到河心捉鳖，是他们童年生活的常态。

有次三儿又陪我去柳堤散步，他照例大嗓门跟我说笑，若是在城里餐厅，我会提醒他让我听见就成，别干扰别的食客。那长长的柳提，似只有我二人，何妨容他喉咙痛快，谁知行至一半，忽然有人高声叱他："你个小兔崽子！把刚要叼食的鱼给吓跑了！"定睛一看，原来堤坡下、苇丛旁，有个人在钓鱼。三儿看见他，吐吐舌，唤声："康叔！"那康叔就继续笑骂，三儿也就回敬，俩人逗了阵贫嘴，我从旁听来，康叔的威严里不失亲切，三儿的科诨里含有尊重。后来康叔继续钓鱼，我和三儿走到柳堤尽头，登上铁道，三儿就摘酸枣给我吃，说："一点没污染，城里哪儿有？"我品尝，果然酸甜宜人。

我和三儿越过铁道，顺羊路往田野里走去，三儿就把康叔的事讲给我听。

三儿说，他小时候，头一回对康叔留下深刻印象，是康叔带队，引着村里的青壮年，排队步行，去往几十里路远的水库，参加扩库工程。康叔人高体壮，背着干粮袋，举着一面红旗，走在最前面，真是雄赳赳、气昂昂。他说，康叔那时候是村里的头儿，准确的称呼，应该是生产队大队长。每年夏收、秋收，康叔带头在田间、场院干活，常常是光着膀子，一身结实的腱子肉。按说总在骄阳下，会晒得红紫油黑吧，别的男子也确实多被晒成那样，康叔呢，却总是至多晒得泛红而已，收工跳进河里一游一涮，回到岸上肌肉皮肤还是蜂蜜色，看去十分顺眼。

后来村领导不叫大队长了，叫什么村民委员会主任，三儿说满村的人都不适应这个官名，管你法律是怎么规定的，就叫成村长。康叔在很多年里，都担任党支部书记兼村长，但是村里人只有在对他有意见，跟他争辩的时候，才管他叫书记或村长，一般情况下，年纪比他大的管他叫康哥儿，同辈的叫他康哥尾音不儿化，三儿那样比他小的，则管他叫康叔。

康叔带着这个村的人们，经历了最巨大的一次社会变革。生产队没宣布解散实际上解散了，村民们一度各自为政，承包田地后，有的自耕，有的找人代耕，有的跑起小买卖，有的进城找工作……光靠种田富不快，康叔和他的副手们带领大家白手起家,办起了小企业,生产各种能销出去的东西。村里一千多户，三四千口，康叔心里有本明细账，三儿初中毕业，不上高中，没等去找，康叔串门来了，跟三儿父母说："农机队缺人，让三儿跟老戚学开大农机吧。你们隔壁王家的二丫头也毕业了，去鸭绒厂合适。"村民们心气都高，几年里差不多都富裕了，手里有了钱，头一桩事就是翻盖宅院，康叔召集会议，又通过大喇叭广播，要求村民们按统一规划翻盖宅院，最重要的就是屋脊要一般齐，谁也别盖楼，不能你家盖起楼来，把隔壁家平房院里的事情看个底儿透……我到他们村后，发现整个村子的宅院布局仿佛棋盘，南北数条直街，东西一条宽路，然后是东西向的无数小巷，基本上全是平房套院，这与附近的村子景观很不相同，那些村子富起来的农民都盖起了小楼，与暂时还不富的村民的旧平房犬牙交错。

但是，和其他各处农村遭遇的情况一样，村办企业很快就在市场经济的进化中被陆续淘汰。三儿以下的那些男男女女，本村就无法安排他们就业了，于是八仙过海，各显其能，或父母督促，或自己努力，有的相继找到了营生，包括开黑车、无照摆摊设店，灰色生存，但也有越来越多的初中毕业生或辍学的后生，在家里靠父母吃饭，出了家门就到处闲逛荡，以至赌博斗殴……

村里风气大变，康叔也就卸任了。新班子有了新财路，就是转让土地，搞房地产开发。眼见着村里的旱地先变成了名称新潮的商品楼小区，跟着湿地也在萎缩。村子整体拆迁的消息越传越烈，于是，为了争取在拆迁时多拿补偿款，村民们几乎家家忙着增加宅基地上的房屋面积，村里大街小巷总呈现着施工景象，这里码着待用的红砖，那里堆着高高的沙堆，土趵狼烟，一派狼藉。康叔离任后最后一回干政，是跟新班子的人拍着桌子强调:你们用合作建房的名义，卖地给开发商建商品楼小区，必须做到两条：一是收益村里户户有份，二是一定要让买房的人最后能拿到正经的房产证。他先拍自己胸脯，再指点在座各位的胸脯，问:“良心还在不？”

商品楼盖起来了。最后确实不是“小产权房”，能办下正经房产证，但是，村民们没有分到一分钱，村干部却坐上了奥迪车。有村民找到康叔，表示气愤，要他出头，康叔叹口气说：“我过时了。”他就总是一个人跑到小中河钓鱼。

三儿对康叔的描述，使我对这个前村干部产生出兴趣，就求他把我介绍给康叔,跟康叔有叙谈的机会。三儿先打预防针:“你有那个心,康叔未必有那个意。他倔着啦。”搁不住我一再央求，有一天下午，三儿又陪我去小中河柳堤散步，又遇上康叔跟那儿钓鱼，三儿就把我介绍给康叔：“这是个作家。”康叔扫了我几眼，笑笑说:“那怎么不跟家里坐着，到这儿戳着？”许是见我听了有些尴尬，就又笑说：“管你是坐家里的站家里的，你这人面善，愿意跟我聊聊？想聊什么？”我和三儿就跟他在身旁杂草覆盖的土墩上坐下，康叔把鱼竿斜插进软土里，比姜太公还自在，跟我有一搭没一搭聊了起来。我说我想听本地故事。康叔指指河对岸，那边有片向日葵，有个秫秸搭的窝棚，水边有一大片茭白，我问:“窝棚里有人吗？是在看守什么呢？”三儿代答:“看茭白呢。转日莲东边还种了好些。是南方来的农民，租借了这些湿地，种藕、种茭白、种芋头……以前俺们村没种过这些玩意儿。以前西边高地上种瓜，生产队搭的窝棚，住里头的是看瓜的。”康叔就说：“正想讲个窝棚看瓜的故事。”他讲了起来：

三儿你知道咱村老秦家，你叫秦六叔的。虽说他们全家迁外地了，你该还记得，他那闺女，跟你差不多大，二十几年前，聘出去了，办喜事的时候，你们家也去随过份子的。你小子那时候就爱喝一口，那天怕是喝得不老少。

秦六叔聘闺女之前，来家里找我，我老伴招呼他喝茶抽烟，他哼哼叽叽的，我老伴就知道，他是有话想单独跟我说。老伴端过茶避出去了，我问他：“你怎么回子事？谁踩了你脖子？”他说：“康哥，我这闺女的对象，怕不合适，你要给做主，让他们断了！”我说：“《刘巧儿》演多少年啦？你也能唱上几句。

都改革开放了，还兴干涉子女自由恋爱？你自己老顽固不算，还拉上我，我可是戏里那个马专员，能干破坏自由恋爱的事儿？你闺女那对象，我也照过几面，挺好的嘛，长的跟你倒有几分相似……”没等我说完，他脸唰地红了，脖子筋颤，舌头打绊，更让我奇怪，只听他嘴里咕噜一阵，一个劲地问我：“果然长得像我？像我？”我就感觉到，他肚子里有戏。

秦六还是个小伙子的时候，夏天队里派他到窝棚里看瓜田。每天就那么平平淡淡地过去，没什么人去偷瓜，獾猪也没去拱过。可是有那么一天晚上，他刚睡下，就听见门帘外头有响动，他还没来得及爬起来查看，就见一个人弯腰进了窝棚，他忙用手电筒照，那人站直了，只把手护着脸。秦六蹦起来，大声吼：“你偷瓜偷进窝棚来了！想是还想抢我？没门儿！”那人把手放下，他才看清，是个女的，估计比他大不了许多，文文静静的，不像个坏人。那女的就跟他说，是外村迷了路的，实在没办法，才来找他帮助。就问她是哪个村的？含含混混，不想说个明白。这时候听见雨点打在窝棚顶上的声音，那女的就央求，能不能让她在里头避避雨，等雨停了天亮了，再离开。秦六心软，就答应了。窝棚里很小，秦六就抱着被子坐到一角，这时候才发觉自己只穿了个小裤衩，忙把褂子抻过来披上。那女的就在进口边坐下，双臂交叉护着自己肩膀。外头雨渐渐大了，寒气进来，那女的直哆嗦，秦六就把被子扔给她，自己赶紧穿上裤子。那女的接过被子捂着自己上身，眼睛总盯着秦六看。后来秦六迷迷瞪瞪坐着睡过去了，一阵鸡叫把他惊醒，睁开眼，那女的已经走了。

后来有好多天，秦六又在寡淡的日子里过，一是觉着那晚的事未必真有，二是就开始想那女人。他说自那天才知道，有的女人离近了，有股特别的肉香。就在他快把这事认准是场梦的时候，有天晚上，天上悬着大月亮，他刚打开铺盖，也没先有什么声响，一扭头，那女人又来了。他又惊又喜又怕，问：“你是真的？”那女人笑：“怎么不是真的？我给你送好吃的来了。”打开一个白布小包袱，里头是六个白面蒸的红糖馅三角，在那个年月，是太难得的美味啦！秦六一连吃了三个，留下三个以后再吃。那女的看着他吃，只是笑。秦六问：“你究竟哪村的？”女的说：“兴许以后你能知道。”女的走了，他也没追出去。

那时候还在搞运动，我也还不是队长。队长是老陈，他前些年过世了。秦六很老实，他白天见着老陈，就跟他汇报了，说晚上窝棚来了个女的，也没怎么样，怕是个鬼吧。老陈说："有这样的事？"琢磨一阵说："你就先回来种大田吧，我去窝棚待几天。鬼是没有的，别是阶级敌人的鬼把戏。"老陈就去那窝棚待了五个晚上，一点特别的动静没有。就又让秦六去窝棚。

一个月牙斜挂的晚上，那女的忽然又来了。这回，一定是那个女的不放过秦六，秦六自己说，是他再不能放过那女的。他们就发生关系了。

后来就拔秧收瓜，窝棚就闲着了。一年以后，有天有人招呼秦六，说大队部有你的信。那时候邮递员送信来不管谁的，都搁大队部，得消息自己去取。秦六从没得到过别人寄来的信。好在也没人细究细问，秦六取了那封信，到这小中河边僻静的地方，拆开看了，是那女人写来的。那女人说是从窝棚里他的记事本上知道他姓名的。感谢他让她怀了孕，她会记恩一辈子。生了一个胖小子，这样丈夫公婆就都对她好了。她会把那儿子好好带大。她在信封右下角只留了个县名和公社名，没有具体到大队更不知是哪个村。那时候写这样的信，得是个大胆的人。留下这样的信，就更得胆大了。秦六记住了那大地名，把那信连同信封都撕得碎碎的，扔进了小中河里。

听完秦六的这个段子，我就知道，他担心的是什么了。他那长大成人的闺女，交的那男朋友，正是当年那个借种的女子所在县的人。那个县在河北，跟北京挨着。听到我说跟他闺女对象照过面，觉着那小伙子长得像他，他慌得不行。

刘作家听到这些，怕会不以为然，这不是人家秦六叔的隐私吗？怎么拿来说事儿？接下来我要告诉你，秦六去年跟我联系上了。他的故事有圆满的结局，他说不在乎讲出去了。

当年秦六没有阻拦住闺女的亲事，也没有道理阻拦。后来跟亲家们见面了嘛，那个亲家母怎么看怎么不是当年来窝棚的那个女子，言谈话语里也没可疑之处。但是秦六好几年心里窝着疑惑，也不敢轻易对人说，只跟我私下叨唠过，女婿那出生年月，怎么掐算怎么像是自己播的种；外孙子都两岁半了，怎么还不能利落地说话？亲家母为什么爱蒸糖三角吃？

社会变化大。农民离了土。咱们村出去的还不算多。秦六女婿是他们那县里考上清华的理科状元，后来更到美国留学，成了个博士，还在那边的一个研究所混到事由，媳妇接去了不说，还让双方父母轮流去美国团聚，秦六叔也开了洋荤，见识过美国了。可惜秦六婶得癌去世，没能享到这福。在那边，许是受到影响，什么都能说开，就把他的担忧，跟女儿女婿说了，女儿女婿不觉得人家借种有多荒唐，反而觉得很浪漫，说是可以拍电影。但是他们的大儿子确实显得缺心眼儿，就是智力发育落后，这是不是由于兄妹通婚造成的啊？于是，女婿就跟秦六一起，去做了那个DNA检测，结果证明，他们完全不可能是父子关系。秦六那大外孙的智力发育落后，经过人家那边医生来回检查，认为不是什么问题，有的人就是开窍得晚嘛！前年美国经济不景气了，秦六女婿愿当“海龟”，在上海一家公司找到新饭碗，全家游回中国，又把秦六接到上海一起住。

只是不知道，秦六那个婚外的儿子，跟他的父母，现在活得怎么样。也许哪一天，忽然找到咱们村，说是想见秦六，跟他一起做个DNA检测，那就不知道现在的头儿的，当不当回事儿？我反正是不在其位，不谋其政了。

康叔讲的窝棚奇缘，很值得玩味。我还想听更多的故事，天却暗了，西边现出一个好大的月亮。康叔收起渔具，推着自行车，跟我们一起往柳堤外头走。小中河泛出阵阵腥味儿，团团蜉蝣在柳树下飞，有时撞到人脸上，怪痒痒的。我从旁细观，康叔确实超级魁梧，但是背却微驼了，他头发已然花白，面容大气，眉间脸颊几条刀雕般的深皱纹，令人觉得非常的刚毅。

三儿替我说出心里的想法，就是我还想再听他讲更多的故事。康叔道：“你以为我真不知道作家怎么回事儿？就希望多掏澄些素材，写些个启发人的文章。可如今文章好写吗？”我说：“要写严肃的，难。如今知识分子分好些派，主要是左、右两派。两派都要下笔的跟他们一个调。”康叔问：“那你怎么写呢？”我说：“只能不管左右牵制，对现实，好处说好，坏处说坏。”康叔说：“凭良心，这就对了。”我说：“有时候，管文章的人又出来说，这个不对，那个不对。”康叔笑：“跟我退休前的情况一个样，做实事的、说实话的，上下左右总有人说你不对。”三儿替我央求：“这回村的路上，您就随便再讲一段吧。”康叔说：“想起这么一段，你们听了别嘬牙花子！”他讲的是：

三儿该还记得，村里的老地主，过去都直呼他名，如今他过九十了，大家都管他叫汤老爷子，如今住在村里敬老院，咱村敬老院还是我当权那时候建起来的，经我手送终的老人有十八个呢。那天我拿些大桃儿去敬老院，汤老爷子把我叫过去，又大声说谢我。他总记得那时候开斗争会，我不许揪他的人对他发狠，我的道理是你把他的胳膊撅坏了腰弄坏了，他怎么下地干活儿？对他劳动改造不利，对生产不利嘛！又说感谢我给他摘帽子，我不得不一再跟他说："是邓小平、胡耀邦，是改革开放新政策，给全国所有地富都摘了帽，我不过是召集村民大会宣布一下罢了！"不再讲究什么出身背景以后，汤老爷家的儿女许是以前被压抑得太久，得机会冲出去，那股子猛劲儿，三儿你们这样的贫下中农子弟，大多赶不上了，几乎全发了财，他们不愿意再在这个村里住，个个在城里，要么外地，置了大房子，有的跟秦六的女婿一样，富到外国去了，个个也都孝顺，都要把汤老爷子接去享晚福。偏这汤老爷子一脖子犟劲，说汤家在这村传到我是第五代了，你们六代七代走我不拦，我是要老死在这儿，埋在这村义地的，我不走，何况现在大家伙对我都好，当年斗我的那些事儿早忘了。就这么个老头，还挺硬朗，说话利落，他跟我说："怎么耳朵里总灌进气不忿的话，说空气呀河水呀全污染了，又特别是腐败，简直是不像话到了快炸锅的地步儿！"我跟他说："服侍你们的胖嫂子二嘎子们，难免脱离工作叨叨叨，就当听蝲蝲蛄叫呗，你们的任务，就是在这儿颐养天年，看看电视，打打小牌，要么闭眼晒晒太阳，哼段《空城计》《花为媒》什么的，那些个问题，且不用你们操心！"你们猜汤老爷子怎么说？他说："以前国家出了事儿，把我揪出来批斗，好像就解决问题了。彭、罗、陆、杨成黑帮了，斗我，说我是他们的社会基础。后来打倒刘少奇，斗我更凶了，我是他复辟资本主义的社会基础，批来斗去的，我心里都服了；可冷不丁又批林彪，批林批孔嘛，我又成了林彪、孔老二的社会基础；又忽然说邓小平搞右倾翻案，我咋又成了他的社会基础呢？所以前两天听他们又说到腐败，我就想，要不，你们再把我揪出去批斗一顿，'阶级斗争，一抓就灵'嘛！我不能总这么在敬老院吃闲饭啊，好歹我当过那么多年的靶子，再为社会当靶子做回子贡献，我自愿啊！……"

听到这里，我哭笑不得。康叔的脸色却严肃起来，他停住脚步，朝我偏过头，两眼盯住我，问："你今儿别回答我，回去想透了，下次三儿再陪你来见我，把你的思考告诉我，如今的腐败，根子在哪里？什么是腐败的社会基础？"我心里"咯噔"一下，茫然中，却对康叔由衷地肃然起敬。

没等我缓过神，康叔骗腿上了车，只听得一声："你们慢慢溜达吧。"他已经骑车往堤头而去。我望着他那远去的模糊而雄壮的背影，心里泛出复杂的滋味。

再望西天，月亮升高了。

非常遗憾的是，我下一次从城里来到温榆斋的时候，三儿告诉我，康叔竟在十多天以前，突发心肌梗塞，溘然去世了！

和三儿又一次来到小中河边，回想起那一天跟康叔的交谈，他最后提出的那个意味深长的问题，我竟还没有想透，但心里仿佛揣了个明亮的圆月，有种乐观的期待，正可望接近澄明。

2012年4月18日温榆斋

你在东四第几条？——北京东四头条至十二条

北京东城的东四北大街和朝阳门内北小街之间，有许多条东西向的胡同，其中与我少年时代关系最密切的，是东四头条胡同以及往北依次编号的二条直至十二条胡同。你如果查阅现在的北京地图，会发现还有东四十三条和东四十四条，那是 1965 年北京市政府重新命名街巷时，将十二条北面历史上另有名称的胡同合并改称的。

一直想有机会，乘坐直升飞机，从南往北，鸟瞰那十几条胡同。那是北京古城残留的机理，半是绿荫半是灰瓦，还会有鸽群飞翔、鸽哨悠然鸣响吗？还会有孩童自制的“屁股帘”风筝，拖曳着飘带浮现吗？那胡同的槐荫下，可还有抖空竹的嗡嗡声？那些四合院里的地栽花，可还是那么姹紫嫣红……

我是八岁时随父母来到北京的，在北京长大成人。我家虽然不住在那些以编号某条命名的胡同里，但是我的小学、初中同学，多有住在那里面的，放学后，回家前，我会跟随同学，去那些“条”里玩耍，古人有“十二栏杆拍遍”之说，套用一下，我是“十二胡同踏遍”。

北京胡同的人居状况，久远的不去说了，以我所知，大概在 1938 年，有过一次空间再分配，一些国民党官僚、富人、知识分子，南迁了，空出的院落，有的就被日本人和汉奸强占。到 1946 年，又有一次变化，日本人跑了，汉奸的房产被没收了，国民党的接收大员又霸占了不少院落，当然，也有不少抗战时南迁的家庭又回到这里，重新收拾旧家园。到 1950 年，胡同人居空间再一次大改组。一些国民党官僚、富人、知识分子跑到台湾去了，若干空下来的上好的院落，还不是一般的四合院，有的有两三进，有的还附带具备亭台楼阁和太湖石、金鱼池的花园，被分配给新政权的高级干部居住，还有很多精致的四合院、三合院，居住着一般北京老居民。许多人怕想象不到，那时候最早衰落的胡同大院，是某些满清遗族的，里面居住的主人，走在胡同里，会是灰头土脸、旧衣蔽衫的模样。我上小学时就见有群同学跟在一个满脸蛛网般的细琐皱纹，所剩不多的花白头发在脑后扎着辫子的老太婆，起哄地喊叫："大格格！格格大！"那格格的生命穿越过几次社会巨变，还顽强地存在，但是她那前门在这"条"后门在那"条"的格格府，里面的软件凡值点钱的全变卖光了，硬件陆续出租给别人，但到后来完全没有钱维修，租户要么搬离，要么绝不再付房租，于是，格格便将整个院落交给了新政权的房管所，自己只保留三间北房，享受永远免房租的待遇。房管所将大院近百间房屋加以不同程度的修整，按方位优劣面积大小以不同价位出租给住户，这就解决了不少一般城市居民特别是城市贫民的住房问题。但是那时候就有只交纳得起最低廉租金的底层人士，选择了原格格府大门的门洞居住。于是在同一条胡同里，也就呈现了从地位最高生活最富裕，到中产小康，到比较清寒，直至相当贫困的人士并存的社会生态。

1954年，我正上中学，放学后，就背着书包，跑着跳着，随同学去那些"条"里玩耍。那些同学有的并不是同班的，只因一块儿玩得好，有的就会把我带进他家住的院里，记得一位同学是某首长的小儿子，他家客厅里摆着一圈苏联式样的沙发，大得吓人，全罩着灰黄色卡其布的套子，坐上去并不怎么柔软，但是能让我产生特殊的快感，就是那样的沙发以前只在苏联电影里看到，记得斯大林坐的就是那样式的沙发。他会拿些父亲从苏联带回来的包着花花绿绿糖纸的大块硬糖请我们吃。他家有从苏联弄来的幻灯机，能放映一些那时候中国未必译制过的根据电影制成的幻灯片，记得有一部是《雾海孤帆》，幻灯片上有俄文字幕，他请了好几个同学去看，虽然学校里教俄文，大家只会些简单的俄语，看不懂，就瞎猜，这过程里有的就抬上了杠，最后主人赌气停止了放映，大家不欢而散。还去过另一"条"里另一家，是个小四合院，砖雕影壁边栽了棵三季都挂满红叶的鸡爪枫，留下的印象至今如在眼前。他家的客厅里的沙发，跟后来看到的话剧《雷雨》布景里的很相似，与那种苏联式沙发的情调完全不同，那同学的母亲那时候穿着暗绿的旗袍，头发上又箍一根颜色一样的缎带，端出一碟北京的小点心——酥八件招待我，同学就拿出一个有中英文对照的漂亮画册给我看，上面画的说的是耶稣诞生在马槽等等，他们全家都是基督教徒，我听过他妈妈弹钢琴，他和他姐姐合唱圣诗。

但是，后来跟我玩得更好的，是另一个外班同学，他虽然跟我同届，却比我足足大了四岁。

我跟他交往是由于一个偶然事件。我那时背着书包跑动，总发出一阵咣啷咣啷的脆响，那是因为，我中午带饭，用的是一个美制饭盒。1947 年前后，国民党统治区有不少所谓“美军剩余物资”流入市场，一些中国市民也就购买来使用，那种军用不锈钢饭盒就是其中一种，扁圆形，当中有个凹槽，一个长手柄用完后正好翻过来将盖子扣住，因为吃完午饭以后里面有把不锈钢勺子，所以搁在书包里一颠动，就咣啷咣啷发响。那天我跟几个同学在某“条”某宅门外的上马石上拍“洋画”，玩完了我背起书包要回家，又咣啷咣啷响起来，这时忽然就有一个比我高一头的家伙从旁揪住了我，我虽然没跟他来往过，却知道他绰号“鼻毛”，他鼻子很大，鼻孔特别宽，里面确实长满黑毛。他那时已经不上学，整天在胡同里鬼混，他把我揪得一趔趄，跟我吼：“把你那咣啷咣啷给我！”我试图挣脱他，跟他说：“那是我带饭的饭盒，不能给你。”显然他注意我那饭盒已经很久了，因为有的时候我会在比如说拍洋画的间隙，取出饭盒里吃剩下的东西。他就把我的书包硬抢过去，把里头的东西全倒在地下，那饭盒也就咣啷咣啷落到地上。他命令我：“把饭盒捡起来给我！”那一刻，我是遇到了生命中此前没遭遇过的严重危机。

正在这时候，救我的人来了。我知道他绰号“大乔锛儿”，那天他光着膀子，一身结实的腱子肉，他也不说什么，走到“鼻毛”跟前，伸手就一拳头，把“鼻毛”打翻在地，“鼻毛”跳起来，乱骂，冲过去跟他拼命，他从容应战，显然，“鼻毛”只有横劲，并没什么真功夫，而“大乔锛儿”显然跟什么师傅学过，赶过来围观的一群孩子形成一个直径忽长忽短的圆圈，喊什么的都有，只觉得眼花缭乱，忽然“大乔锛儿”已经将“鼻毛”点穴擒住，“鼻毛”叫疼求饶，“大乔锛儿”就命令他把我的书包重新装好，“鼻毛”满口答应，可是“大乔锛儿”一松手，

“鼻毛”就冲出围观圈，一溜烟地跑了。我自己早把书包装好，“大乔锛儿”拍着我的肩膀说：“以后还来这块儿玩，有我，谁也不能欺负你！”

“大乔锛儿”一家，就住在那个原格格府的门洞改造成的屋子里。他父亲原是拉排子车（一种人力运货的大板车）的，后来成为蹬平板三轮的，给人运货挣点“脚钱”，他母亲眉眼有些像那时候风靡一时的电影《祖国的花朵》里的那个老师，也就是电影演员张圆，但是头发总蓬乱着，常听见她在屋门外的大槐树下扯着嗓门喊“大乔锛儿”的弟弟们回家吃饭，那嗓音却绝不像电影里的张圆，非常粗犷而且沙哑，还常口吐脏话，虽然听多了能够明白，那是她对家人示爱的一种方式。“大乔锛儿”除了三个弟弟,还有一个比弟弟们大的妹妹。跟“大乔锛儿”交往后，他从未请我进过他们那个门洞，我曾琢磨过，就算格格府的门洞比较大，他家六口人，可怎么住得下呢？

“大乔锛儿”这绰号究竟什么意思、怎么来的，我始终没问过，那时候同学间取绰号，有的能说出由头，有的实在无厘头，不必深究。但我很快就发现，不仅胡同里的孩子们，就是部分大人，一提起“大乔锛儿”，总有种敬畏感，据说更有人背地后称他是“镇十二条”，当然不是指他只能镇住东四十二条这一条胡同，表达的意思是从东四头条一直到东四十二条，青少年打架，没人能打得过他。当然，从学校里的某些老师，到派出所的民警，都对他非常警惕，他有流氓嫌疑。但是，后来被派出所薅进去的，是“鼻毛”，“大乔锛儿”除了有时打架，并没有“鼻毛”那些偷盗抢劫、猥亵妇女的行径，而他每次打架，细究根源，都有抱打不平的因素，虽然也被民警训诫过，倒没有什么非得把他拘起来的事由。

“大乔锛儿”爱到什刹海去游泳，那地方离他住的门洞，以及我住的钱粮胡同，说近不是太近，说远也没远到哪里去。有时候，我会陪他去什刹海，我不敢下水，他跳进去游，我给他看衣服，头一回，他在水里游着，忽然龇牙咧嘴，叫喊：“水草绊脚啦！”扑腾一阵，把我吓个半死，结果他又忽然往上一蹿，哈哈大笑，原来是故意逗我，后来他再来这一套，我就双脚蹦着喊：“沉吧沉吧沉吧！”

入秋，“大乔锛儿”在星期天，常会拉着一个小轱辘车，去东直门外农民砍过的白菜地里，给家里拾地里剩下的白菜帮子，有时还挖出菜根来，都装到小车里，拉回他们那个门洞。我陪他去过几次，很惊异于那样的东西他们家也煮来吃。熟了，我就不叫他“大乔镑儿”了，而叫他乔哥。我那时候就喜欢读小说，到 1956 年初中毕业前，我已经读了许多西方名著的中译本。乔哥知道我读得多，就让我讲些给他听。常常是，在东直门外的菜地旁、护城河边的树荫下，我把新看完的小说讲给他听。记得我讲过英国作家托马斯·哈代的《卡斯特桥市长》，那部小说充满悬念，情节发展常出人意料，我讲得也很有技巧，该简化的简化，记不清的地方就瞎连缀，他听得津津有味，一次讲不完，分几次讲，他后来承认，其实他们家存的菜帮子已经不少，本来不用再去捡了，只是为了听《市长》，他积极得让他妈妈惊奇，连连拉着小骨碌车往城外去。我讲了那个市长当年落魄时喝醉了酒，把自己老婆和女儿卖给了一位海员，多年过去，母亲带着女儿找回来了，原来海员的船一去不返，市长发现自己的老婆女儿找回来了，市民们没发现，就装出爱上了外地女子，向原来老婆求婚，这样一家三口又获得了幸福。但是好景不长，老婆得病死了，临死留下一封信，嘱咐他一定要等到女儿结婚那天，再拆开看，谁知市长是个急脾气，丧事一办完立刻拆看了，呀，信上说的是，那女儿并非跟他生的，当年的那个早得病死了，这个是跟海员生的！看过信以后，他对那女儿态度大变，那女儿觉得奇怪，偏那女儿爱上了市长的竞争对手，他痛心疾首，当他在悔恨心情中打算跟女儿和好时，忽然那女儿的亲生父亲出现了，原来那海员虽遇难却并未死……乔哥听完整个故事，这样说：“好听！不过，全是瞎编，人世间哪有那么多巧事？你就学着瞎编吧！”

我跟乔哥的密切交往随着初中毕业而结束。我考上的高中在另一方向，难得再去那十几个“条”里转悠。乔哥没有再上学，他到东郊一座国营大工厂当了工人。

后来是“大跃进”时期，胡同里也垒起土高炉，家家户户捐锅搜铁，炼起了钢，说是要赶上英国超过美国。再后来物资匮乏，凭票证购买东西。我和许多人一样，变得奇瘦，偶尔想起乔哥，他那么个大食量的人，还能保持住饱满的胸肌吗？怕也成了麻秆儿了。再后来供应稍有好转，我在什刹海边看到有人野泳，乍看以为是乔哥，细观不是。于是到了1966年的夏天，我偶尔路过东四某“条”，发现胡同里撂着抄家扔出来的东西，分明是苏联式的沙发，已经被暴雨淋得惨不忍睹，不由想到那家人的幻灯机和《雾海孤帆》等幻灯片，大概都被砸了烧了吧？至于人呢，我已经看到街上贴出的打倒某某的大标语，他那小儿子，我当年的同学，该怎么跟他划清界限呢？又经过某“条”，有个当地“红卫兵”举办的“破四旧”展览，展出的罪物里，有暗绿色的旗袍、砸裂盖子的钢琴，和我曾经翻看过的中英文对照的画册……

大约是1967年夏天，我路过久违的有门洞屋的那一“条”，正想着，会不会有乔哥走出来呢？却惊讶地发现，出来的是一个憔悴的老头。他家本是住在那胡同里的一个规整的四合院里的，因为是资本家，所以把他家轰进了那个门洞屋。

我走出那条胡同，不曾想那边来了个骑自行车的人，离好几米就叫着我的名字，定睛一看，竟是乔哥，还是非常健壮。他那自行车后座上，横坐着一位妇女，怀里抱着个孩子。这次邂逅，乔哥非常兴奋，跳下车给我介绍他的媳妇，问我：“你呢？孩子几岁了？”我没答言，他猜出答案，又问：“有对象吗？哥给你介绍个毛泽东思想宣传队的！”我高兴不起来，讪讪的，想寒暄完就离开。乔哥却不放过我，把我带到他家。原来1966年下半年，胡同的居住生态又有一次大变化。若干原来由一家人居住的四合院，全住进了别的人家。政治身份不好的，有的干脆被轰回了老家，有的就像那个资本家，给轰到了门洞屋里。街道居委会的造反派，将胡同里的居住空间进行了再分配，分配的原则完全依照阶级成分，乔哥一家属于城市贫民，成分最好，因此搬进了某“条”里的一个四合院，而且住上了三间北房。其实乔哥自打到东郊工厂当工人，就一直住在厂里宿舍，先住集体宿舍，娶妻生子以后，筒子楼里有间小屋，只是偶尔回家看看。现在家里住房条件大改善，心情非常怡悦，家里也有了可以住下的空间，就频繁地回家来团聚。乔大妈一见我，就拍下巴掌，大声叫出我的名字，她刚蒸好一条“懒龙”，就是用面裹上东西，盘在蒸锅里好几圈，蒸好了切成一段段的分食。那天她蒸的“懒龙”里没有肉，只有猪油拌过的茴香，递一块让我趁热吃。我在两只手里倒腾几次，不那么烫了再吃，觉得非常可口。乔大妈又端着盘子，给东、西、南几家送去自己的“懒龙”请品尝。乔哥对我说：“这院原是东屋那家的，两口子都是什么研究所的。说是自己攒钱买的。你想，劳动人民攒得起那么多钱吗？臭知识分子，三四口人住这么个院子，也好意思！”他刚说到这儿，大妈拿着空盘子回来了，数落他：“人家并不是反革命，在他们那个什么所，也算不上反动学术权威。这院子确实是人家用历年工资攒下来买的，咱们住进来，人家也没哼一声儿，干什么还糟改人家？”我说有事，告别，乔哥把我送到院门外，我悄声跟他说：“我现在是中学教师，属于‘旧学校培养的学生’，也属于‘臭’的范畴，还执行过修正主义的教育路线……”他好像没有想到过，有些吃惊，拍拍我的肩膀，亲切地说：“那你就好好地改造思想吧！”正说着，他父亲蹬着三轮过来了，车上是两个新的大板箱。他提醒他爸我是当年同学，他爸毫无印象，对我了无兴趣，只跟他商量如何再给他妹妹和大弟弟准备到农村插队的东西。

1968年，我所在的学校进驻了“毛泽东思想工人宣传队”，简称“工宣队”。所派驻的人员，正来自东郊的国营大厂。后来跟“工宣队”的某几位比较熟了，就道出乔哥的大名，说中学时同届不同班，问他们认不认识？他们就说，哪能不知道？是比他们那个厂还要大的厂的“革命委员会”成员，他们都听过他“活学活用毛泽东思想”的“讲用报告”，口才可好哩！我就暗中掂掇：倘若乔哥率队来我们学校，他会格外关照我吗？又忽然想起，“鼻毛”现在怎么样呢？在流逝的岁月里，我们这些胡同里玩大的孩子们，又将经历些什么世道变化、荣辱浮沉？

1976年唐山大地震，当晚北京也塌了些房。人们搭起“防震棚”，作为临时居所。我去东四某“条”看望一位同事，与乔大妈邂逅，他们住在同一片“防震棚里”。乔大妈那么多年以后还是一见就能叫出我的名字。她告诉我，乔哥的二弟三弟也“上山下乡”，不过不是到农村生产队“插队”，而是去了黑龙江生产建设兵团，“屯垦戍边”去了。而乔大爷，她老伴，前几年得肺气肿过世了。

跟她住在“防震棚”里的那七八岁的孩子，是乔哥的儿子，她的孙子。她说乔哥媳妇后来又生了个闺女，跟他们在厂里住，厂里也搭“防震棚”，但是乔哥他们不去住，就还在那筒子楼里照睡不误。“我们‘大乔锛儿’命硬，他什么都不怕！可惜你来晚一步，他下午给我送菜来了，刚骑车走人。我今儿个还是蒸的‘懒龙’，你吃了再走！”我感谢她的热心肠，告别后，我想，“大乔锛儿”，听来生疏了，他会偶尔想起我来么？

1979年起，到1982年，是不是可以称为“落实政策的岁月”？又在那些“条”里走动，那个曾放映过《雾海孤帆》幻灯片的院落，曾又住进过“四人帮”的某“干将”，他被赶出去了，又成了新时期某领导干部的住宅。不知道这位干部家有没有上中学的孩子，是否也好客，会邀请同学进入那神秘的空间？那个被赶到门洞居住的资本家，又搬回了他原来的院子。乔哥家搬进的那个院子，也终于物归原主，当年由居委会“造反派”安排，强行入住的各家，房管所分别作了安置。乔大妈和她的儿孙，被安置到“条”外建造的一种简易楼里居住，面积比当年的门洞大许多，没有厅，但是有两间屋子，有自己的厨房和厕所。厕所是“死闷子”，关上门必须开灯，上头有个达于屋顶的通气孔，里面是“亚洲式蹲坑”，但能冲水，蹲坑对面勉强能放下个洗衣机，至于洗澡，那就只能去澡堂子，要么在家里用大澡盆凑合。他家当年住的那个门洞，连同左右的空间，都被腾空，准备着恢复当年格格府的面貌，里面原来开设的街道工厂，也都迁出。格格已经去世，被落实政策的不是人而是府第，据说要成为一处文物保护单位。那个信基督教的同学，他家的院子也归还了，后来全家移民到了澳大利亚。胡同里的生存空间又一次进行了洗牌，不可能照顾到方方面面，于是，胡同里的大多数院落，还是成了杂居院。那些从胡同里出发，去“上山下乡”的“知识青年”，陆续回到胡同，许多这种“知青”的家庭，立刻面临着现实的困境，就是房子不够住。即如乔哥家，一家伙妹妹和三个弟弟全回来了，顿时感到拥挤度不比门洞轻松。比较起来，他家还算好的，有的杂居院里，开始叫作搭建“小厨房”，后来其实盖出的空间并非行使厨房的功能，而是居住，乃至婚房的功能。那几年以后，许多胡同院落进入大门后，只剩下通向院里最后一层住房的通道，仅能容下两个推自行车的人谨慎交错而过。在胡同私搭小屋的空间扩展过程里，许多原来和睦的邻居因一尺半尺的延伸而引发出纠纷，反目还是小事，有的竟闹出人命。我亲爱的北京胡同啊，如东四头条至东四六条，在元代就基本形成了，胡同里的那些国槐，有的已经需要两人才能合抱，入夏浓荫蔽日，蝉声如歌，多少生命在这些空间里歌哭闪灭，我童年、少年、青年时代熟悉的那些人士，你们还将演出些什么人生戏剧？

最诡谲的戏剧果然上演了。那是 1986 年，忽然，有个台湾来的男子，由某机构的人士陪着，找到东四某“条”的居委会。居委会的干部乍见他，口中不由呐出：“这不是‘大乔锛儿’吗？！”他当然不是“大乔锛儿”，他也不姓乔，但是，他却实实在在是“大乔锛儿”的亲哥哥！

原来，他的父亲，是居住在东四某“条”大宅院的少爷，跟丫头偷食了“禁果”，先生下他，又生下“大乔锛儿”，兄弟两个，只差两岁，他生在 1936 年，“大乔锛儿”生在 1938 年。1937 年卢沟桥事变后，他父亲随他爷爷奶奶一大家子南下，后来辗转到了重庆，离京时，抱走了他，却将他生母和弟弟，赶出了家门。这是不是很像曹禺的《雷雨》里所写的周朴园和鲁侍萍的情形？但是后来“大乔锛儿”他妈嫁给了拉排子车的憨厚人，而不是《雷雨》里鲁贵那样的烂人。“大乔锛儿”和他哥哥的生父后来在重庆当了一个小官，正式娶了一个太太，生育了一女二子。他们的祖父母相继亡故。1945 年抗战胜利，他们的父亲从科长升为了处长，迁到南京。1949 年，“大乔锛儿”的哥哥和弟妹随父亲到了台湾。父亲后来的仕途并不腾达，辞官经商，也并不怎么成功。在台湾，父亲娶的头一个妻子得病死了，后来又娶了第二任妻子，是个说闽南话的妇女，又生育了一子二女。但是第二任妻子是结过婚丧偶的，嫁他们父亲时，带来了一女一子。“大乔锛儿”哥哥原以为自己乃父亲第一个妻子所生，但是，万没想到父亲病重弥留时告诉他，他另有生母，姓甚名谁，而且，更还有一个比他小两岁的亲弟弟。于是，处理完父亲的丧事后，他就转道日本，来至北京，到达他落生的那个空间，寻觅他的生母和胞弟。居委会的干部很快就将他带到了乔大妈眼前，他喊了声“亲妈”，就跪在生母面前，抱膝痛哭。乔大妈倒还镇定，只默默地落泪，那一年，这个哥哥已经满五十岁，而“大乔锛儿”逼近四十八岁。

那一年，我到杂志社任职，在我一个人的小办公室里，“大乔锛儿”忽然找上门来。我们已经很多年没有见过面，而且坦率地说，我已经将他淡忘。他坐在我对面，立刻把他家发生的这出活剧讲给我听，我不禁感叹：“世上竟有如此的事情！”他淡淡一笑：“记得吗？你跟我讲过，那个英国的什么市长的故事，那时候总觉得故事都是瞎编出来的，现在才知道，瞎编，有时候也编不出来呀，真的事情，比小说里写的，还更让人一个劲儿地发愣！”他知道我那时候已经因为写小说出了名，就建议我拿他们家的事情编小说。我问：“你见到你哥，激动吗？”他不回答，只问我：“能在你这儿抽烟吗？”我点头，他点燃一支烟，默默吸了好几分钟，这才说：“头回跟他见，只想着他可是打台湾来的，咱们言语行为不能出错。要说激动，那是回我工厂那边自己家以后，老婆孩子睡瓷实了，一个人到窗户边抽烟，胡思乱想的时候。原来我那些‘知青’的弟妹，跟我是同母异父，真是同父同母的，就这么一个亲哥哥啊！我们打扮、做派那么不同，可是，别说外人见了觉得模样雷同，就是我们面对面，也总有照镜子的感觉。又想，若是我小时候人们就知道有这么回事儿，那我就属于有海外关系，而且是跟打跑到台湾的国民党反动派有关系，那我还进得到国营带保密性质的大工厂吗？后来还能以‘红五类’自豪吗？我们家还能搬进人家研究员的私家小院，住进那院的北房吗？我妈是不是就得挨斗呢？她挨斗，我保护得了她吗？我是不是也得去斗她，或者跟她一起被斗呢？我能进入工厂的‘革委会’，风光一时吗？”我说：“过去的已经过去了。现在人们哪会再有那样的偏见？而且，据我所知，现在有的人，还特羡慕有海外关系，包括有港台关系的人呢。”他叹口气说：“是呀，都以为外边回来的，比咱们有钱。我们大哥给妈妈家，嫁出去的妹妹家，娶了媳妇另过的大弟弟家，当然还有我们家，都给买了电视机，可是两个还跟妈妈住的弟弟就不满意，说为什么不也给他们买，可以不买，那也该把电视机的钱给他们各一份。大弟弟的媳妇后来又跟妈妈抱怨，说怎么给买的是黑白电视，不买彩色的？又怀疑单给我们家买了彩色的尺寸大的，说大哥偏心……”

后来的很多年里，虽然我时不时会经过东四的那十二个“条”，特别是早已经拓展为大马路的“东四十条”，却再没有遇到过“大乔锛儿”，我们没有保持联系，各自继续着平行线式的人生跋涉。

2005年，忽然“大乔锛儿”通过曲里拐弯的法子，联络上了我，却同时告诉我一个噩耗，就是他的母亲，我唤乔大妈的，前几天病逝，将在东四某“条”的一个宅院里，举行悼念活动，邀请我参加。我如约前往，按地址找到，是一个半旧的三合院，原来，“大乔锛儿”他哥哥经过考证，认为那就是当年他们父亲住过的空间，系他们爷爷家大宅院的一个侧院，便买下了那个院子。逝去的毕竟是他们父亲的第一位夫人，尽管当时没有名分，但毋庸置疑，当时的两个年轻人有着炽烈的爱情，而如父的长兄，毕竟就是这位女子生下来，因此，尊她为“大妈”，理所当然。本着这样的共识，“大乔锛儿”他大哥带来了在台湾，以及从台湾又移民到美国、加拿大的弟妹们，齐聚北京，为这个有着戏剧性经历，而一生并不想演戏的女性，举行集体的哀思。“大乔锛儿”和他的弟妹们当然也都到场。不算这些人的配偶和后代，光是兄弟姐妹，就有十四个之多，其中有同父同母的，有同父异母的，有同母异父的，有既不同父也不同母但从伦理上来说应是兄弟姐妹关系的，但就“大乔锛儿”和他哥哥而言，那十二个弟妹似乎都跟他们隔了一层。他们长时间并肩拉手，又紧紧含泪拥抱，毕竟他们是同父同母的嫡亲手足啊！那回追思活动他们请来的其他非亲朋友不多，我置身其中，耳边听到既有北京土话、内地普通话，也有台湾“国语”、台语，甚至英语，感慨万千。

“大乔锛儿”他们工厂早就解体。他“买断工龄”后，跟几个“哥儿们”一起到各处商品楼盘售卖安装分户取暖的设备。有次他们到一处新楼盘的大户型去给人家安装，那一身名牌的主人腆着个肚子，要不看鼻子真认不出来了，可是人家先叫了声“大乔锛儿”，“大乔锛儿”定睛一看，呀，“鼻毛”！也不知这家伙怎么发的！“鼻毛”似乎完全忘记了那年“大乔锛儿”对他的狠揍，对“大乔锛儿”极表友好，收工后，还送给“大乔锛儿”一瓶特供酒。

前两年“大乔锛儿”忽然给我手机发来短信，表示愿意跟我联系。他是怎么打听到我手机号码的呢？疑惑未消，我就给他回拨电话。他告诉我已是“古来稀”的年纪了，但总还不愿意闲着，现在揽了个“瓷器活儿”，就是跟他哥哥合作，向台湾及其他地方的海外人士，推销东四头条至十四条的四合院，当然也包括三合院及不足一院的零散平房。后来我到网络上查阅，那些“条”里的平房，平均价位已经达到一平方米六万多元，有的规模比较大的新规整出来的两进带垂花门的四合院，报价是一亿元人民币。我估计，“大乔锛儿”和他哥哥未必自己注册了中介公司，应该是帮正规的中介公司“猎头”，即利用他们的人脉，网猎到有愿望也有财力购买“条”中四合院的海外买主，从中获取佣金。“大乔锛儿”自己，也在某“条”里，租住了一所小院。

如今的“大乔锛儿”，活动的空间，又跟童年、少年时代一样，集中到那十二“条”胡同里了。当我敲着这篇文章时，常常停下来悬想：依然腰板硬朗胸肌鼓胀的乔哥啊，你此刻在东四第几条？

2012 年 5 月 15 日绿叶居

杉板桥无故事——成都杉板桥

提起成都,我首先想起的是杉板桥。一般说普通话的会把“杉”发音为“山”,但是在成都这个地名要读成“沙板桥”。顾名思义,那里应该曾有座用杉木板搭成的桥。

有人可能会发问了:你在不止一篇文章里说,你出生在成都的育婴堂街,育婴堂就是养生堂,这甚至是你从秦可卿入手,揭秘《红楼梦》的一个私密的心理契机,按说一提起成都,应该首先想起育婴堂街才对哇?那我就要告诉你,母亲在那育婴堂街生下我不久,就把我和兄姊带回安岳县老家躲日本飞机轰炸去了,从此再没到育婴堂街居住过,因此,关于育婴堂街,在我的生命记忆库里,并没有什么实际的影像,那只不过是个神秘的概念罢了。2006 年我六十四岁时才找到育婴堂街,街名依旧,却完全没有半个世纪前的任何遗痕,怀旧的思绪,也就无可依托。

成都有杜甫草堂,有武侯祠、望江楼、青羊宫……那些空间风景美丽,生发出无数的故事,杉板桥是否风光旖旎、有美丽的传说呢?我四十年前第一次去那里,到前三年去那里,那个空间变化很大,从狭窄的小马路,开拓成了六车道的宽马路,但是,从来不是成都的观光区。我甚至去跟当地的老居民打听过,有没有什么著名的历史事件发生在那里,有没有什么比如说追求自由恋爱婚姻的凄美悲剧,或者月夜书生遇到白发长髯的仙人传授秘籍,又或者狐仙狼魅千奇百怪的喜剧、闹剧以杉板桥为背景被世代口头传授过,他们都摇头。

成都东郊的杉板桥,是个没有故事的地方。

然而于我，杉板桥是个亲切的空间。我的二哥二嫂一家，在那里居住逾半个世纪。二哥，在我们家族天伦里，是个枢纽性人物。

我 1993 年出版的长篇小说《四牌楼》，其写作过程，与钻研《红楼梦》而且开始发表研红文字，是同步进行的。向曹雪芹“偷艺”，我的《四牌楼》，也采取了“真事隐，假语存”的手法，书里的蒋氏家族，出场的诸多人物，大体与我们刘氏家族对应，之所以化刘为蒋，是因为我祖母一系姓蒋，这样地“隐真托假”，心理上觉得不算“离谱”。读过《四牌楼》的一些朋友，乃至我不认识，只是从网上见到反应的读者，多有对其中一些人物留有印象，发出议论的，如定居美国的李黎，她本身也是小说家，前些时还跟我说，从她家书架上取下《四牌楼》，重读其中那段情节：书里的蒋家父母“文革”被抄家，其女儿保存在父母家中的青春期日记，也被抄走，那有着许多青春爱情隐私的文字，竟被抄家的“造反派”逐句检索，看其中是否有“反动言论”。后来“文革”结束，落实政策，将那日记发还，那日记主人，被书中“我”称为“阿姐”的，发出凄厉的惨笑……这让李黎感到极为震撼。书中“阿姐”有惊心动魄的故事，“小哥”也有，他那大学时一起登台唱京剧的好友，“文革”中不堪凌辱，最后在武汉长江大桥跳江，“小哥”悲痛欲绝……有网友称读了那一段“心潮难平”。书中“我”和那“蓝夜叉”的故事，被法国汉学家戴鹤白选出译成了法文出了单行本，也是很富故事性的。但书里所写的“二哥”，艺术形象相比较却是苍白的，无故事，太平淡，而这个书里角色的原型，就是我家实际存在的二哥。

二哥无故事。

难道，文字，只是用来铺陈故事的吗？难道，阅读，只是为了获得跌宕起伏的情节快感吗？在《你在东四第几条？》那篇里，我讲述了一个人一个家族的带有传奇性的经历，那么，在这篇里，我要写的不是悬念，不是奇突，而是那些至今温暖着我的生命的普通与平淡，那一种琐屑而重复着的生存常态，那是最值得珍惜，最应该延续的啊！

我马上忍不住要写出水豆豉的气息。许多人熟悉那种黑色的完全固态的豆豉，而不知道什么是水豆豉。那是成都人喜欢的一种食品，它是金黄色的，以黄豆为原料煮透发酵制成，成品的水豆豉大都已裂分为单瓣，在滑润的浆液里，伴随着比豆豉瓣小许多的辣椒片、蒜渣，发散出一种特殊的味道。热带水果里不是有榴莲吗？有人形容它闻起来是臭的，吃起来却香甜无比；那么我要说，水豆豉的气息有人会觉得不雅，但若喂一勺到他嘴里，多半在咀嚼吞咽后，要求再多吃几勺。水豆豉在我的童年时代，母亲制作出一大罐，我们会当作类似果酱一样的零食吃，当然，用水豆豉拌米饭、佐面条，也很合适，有时候就不必再准备别的菜来下饭了。

1971 年暑假，我和怀孕的妻子，很艰难地从北京来到成都，为的是再从成都，去往安岳县看望被遣散到那里的父母。二哥家是我们在成都的唯一落脚点。二哥二嫂在 1968 年结婚，二嫂所在的抗菌素工业研究所早在 1965 年就从上海迁到了成都，选址就在杉板桥。二哥原在北京轻工业设计院，为了避免两地分居，就调到成都进入二嫂他们那个所工作，开始连独立的宿舍都没有，后来终于分到了简易楼里一个小小的单元，他们就在那里生儿育女。记得那宿舍虽然属于杉板桥地区，却还有一个更小的地名，是麻石桥。印象里 1971 年的时候，那里确乎有条小河，河上确实有用麻石，即粗糙的石料，铺砌的一个简易的桥梁，也问过，更没有故事，那河下的水，蜿蜒地流淌，再往东，就是杉板桥，再往下游，可能就是跳蹬河，最后是否流进了锦江？锦江就有故事了，至少锦江饭店有故事，但那就跟我要回忆的空间没有关系了。

1971 年暑假的成都行，说实在的，在二哥二嫂他们那个小小的空间以外，感受到的只是混乱、惊恐、闷热、不便，但是，当我们从破旧阴暗的火车站，转乘几趟拥挤不堪的公共汽车，终于找到杉板桥街口的麻石桥，进入他们居住的宿舍区时，心里不那么发紧了，记得当时街边栽种着梧桐树，路边有泛着腐臭气息的小水沟，沿着沟边匍匐着妻子不认得，而我能在昏暗的光线下辨认出是蕹蕹菜（现在多称空心菜），那应该是当地农民种的。我们按着楼号门牌，找到了二哥家，二哥把我们迎进屋，立即就有水豆豉的气息袭来，对我来说，无比亲切，对我妻子来说，后来她跟我坦白，颇感刺鼻。那时供电不足，电压不稳定，有时还会停电，二哥他们屋里光线很晦暗，但是跟着就响起二嫂亲热的招呼声，她从厨房捧出一大钵水豆豉，说是专为我们制作的，自家还没有吃，先让我们尝新。那时他们的女儿才三岁，儿子则刚满百日不久，还在襁褓里不时啼哭。他们当时那个红砖砌的简易楼，显得单薄、粗糙，但是分给他们的毕竟有两个居室，有自己的厨房和厕所，我们在那里安顿下来，觉得不啻是一种享受。也确实是享受，伴随着水豆豉刺激起的食欲，我连吃两碗饭，妻子也很快接受了那闻起来怪怪的成都食品。而水豆豉里所包含的，是浓酽的亲情。正是这种亲情，支撑着我们这个家族的成员，穿越了那些充满狂热、躁动、仇恨、暴力的岁月。

二哥是维系家族亲情的关键人物。

父亲所在的张家口解放军外语学院，经过惨烈的武斗以后，近乎解体，教职员工后来一律用闷罐子车运到湖北襄樊的“五七干校”，又在那里进行了梳篦刮头似的“清理阶级队伍”，父亲被批斗，最后也实在给他戴不上什么敌我矛盾的帽子，就保留他的工资待遇（那倒不低，他是行政 12 级，据说 13 级以上就都算“高干”呢），将他遣返回原籍安岳，还不是在县城里面，是在一个僻远的镇子上，递解他的人员，带着父亲和母亲到了成都，允许二哥跟他们见面，二哥就提出来跟着他们到那个镇子去，帮助年过花甲的父母安家，到了安岳县城，二哥就跟递解人员说，母亲当年，在安岳温家巷购有一个小院，如今里面住的几家非亲即友，应该可以腾出两间屋子给他们使用，这样比安插到交通更其不便的镇子上，生活总归方便一点，经过二哥的努力，递解人员和安岳县方面也就同意我们父母就留在温家巷居住。二哥重亲情，孝顺父母，善待弟妹，他特别继承了母亲的那份温和、沉静的性格，他出面办事，因为总是绝不冲动，能够以柔克刚，也就往往能将事情按尽量好的方面去发展、落实。

父母在安岳温家巷住下后，倍感寂寞，尤其父亲，对现实不理解，又无处无人可以一起讨论，整日郁郁不乐，母亲毕竟还要张罗每日三餐，倒显得生活还算充实。因此，1974 年，我又从北京经由成都去往安岳看望二老，那时除了妻子，还有两岁多的儿子随行。记得那年从成都开往安岳的长途汽车，还是带“大鼻子”的那种，现在某些表现旧时代的影视里，会出现那种老式的木窗框汽车。那时候多数人都有营养不良的问题，瘦子多胖子少，但掌握“听诊器、方向盘”的人士还是比较吃香的，那天开车往安岳的司机就比一车人都胖，上车的纷纷给他送些东西，我坐在他旁边，也送了他两个北京带来的苹果，他接过去也不说“谢谢”；那时候汽车上的窗玻璃差不多都砸碎了，方向盘上头吊着个木牌，上头写着“禁止吸烟”，但那司机开车前的第一件事就是把烟斗衔在嘴里，点燃，车子上路后，不断地吞云吐雾；我想到自己一家三口都在车上，不免有些担忧，特别是车子开上盘山道时，整个车体嘎啦嘎啦响，我逮个机会问司机：“师傅，这路好险，不会出问题吧？”他漫不经心地回答我：“哪个不出问题？前天还翻下一车人去！”他用烟斗一指，哇，右边悬崖下，那翻下解体的车身还在那里被骄阳晒着……探望完父母，又到二哥家小住几日，把种种见闻讲给他，也包括那司机的表现，二哥说：“倒是个很好的素材，如果拍电影，这个细节可以用上。”我又告诉他，在安岳县城，我去理发馆理发，那里有怎样的一种风扇呢？就是用许多把葵扇，缝合成一面墙那么大的一个扇体，然后以滑轮、绳索，连到理发椅背后的椅子腿旁，理发师傅一边给人理发，一边可以用脚踩动机关，使那一面墙的大扇子扇出凉风……二哥就说：“怎么没有电影导演运用这个场景呢？太有味道了啊！”

二哥自己无故事，但是他知道许多故事，特别是电影故事。他这一辈子有个始终未能实现的梦想，就是当一个电影导演。他的童年时期，父亲在广西梧州海关当职员，每个周末，必带大哥和他去电影院看电影，大哥淘气，另有爱好，往往还借故不去，二哥是忠实的小观众，管是什么电影，都看得津津有味。他记得那时期看到过许多卓别林、基顿演的美国无声片，还有最早一版的《金刚》，国产片里，父亲喜欢胡蝶，凡她演的电影必带二哥去看，胡蝶在《姊妹花》里一人分饰贫富迥异的姐妹二人，那时二哥虽小，也过目不忘。梧州时期的电影，全是无声片，后来父亲调任重庆海关，全家随往，先是住在城里，周末就带子女看电影，那时有声片取代了无声片，而且美国电影很多，没有配音译制，是在银幕一侧，竖立一道窄幕，用幻灯打出竖写的自右往左换行的中文对话，据说请来翻译的，是些大学里的教授，译得一般都比较准确，但有时不免失之于文绉绉，如“君试思之，此举毋乃孟浪乎？”美国好莱坞那一时期拍出的电影，凡运到重庆放映的，二哥几乎全都看过，如今还能一一道出片名、情节及那些当年的明星名字。再后来，就进入抗战时期，头两年，全家还在重庆，电影看得少了，那时候会去看一个长江歌舞团的演出，那个歌舞团是模仿上海的明月歌舞团的，团员多为小女孩，穿短裙、长筒袜，留“妹妹头”，再扎个大蝴蝶结，一群出来，右手搭别人左肩，左腿一齐朝右踢出去，咿咿呀呀地唱什么“我听得人家说，说什么？桃花江是美人窝，桃花千万朵，比不上美人多……”但也会唱“我的家在松花江上”或“万里长城万里长，长城内外是家乡”，更有《义勇军进行曲》和“我们在太行山上”，那时候国共合作，一般庶民不觉得国共的词曲作者有多大区别，反正唱抗日的歌曲就都很兴奋，二哥曾有一册歌本叫《叱咤风云录》，每首都是抗战主题，他首首都唱过。再后来，进入抗战最艰难的相持阶段，父亲坚守重庆，母亲带着孩子们先到成都再到安岳乡下躲避日机轰炸，自然也就无电影演出可看了。抗战胜利后，母亲带着子女回到重庆与父亲团聚，这时家从城里搬到了南岸狮子山，也就是我在《雾锁南岸》里写的那处空间。那时虽然大哥、二哥、小哥、阿姐因学业及其他原因不常在南岸家中住，但一旦放假聚齐，一家人还是有许多的文娱活动，如全家进城去看上海迁渝的厉家班的京剧演出，去看电影，如战后好评如潮的国产电影《一江春水向东流》《八千里路云和月》等；也有时候就在南岸家里，父亲、二哥轮流操琴，小哥唱梅派青衣《生死恨》的唱段，阿姐则仿孟小冬唱“八月十五月光明呀呃哦……”我那时会在大人们膝下胡乱比划。

是的，我家属于小资产阶级，家里充溢着如此这般的小资情调。这一阶级的文艺家和作品，以我的见识，早的，如苏曼殊、李叔同，稍晚的，如王鲁彦、丰子恺，瞎子阿炳就经济状况应该算无产阶级吧，但他那曲《二泉映月》，跟李叔同填词的《送别》：“长亭外，古道边，芳草碧连天；晚风拂柳笛声残，夕阳山外山……”跟丰子恺的漫画《人散后，一钩新月天如水》，那情调，都是相通的，就是虽然拒恶，但“不以暴力抗恶”，而只是痴痴地坚守良知、良心、良能、良善，其实早在上世纪三十年代初就有过电影《天伦》，有过《天伦歌》，弘扬中国传统文化中“老吾老，以及人之老；幼吾幼，以及人之幼”的伦理道德境界，用现代白话来说，就是“把对个人的爱推及于人类”。那《天伦歌》以柔曼的曲调唱出：“白云悠悠，江水东流……浩浩江水，蔼蔼白云，庄严宇宙亘古存，大同博爱，共享天伦！”

小资产阶级，他们的生活，他们的情调，是脆弱的，特别是在社会大动荡、大变革、大转型的时期，常为主流挤压排斥、强行改造，自身也容易因外界诱因而父子反目、兄弟阋墙，或因政治而决裂，或因财产而分崩。我家作为小资产阶级中的一个社会细胞，却能穿越百年的社会震荡，难得地维系着温情，未见癌变，确属不易。而二哥，是坚守传统孝悌之道的典范。阿姐早年在哈尔滨东北农学院上学，读完本科又读研究生，二哥当时在吉林开山屯造纸厂，先是技术员，后来是车间主任、工程师，薪水并不高，却坚持月月给阿姐汇去生活费。1976 年 10 月"四人帮"被捕，社会开始转型，我在 1977 年因发表了短篇小说《班主任》而出了名，进入 1978 年，就在这全家都能好起来的情势下，大哥先在广州因癌症不治逝世，父亲不久又突发脑溢血在安岳溘然撒手人寰，大悲痛袭来，我却未能赶回安岳治丧，小哥和阿姐也未能去，只有二哥，从成都匆匆赶往安岳，操办父亲后事，将母亲接到成都赡养。后来他又只身将父亲骨灰带回刘家可追溯的最早祖居地，龙台场高石梯，起坟安葬。后来小哥又从湖南设法调到成都一所大学任教，与二哥汇齐在成都。母亲辗转在北京我家、阿姐家和成都小哥家居住过，最后还是回到二哥家。母亲去世，二哥依然是操办后事的主力。父母留下的现金，以及尊母嘱将安岳老房卖掉后所获，加在一起，二哥跟小哥、阿姐、我均分，我们弟妹全表示二哥二嫂应多分一些，最后二哥也就略多分了点。没了父母，没了大哥，二哥也就是长兄了，所谓"长兄如父"，一点不假。2008 年，小哥在医院动一个大手术，出了医疗事故，本来不该就走的，却在术后出现心力衰竭，他在临终前一直念叨："我要见哥哥，我二哥……"他老伴非常理解，见二哥就等于见父母，跟家族告别，二哥赶到他床前，握住他手，他含笑仙去。2011 年二哥二嫂来北京跟我和阿姐欢聚，我的一个表姐和她的两个女儿也来了，大家议论中都不禁感叹：现在的"80 后"、"90 后"，还懂得手足情么？电视上报纸上，那些一家人为争房产、争拆迁款，甚至只是争公租房的承租权，而撕破脸、斩亲情的报道，看下来真不禁要感叹人伦浇漓，还有多少人记得并看重"天伦笃睦"的古训呢？我家二哥无故事，然而如此这般无故事，而只是默默、殷殷地维系着天伦心线的二哥，对于当下的社会来说，不是越多越好吗？

二哥的一生，应该说还是顺遂的。他英语自学成材，而且以造纸专业为核心，辐射出去的相关化工医药类学科知识，都能很快融通把握，因此，在“文革”后期，那时候四川已经进口美国的化肥生产设备，既能听说英语又能把握相关技术知识的人才实在难找，相关部门发现了他，就借去与美国来的工程师合作，既当翻译，也参与专业讨论。改革开放以后，所里多次派他出国参加抗菌素的国际研讨会，退休后，他被多家药厂聘为顾问，在向美国出口药坯等项外贸交易中，如何通过美国的FDA申请、检查，获得批准，二哥成了这方面的一个专家。他多次去往美国、意大利、法国，最羡慕他的，是还去过南美，他在巴西里约热内卢基督山，以那著名的伸臂构成十字的耶稣雕像为背景拍的照片，一直陈列在我的书橱里，看见时我总为他高兴。尽管他有自己的专业，退而不休，但他心底里对电影的爱好，仍是那么强烈。“文革”前他就精读了乔治·萨杜尔的《电影艺术史》，也曾购买过最早一版的《中国电影发展史》，改革开放后，更购买阅读了乔治·萨杜尔的《世界电影史》和更多的电影历史、理论书籍。

二哥1950年至1960年一直在偏远的开山屯造纸厂，厂区有个电影院，他当时还担任工会的文娱干事，电影院归工会管，他学会了放映，那十年里所有在那个电影院里放映过的电影，国产片，苏联片，东欧及其他社会主义国家的片子，以及其他国家的片子，他一部不漏全看过。1960年他调到北京，到1966年上半年，我们兄弟二人每逢周末总要一起活动，或逛公园，或看电影和剧场演出。聊电影，成了我们体现兄弟情深的一大方式，其乐无穷。即使在“文革”文化专制最严厉的岁月，在我探亲来到成都杉板桥时，在他家那小小的空间里，吃完水豆豉，我们还是要聊电影。我们不管五一六通知里怎么下的断语，对国产电影，觉得好的依然叫好，比如《青春之歌》的段落节奏，《小兵张嘎》的黑白画面的唯美追求，《聂耳》里黄宗英演一女配角的功力……对于译制片我们也有共同的评价，比如《牛虻》里上官云珠为琼玛的配音，《白痴》里张瑞芳为娜斯塔霞的配音，都堪称绝。我们会议论到意大利新现实主义电影的早期代表作《偷自行车的人》和晚期绝响《她在黑暗中》，会议论到印度电影《流浪者》、东德电影《马门教授》、保加利亚电影《当我们年轻的时候》、法国电影《没有留下地址》、英国电影《哈姆雷特》（劳伦斯·奥利维主演，孙道临配音）……听到我们兄弟二人在那边津津乐道，二嫂和我妻子一旁不免侧目，担心我们犯政治错误，其实我们兄弟二人绝非政治动物，我们对电影的评价全在自己的艺术直觉，全凭良知良能，比如那时候《北国江南》被批判，有的人是“凡被批判的一定要暗中叫好”，我们却直到改革开放此片被平反以后，仍觉得是部失败之作，苏联解体后，我们并不以为以前所看到的表现苏联现实生活的影片都该弃之如敝屣，像《生活的一课》《没有说完的故事》《雁南飞》《莫斯科不相信眼泪》等，还应该算是上乘之作。回顾这些杉板桥小空间里的“电影龙门阵”,我就越发感觉,我那成名作《班主任》的诞生,二哥也有一份功劳,《班主任》通过青少年阅读的心态勾勒，对“文革”斩断了当下一代与之前的四种文学（《牛虻》所代表的外国文学、《辛稼轩词选》所代表的中国古典文学、《茅盾文集》所代表的中国现代文学、《青春之歌》所代表的 1949 年以后至 1965 年的当代文学）的联系，深表痛心，发出了“救救孩子”的呐喊，这创作心理的积淀，也包括我与二哥在那昏暗岁月昏暗空间里，对外国电影、中国早期电影、中国 1949 年以后电影的不能全盘舍弃的情愫。

改革开放以后，先是录像带，后来是光盘，大大丰富了人们的观影视野。二哥因药品出口到美国出差，他不仅胜任专业英语，更能用英语与美方人士聊电影，他对好莱坞从早期到二战后影片、导演、影星的熟悉，令美方人士大为惊叹:“你比我们一般美国人知道得还多！”十年前，在中国还买不到格里菲斯的《一个国家的诞生》《党同伐异》的光盘，在美国，那样的无声片光盘也绝非到处可得，他却踏破铁鞋地寻觅，后来终于得到，回到杉板桥家中，放映来看,觉得是人生之大乐。上世纪八十年代,所里新盖出宿舍,二哥家从马路这边，迁到马路那边，仍是杉板桥，楼区大多了，也有了绿地、彩亭，分到的单元也大了，到九十年代，所里又盖出高资楼，二哥二嫂均为所里资深专家，分到了更好的单元，又迁居一次，这次的单元有两个卫生间，起居室连餐厅有四十平方米，二哥先是置备了最大尺寸的背投式彩电，最近又置换成最大尺寸的液晶彩电，主要不是用来看电视节目，而是用来放映电影光盘。2012 年美国奥斯卡的获奖片里,《艺术家》是向无声片致敬的,《雨果》实际上是法国电影艺术开拓者梅里爱的传记片，二哥看完跟我煲电话粥，聊卢米埃尔兄弟发明电影后最早的《火车进站》《园丁浇水》，到梅里爱固定机位拍摄的《月界旅行》，到爱森斯坦娴熟运用蒙太奇的《战舰波将金号》，到杜甫仁科的诗化电影《海之歌》……一直讨论到科波拉如何从“暴力美学”转型到《雨果》的“童心叙事”。我告诉他手头有《早安，巴比伦》的光碟，是从侧面表现格里菲斯拍摄《党同伐异》的艺术片，成都恐怕难找到，会给他寄去，他高兴地期待着。

成都杉板桥啊，那里有二哥一家，有维系我们家族天伦之乐的关键所在。我珍惜杉板桥。于是乎，仿佛又有一种特殊的气息袭来，啊，那是二哥二嫂在联袂为到达的亲人制作臊子面！小哥在世时，去他们那散心，留饭时做过，我去探望，他们做过，阿姐去，他们做过，表妹们去，也做过……那臊子的制作，用成都话说，十分“婆烦”，买来上好的猪肉馅，要不惮烦地再用刀来回地剁，剁得碎碎的，剁好了，再用植物油炒，需掌握好火候，千万不能糊锅，然后适时地将已剁得极碎的笋尖丁、木耳、香菇、虾米、大头菜、葱花、火腿丁等，拌好了，倒进去，略加翻炒，果断起锅。这样制作出的臊子，拌在面里，可以想象，会形成怎样的美味！手足情，天伦乐，尽在杉板桥二哥家的臊子面的香气中，教我如何不想他！

2012 年 5 月 13 日北京绿叶居

听得见冰吼的小屋——北京什刹海后海

1961年8月20日《中国青年报》上刊登了一篇题为《从独木成林说起》的文章，内容如下：

"独木不成林"，这句俗话道出了一条普遍真理。是呀，一棵树怎么能形成一座森林呢?

但是，世界上却居然存在着一种大树，它就能"独木成林"！这种树生长在印度的山地，被称为印度榕树。它的阴影面积竟可以达到一公顷。原来，这种树有一最大的奇特之处，就是树枝成长到一定阶段就会自行长根深入地下，逐渐长成一棵新的树干。这样，除了主干以外，一棵印度榕树还拥有几十棵、几百棵树干，形成一座茂密的森林。

这就说明了世界的复杂，许多事物除了它们之间相同的共性即普遍性之外，还有各不相同的个性即特殊性。

我们都知道，许多动物是吃草的，这是常识。但是你可知道，有许多种草却是吃动物的。比如在我国广东一带有种叫"落地金钱"的植物（学名叫茅膏菜），它长在原野湿地上，高尺余，上面开着的花和小菊花相似，它就能吃蚂蚁、苍蝇之类的小动物。这些动物落到了它那紫红色的、有毛和黏液的叶子上，马上就会被包起来，不到一两小时就会被消化掉。在东非海岸，甚至还生长着一种会吃人的树。粗大的叶子上满生着尖刺。不论人或野兽，一碰到它的树叶，立刻会被紧紧裹住，越是挣扎，它越缠得紧直到人或野兽血肉模糊死去为止。

我们知道，一般动物是雌性带子，但是海马却是雄性带子的；一般鸟是会飞的，但是鸵鸟却是不会飞的；赤道是地球上最炎热的地带，但是那里有一些山却是终年白雪皑皑。这样的例子是说不完的。

其实，世界上一切事物都是千变万化、各不相同的。西欧一个古代哲学家曾以“一个人不能第二次进入同一条河流”这句话来形容事物的变化和复杂。这种情形，不但在自然界中存在着，在社会现象和思想现象中也是同样地存在着。每一种社会形式和思想形式，都有它的特殊的矛盾和特殊的本质。甚至可以说社会现象和思想现象往往是更为复杂的。世界既然是如此复杂，这就要求我们的头脑也必须复杂化，也就是必须对具体事物进行具体分析。教条主义者是思想懒汉，他们总是想用固定的公式去硬套一切事物，其结果只有碰壁而已。

必须认识事物的特殊性与复杂性，但是又不要迷失在特殊性与复杂性中，看不到它们的共性和普遍性，就好像只见树木不见森林。这样就将成为鼠目寸光的爬行主义者和否认事物客观规律的不可知论者。因为每一个事物内部不但包括了矛盾的特殊性，而且也包括了矛盾的普遍性，普遍性即存在于特殊性之中。中国古代哲学家所说的“毕同毕异”和“相反相成”正是这个意思，科学家并没有因为海马外形不像鱼而把它排斥在鱼类之外，也没有因为文昌鱼外形像鱼而就把它当作鱼，就是因为科学家能在事物的特殊性中认识事物的普遍性。

通过具体地分析具体事物，辨别事物的特殊性，从而去发现和运用事物的共同规律，这是我们的目的。

写出这篇文章时，我才刚满二十岁。1959 年至 1961 年，被称作“三年自然灾害时期”，或“困难时期”，是 1958 年“大跃进”以后的一个时期。1958 年我正在上高中，参加过学校和街道上的“大炼钢铁”——以期在钢产量上“超英赶美”，也到农村参加过农田深翻——以期达到亩产万斤乃至十万斤。从当时报纸上的报道看，“大跃进”的目标统统达到，甚至还远远超过了，但是商店里的货物匮乏，不仅粮油定量供应，日用品几乎全要凭票购买，我每月的粮票有三十二斤，每天平均一斤多，不能算少，但因为副食差，无油水，因此，那时候我瘦得腮凹腰细，夜里最美的梦，就是面前出现一碗热腾腾的红烧肉。我从师专毕业，分配到北京十三中任教，那时住的宿舍，不在本校，在其分部，地名叫西煤厂。那个院子的最深处，有一排平房，好几年里，我和另一位同姓物理教师，合住在最尽头的那间小屋里，小屋门朝南，后墙高处有扇朝北的小窗，那小窗后面不远，就是北京西北部有名的水域什刹海的后海。学校为我们各提供一架单人床、一个简陋的储物柜、一张书桌一把椅子，这些东西摆下以后，剩下的转身空间就很有限了。我从少年时代就喜爱写作，向往自己写出的东西能印出来，发表后能获得名声。1958 年我投出的一篇书评被《读书》杂志采用，后来又在《北京晚报》《人民日报》《大公报》（当时北京有这家报纸，现在则只在香港有）副刊发表过一些“豆腐块”。给《中国青年报》以前也投过“太平稿”并被采用过，但《从独木成林说起》能被刊出，我内心的惊喜，是莫可名状的。

我那时候在那间狭窄的宿舍里，伏案备课写好教案后，要么读书，要么就开始散文随笔杂文的写作，写完就投寄给报纸副刊。我那时的写作，主要是两类，一类是参照别人刊出的文章，琢磨什么样的文章能够被采用，就顺潮而动，也那么样地去写；一类是完全从自己的良知出发，“童言无忌”。投稿的经验，是第一类文章被采纳的概率高，而第二类则几乎都属于“骆驼穿针眼”，退稿无数，一旦居然刊出，不啻奇迹出现。《从独木成林说起》一文，是在“三年困难时期”里，我读了恩格斯的《自然辩证法》，对教条主义、主观主义从腹诽到外化的一次尝试，写作时毫无顾忌，一吐为快，反正投出去不被刊登罢了，还能把我怎么样呢？我大概是 1961 年 8 月初把稿子寄出去的，不抱希望，可是，8 月 20 日那天，我在街上散步，见到报栏，本能地走过去看报，正好有当天的《中国青年报》，我的文章竟赫然印在了上面。当时就想，编辑是谁呢？审查稿件的总编辑或副总编辑是谁呢？他们能把我这样的文章痛快地印上版面，我对于他们，不仅是感谢，更是钦佩。有了这样一次成功的经验，我来劲了，后来几个月里，又写了几篇直抒胸臆的，投给好几处地方，结果是，要么石沉大海，要么被退稿，唯独投给《中国青年报》的一篇《水仙成灾之类》，还是被采纳，而且，安排到1962年元旦那天的副刊头条上，这篇对“三年困难时期”“好心办成坏事”的反思，更“露骨”了：

水仙是一种很可爱的花，古代诗词中描写到水仙花时，总喜欢用“冰肌玉骨”、“淡扫蛾眉”之类的词句，形容它的纤弱、娇嫩。西洋也有水仙，译名叫水风信子，叶片攒簇，花从中央诞生，一朵朵如倒挂的钩子，和我国的水仙颇有差异，传到我国来后，曾被人冠以佳名，如紫色的被称作紫云囊，白色的被称作白萼仙……可见也是相当秀丽、娇嫩的。

但是，信不信由你，就是这么娇嫩、纤弱的一种花，却曾给人们带来了极大的灾害。事情是这样的：一些旅行者从巴西带回了一些美丽的水风信子种子，把它们播种在刚果的花园里，谁知不到一年的时间，它便盖满了刚果绝大部分的河流、湖泊、沼地、港湾、水塘，甚至于顽强地侵占农田，严重地影响了农业生产和交通运输，酿成了奇特的“水仙灾”。结果，刚果人民不得不花费大量劳动力去打捞，政府也只好派出大量船只，动用大批机械去和这些水仙花作战。结果单是这些就耗费了三十亿左右的美元。你看，水仙花就有这么厉害。

这样的事情并非是史无前例的，在上一世纪，一些澳洲人曾从南美洲移植了一些高大的仙人掌到澳大利亚去，为的是组成天然篱笆，以防野兽闯入住宅和畜群，用意也是好的。但是，没想到这些仙人掌也疯狂地繁殖起来，几个月内，便侵占了澳大利亚三分之二的可耕地和牧场。政府为此绞尽了脑汁，想了各种各样的办法，都不奏效，最后，还是有人发现了一个秘密：那就是南美有一种大蝴蝶的幼虫是专门吃这种仙人掌的，于是，政府便专门派人到南美去取得这种幼虫来，加以培养、繁殖，然后放到田野中去，经过一个时期，成灾的仙人掌才逐渐绝迹。

初看起来，这两件事似乎只是极其偶然的“海外奇谈”，其实是有规律可循的。

生物学家达尔文在《物种起源》一书中证明了生物之间的相互斗争、相互依存、相互制约的辩证关系。他指出，各种生物都在不断地以几何级数繁殖，按说世界上的生物总量也应该不断以几何级数向上增加，但是实际情况并不这样，这还不是因为每种生物都有本身的死亡，最主要的是由于生物相互之间、生物与其他自然因素之间是在不断相互影响、作用的。例如有的生物以别的生物为食，如动物食动物、动物食植物，甚至于植物食植物、植物食动物；有的生物却相互依存、你活我活、你死我死，或者有的依别种而活。而所有的生物则又必然与所处的环境发生关系，温度、水分、土壤、气候、气压、阳光、地形……这一切发生变化时，必然要引起不同生物的或大或小、或明或暗的变化。这样，水仙和仙人掌成灾的原因，用蝴蝶幼虫灭仙人掌的妙用，就容易理解了。

可见，水仙成灾这类事情是很值得我们深思的。事实上，世界万物之间也都有着千丝万缕的相互斗争、相互依存、相互制约的关系。当然，在考虑某一事物与其他事物的关系时，必须首先抓住顶重要的、顶关键的几条线，但绝不能不管事物之间的相互关系、不从整体上去看问题，“攻其一点，不及其余”，那样势必在世界客观存在的规律面前碰得头破血流。

《独木》一篇抨击“教条主义者是思想懒汉”，《水仙》一篇更说“不从整体上去看问题……势必在世界的客观规律面前碰得头破血流。”事隔半个世纪，读来自己觉得笔锋还是满犀利的，真是“初生牛犊不怕虎”，敢想敢写。如果客观环境和主观条件都朝好的方面发展，那样一路写下来，我又会写出些什么样的文字？

但是，1962 年的外在平静下，凭我一个普通的写作者投稿者的敏感，就觉得有些晦气氤氲，怎么我写出的类似《独木》《水仙》的文章不仅别的地方一律不登，《中国青年报》也“留中不发”了？而且，到了下半年，甚至连讽刺人民内部一般性缺点的稿子，也被退回，所能发出的，只有某些歌颂性的散文。当然，如果写的“阶级教育”之类的内容，就更容易见天日些，所需做出的努力，就是尽量使自己的文笔比那些粗糙的东西“优美”，那阶段有名的歌词“月亮在白莲花般的云朵里穿行，晚风吹来阵阵快乐的歌声，我们坐在高高的谷堆旁边，听妈妈讲那过去的故事……”成为我的楷模，就是要把对青少年的“阶级教育”（包括“新旧社会对比”）优美化、诗化。于是，在1962年年底，我的一篇《银锭观山》在《北京晚报》的“五色土”副刊发表出来：

我住在什刹海畔的银锭桥旁，说来值得骄傲，据老人讲，“银锭观山”的景色是与“玉泉清液”、“琼岛春荫”并列的“燕京十六景”之一，我没有查过典籍，无从知道是否有根据，不过我倒的确时常去领略“银锭观山”的情趣。

只要天晴，站在桥上朝西望去，那西山的景色是使人迷醉的。如果现在趁着日落之前来到桥上，将会看到湖上结着一层晶亮的薄冰，反射着珍珠色的天光；两岸簇簇垂柳尽作鹅黄色，或深或浅，参差交错；如眉的柳叶袅袅飘落，在冰上跳起芭蕾舞。抬眼向前望去，远远的湖岸边是一线蓊翳的黄绿色树丛，其后是鳞次栉比的屋顶与楼房，再往后，就是如鱼脊似的西山了。那黛色的山影，那山头上的杏色霞云，那从霞云后射出的银色日光，的确令人神往、引人遐想。

银锭桥的东头接着烟斗般的烟袋斜街。斜街的“烟嘴”通向鼓楼大街，“烟锅”就正落在桥东。从桥西朝桥东望去，错综复杂的屋脊檐角之后，就是一红一灰、一胖一瘦的鼓楼和钟楼。这一带的民房，是那么整齐，那么清爽，仿佛一切都刚用清水洗涤过。住在这里的劳动人民似乎都有爱花的癖好，你看，一年四季，桥畔的屋檐下窗台上，总种着、摆着各种花卉；春风刚把湖水染得透绿，这里的窗台上就摇摆着紫丁香，放出沁鼻的香气；金色的夏阳在湖心撒下一斛金珠时，绛红的美人蕉就像爽朗的少女，坦然地直立在家家门旁窗下；最逗人爱的还是秋天那吐着金丝的翠菊，仿佛是憋不住的一包笑，总显得那么喜气洋洋的。临桥的那家每逢春夏还搭起瓜棚，绿色的藤蔓不到几周就爬满了棚架，肥硕的绿叶在风中轻轻摇摆，撒下一片惬意的清凉。夏秋的傍晚，这里总聚集着一伙人，白髯的老人在下棋，大妈大婶一边呵呵谈笑，一边甩着蒲扇，孩子们或则唧唧哝哝地围作一伙讲故事，或则吱吱喳喳地东躲西藏地捉迷藏。

可是，旧社会里银锭桥畔的生活犹如一潭死水。我听到过许许多多的传说，据说离桥不远就是《红楼梦》里描写到的大观园遗址。这附近确实曾有几所大王府，而且临桥的几座大院，据说曾是王府奴婢住的地方，在那时，经常有受了污辱的年轻婢女到桥上对月空泣，最后把年轻的生命埋葬在湖水中；在苦难的年月里，不知有多少绝望了的人像她们一样，越过了这矮矮的桥栏，使第二天过桥的人们发出新的叹息……

今天，我又到桥上去，和往日不同的是，桥头人家的屋前院里都挂满了一串一串晾干的大白菜。我悠然地倚在桥栏向西望去，西山隐隐地从云雾中露出，紫蒙蒙的，爽人心目。我望着西山，心里却翻腾着关于银锭桥畔人们生活变化的冥想，是呀，银锭桥下的湖水，你就像一面镜子，如今你映照着多少欢乐和幸福！

1962年元旦，我以充满锐气的《水仙》一文登场，1962年12月12日，我以“优美地歌颂”的文字谢幕。在那个时候，我是一个最卑微的写作者，不会有人特意对我进行从头到尾的观察，但时隔半个世纪，我将这些事情讲述出来，也许，可以见微知著，使现在的写作者，知道那时的写作者，以及那时公开刊印出的文字，是如何被笼罩在他们头上的巨大的力量所控制、左右。人的命运，文的命运，何时才能真正地挣脱那控制、左右呢？祈盼能还人以自我，还文以自主！

我在报刊上发表的文字，一般绝不示之同事，他们如果自己从报刊上发现，问到我，我则淡淡地说：“见笑！”为了尽量不引起同事们注意，有的稿子，就使用笔名，用得最多的，是“刘浏”。同室的刘老师，比我大很多，虽然他知道我常趴在他身侧的书桌上写稿，却从来不过问，但是《银锭观山》一文出来以后，他恰巧那天买了一张《北京晚报》，看了，有所评论："你主要写冬景，冬景最难写。"那么，我知难而进，效果如何呢？他不再置评。他寡言，对任何人都客客气气。那年代重视人的阶级成分，他是富农出身，后来知道，1962年夏天领袖有"千万不要忘记阶级斗争"的严重告诫，我心里明白了批评性文字再难刊登的根源，他也就更加地谨言慎行。但是，在那么小的一个空间里共同度过那么多的时间，我们总不免还是会聊聊闲天，闲聊当中，互相取得信任感，出语也就渐渐少了顾忌，记得有一回我跟他说，自己一直生长在城市，对农村实在不了解，对农村的认识，基本上都来自小说。我们聊那个话题的时候，浩然还没有出道，《艳阳天》还没有写出，我提到的，有丁玲的《太阳照在桑干河上》、周立波的《暴风骤雨》（如今年轻的读者万不要以为我打错了名字，或以为现在的同名脱口秀明星曾写过这题目的长篇小说，那个年代有位湖南籍作家周立波，名气非常大），我说那些斗地主的场面可真够厉害的！老刘就忍不住跟我说："我们村斗的时候，有人拿剪子去剪地主的肉……"这应该是他小时候亲眼看到的，肯定在他心灵深处刻下过深深的印记，也许，他还是第一次把那恐怖记忆说出口，至今我还记得他说出那句话时的表情与声调：他脸上的肌肉微微颤抖，声音喑哑却又字字分明。就他这一句话，将他童年时代内心的震惊，沉重地传递到了我青年时代的心灵深处，所引发的震惊，应该不亚于他当年目睹所达到的程度。但老刘很快意识到他是舌尖"出轨"了，我也立即懂得这样的交谈万不可继续，于是说："都困了，睡吧。"但是那个双十二的冬夜，我们都久久失眠。后来，就听见从后窗外，由远而近，有种非常怪异的声音传来。我判定那是我的幻听。将棉被捂住头，我努力地消化那斗争会上用剪刀剪人肉的信息，我想，革命是好的吧，但为什么要这样地革呢？我期盼一种去除了诸如此类暴力的革命，来为人类造福。这种念头，在那个时候，当然给我带来深深的罪感，第二天我是带着黑眼圈去上课的，吃完晚饭，也没马上回宿舍，而是在教研室里批改学生作文，直到该睡觉的时候，才回到宿舍，发现老刘已经备完课，还坐在床上发呆。我进去就跟他说，今晚食堂的那道红焖胡萝卜丁真不错，支撑我一气改了二十本作文。他听了似乎就放心了，我肯定没有找党支部的人汇报他"丑化土改"。其实我们那时候还都很单纯，谁也没有想到四年半以后就有比周立波笔下更凶猛的“暴风骤雨”来临，学校操场上活活打死了人，而那个周立波，在湖南被斗得死去活来。二十年后，我写出的中篇小说《如意》拍成了电影，淋漓尽致地表达了我那“要把人当人”的人道诉求。1983年我开始写长篇小说《钟鼓楼》，我把书里故事发生的那一天，设定在1982年的12月12日，正是那篇散文《银锭观山》发表，和老刘跟我说出那个回忆的整二十年后。

1992年，距《水仙成灾之类》刊发三十年后，在温州楠溪江边，一位老人孙轶青见到我，微笑着说：“1977年我一读到《班主任》，心里就明白，这个作者刘心武，一定就是当年写《水仙成灾之类》的那个刘心武！”原来，他就是当年签发那篇文章的《中国青年报》的负责人。签发时他是副总编辑，过了几个月，他就提升为社长兼总编辑。《中国青年报》是共青团的机关报，而当时共青团的第一书记，是胡耀邦。孙老离休后成为公认的著名书法家，于2009年仙去。1992年见到他，我很高兴，也很惭愧。高兴的原因不消说了，惭愧，是他不知道，我在1966年上半年以前，发表过不少紧跟形势的文字，《独木》《水仙》那样的篇什，实在是凤毛麟角。在1975年从学校调到出版社当编辑前后，发表出《班主任》以前，我发表过努力向“革命样板戏”“三突出”创作原则学习，表现“大院”里的“红小兵”如何跟阶级敌人斗争的小说《睁大你的眼睛》（出了单行本），写过主题为“教育革命好”、“上山下乡好”乃至“从小要懂得与走资派斗争”的“儿童文学”。我的生命，我的写作，镶嵌在特定的时空里，我一度成了它的人质。

1962年，我才二十岁，1992年，我五十岁了。有时就会回忆起当年所住的那间宿舍小屋，想起同室的老刘来。老刘在那场狂飙中，被打成“坏分子”，开除公职，遣返回老家，监督改造。改革开放以后，他获得平反，离开伤心地，另到一所中学任教，没有人再歧视他的出身成分，他积极投入新的生活，入了党，并一度被评为市级优秀教师。虽然我们后来始终没有再谋面，但我永怀对他的好感，他现在应该退休多年了，祝愿他晚景璀璨。1992年我写成《冰吼》一文：

“日有所思，夜有所梦”。这话未必能解释一些梦的出现。比如昨日我的的确确毫无所思的一幕，午夜便活灵活现于我的梦中。惊醒后残梦余韵不散，令我在自家楼窗泻入的月光中倚枕玩味良久。

我的梦境总非工笔画一流，有时听妻讲起她的梦境，不仅人物眉发宛然，背景上的一花一叶也纤毫毕现，总是非常的羡慕；我的梦境一概是大写意，而且似泼墨般既淋漓酣畅又跳荡迷蒙。

昨夜的梦境是在一个湖畔。黑乎乎的树影，灰蒙蒙的冰面，不消说是一种严冬的景象，然而却看见我自己只穿着背心裤衩，足踏夹指塑料拖鞋，十分写意地在湖畔踽踽独行；有比树影更其墨黑的一些等高线条，在湖畔显现，使我意会到那正是湖岸边的铁栅，啊，不消说，那正是我非常熟悉的地方——北京城西边的什刹海，一大片不为许多外地人和旅游者知晓注重的水域……

什刹海的景致，倒也有不少的文章介绍过，我自己写的长篇小说《钟鼓楼》，里面也写到什刹海，且追溯到半个多世纪前的景观。一般介绍什刹海，总以夏日的风光为重点。的确，夏日环湖的垂柳或白杨一派翠绿，湖波粼粼。前海东侧总有大片的莲叶荷花，站在前海和后海相接的水域最狭处的名曰“银锭”的小桥上，朝西望去，在一片渐次开阔深远的湖面尽头，可以看到黛色的西山剪影。前人曾将此录入所谓“燕京十六景”之一，称“银锭观山”；前海当中有一小岛，本来只有一丛垂柳，一片芳草，甚有野趣，现在上面设了个游乐场，我亦认为是一大败笔——但不管怎么说，什刹海毕竟是北京城里难得的一处富于天然情趣的景观。又岂止是夏日有着艳丽的面貌，春日的柳笼绿烟，秋日的枫叶曳红，以及晨光中的水雾空蒙，夕照中的波漾碎金，兼以附近胡同民居的古朴景象，放飞鸽群发出的哨音，遛鸟的老人们悠然的步态……总能引出哪怕是偶一涉足者的悠悠情思，尤其会感到在波诡云谲的世态翻覆中，古老的北京城和世代的北京人总仿佛在令人惊异地维系着某种恒久的东西……

然而，上述的种种什刹海景观都未曾显现在我昨夜的梦中，梦中只有黑白灰三色的朦胧冬景既亲切又陌生，既朴实又神秘。我只见我近乎赤膊地缓步前行，不知从何而至，亦不知将欲何往。忽然，有一种绝对真实的声音，訇然响起，迷蒙的景色顿时抖动起来，而梦中的我顿时有一种大欢欣，通体产生出一种迸裂融化的极度快感。而转瞬之间，黑色化为了浓绿，灰色化为了翠绿，白色化为了嫩绿，墨色的栅栏化为了黛绿，在一片爽入灵魂深处的悸动中，梦中的我却又一身飘飘然的奶白绸衫，脚是赤足，踏跳在茸茸的绿草之中，身轻如电视中常见的慢镜头，悠然前行，亦不知为何如此，更不知欲飞何处……梦醒之后，那訇然的音韵仍萦绕于耳。对了，我恍然，那正是我熟悉的一种声音，非老什刹海畔的居民不能知的……

我在北京什刹海畔居住过十多年。一度我的居室后窗便朝着后海湖面。冬夜——不是那种北风怒嚎的冬夜，而是宁静到仿佛连空气都不再流动的最寂寞最冷清的冬夜，有时就突然从居室后窗传送进来一种短暂而惊心的訇响。头一冬乍听见时曾疑惑地自问：难道这城里边竟有饿狼？嗥声如此凄厉？西直门外动物园的大象的吼声也许如此，但纵有西风传送，那样遥远的距离，又是大象正该在象房中酣睡的时刻，何来吼声……

有一回同一位忘年交的老者，冬夜里在银锭桥北头烟袋斜街的小酒馆里消磨到深夜，相互搀扶着，酩酊地在阒无一人的湖畔往住处走。忽然，一种熟悉然而更其清晰也更其沉重的音响忽然从湖上传来。老者遂对我说："听见了吗？这是冰吼，这声音是很难听到的——在一般的江湖河海，因为冰冻的部分膨胀时，总能朝尚未冻住的水域延伸，又因为周遭并不拢音，因而都没有这种声音，唯独我们什刹海，全湖都冻住了，进一步干冷，冰面不由得猛地膨胀，又胀不出去，因而发出这样一种苦闷而欲求解脱的吼声，偏这后海一带又极为拢音，所以听来这样惊心动魄！"

梦醒后，我久久地回味着那真实而动人的冰吼。我不信占梦术，亦不倾心于弗洛伊德的《梦的解析》，我不认为此梦与白日所思有关，不觉得其中蕴含着多少复杂而深刻的意味，我只是更由衷地判定自己尽管祖籍四川落生在成都，但定居北京四十余年的结果，使我已成为了一个地道的北京市民；而且尽管我迁离什刹海畔已有十多年之久，我的灵魂中却已渗入了什刹海的风土人情，乃至那鲜为人知的独特的冰吼。今年的冬夜，要不要寻一个风定人静的时刻，再在酒后到什刹海畔漫步，聆听一回别有韵味的冰吼呢？

我和老刘居住过的那间能从后窗传来冰吼的小屋，可能早已拆去了。那曾是我苦闷青春期的一个载体。屋子可以拆毁，记忆却应坚守，绝不能容忍一拆了之。

2012年6月25日温榆斋中

莫斯科河的雁影——莫斯科河

那一年我十岁，在北京上小学五年级，当时那所小学在原来的一个尼姑庵里，校长是个尼姑。虽然是尼姑办的私立学校，教学内容完全是新时代所规定的。记得那时候学校举行讲故事比赛，不是要参赛者各讲一个互不相同的故事，而是要求大家讲同一个故事，所比赛的，不是故事的内容，而是讲那内容时的具体表现。那是一个什么故事呢？内容是：苏联远东有个母亲，孩子病了很着急，于是给伟大领袖斯大林写信，斯大林看到信，派飞机载去医生，将那孩子治好了。其实那个故事大家早就知道，我就看过相关的“小人书”（连环画册）。比赛的时候，全校师生坐在庵殿改造成的礼堂里，选手们挨个儿上场，大家重复地听同一个故事，未免乏味，于是就有不少同学交头接耳、小动作不断，主持比赛的老师不得不多次高声维持秩序。

偏那次讲故事比赛，我们班的班主任老师指定我代表全班出马比赛。我生性腼腆，属于“窝里横，窝外怂”一类，就是在亲友熟人面前能放开嬉笑，一到生人面前，尤其面对一大片生人，立马不知手脚该如何安放，舌头也就打起绊来。我在本班试讲时，虽然有后排的男生对我扮鬼脸，却并未“打磕绊”，一气把故事顺溜讲完，班主任老师带头鼓掌，那扮鬼脸的同学则在大家的掌声都停息后，又故意呱呱响出几声。到全校比赛宣布我上场，我站在一大片黑压压的头发面前，不用任何人扮鬼脸，腿先软了，自己也闹不清怎么开口讲出去的，只在下台的时候，瞥见班主任老师铁青着一张脸。

那次讲故事比赛的冠军，是别班一位讲到斯大林派飞机的情节时流下眼泪的女生。我尽管名落孙山，对不起全班，尤其对不起予我以厚望的班主任老师，但受到的教育，还是很深刻的，那就是必须要热爱领袖。那时候看电影，苏联电影多是表现卫国战争的，苏联士兵冲锋，高喊："为了斯大林，冲啊！"那样的场面频频出现，于是我们男同学一起玩打仗的游戏，也就纷纷模仿，高喊："为了斯大林，冲啊！"而且最爱做出中弹倒地身亡的情状，那时候完全不懂得究竟何谓死亡，甚至觉得死掉是件非常美妙的事情。

但是很快我和大家就遇到了无可回避的死亡事件。1953 年 3 月初，我未满十一岁，忽然那一天电台和报纸宣告斯大林逝世。我觉得很惊诧，斯大林也会死去吗？他曾派飞机送医生去救治一个远方的小孩，那么，为什么没有一架飞机载着医生去克里姆林宫将他救过来呢？当然，很多年以后我知道，斯大林病逝的地方并非克里姆林宫，而是他在孔策沃的乡间别墅。大人世界为伟大领袖的去世忙着许多的事情，我们小学生毕竟还有许多的闲暇，那一年暑假后我就要上中学了，暑假里我和一群孩子仍然玩打仗的游戏，也仍然有孩子高喊："为了斯大林，冲啊！"但有一次我假装中弹牺牲，倒地时不免出现杂念：斯大林没有了，以后为谁冲呢？

也就在那一年，北京市所有私立的大、中、小学全部实现了国有化，我上过的那所小学也就不再有尼姑校长，我考进的原基督教会办的崇实中学，改称北京 21 中。在 21 中所受到的文化熏陶，基本上也都是苏联的。初一、初二还有少先队组织，学校设总辅导员，那辅导员就总穿着一件苏联式上装：长袖紧袖口，矮小的圆圈领，偏左侧一道十几厘米长两厘米宽的装饰性开裂，套头穿妥后以暗扣关合。那时的苏联电影里，男人多穿这样的上衣。也有同学效仿，让家长给缝制了这样的苏式套头衫。苏联风劲刮，由此可见一斑。

我可以说是看着苏联电影长大的。当然，起初看的都是译制片。后来，上了高中，学校离南池子的中苏友协礼堂很近，发现那里每到周末会放映原版苏联电影，而且往往是苏联那边刚拍摄不久的，于是，就几乎每周都跑去看。高中学的是俄文，又发现王府井外文书店有个外文期刊部，那里面有许多俄文杂志，包括苏联的《银幕》杂志，凭借学到的那点俄文，再频查词典，居然也就能把杂志里介绍的苏联电影了解个大概其。1957 年，在那杂志上发现拉甫涅尼约夫的小说《第四十一》第二次被搬上了银幕（第一次是上世纪三十年代拍过黑白片），导演丘赫莱依，男主角由我早已熟悉的斯特里席诺夫扮演（他主演的那时已译制过来的《牛虻》《墨西哥人》我都看过不止一次），于是，当发现中苏友协礼堂要放映这部新拍成的电影时，我去买了好多张票，不但自己要先睹为快，也愿与亲友们分享尝新的滋味。

原版《第四十一》观后，与有同好的同学讨论过，觉得很不错，也有几处没大看懂。那时候评论文艺作品，政治第一，艺术第二，政治上是“阶级论”，文艺上是“典型论”，于是就觉得,《第四十一》这个作品，政治上，从结尾看，还是正确的（与白匪军官一起流落荒岛的红军女战士，虽然二人产生了爱情，但在白军船只驶向荒岛时，还是举枪瞄准跑向“自己人”的“白匪”，使其成为她击毙的第四十一个敌人）。但是，从艺术上论，“不典型”（与世隔绝的荒岛这个特定的故事背景所引发的爱情）。后来我就把这样的感想，以评论小说的形式，写成文章，投寄到《读书》杂志，他们居然刊登了出来。

1958 年，有次见中苏友协礼堂预售苏联新片《雁南飞》的票，对这部电影没有像《第四十一》那么有所期待,特别是知道它并非彩色的而是黑白的以后，更觉得可能没劲。那时候彩色电影已经流行，宽银幕也出现了。苏联怎么还拍黑白电影呢？抱着“不看白不看”的无所谓心态，我去看了《雁南飞》。那一年我十六岁，正是从少年向青年过渡的时期,《雁南飞》令我震撼，于我来说，是一次启蒙。

虽然看的是原版片，事先也丝毫不知道影片究竟是表现什么的，但是，那影片的电影语言，达到超越地域、民族差异的纯艺术境界，任何一个有正常审美能力的人看到，都会明白银幕上在表达什么。

影片的第一个镜头，是莫斯科河畔，画面简洁极了，河边的石砌栏板呈现为一道优美的曲线，一边是闪烁着晨光的河水，一边是洁净的路面。女主人公从镜头后跃入画面，青春绽放，以活泼的姿态俯着河栏下望，双腿倒踢，又迅速离开，紧接着男主人公也从镜头后跃出，一对青春生命并肩以颠连步往前跑去，消失在远方……所配的音乐，开始是典型的苏联手风琴曲调，随后演变为柔情的管弦乐，镜头多次从不同角度拍摄这对恋人在莫斯科河边的嬉戏，几乎所有的画面都做到简洁别致，令观众顿感此时黑白胜彩色。整部影片的黑白摄影始终保持着美的张力，正是看了这部影片以后，我才真正理解了“黑白灰是世界上最美的三种颜色”的说法。两个恋人离开莫斯科河以后，经过著名的红场，红场的镜头在以往的苏联电影里见过太多，但这部影片却带领观众从另一种角度欣赏红场，特别是它将著名的克里姆林宫那顶着大红五角星的斯巴斯基塔，斜着展现在银幕上，化威严为慈蔼，而这个镜头也就恰好叠印出影片的名字,传出那钟塔上凌晨四点的断续钟声……《雁南飞》开篇就攫住了我的心灵。

以往看过的苏联表现卫国战争的影片，诸如《团的儿子》《她在保卫祖国》《斯大林格勒大血战》《丹娘》等等，特别是鲜艳十三彩，充满了大场面的《攻克柏林》，它们从政治上说，当然都十分正确，教导我们要反对法西斯侵略者，要“为了斯大林，冲啊！”从艺术上说，都是塑造典型，特别是英雄形象，以供观众，特别是我这一辈的“革命事业接班人”学习、仿效。但是把《雁南飞》看下来，就发现它几乎置那样的套路于不顾。它演的是苏联卫国战争背景下的故事,却不再以英雄人物为主人公,贯穿全片的女主角薇洛尼卡（恋人叫她“小松鼠”），即使不算落后人物，也是个十足的中间人物。战争爆发了，她竟迟迟进入不了战时状态，后来恋人出征，她送行迟到，以弱小的身躯，穿越轰隆隆开赴前线的坦克队阵，跑到人群拥挤的送别现场，被征入伍者的队伍已经开拔。她看到了队列中的恋人，高声呼唤，对方哪里听得到。她把为他买的整包饼干抛过去，散落一地，被前进者无情践踏，她的恋人，竟从此与她永诀！在苦等出征的恋人未获信息的情况下，恋人的堂兄弟，一位钢琴家乘虚而入，在大轰炸后精神恍惚的她，竟被那宵小占有。事后她无奈地嫁给了那个叫马尔克的男子，后来他们一起被转移到后方，她在军医院当护士，当她听到一位伤兵痛骂那抛弃了他的女友时，受到刺激，内疚中几乎卧轨自杀……后来她离开了马尔克，仍苦等恋人到来，直到战争结束，她仍满怀希望地捧着鲜花到火车站迎接恋人，但遇到与恋人一起参军的荣归者，告诉她他的恋人确实牺牲了，她痛哭失声，最后她将手中花枝分送给遇到的荣军或其家属，走出人群，仰望苍天，而这时，片头出现过的排成人字的雁群，又在飞翔……

《雁南飞》通过薇洛尼卡的形象，给予我关于个体生命价值的启蒙。于是我开始懂得，英雄固然具有极高的价值，革命领袖的伟大更达到无价可报的程度，但是，普通的人，芸芸众生，有弱点，有缺点，乃至犯过错的生命，只要不是法西斯，不是大坏蛋，也是值得关注，值得爱怜，至少是应多少给予其怜悯心的。人间的文学艺术，除歌颂领袖、赞美英雄（即表现“神佛”与“罗汉”），也还应该表现这些普通的生灵，以唤醒观众、读者“人”的意识。影片中有个贯穿始终的道具——玩具松鼠。薇洛尼卡的恋人鲍里斯因集合令急，不及与她告别，于是将这玩具松鼠交给奶奶，由奶奶转交到薇洛尼卡手中，那松鼠挽一小篮，里面塞满模拟的松果，薇洛尼卡后来一直将其带在身边，没想到转移到后方以后，她错嫁的丈夫马尔克为讨好一位贪官情妇，竟将这松鼠拿去献为生日礼物，结果那腐败的生日宴上，鲍里斯藏在松果底下的一封告别信，偶然被那群醉生梦死的客人中的几位发现，便在烛光下逐句念了起来，偏这时薇洛尼卡找了进去，一见那情景，撕心裂肺。后来我看了由上海电影译制片厂译制的《雁南飞》，对这段情节更加了然。这样表现卫国战争中存在于苏联社会的阴暗面，是以前的同类题材影片中绝对没有过的。玩具松鼠的细节，对于我的启蒙意义，更在于懂得了：普通人的琐屑隐私，也具有神圣性。普通人的价值绝不能低估，而这价值里包含着许多他或她独有的，也许对于其他人是毫无意义的，生存的细节。

看原版片时，对于入伍士兵在学校集合，形形色色的应召入伍者及其送别的亲人互动的那段长镜头，印象非常深刻，真实，自然，原生态，像是记录片，却又异常优美。但其中有个细节是后来看译制片时才明白的，就是正当一群人在生离死别，忽然有个胖胖中年人急匆匆走向移动镜头拍到的铁栅栏，朝可以想见是在铁栅栏另一边的某人高喊：“花椰菜的发货单在哪儿？”这就提醒着观众，社会生活有其固有的无情一面，你们在那里难分难舍，形成那个空间里的主流事件与情绪，但是，因社会分工不同、具体处境不同，这个只露一次面、仅有一句台词的中年人形象，就标志着人各有其命，也各有其运。这类细节影片里还有不少，当然体现出编剧的高妙。这部影片的编剧是罗佐夫（1913—2004），他先写了一个《永生的人》的舞台剧，多次演出过，然后在1957年自己改写为电影剧本，由卡拉托卓夫（1903—1973）执导，拍成了《雁南飞》。

影片的男主人公，也就是薇洛尼卡的恋人鲍里斯，由那时风头正劲的巴塔洛夫扮演，他当时应该是刚接近而立之年，扮演比自己实际年龄小几岁的角色并不困难。鲍里斯的形象比薇洛尼卡明亮，他主动请缨，走上战场。但是令我，恐怕也不仅是我，包括看惯了高喊着“为了斯大林，冲啊！”的英雄士兵形象的苏联观众，也会大吃一惊的是，影片里他还来不及参与重大的关键性战斗，来不及高喊那句效忠领袖的口号，在部队突围的侦察行动中，竟被一粒流弹射中，因而倒在泥泞中。我看原版片时，本以为编导不会让他就那么窝囊地死去，想必影片最后会出现他的意外荣归，仍以团圆的戏剧性结尾安慰观众的心灵，没想到跟着影片里的薇洛尼卡一起苦盼那一幕出现，到头来却交代他竟就是在非战斗的侦察中，被那颗流弹打死了。这样的情节，令我走出放映厅后久久不能平静。我当然相信，在一场大战里，会有士兵是这样的遭遇，但这样的死法，也可以算是牺牲吧，难道也值得用一部影片来表现吗？真是骇人听闻。导演用了很长的慢镜头，来表现鲍里斯被流弹击中后倒下去，以他的视角，看到树林在越来越快也越来越远地旋转，而且这时有绝望的声音，似乎在喊：“不！不要死！不能死！不愿死！不该死！”又叠印出他的幻觉，他和薇洛尼卡结婚了，薇洛尼卡披着祖母辈当年用过的那种婚纱，白纱飘拂着，他穿着笔挺的大礼服，扎着白领结，和亲人们从单元里出来，一起朝楼下走去，他的父亲、姐姐，堂弟马尔克，全都举着斟满的酒杯，围绕着他欢呼，当然还有他的奶奶，在人群后面笑得合不拢嘴……那是普通人的最普通的向往，也是他生存的核心意义，但是，一颗流弹击中了他的要害，他的生命就要结束，这是为什么？我思忖的结论，是这才真正控诉了法西斯发动侵略战争的滔天罪恶，法西斯疯狂反对革命领袖及其所领导的革命事业固然罪不可赦，然而，法西斯对人类中最大多数的普通人那普通的幸福追求的破坏乃至摧毁，是更难饶恕的恶行。影片以鲍里斯僵硬地仰倒在泥泞中结束了这个角色的命运。

《雁南飞》使我跳出了对文艺作品从阶级性进行政治评价，以及从是否塑造了典型进行艺术评价的窠臼。原来艺术作品可以是这样的：它超越了狭隘的政治，超越了阶级分析的教条，去表现最普通的生命，最质朴的人生追求，而且，它不试图塑造可供人膜拜的角色，只把真实的生命呈现出来，它的职责不是为政治服务，而是创造出美。后来知道卡拉托卓夫追求的是“诗意电影”，之所以将《雁南飞》拍成黑白片，正是想通过黑、白、灰的简洁画面，和充满诗意的长镜头，营造出浓酽的人情味和视觉美感来。

看完电影，我赶紧去王府井外文书店寻找苏联《银幕》杂志，有新到的，但交款时营业员告诉我："以后不进了。"那是我买到的最后一本。再过些时候，几乎所有的苏联杂志全买不到了，而且，那外文期刊部也被撤销了。翻阅买到的最后几本《银幕》杂志，发现有一期报道了《雁南飞》获得法国戛纳电影节金棕榈大奖的消息，并刊有扮演女主角的演员萨莫依洛娃的整页靓照。这位女演员在好几年里都成为我的梦中情人。1961年夏天我分配到一所中学任教，住入分配到的宿舍，毫不犹豫地将萨莫依洛娃的那张大照片从苏联《银幕》杂志上裁下，斜贴到我的床头。

那张萨莫依洛娃的大照片没贴几天，就取下了，因为有好心的同事提醒我，苏联不对头了。其实1956年《人民日报》就刊登出了《关于无产阶级专政的历史经验》《再论无产阶级专政的历史经验》的长文，已经是不点名地批判苏联搞修正主义了，但我那时才十四岁，怎么看得懂那文章的玄机？到了1963年，《人民日报》陆续发表了九篇批判苏联修正主义的文章，第一篇的题目赫然是《苏共领导同我们分歧的由来和发展》，窗户纸捅破了，于是明白，怪不得《第四十一》《雁南飞》《伊万的童年》等苏联电影已经都译制好了，却不能公开放映。而且知道在1956年苏共领导赫鲁晓夫作过一个秘密报告，揭露了斯大林的错误，宣布要破除个人迷信，所以才引发了文艺上的解冻，各个领域都出现了别辟蹊径的作品，像电影，在《雁南飞》之后，更有《士兵之歌》。我买到的最后几本《银幕》杂志上，有许多剧照，黑白摄影更追求唯美的效果，影片里的士兵，比《雁南飞》里的鲍里斯更年轻，还不曾尝过爱情的滋味，就上了战场。他那时的人生最大愿望，就是能为母亲修理好自家村屋破损的屋顶，他因摧毁德寇坦克立功，部队给予他的奖励是回家探望母亲，以圆他补好自家屋顶的愿望，但他一路上有许多曲折遭遇，等他赶到家里时，已经完全没有时间停留，只能匆匆跟母亲告别，再上征途，影片以联翩的镜头表现母亲在麦田里眼巴巴看着他远去，然后响起旁白，说这个士兵后来战死在远方。《士兵之歌》偏离英雄主义的倾向更加严重，后来有关部门也专门出了素封面小册子，把相关资料汇聚一起，供批判使用。后来《文艺报》(那时它以杂志形式出刊)用一整本批判了苏联电影导演丘赫莱依,说他的作品是修正主义文艺的典型毒草,而《第四十一》正是他的处女作。再后来就爆发了持续十年的政治大风暴。起草“九评”的吴冷西等人全数被指斥为修正主义分子被批斗,《文艺报》被指斥不抓大的修正主义典型肖洛霍夫而用丘赫莱依充数，被迫停刊，其总编辑张光年也被赶入“牛棚”……这种令我目眩神昏的“否定之否定”不停地呈现，原来睡在伟大领袖身边的中国赫鲁晓夫就是刘少奇，林彪在揭露其真面目和维护伟大领袖上功莫大焉，因此成为无可争议的领袖接班人，我和许多普通中国人一样，那时候口中道出最多的两个祝福，一是祝伟大领袖万寿无疆，二是祝林副主席永远健康。却万万想不到，1971 年林彪竟乘飞机外逃摔死在异国他乡，乃是伟大领袖最凶恶的一个对手。到 1976 年伟大领袖去世，因为少年时代经历过斯大林逝世的事情，倒也不再有伟人怎么会离世的惊诧，只是内心惶恐,不知今后又会经历怎样的“否定之否定”？果然有“否定之否定”来临,“四人帮”被捕，被打倒的干部纷纷被落实政策，有的不仅是官复原职，更升到高位。1977 年张光年主持《人民文学》杂志，拍板刊发了我的短篇小说《班主任》，1988 年香港《大公报》报庆，我和吴冷西同为受邀嘉宾赴港。苏联电影也重新公映于中国银幕,如果说《攻克柏林》是苏联第一代卫国战争片的典范,《雁南飞》是第二代的典范，那么，拍摄于 1972 年的《这里的黎明静悄悄》则成为第三代的典范。它的特点，就是把第一代的英雄主义和第二代的普通人主义，有机地糅合在了一起，艺术上则兼容了第一代宏大叙事的华美，与第二代诗意盎然的灵秀，我看了它，感慨万端。

后来很容易买到《雁南飞》的光盘，原版的和译制的我都收集了。再后来从电脑网络上可以很方便地下载或在线观看。作为青春期文艺欣赏的难以磨灭的印记，我几乎每年都要重看一遍《雁南飞》，我还是会在一些镜头出现时热泪盈眶。于是就想，一定要去趟苏联，去莫斯科，去莫斯科河畔，寻觅那河中的雁影。

2007 年我六十五岁时，终于飞到了莫斯科，莫斯科有太多可观光的地方，而我独有到河边寻觅《雁南飞》镜头的想法。莫斯科河是将原有的小河大大展拓开凿成的运河，1932 年开工，1937 年竣工，它与伏尔加河汇合在一起，可以行驶海轮，是一项了不起的福延后代的工程。我在河边漫步，很高兴地发现，它岸边的许多部位的石砌栏壁，还保持着《雁南飞》电影里的那种原貌，从某一角度望去，它会形成一道优美的曲线，一边是荡漾的河水，一边是洁净的路面。我相信，曾有许多个薇洛尼卡和鲍里斯那样的年轻恋人，一对对活泼泼地跑过河畔，普通的生命，他们的单纯的爱，过安稳小康生活的追求，生生不息……

乘游船在莫斯科河上遨游，了望着两岸风景。俄罗斯朋友告诉我，那边的滨河街公寓，曾有若干艺术家居住在里面，于是我倏地想起了钢琴家尤金娜（1899—1970），她是否曾居住在那栋楼里？我从几种过来人的回忆录里，知道有过这样的事情：斯大林某日偶然从电台广播里听到尤金娜演奏的莫扎特第 23 钢琴协奏曲，觉得非常入耳，就让文化部的官员第二天把唱片给他送去，可是尤金娜根本没灌过那个曲目的唱片，斯大林听到的是现场直播。但文化官员谁敢汇报说伟大领袖喜欢的乐曲竟未灌过唱片？于是赶忙召集钢琴家和乐队，连夜赶录唱片，尤金娜气定神闲，指挥却慌了神，一连换了三个指挥，才算把乐曲录制下来。第二天将唱片送到斯大林那里，斯大林哪里知道，那是仅有的一张为他录制的绝响。斯大林听了非常满意，立即派人给尤金娜送去两万卢布的犒赏，这在那个时候真是个天文数字！那一年尤金娜大约五十岁出头，她收到钱后立即给斯大林回了信。我在莫斯科河游轮甲板上，望望克里姆林宫的剪影，再望望滨河街公寓的那些窗户，不由得默诵着尤金娜那封信的全文："谢谢你的帮助，约瑟夫·维萨里昂诺维奇，我将日夜为你祈祷，求主原谅你在人民和国家面前犯下的大罪，主是仁慈的，他一定原谅你。我把钱给了我所参加的教会。"这封信送达后，几个部门的官员都等候着斯大林逮捕、处决尤金娜的命令下达，但斯大林却对此默不作声。几个月后，人们发现斯大林猝死在孔策沃别墅地板上，而屋子里的留声机，仍在播放尤金娜所演奏的莫扎特第 23 钢琴协奏曲。

我的理解是，尤金娜是个纯粹的艺术家，她的信没有丝毫政治挑衅的意味，他对斯大林搞个人崇拜造成的恶果非常清楚，人做天看，无可逭逃，她是真诚地怜悯斯大林这个罪人，她在必要的时候，坦率地表达了她的认知，她的信仰，她的大悲悯的情怀。而斯大林，作为一个政治强人，他实际是孤独的，悲苦的，他从尤金娜的演奏中听见了天音，他的那些效忠他的下属全不懂，他懂，尤金娜确实是以大悲悯对待他犯下的种种罪孽——当然，他自己会认为那一切都是必要的。

苏联不复存在，莫斯科河上那天没有雁群飞过，但我俯身望着河面，却觉得分明有雁群南飞的倒影，构成一组组的“人”字……

2012 年 7 月 12 日温榆斋中

世纪初，在巴黎——法国巴黎

最近在中国作家协会的“中国作家网”上，检索到这样一条信息：

高行健：

江苏泰州人。中共党员。1962 年毕业于北京外国语学院法语系。历任中国国际书店翻译，安徽省宁国县港口中学教员，外文局《中国建设》法文组负责人，中国作协外联部工作人员，北京人艺编剧。1979 年开始发表作品。1980 年加入中国作家协会。著有长篇小说《灵山》《一个人的圣经》，论著《现代小说技巧初探》《文学创作杂记》，散文集《法兰西印象》，剧本《绝对信号》《车站》，译著剧本《秃头歌女》等。2000 年被瑞典文学院授予诺贝尔文学奖。

创建发布日期：2009-03-27 11：55：59

在我看来，这条信息并不准确。但它已经在这个官方网站上存在了三年半。于是，我又检索了自己 2000 年 5 月至 7 月的日记，呈现于下，也许有助于读者了解这位作家。

2000年5月25日 星期四 小雨转晴

隔着地铁三线终点站 Gallieni 东出口的玻璃门，我看见了他的身影。穿一身黑色衣服。我们八年没见了。上一回，是在斯德哥尔摩。那是 1992 年，我应瑞典文学院马悦然院士邀请，由 SAS 航空公司赞助一套机票，到瑞典及挪威、丹麦访游期间。行健闻讯专程自费从巴黎飞过去会我。挚友间的聚谈是人生中最可珍贵的精神宴飨。暌别八年，最可珍贵的享受又将来临，心湖里涌动起一阵紧似一阵的波环。

没推开出口的玻璃门，行健已经在向我和妻子招手。出得门去，见他左手里攥着两把收拢的折叠伞。那天早晨巴黎飘着眼睛看不清的细雨，空翠湿人衣，石块镶嵌的老街被润得诗意盎然，但我们到达 Gallieni 时，霏霏细雨已经停了，空气里氤氲着树叶和青草的味道。去之前，没设想过见到他该怎样、会怎样运用肢体语言，握手？拍肩？却本能地——他那边也一样——拥抱在了一起。

他住的地方紧靠巴黎老城区东部边缘。那里触目全是些方盒形的现代建筑，与老城区景观很不相同。领我们乘了两三站公共汽车，到达一座小丘，一边是绿树蓊翳的公园，一边是体量很庞大的公寓楼。进公寓楼，乘电梯到达他的那个单元，进门过道比较狭窄，厨房、卫生间交错分列于过道两边；但往右拐进他的画室，顿觉豁然开朗；那画室约三十多平方米，雪洞一般，不作画时画案折叠起来靠墙而立，中国墨、毛笔、笔洗等作画工具也都收藏一边，大卷的宣纸倚墙角竖立，一些画成的作品则卷在一起横放墙边，空阔的屋子倒有些像舞蹈家的练功房，不过，地面满铺灰色的吸水毛毡，那不利于舞蹈，却有利于把宣纸直接铺在地面创作大幅的水墨画。仔细观察，发现一角有体积不大、质量很高的音响设备，行健告诉我，他作画时照例要播放心爱的乐曲，我注意到，他购置的 CD 盘除了西洋古典音乐，大都是些中国古筝、箫、埙演奏的乐曲，有传统的，也有像瞿小松创作的那种很前卫的作品。画室朝西一面开着一排阔窗，西望巴黎，老城区一望无际，举凡铁塔、圣心大教堂、先贤祠、伤残军人荣誉院等高耸建筑物历历在目；彼时开阔天宇仿佛泼上几团淡墨的宣纸，灰色水汽往下方作不规则浸润，空灵的神韵似正欲渗入熙攘的俗世，我和妻子眺望再三，叹为观止。行健为何卜居此处，不问自明。

作为客厅的空间，要穿过画室再往里面去，不大，也就十来平方米吧，对放着两具沙发，当中是朴素的茶几。客厅一角靠着个小画架，没有什么讲究的摆设，更没有故意炫耀“品味”的符码，略显凌乱，却很舒适。行健说，欢迎我们来住，这沙发一拉开就变成床，被褥什么的都为我们准备好了。我知道他很少在这新居里留客，他的欢迎我们，是既真诚而又罕有的。

品着香茗，我们畅谈。他把自己的生存状态描画给我们。他的收入主要靠卖画。

巴黎好几个画廊，包括卢浮宫广场玻璃金字塔下面的著名画廊，都常备他的水墨画展销。他的画风偏向于抽象，但又有具象因素，主要用浓淡的中国墨来抒发他的生命体验，近来特别醉心于对光的表达，偶尔用点别的色彩；画幅大小不一，通常如对开报纸般尺寸。他的画不畅销，但每隔一段时间总能销掉几张，算是常销品吧。画价虽不算昂贵，画廊分成和缴税后所得，却也足够支撑他那有尊严的小康生活。他所酷爱的小说创作，不但不可能赚钱，还常常需要贴钱才能出版。他拿出台湾联经出版事业公司1999年4月出版的长篇小说《一个人的圣经》给我看,这本他从1996年到1998年,用三年时间写成的作品,厚达四百五十六页，印制得素雅精致，封面和书脊上都标明“法国国立图书中心赞助”。正因为他能“以画养文”，所以他能差不多用一千零一夜的时间潜心结撰出这个大部头。可喜的是有理解他欣赏他的法国汉学家和出版社，像对待他十二年前的那本长篇小说《灵山》一样，很快就翻译出版了法文本的《一个人的圣经》。他把那比中文本厚许多的法文书递给我,沉甸甸的。行健除了画画、写小说，还写戏、导戏。20世纪八十年代中期，他的剧本《绝对信号》《车站》《野人》一个接一个在北京人民艺术剧院演出，引出过不小的轰动，但他接下来所写的《彼岸》等剧本虽然尚可经过一番曲折在刊物上发表，却再也不能在舞台上出现。1987年再到法国并定居以后，行健获得了畅所欲写并且畅所欲演的从事戏剧创作的条件，他兴奋，他勤奋，新剧本一个接一个出来，又一个接一个在舞台上化为了戏剧现实，而最令他高兴的是，他可以自己导演自己的剧作,十几年来,他把自己的戏剧亲自带到了世界许多地方,西欧的法、英、德、意、奥自不消说，北欧的瑞典，东欧的波兰、罗马尼亚、南斯拉夫，以及俄罗斯、日本、澳大利亚，非洲的象牙海岸、多哥、贝宁，都去过，至于香港、台湾，更去过不止一回。我详细问及他导戏的资金来源、运作方式、个人收益，他都一一作答，总而言之，个人收益无多，但乐趣大大。他告诉我们，近期不拟写小说，要把法国文化部订的一个戏在 8 月 1 号以前写完交上去，然后便打算安心画一阵画。由文化部拨款，向若干定居法国的剧作家预订剧本，不限内容形式篇幅，不设任何前提，更不会中途干预，只要按期交本子，就立即付给四万法郎，剧本则交给各剧院供戏剧专家们阅读选用，这是法国重视文化的一大例证。这将是行健用法语写作的第三个剧本，他告诉我开笔时觉得比较艰涩，现在篇幅过了预计中的三分之一，如登至山腰，开始有顺畅酣快的感觉。这个剧本是叩问死亡的。我听了心里一紧。这样地终极追问，心灵该是怎样地绞汁呕髓?

行健关切地问到我们的情况，我把自己的微妙处境与越来越平静的心态告诉给他。他说晓歌看去气色好多了,晓歌头回到欧洲,应该好好转一转,散散心。

行健忍不住再引我们回到画室，那一刻，我感觉他对自己的定位，首先是画家。这绝不是因为在文学、戏剧、美术的全方位发展中，到目前为止绘画的经济收益最大，而是因为他的心灵，越来越渴望以水墨在宣纸上的皴染来倾诉禅悟。他弯腰展开卷放在墙边的一摞托过的画作，一幅幅地在停顿中让我们品味，只偶尔提及一下拟定的画题，或对我的即兴评论简短地给予回应。他说那一摞都是舍不得赠人更舍不得卖掉的，其中少数曾公开展出过，多数是近期作品。我觉得他的近期作品里多次出现类似月亮的图像，而且在用水汽表达光的衍射方面有近乎固执的反复尝试，一时悟不透他内心里究竟旋绕蒸腾着些什么情愫。

2000年5月31日　　星期三　　小雨转阴

行健在法国定居后，埋头弄文学艺术。他从来不搞政治。他没有主义，没有政治纲领，没有参加过任何政治组织，更没有参与过任何政治活动。我以为，从法律角度来说，不能称他为“流亡作家”，因为他是 1987 年得到法国文化部正式邀请，办理了完备的合法手续来到法国的。当然，他对政治有非常敏锐的个人感应，并且在作品里表现着他这方面的生命体验，升华着心灵的憬悟，这也应是所有作家的天赋权利；但他的写作从来没有政治目的，他的单一目的只是创造出纯粹的文学精品。他到法国后把人际关系简化到最精当的程度，不敷衍任何人，不在人际交往上浪费生命。他内心充实，不会有一般人的所谓寂寞感，但他渴望能够经常和真正能撞击出心灵火花的谈伴相聚，在这方面他可能尚未得到充分满足，难怪见到我这个老朋友，他想抓住不放。其实，睽别八年了，而且是各自在不同的空间里，以不同的状态消费掉了许多生命，我觉得自己面对着越来越博闻多识、意态怡然的他，恐怕已经算不得是个旗鼓相当的谈伴了。

我们约定在蓬皮杜文化中心前庭会面。这回晓歌没跟我同往，也是任由我和行健两人海阔天空纵性开聊，不让我们因她分神的意思。

蓬皮杜文化中心当时正结束了一个以《时间》为题的观念艺术展览，开始了一个毕加索小型雕塑展。行健说这类空间的艺术不忙去看，倒是巴黎每日大量时间的艺术，即各类演出，不可不赶紧挑些来看。他打了问询电话，眼下OPERA 整修未完，夏特莱广场两侧的剧场所演出的现代舞剧票已售罄，只有巴士底歌剧院的演出还有少数余票，得赶快坐地铁去买。我随他去了那里，售票处果然在售余票，有二三十个人在排队，行健赶紧排进去，让我暂去看墙上的剧照和小卖部的纪念品。后来他买到三张 6 月 14 日的古典歌剧《诺尔玛》的票，这部由意大利十九世纪作曲家贝利尼创作的歌剧我以前没听说过。他说到那天会陪我和晓歌看，又说对不起，只买到这样的加座。他递我两张票，我看出那票价，330 法郎一张，够贵的。

行健要在巴士底广场西南角的一家最著名的餐馆请我吃牡蛎，结果那里的生意好到需要排队等候的地步，我说算了，随便换个地方吃吧，但行健还是把我带到了附近一家装潢相当贵族气的 BOFINGER 餐厅去叫了牡蛎请我。我说这太破费了。他说，为朋友，高兴，就算不得破费。我说你现在经济上颇强大。他说其实也有隐忧。他的收入并不稳定，且每笔都要依法缴税，但分期付款购房的月供，还有医疗和养老保险的月供，却是固定并不得拖欠的，加起来是很不小的数字。他入的是艺术家保险，一旦老了，画不动写不动更导不动了，也只是无冻饿之虞罢了。他说法国人大都被供房、供医疗与养老保险这三桩大事，跟银行构成了长期合作的关系，双方都不愿这个合作无端中断，政府、法律、普遍的道德意识，各方面都维护这东西，所以形成一种稳定的社会秩序。

但人生也因这份稳定——其实是彼此大间架雷同——而乏味。他问我1983年、1988年和这回第三次来巴黎，觉得巴黎变化大不大？我说没觉得有什么变化，他说这说明巴黎的城市发展和社会生活面临的危机，就是这个不知该怎么再往前发展变化的问题，文化艺术也是这样。他说蓬皮杜文化中心的那个题为《时间》的观念艺术展览，在他看来只是现代派艺术和后现代派艺术观念的大堆砌，走到了尽头，虚张声势。煞有介事，其实已经很孱弱、贫血，亟需一次文艺复兴，回归到真实、质朴。他的议论很令我吃惊。

我跟他谈到国内一般年轻知识分子对西方文化的关注，萨特算是热过去了，波伏娃还有余温，杜拉斯仍在热，但最热的恐怕是米歇尔·福柯，这也是因为他那些批颇艰深的著作的中译本近年来在中国大陆陆续地推了出来。行健说，其实福柯在法国已经相当古典，人们耳熟能详却并不热衷了。他讲到法国最有名的思想文化杂志《精神》出了两期题为“法国思想检讨”的专号，其中的文章肯定了法国知识界一度的辉煌，但主要是尖锐地指出当今的思想贫困。又讲到《新观察家》杂志也惊呼“当今法国思想家在哪里”？近期的文章集中否定了福柯、德里达的理论，至于尼采、萨特更遭受严厉质疑，总的来说，对极端性的思想理论持坚定的批评态度，认为动辄号称“彻底”是可笑的，主张寻求调节、妥协；有的论者倡导“新康德主义”，认为还要承认传统价值，回到传统哲学；反传统的现象学、符号学、解构主义都已经热过去了，但传统的批评方法也已过时，当务之急是创建出新的思想批评方法。除了杂志上的讨论文章，有关的专著也很不少。行健的介绍我听来非常新鲜。听了他的叙说，我深感现在的文化多元，好处是可取用的资源多了，但弊病也就随之而来——不知究竟那“弱水三千”中，该取哪一瓢饮才好？

2000年6月14日　星期三　晴

我和晓歌游完意大利，又去了趟瑞士，在旅游中我们都没有忘记，6月14日晚上行健要请我们到巴士底歌剧院看戏。当那天下午我们和行健在巴士底歌剧院一侧的咖啡厅里聚合时，我首先对那歌剧院建筑的外观表示了“乏善可陈”

的看法，他说有同感。他问起我们意大利之游的印象，我们都说最倾心威尼斯。闲谈中我们提起还游到了圣玛力诺，很独特，很美，他说没去过，我本来以为十几年里他把欧洲各国都已“十二栏杆拍遍”，原来也还有若干空白。

请我们吃过饭，一起去观剧。那歌剧院外观虽不尽人意，里面演出区域的功能性却绝对超一流。行健只买到正堂后面的加座，那需要侧翻打开的靠背椅坐上去居然非常舒适，而且前面位子上的观众无论个头多么高，都不至于挡住我们视线，乐队的演奏和演员的演唱，浑然一体地拢在了整个场子里，绝无回响，也绝不闷涩。VINCENZO BELLINI 的这出《诺尔玛》，当代似乎很少有剧团排演。几个主要角色，两位女高音，其中一位是花腔的；一位男高音和一位男低音，都有繁长的咏叹调，需要有极好的素质与技巧才能驾驭。而由合唱队扮演的各类角色，同时出现在舞台上时多达七八十位，合唱部分的混音效果极佳，布景气派豪迈，造型简约，灯光层次细腻，变幻多端，确实是大手笔、大制作。剧情发生在罗马帝国时期，征服者与被征服者之间的紧张关系，导致了情爱的破灭与生命的陨落，全剧从音乐到舞台面的变化，弥漫着一种对群体冲撞里个体生存备极艰难的大悲悯情怀。

5 月 25 日那天，到他家去时，我给了他一册我 1999 年出版的，把 174 幅照片、图画与文字混合为叙述文本的非虚构小说《树与林同在》，我因为他或者没时间，或者暂时没心情看，可是他主动提起，说：“正在看，唔，叙述得很冷静，很有意思。”冷静是他一贯的主张。我以前总不能真正做到冷静。当然，各人性格气质不同，文本之间的差异未必就是妍媸的分野，可是我越来越赞同他的“冷静说”，唯有冷静，才能把最痛苦的记忆、最刻骨的蒙羞、最隐秘的罪孽，都一一化为诗意的憬悟。5 月 25 日那天他送了我一本《一个人的圣经》，我还没有工夫读。记得是 1998 年初夏，在美国科罗拉多博德尔，再复家里，行健从巴黎给我打来一个很长的电话，那是决心“煲电话粥”不计费用的行为，他渴望跟谈伴聊个尽兴，享受此时此刻心灵互相确证生命正常存在的快乐。他在电话里告诉我正在写这部小说，那时候还没有确定书名，但内容肯定要涉及“文化大革命”。他自问自答地说：“‘文化大革命’是什么？是狗屎。”交谈间起码重复过两回。那口气不是控诉，不是痛斥，甚至不是谴责，更不是揶揄或忏悔。

我习惯他那种略带嘶哑的嗓音，是一种平静陈述的语调："是狗屎。"给我很深的印象。行健是一个很少说粗话秽词的人，不像有的艺术家，爱以"雅人痞语"来惊世骇俗，所以他的这句陈述令我过耳难忘。我不知道他在写成的书里有没有"狗屎"这个字眼出现，但在等待看到他这本书的时间里，我常常思忖他的这句陈述式的判断句。"文化大革命"本身是狗屎倒还在其次，问题是这滩狗屎令凡当时在中国大陆的个体生命无一能逃过它的喷溅涂抹熏蒸渗透。

1968 年中国"文化大革命"影响到法国一些年轻人和中老年知识分子，出现过法国"红卫兵"，有过"红五月"的学潮，从校园闹到街头，可谓轰轰烈烈，但毕竟投入者是自愿的，而不想投入的人，无论作旁观者或者根本不去理睬，都绝无被打成"反革命"被专政的可能，这就与中国大陆的"文化大革命"完全是两回事儿了。没有在中国大陆亲历过"文化大革命"的人，无论如何总难铭心刻骨地理解到那是"狗屎"，而亲历者正随着自然规律渐渐消失，以后的人类成员，且不说中国以外的，就是中国大陆的年轻一代，他们究竟还能不能懂得，那是"狗屎"，或至少能理解，为什么像行健这样的叙述者，要把它说成是"狗屎"？

在那美式酒吧里，我本以为行健会跟我说说《一个人的圣经》，但他没说。我提到近些年，中国大陆出去的，用西方语言写作，如在英国的张戎写了《鸿》，在美国的哈金写了《等待》，这是用英文的。在法国的亚丁写了《高粱红了》，戴思杰写了《巴尔扎克和他的小女裁缝》，是用法文的，这些书都是由有名的大出版社出版，很得好评，有的得了西方重要的文学奖项，有的畅销，或者既叫好也叫座。这样的写法和这样让西方人了解中国社会和中国心灵的趋势，会不会越演越烈？行健没有回答我的问题，只是说，他个人还不打算用法文写小说，中文的表达力实在是非常之强，而且还有开拓的空间。他庆幸有很好的法文译者跟他合作，他的两部长篇小说都是中、法文版本前后脚出版，而且英文、瑞典文的版本也推出得很快，不过，他强调，他的法文版不是由大出版社出版的。他说暂时还没有写新的长篇小说的计划。至于剧本，他已经用法文写了两个，现在进行的是第三个。我说剧本一般来说主要由对话构成，叙述性文字很少，不用描写，这跟小说特别是长篇小说有很大区别，他点头。午夜过后，行健才把我们送回住处大门前。一路上我和晓歌一再说别送了，我们已经很熟悉回去的路径了，他还是坚持送到底。

2000年7月14日　星期五　阴转晴

这天是法国国庆，头天晚上行健来电话，希望抓紧时间再聚谈，因为他很快要去澳大利亚宣传《灵山》的英译本，而我，要应英中协会和伦敦大学亚非学院邀请去趟伦敦讲《红楼梦》，等我们各自回到巴黎，没几天我和晓歌就要回北京了，人生苦短，分易聚难，必须珍视欢谈的机会。但法国国庆的热闹不能不看，我就跟他讲定，中午以前和晓歌上街逛逛，下午我们俩在"老地方"——蓬皮杜文化中心坡状前庭会齐。

蓬皮杜文化中心一侧有一家有名的电影院，看那海报，正在上映的几部片子里，有两部都是韩国导演的作品，而且都是以性为题材的。一部叫《性幻想》，另一部叫《女人夜出》，那片名在我看来，都够"黄"的。行健告诉我，法国《世界报》上有评论，对这两部韩国导演的作品，尤其是《性幻想》，给予了相当高的评价。《世界报》是严肃的知识分子报纸，其文化评论是不涉及低级作品的。于是我们决定到那电影院看《性幻想》，我对行健说，影片放映期间，无论是韩语对白还是法语字幕我都不能懂，但他完全用不着翻译给我听，我要看看那韩国导演的电影语言究竟达到怎样的水平，倘若水平高，则像我这样的观众不用非弄懂对白，也能嚼出其七八分味道来。待看完电影，不懂的地方再问他，我们再进行一番讨论。行健也认为这样很好。

行健的作品，尤其是他的两部长篇小说里，性描写不算少，有些片断，用"大胆"两字评注绝不过分。文学艺术与性的关系，是我们以往就私下讨论过的问题，现在有了韩国导演的新作品为由头，讨论起来自然更加方便有趣。看完电影，我们到附近一家餐馆里去，边喝酒吃餐边畅谈起来。

其实中国本土的文学艺术里，从来就有对性题材、性描写的相当成熟的表现，《诗经》开篇的"关关雎鸠，在河之洲"，以及唐诗宋词里诸如李商隐的《无题》诗、柳永的艳词丽句等等，都还比较含蓄，到明清白话小说，《金瓶梅》的性描写分析起来歧见较多，暂不评价吧，《红楼梦》里的性描写，以贾宝玉为载体，无论是对异性的“意淫”，还是对同性如秦钟、柳香莲、蒋玉菡的爱恋，人们基本上形成了共识——都绝不是诲淫的色情展览，而属于有内涵的情色文字。这传统甚至一直延续到20世纪前三十几年的“左翼文学”里，像茅盾的《蚀》《子夜》，就有意设置情色文字，用作丰富人物形象及深化主题的手段。但后来中国大陆的文学艺术形成了性禁忌，到“文化大革命”中更连“爱情”这个字眼也被禁绝了。我在1978年发表了一篇《爱情的位置》，算是“冲破禁区”的勇敢行为，竟引出轰动，得到过七千封读者来信，那究竟是中国文学发展途程中的喜剧，还是悲剧？

20世纪八十年代以降，中国大陆发生了很多变化，爱情当然不再是问题，问题是婚外恋究竟应该怎么看待。九十年代这类的文学艺术作品蓬勃生长，人们渐渐对婚外恋也“见怪不怪”了，但对于比较大胆的性题材、性描写，则仍有争议。争议很正常，可是出现了复杂的情况，其症结在于，不能像法国一样，对什么是文学艺术的性表现，什么是市场中的色情消费，大体上分清，于是，有的严肃的性题材作品，富有艺术性的情色描写，被斥责，被禁制，而有的滑落到低级趣味的色情作品，却又被有身份的评论家肯定为创新之作。

行健静静地听完我的陈述。他说，其实，法国现在也遇到一个如何划分界限的问题。法国可能是最保障文学艺术家创作自由的地方，拿电影来说，以往从来没有动用过行政手段来禁映一部片子，但最近有位叫柯拉莉的女导演，拍了一部《来上我》，那片名触目惊心，里面不禁充满了性器官的直接展示，还有大量暴力镜头。这部影片在电影院上映后，引出了不少人的反对，他们向法国行政法院递了状子，要求禁止其在电影院里公演，法国行政法院经过慎重审理，破天荒地做出了禁止其在电影院里公映的裁决。当然，法国的情况是，这样的电影片子不是绝对不能放映，但只能作为性商店里的“小电影”，放映给单纯为了解决性饥渴的消费者看，行政法院的裁决就是这个意思，即将它裁决为非艺术的色情消费品。原来放映这部影片的电影院除了一家以外，在裁决出来以后全都停映了，因为根据那裁决，再放映要被罚重金。但法国毕竟是个能自由表达个人意志的地方，就有那么一家电影院老板声称，他个人认为这部影片是严肃的艺术，而非供人泄欲的色情消费品，他不怕罚款，将继续放映下去。与此同时，一些支持柯拉莉的人士聚集到行政法院门前，抗议其“荒谬的裁决”，其中就有 1975 年便拍摄过女性电影《一个真实的少女》的那位卡特琳娜·布莱亚，她还当众烧毁一条女性内裤——这“行为艺术”的含义相当丰富。

我和行健在讨论中都意识到，像上述这个例子，是事情处在了“边际”上，人类其实经常会遇到“边际难题”，犹如鸭嘴兽，它卵生，幼兽破壳而出后却又哺乳生长，怎么归类煞费神思，硬归到一类，不同意的人也还可以继续争辩。文学艺术里的“边际问题”更多，且远比鸭嘴兽的归类复杂。行健说他一直没工夫去看《来上我》，听说那片子确实还是有探索性心理的深度的，特别是从女性角度来探索男女的性存在，人物塑造得还是比较丰满的，但又确实太“露骨”太暴力，对血腥暴力这一点，一般法国民众的平均接受度是最低的，平均排拒度当然就是最高的。但即使是围绕这部电影争议，各方都有一个前提，就是别人可以有完全不同的看法，比如电影的创作者和拥护者，他们会认为某些反对者是保守的卫道士，但他们也会觉得这社会应该有保守的卫道士的言论空间，而保守的卫道士也不是要消灭那影片的创作者和那部影片，他们只是觉得那部影片不该膨胀到他们守卫的公众空间，他们要求那部影片“回到应该待的地方去”。行政法院做出裁决后，影片创作者和支持者抗议的是那裁决，而不是要反对者“闭嘴”，而反对那影片的人士，则又认为影片创作者和支持者当然有去行政法院门前抗议的权利，倘若他们的抗议行为遭到镇压，他们很可能还会为此而抗议镇压者——而他们反对影片的态度却绝不会改变。这样，在各种意见与诉求都可以存在，并得到人格尊重的情况下，一个社会上的“边际难题”就不可能酿成一场压制歧见的灾难。我感叹道，法国人是怎么磨合成这样的一种社会文化格局，形成这样一种健康的文化心理的？

2000年7月25日　星期二　晴转阴

行健的澳大利亚之行非常辛苦，巴黎与悉尼天各一方，来回都要在米兰、曼谷、香港转机，时间拖得很长，机舱里又难以入睡，我以为他回到巴黎怎么也得大睡两天再跟我联系，没想到他回来的第二天就来了电话，希望再会面畅谈。倒是我，一周的伦敦之行，按说走得并不远，乘“欧洲之星”高速火车穿越海底隧道，巴黎伦敦之间不过三小时的行程，两场关于《红楼梦》的演讲都集中在一天里，其余时间无非是观光游览，跟行健的远行相比实在算不得什么辛苦事,可是回到巴黎却觉得疲惫不堪。接到行健电话,我们约定下午仍在“老地方”汇合。

晓歌那天头疼，但她坚持要跟我一起会行健，因为我们订的 28 日返回北京的机票，这可能是我们这回在法国与行健的最后一面了，以后什么时候、在什么地方，还可以跟他会面，很难说。

跟行健汇合后，我们找了个咖啡馆，先喝饮料。行健和晓歌闲聊起来。晓歌对行健，很早就有一种直觉，断定他能有大成就。她是读人甚于读作品。二十几年来，跟我交往的文化人不少，在家里留过饭，跟她也熟的，怎么也在一打以上，比较起来，行健表面上的光彩，是最不刺目的，最后一次离开中国大陆以前,在所谓文坛的伦理秩序里,说是处于边缘都有点勉强,简直就没有“入局”，或者说是刚刚“入局”很快也就被“淘汰”，可是晓歌心目里，行健才算得真才子，前途无限。这回来法国，晓歌给行健带了件椰子壳的工艺品，剪裁过的椰壳保持本色，用麻绳相连缀，叫“星月符”。我说行健眼光很高的，自己便是造型艺术家，这东西给了他恐怕也只是收入柜橱，挂不出来的。晓歌说哪个要他一定挂起来，收起来就好，“星月符”能保佑他健康、成功！行健问起晓歌对伦敦的印象，又问起我们共同的在伦敦定居的朋友的情况，言谈很是愉快。

晓歌提前回去休息，行健带我去一家餐馆吃生牛肉片宵夜。那家餐馆里挂满了怀旧照片，情调清幽，坐在餐桌边仿佛成了印象派绘画里的人物。那种生牛肉片薄得像字典纸，透明鲜嫩，蘸着特殊的调料，就着红酒品尝，别有风味。我们讨论了韩国导演的电影，又跳跃式地谈及文学、戏剧、舞蹈、绘画……我告诉行健，虽然就住在蓬皮杜文化中心附近，每天出游总要路过它，我和晓歌却仍没有进去看展览，打算明天再去。这一方面是因为事先设定了一个“先远后近、先难后易”的游览方针，另一方面，按卢浮宫——奥赛美术馆——蓬皮杜文化中心的顺序参观，也恰好与美术史的叙述吻合。我提到在奥赛博物馆参观的感受，那里重点展出 1870 年前后，古典主义美术朝早期印象派等现代主义艺术转换期的代表性作品，把一个时代的审美时尚如何嬗递梳理得线条分明，是活生生的美术史。我又说明天进蓬皮杜文化中心，那些从现代主义往前拱进的前卫作品一定能给我更强烈的审美冲击。行健听了却道，艺术的发展从时间角度考察是线性的，从审美角度观察却未必非依照一般美术史的线性叙述，不能用进化论来套艺术的发展历程。他啜口酒，沉吟了片刻，笑笑说，我们是至好，所以今天跟你说，千万别迷信蓬皮杜文化中心里面摆出的那些前卫作品，一般法国人也都以为，只能欣赏卢浮宫、奥赛美术馆展品而接受不了前卫作品的人，是没水平的表现，唯有能在蓬皮杜文化中心的前卫作品面前流连忘返的，才算得是品位高。其实，前卫作品里固然有好的，他们在形式革新方面起到的作用确实功不可没，但是，其中大部分，我以为是纯粹地玩形式，没有什么内涵，甚至是故意唬人，一些热心的欣赏者，是否真的进入了审美愉悦，很难说，多半是赶时髦罢了。我听了很吃惊，对他说，你在中国大陆的时候，1981 年出版了《现代小说技巧初探》，随后你的几个形式上相当有突破性的剧本被排演。记得北京人民艺术剧院的小剧场演出，就是从推出你那寓言式的荒诞剧《车站》起首的，后来你写了长篇小说《灵山》，原稿给了一家出版社，编辑看不上，倒并非内容方面的原因，而是不能理解你那主人公我、你、他三种人称交叉使用的做法，退回了。这些事情，都让人们把你看成是一个技巧至上的创作者，甚至说你是搞西方现代派、前卫艺术那一套，玩技巧的代表性人物，怎么现在你却反对起前卫，反对起玩技巧来了呢？行健仍淡淡地微笑着，说他并不是简单的反前卫，他自己就很前卫，文学艺术总要往前发展，前卫应是一种常态，至于技巧，那更是万万不能不讲究的，但前卫也好，技巧也好，一定要用来承载内容，就是作者的生命体验，没有这个是不行的。他又说，正写着一篇论文，把这些年来逐渐成形的美学思考，梳理出来，提出自己独特的审美主张，那将是对古典与现代主流审美标准的双重挑战，如能发表，也许会引出激烈的反弹，但他箭既然已在弦上已是不能不发之势。我凝视着餐桌上玻璃盅里的蜡烛荧荧闪动，心中憬然。

那一晚我们消磨到餐厅里只剩下我们两个人，蜡烛盅里的荧光熄灭良久，才起身离开。夜巴黎氤氲着润泽的香气，雨后的街道在路灯光下仿佛巨鳌的脊背，我们轻移脚步，往我住处走去。走拢我住处大门，我们先是默默对望，后来我让他多多保重，他说恐怕弄文学艺术顶多也就只有十年的工夫了，生命流逝得多快呀，得抓紧享受余下的岁月。他也让我和晓歌保重，又特别嘱咐我说："你不要卷入政治，要写真正的文学作品！"我心里很感动，只是抑制着不让心里的涟漪涌到脸上。我跟他握别说，不知道什么时候再见了，他说为什么这样说？你们不是28号才走吗？我们明后天要再见的呀！是的，我们明后天为什么不见？

2000年7月27日　星期四　晴

下午接到行健电话，我赶忙跟他解释，心里一直惦着跟他再约出去畅谈，可是一大堆事情堵在了一起，特别是关于我那本《树与林同在》出法文本的事情，要跟出版商、译者一起做最后的洽商，弄得这两天都不得空闲，而明天中午就得出发去戴高乐机场……行健说那就在电话里再聊聊吧。

我们这回通话时间很长。但是我竟不太记得究竟都说了些什么。只记得他说了几句，我停顿一阵，才给予回应，他呢，后来也是我说了几句什么，停顿一阵才再蹦出几句。只觉得，我们通电话的工夫里，"良时不再至，离别在须臾"；"知有前期在，难分此夜中"……种种千古即有的生命话语，漾满心中，到头来还是我向他告别，主动截止了电话。"明日隔山岳，世事两茫茫"，我们的生命，都还要经历许多难以预料的事情，咀嚼生命赐予的宝贵体验吧，对行健，对自己，都道一声：珍重！

附录

刘心武文学活动大事记

1942年

6月4日生于四川省成都市育婴堂街。

后在重庆度过童年。

父母兄姊均热爱文学艺术，深受家庭熏陶。

1950年

随父母迁居北京，从此定居北京。

在隆福寺小学上小学，在北京二十一中上初中。

1958年

在北京六十五中上高中。

给若干报刊投稿，屡被退稿。

8月，在《读书》杂志发表《谈〈第四十一〉》一文，是投稿第一次成功。

1959年

在《北京晚报》“五色土”副刊陆续发表一些儿童诗、小小说。

为中央人民广播电台少儿部《小喇叭》（对学龄前儿童广播）编写若干

节目；其中快板剧《咕咚》经编辑加工、录制后大受欢迎；“文革”中录音带被销毁；1991 年重新录制播出。

1961年

毕业于北京师范专科学校，分配到北京十三中任教。

至“文革”前，在《北京晚报》《中国青年报》《人民日报》《光明日报》《大公报》《北京日报》《体育报》《儿童时代》《大众电影》等报刊上发表了约 70 篇小小说、散文、杂文、评论等文章。

1966年—1976年

“文革”中，因 1964 年曾发表过一篇关于京剧的文章，被以“反江青”罪名冲击。

1974 年后再试写作，曾写一关于“教育革命”的长篇小说，由出版社联系获准脱产修改，但终未达到当时出版要求。

1976年

写出一个大院里孩子们同坏蛋斗争的中篇小说《睁大你的眼睛》并得以出版（北京人民出版社）。

按照当时政治要求写出一些短篇小说、散文，有的到次年才收入多人合集中出版。

调到北京人民出版社（后恢复“文革”前社名：北京出版社）文艺编辑室当编辑。

1977年

11 月，在《人民文学》杂志发表短篇小说《班主任》，产生重大影响——被认为是“伤痕文学”的开山作，也是“新时期文学”的发端；从此成名。

从《班主任》后，写作冲破懵懂，沿着认定的方向跋涉，穿越风云，锲而不舍。

1978年

参加《十月》杂志（开始以丛书名义出版）创刊工作，在创刊号上发表短篇小说《爱情的位置》，经转载和广播，影响巨大。

在《中国青年》杂志上发表短篇小说《醒来吧，弟弟》，反应亦极强烈。

《班主任》《爱情的位置》《醒来吧，弟弟》均被改编为广播剧，由中央人民广播电台多次广播，《醒来吧，弟弟》被搬上话剧舞台；此年发表的短篇小说《穿米黄色大衣的青年》亦由电台播出。

1979年

在首届全国优秀短篇小说评奖中《班主任》获第一名。颁奖会上，从茅盾先生手中接过奖状。

参加中国作家协会第三次全国代表大会，被选为中国作家协会理事。

成为中华全国青年联合会常务委员，至1993年卸任。

9月，参加中国作家代表团访问罗马尼亚，此系“文革”后第一个作家出访团。

在《人民文学》杂志发表短篇小说《我爱每一片绿叶》，写作技巧有长足进步。

1980年

调至北京市文联当专业作家。

《我爱每一片绿叶》获1979年全国优秀短篇小说奖。

《看不见的朋友》获1954—1979年第二届全国少年儿童文学创作奖。

在《十月》杂志发表中篇小说《如意》，其弘扬人道主义的追求引起争议。

出版《刘心武短篇小说选》（北京出版社）。

1981年

在《十月》杂志发表中篇小说《立体交叉桥》，引起更大争议，一些评论家认为“调子低沉”是步入了写作上的歧途，另有评论家则认为此作标志着刘心武的小说创作在反映现实、探索人性及艺术功力上均达到了新的水平。

5月，应日本文艺春秋社邀请访问日本。

1982年

应导演黄建中之请，改编《如意》；北京电影制片厂拍成彩色艺术片《如意》。

1983年

11月，参加中国电影代表团赴法国，在南特“三大洲电影节”上，《如意》在开幕式上放映，获好评；后陆续在法国、西德电视台播出。

1984年

冬，应邀访问西德，参加“中德大学生会见活动”，并在波恩大学、波鸿大学与威尔兹堡大学介绍中国当代文学。

年底，参加中国作家协会第四次全国代表大会，再次当选为理事。

在《当代》文学双月刊第5、6期连载长篇小说《钟鼓楼》。

1985年

出版长篇小说《钟鼓楼》（人民文学出版社），并获第二届茅盾文学奖。

因《钟鼓楼》获北京市政府嘉奖。

7月，在《人民文学》杂志发表纪实小说《5·19长镜头》，反响强烈。

11月，又在《人民文学》杂志发表纪实小说《公共汽车咏叹调》，引起轰动。

1986年

年初，应当代文艺出版社邀请访问香港。

6月，调中国作家协会《人民文学》杂志社，任常务副主编。

在《收获》杂志设《私人照相簿》专栏，进行图文交融的文本尝试。

散文集《垂柳集》出版，冰心为之作序。

1987年

1月，被任命为《人民文学》杂志主编。

2月，《人民文学》杂志1、2期合刊发表马建写的小说《亮出你的舌苔或空空荡荡》违反民族政策，承担责任，停职检查。

9月，复职。

冬，应邀赴美国访问。参观《美洲华侨日报》；在哥伦比亚大学，三一学院，哈佛大学，麻省理工学院，康奈尔大学，芝加哥大学，旧金山大学，史坦福大学，加州大学伯克利分校、洛杉矶分校、圣迭戈分校等处演讲，介绍中国当代文学，并参观耶鲁大学；参加爱荷华大学“作家写作中心”的纪念活动；游览华盛顿等地。

1988年

3月，应香港《大公报》邀请，赴香港参加五十周年报庆活动；在《大公报》安排的大型报告会上作关于改革开放与文学创作的报告。

5月，应法国文化部邀请，参加中国作家代表团访问法国，除在巴黎活动外，还访问了西部港口城市圣·拉扎尔。

《私人照相簿》在香港出版（南粤出版社）。

《我可不怕十三岁》获1980—1985年全国优秀儿童文学奖。

以上数年中，若干小说、散文还分别获得过《当代》《十月》《小说月报》《小说选刊》《中篇小说选刊》《儿童文学》《北方文学》等杂志，《人民日报》《文汇报》等报纸副刊的奖；拍成电视剧播出的有《没工夫叹息》《熄灭》（电视剧名《火苗》）《今夏流行明黄色》《到远处去发信》《非重点》《公共汽车咏叹调》和八集连续剧《钟鼓楼》；若干作品被英国、美国、西德、苏联、日本、法国、意大利、瑞士、瑞典等国翻译为英、德、俄、日、法、意、瑞典等文字出版；自1987年起被世界上有威望的英国欧罗巴出版社《世界名人录》收入辞条。

1989年

春，应香港中文大学翻译中心邀请，与妻子吕晓歌赴香港访问。

1990年

3月，以任届期满，免去《人民文学》杂志主编职务。

香港中文大学翻译中心编译的英文小说集《黑墙与其他故事》出版。

秋，以“鱼山”笔名在《钟山》杂志发表中篇小说《曹叔》。

1991年

出版小说集《一窗灯火》。

除小说外，开始发表大量散文、随笔。

1992年

长篇小说《风过耳》在内地（中国青年出版社）、香港（勤＋缘出版社）分别出版，反响颇为强烈。

长篇小说《四牌楼》完稿，交上海文艺出版社出版。

《献给命运的紫罗兰——刘心武谈生存智慧》由上海人民出版社出版，受到读者欢迎。

在《收获》杂志发表中篇小说《小墩子》，后由中国电视剧制作中心改编拍摄为电视连续剧。

至该年，在海内外出版的个人专著按不同版本计已达43种。

在《红楼梦学刊》1992年第二辑上发表论文《秦可卿出身未必寒微》，在“红学”界和读者中均引起注意;另有若干《红楼梦》人物论和《红楼边角》专栏文章发表。

冬，应瑞典学院邀请（斯堪的纳维亚航空公司赞助）赴北欧访问；在挪威奥斯陆大学、瑞典斯德哥尔摩大学和隆德大学、丹麦哥本哈根大学和奥胡斯大学的东亚系汉学专业以《九十年代初的中国小说》为题作学术报告;12月7日，参加诺贝尔文学奖有关活动，听1992年得主德里克·沃尔科特发表受奖演说。

1993年

华艺出版社出版《刘心武文集》(1—8卷)。

出版长篇小说《四牌楼》。

1994年

1月，应台湾《中国时报》邀请赴台参加“两岸三地文学研讨会”。

《四牌楼》获上海优秀长篇小说大奖，到沪领奖。

1995年

出版随笔集《人生非梦总难醒》(上海人民出版社)。

出版小说集《仙人承露盘》(华艺出版社)。

1996年

出版长篇小说《栖凤楼》(人民文学出版社)。至此,由《钟鼓楼》《四牌楼》《栖凤楼》构成的“三楼”长篇小说系列竣工。

应《南洋商报》邀请赴马来西亚访问并顺访新加坡。

1997年

应日本国际交流基金会邀请，与妻子吕晓歌访问日本。长篇小说《钟鼓楼》、儿童文学作品《我是你的朋友》、短篇小说《王府井万花筒》等此前已相继译为日文在日本出版。

1998年

建筑评论集《我眼中的建筑与环境》由中国建筑工业出版社出版，在建筑界产生影响。

应美国科罗拉多大学邀请，赴美参加金庸作品国际研讨会，在会上提交关于《鹿鼎记》的论文《失父：一种生存困境》。

1999年

出版纪实性长篇小说《树与林同在》(山东画报出版社)。

出版《红楼三钗之谜》(华艺出版社)。

赴新加坡出席国际环境文学研讨会。

2000年

应邀访问法国,并应英中协会和伦敦大学邀请,从巴黎赴伦敦讲《红楼梦》。

至此年底在海内外出版的个人专著(不含文集)按不同版本计达101种。

2001年

出版包含建筑评论的随笔集《从忧郁中升华》(文汇出版社)。

在北京电视台录制播出《刘心武谈建筑》系列节目。

2002年

出版小说集《京漂女》(中国文联出版社),自绘插图。

应澳大利亚雪梨华文写作协会邀请赴澳大利亚访问。

2003年

以马来西亚《星洲日报》世界华人文学“花踪奖”评委身份赴吉隆坡参加相关活动。

台湾联经出版社出版小说集《人面鱼》。此前台湾已出版过刘心武多种作品,如皇冠出版社出版了《钟鼓楼》,幼狮文化事业公司出版了《四牌楼》《为他人默默许愿》(散文集)。

2004年

赴法参加巴黎书展活动。书展上展出了译为法文的著作有小说《树与林同在》《护城河边的灰姑娘》《尘与汗》《人面鱼》《如意》与歌剧剧本《老舍之死》。

建筑评论集《材质之美》由中国建材工业出版社出版。

小说集《站冰》出版（人民文学出版社），自绘封面插图。

2005年

出版集历年研红成果的《红楼望月》（书海出版社）。

应CCTV-10（中央电视台科学教育频道）《百家讲坛》邀请，录制播出《刘心武揭秘〈红楼梦〉》系列节目23集，反响强烈，引起争议。

《刘心武揭秘〈红楼梦〉》第一、二部相继出版（东方出版社），畅销。

2006年

应美国华美协会邀请，赴纽约在哥伦比亚大学讲《红楼梦》。

应邀参加香港书展。

出版《刘心武揭秘古本〈红楼梦〉》（人民出版社）。

2007年

继续应邀到CCTV-10《百家讲坛》录制节目，并出版《刘心武揭秘〈红楼梦〉》第三部、第四部（东方出版社）。

访问俄罗斯。

2008年

出版随笔集《健康携梦人》（中国海关出版社）。

自1986年出版《垂柳集》，至此所出版的散文随笔集已逾三十种。

2009年

在《上海文学》杂志开《十二幅画》专栏，每期发表一篇写人物命运的大散文，并配发自己的画作。

4月，妻子吕晓歌病逝，著长文《那边多美呀！》悼念。

2010年

再应CCTV-10《百家讲坛》邀请，录制播出《〈红楼梦〉的真故事》系列节目。至此在《百家讲坛》录制播出关于《红楼梦》的个人系列讲座累计达61集。

出版《〈红楼梦〉的真故事》（凤凰联动·江苏人民出版社），在争议声中畅销。

4月，应台湾新地文学社邀请赴台参加“21世纪世界华文文学高峰会议”。

出版《命中相遇——刘心武话里有画》（上海文艺出版社）。

加快《刘心武续〈红楼梦〉》的写作。

至本年底，在海内外出版的个人专著，《文集》不算在内，重印亦不算，按不同版本计达182种（按不同书名计则为141种）。

年底，筹备编辑《刘心武文存》。

2011年

由江苏人民出版社出版《刘心武续〈红楼梦〉》。

至2011年底在海内外出版的个人专著以不同版本计达193种（《刘心武文集》不计算在内）。

2012年

江苏人民出版社出版散文集《人生有信》。

漓江出版社出版《刘心武评点〈金瓶梅〉》。

法国伽里玛出版社出版《尘与汗》《护城河边的灰姑娘》法译版的袖珍本。

江苏人民出版社出版《刘心武文存》40卷，收录1958年至2010年所能搜集到的全部公开发表过的作品。

2013年

漓江出版社出版散文集《空间感》。

2014年

漓江出版社出版长篇小说《飘窗》。

台湾学生书局出版宣纸线装本《刘心武评点全本金瓶梅词话》。

人民文学出版社出版“刘心武长篇小说系列”包括《钟鼓楼》《四牌楼》《栖凤楼》《风过耳》《刘心武续〈红楼梦〉》(修订版)五部作品。

2015年

漓江出版社出版《跨世纪的文化瞭望——刘心武张颐武对谈录》增订版。

至此年4月，不算《刘心武文集》《刘心武文存》，以单本著作计，已达227种，再剔除同一书名的不同版本，则有160种。

漓江出版社出版自2013年以来未入集的作品汇编《润》。

2016年

出版《刘心武文粹》26卷。

图书在版编目（CIP）数据

心里难过 / 刘心武著. — 南京：译林出版社，2016.3
（刘心武文粹）
ISBN 978-7-5447-6092-8

Ⅰ. ①心… Ⅱ. ①刘… Ⅲ. ①散文集－中国－当代
Ⅳ. ① I267

中国版本图书馆 CIP 数据核字（2016）第 000460 号

书　　名 **心里难过**
作　　者 刘心武
责任编辑 王振华
特约编辑 韩若宜
出版发行 凤凰出版传媒股份有限公司
译林出版社
出版社地址 南京市湖南路 1 号 A 楼，邮编：210009
电子邮箱 yilin@yilin.com
出版社网址 http://www.yilin.com
印　　刷 三河市冀华印务有限公司
开　　本 710×1000 毫米　1/16
印　　张 24.5
字　　数 275 千字
版　　次 2016 年 3 月第 1 版　2016 年 3 月第 1 次印刷
书　　号 ISBN 978-7-5447-6092-8
定　　价 35.80 元

译林版图书若有印装错误可向承印厂调换